Maskenjagd
Von Hanna Hagen

Maskenjagd

Hanna Hagen

Julia

Als der Wind durch die Straßen heulte, klapperten die Fensterläden der umstehenden Häuser. Eine Mülltonne fiel um und verteilte ihren Inhalt auf dem schmalen Bordstein.

Es war erst sechs Uhr morgens. Zu früh für die ersten Menschen auf den Straßen. Daher hörte Julia Schröder, abgesehen von dem Heulen des Windes, nicht viel. Sie schlang sich den roten Baumwollmantel enger um ihre füllige Gestalt und stapfte die enge Gasse entlang. Sie konnte schon das Schild ihrer Bäckerei erkennen. Es ragte über der Eingangstür in die Gasse hinein. Sie hatte es bei der Eröffnung selbst aufgehängt und voller Stolz ihren ersten Kunden präsentiert.

Sie griff in ihre Handtasche und wühlte zwischen Taschentüchern, Tampons und einem Roman von Cecelia Ahern nach ihrem Schlüssel. Sie schob einen Zettel beiseite, auf dem sie sich eine Idee für ein Rezept notiert hatte und zog den Schlüssel aus ihrer Tasche, als sie an der Bäckerei ankam. In einer halben Stunde würden schon die ersten Kunden kommen und bis dahin gab es einiges zu tun. Sie schloss auf und trat in das Innere.

Sobald die Tür hinter ihr ins Schloss gefallen war, wurde der Wind leiser. Sie hörte nur noch das Glas ihres Schaufensters beben. Sonst war es still. Julia steckte den Schlüssel in das Türschloss und drehte zwei Mal um. Sie war eigentlich nicht sehr ängstlich, aber bei diesem Unwetter schreckte sie bei jedem Geräusch zusammen. Es wurden ungute Erinnerungen geweckt, die sie lieber ganz weit nach hinten schob.

Sie machte Licht. Hinter den Glasscheiben an der Theke

waren noch keine Backwaren ausgelegt. Nur ein paar Krümel ließen erahnen, dass dort vor ein paar Stunden noch Croissants, Brötchen und Kuchen gelegen hatten.

Sie stellte ihre Handtasche auf den Stehtisch neben dem Kühlschrank, an dem sie Kaltgetränke, Butter und Eier anbot. Sie ging an der Theke entlang und zur Tür, die in den hinteren Bereich ihrer Bäckerei führte. Der Kollege hatte vor zwei Stunden die Brötchen und Leckereien gebracht, die sie heute verkaufen würde.

Früher, als sie noch davon geträumt hatte, in einer Bäckerei zu arbeiten, hatte sie sich vorgestellt, wie sie nachts leckere Zimtschnecken, Weckmänner, Schokoladenkuchen und Brot mit einer festen Kruste und einem weichen Inneren backen würde. In ihrer Vorstellung hatte sie eine selbstgenähte Schürze getragen und ständig irgendwo Mehl an sich. Im Haar, an den Händen und ihrer Kleidung.

Die Realität sah anders aus.

Sie schnappte sich die erste Palette mit Körnerbrötchen, die der Bäcker gebacken hatte, mit dem sie zusammenarbeitete. Immer zwei Brötchen auf einmal legte sie hinter der Glasscheibe aus. Dabei lauschte sie den Geräuschen, die von draußen drangen und vermied den Blick in das Schaufenster. Sie würde ohnehin nur ihr eigenes Spiegelbild erkennen können.

Als sie ein Pochen hörte, zuckte sie zusammen. Jemand klopfte gegen das Glas der Eingangstür. Sie hob ihren Blick und starrte auf die Gestalt, die vor der Tür stand und ihr zuwinkte. Das Gesicht war nur ein heller Fleck, der sich von der Dunkelheit abhob.

Julia stellte die Palette mit den Brötchen auf die Theke und ging um sie herum. Ihr Herz schlug immer noch wild in ihrer

Brust, als sie die Tür aufschloss. Sie hatte ganz vergessen, dass Laura ihr heute aushelfen würde. Die Schülerin kam nur an wenigen Tagen in der Woche zur Arbeit. Aber gestern hatte sie Julia darum gebeten, am Morgen zwei Stunden arbeiten zu dürfen. Ihre erste Stunde fiel aus und sie wollte die Zeit nutzen.

Als Julia die Tür geöffnet hatte, ließ sie das Madchen rein. Laura war eine von den Mädchen, die Julia in ihrer Kindheit beneidet hätte. Sie war sehr groß und schlank. Ihre blonden Haare waren glatt und glänzten im Licht der Deckenlampe.

Nun verzog sie ihre vollen Lippen zu einem müden Lächeln. »Guten Morgen. Habe ich dich erschreckt?« Sie nahm ihre Schultasche von der Schulter und stellte sie neben Julias Handtasche auf den Stehtisch.

Diese seufzte, während sie die Tür wieder abschloss. Die Schlüssel klimperten in ihrer Hand.

»Dieser Sturm macht mich wahnsinnig schreckhaft.« Sie drehte sich wieder zu ihrer Mitarbeiterin um.

Laura ging lächelnd um die Theke. »Wirklich? Ich finde das irgendwie gemütlich.« Sie griff sich die Palette mit den Körnerbrötchen und verteilte sie auf ihrem Platz.

Julia holte die nächste Palette und trat neben Laura. »Gemütlich? Warum denn das?« Sie warf ein Blick aus dem Schaufenster und konnte, wie erwartet, nur das Spiegelbild der Bäckerei erkennen. Die Sonne würde erst in einigen Stunden aufgehen.

Laura hob die Schultern. »Ich weiß nicht. Drinnen dem Tosen des Windes zu lauschen ist irgendwie gemütlich. Man kann sich in eine dicke Decke einkuscheln, Kakao trinken und einen schönen Film schauen. Wenn es dann auch noch regnet, ist es perfekt.«

7

Julia lächelte sanft. »Gemütlich ist es aber nur, wenn du drinnen bist.«

Laura zuckte mit den Schultern. »Ja, das stimmt schon. Aber ich bin ja die meiste Zeit drinnen.«

»Heute gibt es bestimmt ein großes Verkehrschaos«, sagte Julia mit einem weiteren Blick nach draußen, als würde sie erwarten, dass in diesem Moment zwei Autos vor ihrem Schaufenster aufeinander prallten. »Und mit der Bahn zu fahren ist auch nicht besser. Ein solcher Sturm reißt Bäume aus und lässt sie auf die Schienen fallen.«

Laura runzelte die Stirn, als würde ihr erst jetzt klar werden, dass bei einem Sturm nicht nur gekuschelt wurde.

»An unserem Haus steht ein großer Baum. Der schwankt bei normalem Wind schon bedenklich«, murmelte Laura.

Julia leerte ihre Palette und brachte sie in das hintere Zimmer, wo sie sich die nächste schnappte. Als sie mit Croissants zurück kam, sagte sie: »Es wird schon alles gut gehen. Das ist ja nicht der erste Sturm, der durch unsere Stadt wütet.« Sie hatte ein schlechtes Gewissen, weil sie Laura den Spaß an dem Sturm genommen hatte.

»Ja, wahrscheinlich hast du recht«, sagte sie, aber die Falten auf Lauras Stirn glätteten sich nicht.

Ruben

Ruben Weber sah seiner Frau dabei zu, wie sie Rührei briet. Sie hatte ihm vor Jahren beigebracht, dass ein richtiges Frühstück wichtig war, um gut in den Tag starten zu können. Aber morgens hatte er nie Hunger. Ihm reichten ein Kaffee und eine Zigarette. Mehr brachte er nicht, um glücklich in den Tag zu starten. Zumindest so glücklich, wie er nun mal wurde. Man sah

Ruben selten lachen. Ab und zu bekam er ein Lächeln zustande. Aber das galt selten Freddie, die ihm nun einen Teller mit einem Brötchen und Rührei auf den Tisch stellte.

»Iss das«, sagte sie wenig liebevoll.

Danach setzte sie sich mit ihrem eigenen Teller an den kleinen Küchentisch.

Er blickte auf das Rührei, das noch nicht ganz fest war. Ihm drehte sich fast der Magen um. Lustlos griff er nach der Gabel und stocherte in dem Ei herum.

»Kannst du bitte heute, bevor du auf die Arbeit fährst, noch die Mülltonnen rein bringen?«

Er hob seinen Blick. Freddie sah ihn kauend an.

»Warum das denn?«

»Weil es heute sehr stürmisch werden soll. Ich will nicht, dass sie umkippen und den ganzen Müll auf der Straße verteilen.«

Er seufzte. »Aber im Flur stinken sie alles voll.«

»Wir sind doch ohnehin auf der Arbeit«, sagte sie ernst.

Er griff nach seinem Kaffee und nippte an dem Gebräu. Er war schon nicht mehr heiß und schmeckte scheußlich. Er kippte trotzdem die Hälfte herunter. Irgendwie musste er ja wach werden.

»Okay«, sagte er seufzend. Es brachte nichts, mit ihr zu diskutieren. Friederike Weber hatte immer Recht und Ruben musste sich damit abfinden.

Als sie aufstand, um das Salz zu holen, schob er ihr etwas von seinem Rührei auf den Teller. Er saß wieder anständig auf seinem Stuhl, als sie sich an ihren Platz setzte. Sie merkte nichts. Ruben beugte sich noch tiefer über sein Essen und schob sich das Brötchen in den Mund. Seit einigen Monaten redeten sie morgens schon nicht mehr vernünftig miteinander. Oder waren es schon Jahre? Früher hatte Freddie immer fröhlich vor sich hin geplappert. Vor allem am Anfang ihrer Ehe vor zehn Jahren. Sie hatten mit fünfundzwanzig nach sieben Jahren Beziehung geheiratet. Aber mittlerweile war sie ebenso stumm, wie Ruben. Als wäre sie plötzlich zu einem Morgenmuffel geworden. Aber das war es nicht. Ihre Stille hing mit dem Verlauf ihrer Ehe zusammen. Er würde es keine Krise nennen, denn es gab nichts, worüber sie sich stritten, aber irgendetwas war anders als noch vor ein paar Jahren. Es hatte sich so langsam angebahnt, dass Ruben nicht einmal sagen konnte, wann es angefangen hatte.

Irgendwann hatte sich jeder von ihnen in sich zurück gezogen. Freddie schien ihn nicht mehr zu respektieren. Alles was er sagte oder tat, war falsch. Ruben selber konnte sich aber auch nicht von aller Schuld freisprechen. Er fand Freddie einfach nicht mehr anziehend. Früher war sie eine schöne, starke und lebensfrohe Frau gewesen. Heute war sie verbraucht und mürrisch. Sie war herrisch geworden. Vielleicht hätte man noch etwas tun können. Vielleicht hätte *er* noch etwas tun können. Aber er wusste nicht was und wollte das ganze Problem, wenn es denn überhaupt eines war, sie stritten immerhin nicht, soweit wie möglich nach hinten schieben. Einfach weg von seinen Gedanken und Gefühlen. Das war besser.

Außerdem musste er sich so nicht eingestehen, dass etwas in ihrer Ehe schieflief. Und das tat es schließlich auch gar nicht richtig. Sie stritten ja, bekannter Weise, nicht.

Freddie rückte ihren Stuhl zurück und stand mit ihrem leeren Teller auf. »Ich habe heute Spätdienst.«

Ruben sah auf seinen Teller hinab und merkte, dass er noch halbvoll war. Er seufzte leise.

Sie kam zurück an den Tisch und räumte seinen Teller ab. Ohne ein Wort zu sagen, nur mit einem vorwurfsvollen Blick. Wie gut er diesen Blick kannte. Viel zu gut.

Er griff nach seinem Kaffee und nippte dran.

»Wie lange musst du heute Abend arbeiten?«

»Bis acht Uhr«, sagte sie, während sie das Geschirr in die Spülmaschine räumte.

»Soll ich dich abholen? Bei dem Wetter ist es vielleicht besser.«

Sie warf einen verblüfften Blick über ihre Schulter. Ruben merkte ja selbst, dass dieser Vorschlag ungewöhnlich fürsorglich war. Ein bisschen schwellte seine Brust an. Er konnte auch anders. Oh ja. Er konnte auch anders.

Aber über Freddies Lippen huschte nur ein mattes Lächeln und sie schüttelte den Kopf. »Schon gut. Ich habe es ja nicht weit.«

Ruben rückte den Stuhl zurück und stand langsam auf. »Okay. Wie du meinst. Ich werde bei so einem Wetter immer ziemlich nervös.«

Ihre Blicke verfingen sich ineinander und einen Moment lang herrschte absolutes Verständnis. Dann wendete er seinen Blick wieder ab und die Verbindung zwischen ihnen brach ab.

Viktor

Er neigte seinen Kopf zur Seite und betrachtete sein Spiegelbild. Viktor Below sah gut aus. Der Meinung war zumindest er. Vor allem in der Polizeiuniform, gefiel er sich sehr gut und er wusste, dass einige Frauen bei ihm in diesem Aufzug schwach wurden.

Verdenken konnte er es ihnen nicht. Er würde auch schwach werden, wenn er eine Frau wäre und sich selbst auf der Straße treffen würde.

Obwohl seine dunklen Haare schon an der ein oder anderen Stelle grau wurde, machte es ihn nicht weniger attraktiv. Viktor verglich sich in dieser Hinsicht gerne mit George Clooney. Der wurde im Alter auch nicht unansehnlicher.

»Fertig!«, kam es aus dem Badezimmer.

Viktor wendete sich von seinem Spiegelbild ab und durchquerte das Schlafzimmer, um in sein kleines Badezimmer zu gehen. Dort, mitten auf dem Boden zwischen der Badewanne und seiner Waschmaschine saß ein winziges Mädchen auf einem noch viel kleineren Töpfchen.

»Ich musste nur klein«, sagte sie stolz.

Er lächelte unwillkürlich. Viktor konnte sich noch genau an das Glück erinnern, das er empfunden hatte, als er erfahren hatte, dass er Vater werden würde oder als Jenny dann zur Welt gekommen war.

In Momenten wie diesen traf ihn dieses Glücksgefühl unvorbereitet und ließ sein Herz hüpfen.

Er bückte sich. »Das hast du sehr gut gemacht«, lobte er sie, während er von dem Klopapier einen Streifen abriss. »Hat Mama dir auch schon gezeigt, wie du dich saubermachen kannst?«

Jenny schüttelte den Kopf. Viktor hatte den Verdacht, dass sie log, aber er kümmerte sich nicht darum. Eine der guten Dinge, dass er und Jennys Mutter getrennt lebten war, dass er immer den netten Part übernehmen konnte, während ihre Mutter die Regeln aufstellen musste.

Er beugte sich zu ihr und säuberte sie. Das tat er nun seit drei Jahren und würde es so lange machen, bis sein Mädchen es allein tun wollte.

»Fertig«, sagte er und entließ sie.

Umständlich zog sie sich ihre Hose hoch und hopste zum Waschbecken. Dort holte sie einen kleinen Hocker hervor und stieg drauf, um sich die Hände zu waschen. Wieder einmal war Viktor froh, dass er eine Tochter und keinen Sohn hatte. Sie war sehr reinlich. Zumindest gerade dann, wenn sie nicht mit Sand spielte oder plötzlich Knete im Mund hatte.

Während er das Töpfchen säuberte, sprach er mit ihr: »Freust du dich schon auf den Kindergarten?«

Als er einen Blick über seine Schulter warf, nickte sie stolz. »Ich habe letztes Mal gar nicht geweint, als Mama mich dort abgegeben hat.«

»Echt?« Viktor hob seine Augenbrauen. »Dann bist du ja jetzt schon richtig groß.« Die letzten Male hatte es viel Geschrei gegeben, wenn er sie in den Kindergarten gefahren hatte. Sie hatte sich an seinen Hals geklammert und das ganze Haus zusammengeschrien, als würden er sie Charles Manson übergeben.

»Mama hat auch gesagt, dass ich das gut mache.«

»Da hat sie verdammt nochmal recht.« Er zog seinen Kopf ein, als würde er einen Klaps auf den Hinterkopf bekommen, weil er sich so ausdrückte. Aber Jenny merkte gar nichts. Er stellte das Töpfchen neben die Toilette und drehte sich dann zu ihr um.

»Alles klar? Können wir los?«

Sie nickte.

»Dann komm.« Er hielt ihr die Hand hin und sie griff danach. Immer noch spürte er eine faszinierende Freude, wenn sie ihre winzige Hand in seine Pranke legte. Sie vertraute ihm so sehr, dass es ihm manchmal unheimlich war.

13

Noch nie hatte ihm jemand vertraut. Schon gar kein weibliches Wesen. Aber Jenny war da anders. Sie legte ihre ganze Sicherheit in seine Hände.

»Los, Papa!«, rief sie und hüpfte in den Flur.

Viktor huschte ein Lächeln über die Lippen. »Ich komme ja schon.« Er sah noch einmal in den Badezimmerspiegel und betrachtete sein Spiegelbild. Flüchtig fuhr er sich mit der Hand durch die Haare.

Dann trat er hinaus in den Flur, wo Jenny auf dem Boden saß. Geduldig versuchte sie sich ihre Schuhe anzuziehen. Nachdem er sie und sich selber angezogen hatte, trat er mit ihr nach draußen. Obwohl es schon sieben Uhr war, war es noch dunkel. Wahrscheinlich würde es noch einige Wochen dauern, bis es morgens, wenn er aus dem Haus ging, hell wurde.

Der Wind riss an seiner Polizeimütze. Er griff nach Jennys Hand und zog sie mit sich. Sie kämpfte gegen den Wind an, bis er sie auf den Arm nahm und zu seinem Auto trug.

»Ganz schön windig«, sagte sie, als er sie auf den Kindersitz setzte und festschnallte. »Glaubst du, wir werden weg geweht? Wie bei *Oben*?«

Den Film hatte er nie gesehen. Trotzdem schüttelte er den Kopf. »Keine Sorge. Wir werden nicht weggeweht.«

Er ging um das Auto herum und setzte sich hinter das Steuer.

»Auch nicht, wenn er ganz doll weht?« Sie blies ihre Wangen auf und ließ aus ihrem kleinen Mund Luft entweichen.

»Auch dann nicht«, versicherte er ihr geduldig.

Viktor ließ den Motor an. Obwohl er es seiner Tochter nicht zeigte, hatte er vor dem Sturm mehr Angst, als sie. Er fürchtete zwar nicht, dass sie weggeweht werden würden, aber jeder Sturm hinterließ bei ihm einen unangenehmen Nachgeschmack.

Als er nun aus der Auffahrt fuhr und sich auf den Weg zu ihrem Kindergarten machte, warf er immer wieder einen Blick über seine Schulter, als würde er nach einem Verfolger Ausschau halten. Aber da war nur der Sturm, der ihn nicht mehr losließ.

Daniel

Daniel Walter sah aus dem Schaufenster seines Bestattungsunternehmens. Eine Plastiktüte wehte über die Straße und verfing sich in den Speichen eines Fahrrads, das an einem Laternenpfahl lehnte.

Hinter der Plastiktüte kam ein junger Mann die Straße entlang. Daniel kannte ihn. Er runzelte seine Stirn und versuchte sich an seinen Namen zu erinnern. Seinen Nachnamen wusste er noch. Jäger. Er hatte seinen Vater vor einem halben Jahr auf dem Tisch gehabt. Er war an Krebs gestorben. Der Junge hatte damals genauso traurig ausgesehen, wie jetzt.

Wie hieß er denn?

Ungeduldig trat Daniel von einem Fuß auf den Anderen. Er würde den ganzen Tag darüber nachdenken müssen, wenn er nicht auf den Namen kam.

Seufzend rückte er seine Brille zurück. Der Junge ging an dem Schaufenster vorbei und verschwand aus Daniels Blickfeld. Da fiel ihm sein Name wieder ein.

Theodor. Theo.

Genau. Seine Mutter hatte die ganze Zeit geweint und seine Schwester, sie hieß Laura, hatte so ausdruckslos gewirkt, als hätte sie eine Mauer aufgerichtet. Daniel hatte schon alle Phasen der Trauer miterlebt. Die Menschen trauerten sehr unterschiedlich um ihre Liebsten. Manche trauerten gar nicht.

Das kam leider oft genug vor.

Umso wichtiger war es, dass Daniel sich um die Toten kümmerte. Er ging mit allen gleich um. Egal ob sie Reinigungskraft oder Anwalt gewesen waren. Ob sie schwarz oder weiß, Christen oder Muslime, Frauen oder Männer waren. Sie verdienten alle eine gute Behandlung.

Er zog sich von dem Schaufenster zurück. Das Telefon in seinem Büro klingelte. Er wollte nicht dran gehen. Nicht heute. Nicht an diesem Tag und nicht bei diesem Wetter. Trotzdem schlurfte Daniel in sein Büro und setzte sich hinter den schmalen Schreibtisch. Er saß selten dahinter. Er mochte die Arbeit am Schreibtisch nicht. Meistens schob er sie so lange auf, wie möglich. Rechnungen schreiben, die Einnahmen proto-kollieren, Büromaterial und anderes Material kaufen und natürlich die Steuern.

Er nahm den Hörer ab. »Bestattungsinstitut Walter, Daniel Walter am Apparat.«

»Hallo.«

Er drückte den Hörer fester an sein Ohr. »Hallo?«

»Hallo.«

»Wer ist denn da?« Daniel runzelte die Stirn.

»Ich bin's.«

Langsam richtete er sich wieder auf und atmete auf. Klar. Wer hätte es sonst sein sollen?

»Hallo Ruben.«

»Weißt du, was für ein Tag heute ist?«

»Klar. Es ist der zweite Februar.«

»Warum hat mir das keiner gesagt?«, fragte Ruben. Er hatte seine Stimme erhoben, aber Daniel ließ sich nicht von ihm einschüchtern.

»Was? Dass heute der zweite Februar ist?« Er wusste ganz genau, dass Ruben etwas anderes meinte und Grund genug hatte, an diesem besonderen Tag so aufgeregt zu sein.

»Hör auf so zu tun, als wüsstest du nicht, was ich meine«, bellte Ruben. »Dieser scheiß verfluchte Sturm und dann dieses scheiß verfluchte Datum. Ich wusste nicht, dass heute der zweite Februar ist. Warum stürmt es heute?«

Daniel massierte sich die Nasenwurzel. »Frag mich nicht«, sagte er und schloss für einen Moment seine Augen.

Er selbst hatte sofort ein ungutes Gefühl bekommen, als er gehört hatte, dass es heute stürmen sollte. Aber da war er wohl der einzige gewesen. Er hatte nichts von Ruben, Freddie, Julia oder Viktor gehört. Keiner von ihnen hatte sich gemeldet, um mit ihm über die Vergangenheit zu sprechen. Daher war er davon ausgegangen, dass es ihnen egal war. Scheinbar hatte er sich geirrt. Ruben war es offensichtlich nicht egal. Er hatte nur nicht bemerkt, was heute für ein Datum war. Vielleicht ging es den anderen ähnlich.

»Scheiße, oder?«, fragte Ruben nun etwas ruhiger.

»Irgendwie unheimlich«, flüsterte Daniel. Er warf einen Blick durch die Tür zum Verkaufsraum. Obwohl viele Särge in dem Raum standen, konnte er erkennen, dass niemand in seinem Laden war.

»Meinst du, wir sollten irgendetwas machen?«, fragte Daniel, als Ruben nichts erwiderte.

Es herrschte Stille am anderen Ende der Leitung. Dann seufzte er. »Nein. Was sollten wir denn tun?«

Daniel lehnte sich langsam zurück. »Ich weiß es nicht. Sollten wir vielleicht in die Kirche gehen oder zumindest beten?«

Ruben lachte heiser. »Was sollten wir denn in der Kirche? Bist du plötzlich Christ geworden?«

»Nein.«

»Jude?«

»Nein.«

»Moslem?«

»Nein, Ruben.«

»Gut. Dann weiß ich nicht, warum du jetzt beten willst.«

Daniel schwieg. Dann erwiderte er: »Ich weiß es auch nicht.«

»Lass uns den Tag einfach so schnell wie möglich hinter uns bringen. Was vor siebzehn Jahren passiert ist, ist vorbei. Es ist Vergangenheit.«

Daniel nickte langsam. »Vergangenheit«, wiederholte er.

»Genau. Und jetzt lass mich in Ruhe, ich will davon nichts mehr wissen.«

Bevor Daniel Ruben daran erinnern konnte, dass er ihn angerufen hatte, legte dieser auf. Daniel sah auf den Hörer in seiner Hand.

»Es ist vorbei«, wiederholte er, ohne so richtig daran zu glauben. Dann legte er den Hörer auf die Gabel und versuchte zu vergessen.

Januar 2001

Freddie

Freddie schlurfte zur Schule. Sie hatte keine Lust und vielleicht sogar ein bisschen Angst vor dem Tag, der vor ihr lag. Vielleicht, wenn sie langsam genug ging, würde alles vorbei sein, bevor sie in der Schule angekommen war.

Sie hörte nicht die Schritte, die sich ihr näherten. Sie hatte ihre Hände tief in den Jackentaschen vergraben und blickte zu Boden, wo sie ihre Schuhspitzen beobachtete.

Plötzlich spürte sie Hände, die nach ihr griffen und sie durchschüttelten. Sie zuckte zusammen, ihr Herz setzte einen Augenblick aus und dann trat sie zurück, um sich vor dem Angreifer zu wehren. Aber als ihr Blick auf den Jungen fiel, der sie so erschreckt hatte, seufzte sie erleichtert auf.

»Du Idiot«, sagte sie und drückte Viktor von sich.

Aber dieser lachte nur und schlang seinen Arm um ihren Hals, um sie in den Schwitzkasten zu nehmen. Freddie machte sich mit aller Kraft von ihm los. Das Blut schoss ihr ins Gesicht und ihr Atem beschleunigte sich.

»Verdammt, lass das!«, rief sie aufgebracht.

Endlich ließ er sie frei. Freddie hasste es, dass Viktor manchmal mit ihr umging, als wäre sie ein Junge. Zwar fand sie, dass ihre Brüste größer sein könnten, aber sie sah trotzdem sehr weiblich aus. Alle Kerle schienen das zu begreifen, nur Viktor nicht.

»Ach, bleib locker, Fred.«

Sie strich sich verärgert durch das Haar. »Nenn mich nicht so. Du weißt genau, dass ich das nicht mag.«

Viktor zuckte lächelnd mit den Schultern. »Ich wollte dich doch nur aufmuntern. Du sahst so geknickt aus. Keine Lust auf die Schule, was?«

Freddie vergrub ihre Hände wieder in den Jackentaschen. »Nein. Heute wird ein beschissener Tag.«

»Warum denn? Was ist los? Schreiben wir einen Test, von dem ich nichts weiß?«

Sie schüttelte den Kopf. »Ich muss heute ein Referat in Biologie halten. Das ist meine letzte Chance doch noch eine vier zu bekommen.«

»Du hast in den Weihnachtsferien nichts dafür getan, was?« Er betrachtete sie nachdenklich.

Sie schüttelte den Kopf. »Ich hatte ganz andere Dinge im Kopf.«

Viktor stieß ihr mit dem Ellbogen in die Rippen. »Dazu gehört Ruben, nicht wahr?« Er wackelte verschwörerisch mit den Augenbrauen.

Hätte sie Viktor gesagt, dass er selbst ihr nicht mehr aus dem Kopf ging, hätte er wohl nicht mehr so amüsiert, sondern eher bestürzt gewirkt.

Nun verdrehte sie die Augen. »Nein, nicht Ruben.«

»Was denn? Erwiderst du seine Gefühle nicht? Seine herzzerreißenden und tiefen Gefühle?« Er griff sich an die Brust.

»Kannst du mal bitte ernst sein?«, fragte sie ihn genervt. Wenn sie gute Laune hatte, machten seine Witze Spaß. Aber jetzt waren sie einfach nur anstrengend.

Viktor ließ seine Hand sofort wieder sinken. »'Tschuldigung«, murmelte er. »Ich glaube aber, dass er wirklich auf dich steht. Und du hast kein Interesse?«

Sie schüttelte den Kopf. »Nee.«

»Warum nicht?«

Sie seufzte. »Ach, keine Ahnung. Er passt einfach nicht zu mir.« Sie wollte nun wirklich nicht mit Viktor darüber reden. Es fühlte sich falsch an.

Er schien das zu merken, denn er zuckte mit den Schultern und sagte nur: »Wie du meinst.«

Sie gelangten auf die Straße, die zu ihrer Schule führte. Dort waren schon mehr Schüler zu sehen. Alle drängten sich auf den Schulhof. Es hatte noch nicht zur ersten Stunde geklingelt und so wurden Freddies Schritte immer langsamer.

Es war zwar sehr kalt, aber sie könnte theoretisch die nächste Stunde einfach auf dem Schulhof stehen bleiben und warten, bis Biologie zu Ende war.

Viktor hob seine Hand und winkte Ruben und Daniel zu. Sie standen auf dem Schulhof, ebenso missmutig wie Freddie, und unterhielten sich.

»Na komm, wir gehen zu deinem Liebsten«, sagte er und beschleunigte seine Schritte.

Freddie fiel zurück und beobachtete, wie sich die Jungs begrüßten. Während Viktor hoch gewachsen und muskulös war, war Ruben kleiner und stämmiger. Daniel hingegen stach überall heraus. Er hatte in den letzten Jahren einen Wachstumsschub durchlebt. Dabei war er aber nur in die Höhe und nicht in die breite geschossen.

Sie fasste sich ein Herz und ging zu den Jungs herüber. Daniel und Ruben umarmten sie zur Begrüßung. Dabei streichelte Ruben ihr über den Rücken, wie er es jedes Mal tat. Freddie konnte nichts dagegen tun, aber jedes Mal, wenn sie ihn umarmt hatte sie das Gefühl, dass er sich aufrichtig freute, sie zu sehen. So unattraktiv sie den Kerl auch fand, das machte sie trotzdem glücklich.

»Freddie hat Angst wegen ihrem Referat heute«, plapperte Viktor drauf los.

Sie zog ihren Kopf ein. Eigentlich wollte sie nicht, dass alle davon erfuhren. Sie konnte Mitleid nicht leiden. Das würde die Situation noch unerträglicher machen, weil sie sich dann schwach und hilflos fühlte.

»Deswegen brauchst du dir doch keine Gedanken zu machen«, sagte Ruben mit fester Stimme. »Das schaffst du locker.«

Sie lächelte matt. Wenn sie doch nur auch so an sich glauben würde.

Viktor stieß Ruben an und deutete mit seinem Kinn auf etwas, das hinter Freddies Rücken lag. Sie drehte sich um, um zu erkennen, was er meinte.

Julia

Julia sah zu den Lorenz-Geschwistern, zu denen Viktor, Daniel, Ruben und Freddie sich umdrehten. Oskar und Jonas betraten den Schulhof. Jeder Blinde hätte gemerkt, dass sie Außenseiter waren. Sie waren erst seit letztem Sommer auf ihrer Schule. Während Jonas in die zwölfte Klasse ging, war Oskar bei Ruben, Viktor, Daniel, Freddie und Julia in der elften Klasse.

Sie verabschiedeten sich von einander und Oskar ging zu zwei Schülern aus ihrer Parallelklasse. August und Kevin. Sie spielten Schach, waren gut in Mathematik, sahen aber immer ein bisschen unterbelichtet aus und spielten Blasinstrumente. Über ihr musikalisches Hobby hatte Viktor schon jeden Witz gemacht, den es zu erzählen gab. *Mindestens* einmal.

»Hey Leute«, sagte Julia, als sie zu ihren Freunden stieß.

Sie drehten sich zu ihr um.

»Julia«, sagte Viktor und legte einen Arm um ihre Schultern. »Meine Lieblingsblondine.« Er drückte ihr einen Kuss auf die Schläfe, aber Julia sträubte sich und entzog sich seiner Umarmung.

Viktor flirtete gerne und sie wollte keine von denen sein, die sich in ihn verliebten. Davon gab es schon mehr als genug. Unter anderem Freddie, die nun den Blick abwandte. Sofort bekam Julia ein schlechtes Gewissen.

Freddie hätte jeden Jungen um den Finger wickeln können. Sie war nicht nur schön, sondern auch intelligent und lustig. Sie war eine Power-Frau. Julia hingegen hatte viel zu breite Hüften und ihr Bauch war größer als ihre Brüste.

»Guck mal, Freddie.« Sie kramte in ihrer Schultasche, bis sie das Buch gefunden hatte, das sie gesucht hatte. Es war ihr Biologie Buch. Gestern Abend hatte sie noch lange mit Freddie telefoniert, um sie aufzumuntern und ihr Mut zu machen.

Nun klappte sie das Buch auf und förderte ein vierblättriges Kleeblatt hervor. Sie hielt es Freddie hin. »Viel Glück heute.«

Freddies Augen blitzten vor Freude. »Oh, cool. Wo hast du das denn gefunden?«, fragte sie, als sie Julia das Kleeblatt abnahm.

»Im Garten. Aber das ist schon ein halbes Jahr her. Seitdem bewahre ich das Blatt auf. Ich dachte mir, dass ich irgendwann dieses Glück brauchen werde.«

»Aber dann gib es doch nicht mir«, sagte Freddie und hielt es Julia ihn.

Sie schüttelte den Kopf. »Du brauchst es mehr, als ich.«

Freddie lachte leise. »Ja, das stimmt auch wieder.« Sie griff wahllos in ihre Tasche und holte ihr Notizbuch heraus.

Behutsam legte sie das Blatt hinein, bevor sie das Buch wieder in ihre Tasche legte.

»Jetzt kann doch nichts mehr schief gehen«, sagte Daniel so leise, dass Julia ihn kaum verstand.

Freddie lächelte matt. »Ich hoffe es.«

»Wir könnten feiern, wenn du eine gute Note bekommst«, schlug Ruben vor. »Auch wenn du eine schlechte Note bekommst«, fügte er hinzu.

Julia musste lächeln. »Das ist doch mal eine gute Idee.«

»Wir können gerne feiern, wenn wir unsere Zeugnisse bekommen haben«, sagte Freddie. »Dann feiern wir die Noten von uns allen.«

»Oder wir betrinken uns, um die Noten von uns allen zu vergessen«, sagte Daniel scheu und schob seine Brille hoch.

Viktor grinste in die Runde. »Meine Eltern sind die komplette nächste Woche nicht da. Sie machen Urlaub in der Karibik.«

»Rentner müsste man sein«, sagte Julia seufzend. Sie hätte nichts dagegen sofort in Rente zu gehen, ohne jemals gearbeitet zu haben.

»Ja, aber die sind auch schon so alt, dass sie fast auseinanderfallen«, sagte Viktor.

»Sie sind doch erst sechzig«, sagte Ruben und zog verwirrt seine Augenbrauen zusammen.

Viktor zuckte mit den Schultern. »Ist doch alt.«

Freddie verdrehte die Augen. »Ist doch auch egal. Hauptsache, du hast sturmfrei.«

Er nickte. »Habe ich.«

Sie wurden von der Schulglocke unterbrochen, die die erste Stunde ankündigte.

Ruben

Ruben neigte seinen Kopf zur Seite. Er blendete alle Geräusche aus, während Freddie vor der Klasse stand und ihr Referat hielt. Es war nicht so, dass er Engel singen hörte, wenn sie sprach. Er hörte nur ein Rauschen, wie von einem kaputten Fernseher, der nichts als Schneeflocken zeigte.

Er rieb sich die Augen, um aufzupassen. Er wollte ihr später ein richtiges Feedback geben, aber das würde er nicht können, wenn er nicht verstand, was sie sagte.

Sie war nervös. Rote Flecken hatten sich auf ihrem Hals ausgebreitet und die Hand, die ihre Notizen hielt, zitterte. Aber sie stotterte nicht. Mit ruhiger Stimme trug sie ihr Referat vor. Ab und zu schnappte Ruben ein paar Fachwörter auf.

Als sie fertig war, konnte er sie deutlich aufatmen hören.

»Sehr schön«, sagte Herr Nords und erhob sich von dem Platz in der ersten Reihe, um vor die Klasse zu treten.

Freddie ging zu Julia herüber und setzte sich neben sie. Sofort beugte Julia sich zu ihr vor und flüsterte ihr etwas zu. Wahrscheinlich etwas Aufbauendes.

Herr Nords sah zufrieden aus und so konnte Ruben wohl davon ausgehen, dass der Vortrag gut gewesen war.

Er ließ seinen Blick aus dem Fenster schweifen. Auf einem kahlen Baum saß ein einsamer Vogel. Er sah nicht sehr fit aus. Er war klein und hatte seine Federn so weit aufgebauscht, dass er aussah wie ein kleines Federknäuel.

Ruben neigte seinen Kopf zur Seite. Vögel faszinierten ihn schon länger. Sie sahen so zerbrechlich aus. Ihre Körper waren so klein und ihre Knochen so dünn, dass sie brachen, sobald man sie ein bisschen zu grob anfasste.

Ohne es zu merken, schlossen sich seine Finger zu einer Faust zusammen und er drückte seine Fingernägel in die Handinnenfläche.

So zerbrechlich.

Es würde bestimmt nur leise knacken. Vielleicht würde der Vogel noch gequält tschirpen. Konnten Vögel gequält tschirpen? Ruben verspürte den Drang, das herauszufinden. Es würde nicht viel Mühe kosten, den Vogel von dem Baum zu pflücken. Sicherlich konnte er nicht mehr fliegen. Er sah so krank aus. Ruben bräuchte nur seine Hand nach ihm auszustrecken. Wahrscheinlich würde der Vogel in seine Faust passen. Dann nur noch zudrücken und er wüsste, wie es sich anfühlte ein Lebewesen zu töten.

Als seine Handinnenflächen schmerzten, löste er die Faust und sah wieder nach vorne zu Herrn Nords.

Das waren Gedanken, die er nicht zulassen durfte. Er sagte sich immer wieder, dass das nichts Gutes war. Er fühlte sich schlecht, wenn er solche Gedanken hatte, aber er konnte nichts daran ändern. So oft er auch versuchte sich von dem Drang, kleinen Lebewesen etwas anzutun, abzulenken, so oft kamen die Gedanken wieder. Er hatte schon überlegt, ob er es einfach ausprobieren sollte. Vielleicht würden die Gedanken dann endlich verschwinden. Es einfach hinter sich bringen und schon war alles gut.

Aber es war noch nie dazu gekommen. Es hatte noch keine Gelegenheit gegeben. Außerdem musste er natürlich aufpassen, dass niemand von seinen Gedanken erfuhr, geschweige denn mit ansah, wie er ein Tier quälte.

Eigentlich war es auch egal, ob es ein Vogel, ein Kaninchen, eine Katze oder ein Hund war. Er könnte es sogar mit einer Maus oder einer Ratte tun. Wahrscheinlich würde deren Fehlen niemand bemerken.

Er wischte den Gedanken bei Seite, wie einen Fleck von einem Spiegel und konzentrierte sich auf den Unterricht.

Viktor

Viktor verabschiedete sich mit einem Handschlag von Daniel und Ruben. Auf dem Schulhof herrschte reges Treiben. Hinter ihm kreischten ein paar zehnjährige Mädchen, die irgendetwas Ekliges in den Händen hielten und von einem zum nächsten reichten. Viktor beugte sich zu Freddie herunter, um ihr einen Kuss auf die Schläfe zu geben.

»Du hast den Vortrag heute einfach großartig gemeistert«, sagte er mit gesenkter Stimme und nahm wahr, wie ihre Augen freudig funkelten.

»Danke«, sagte sie leise.

Er nickte ihr kurz zu, bevor er Julia in die Arme nahm. Ihr blumiges Parfum stieg ihm in die Nase und er musste lächeln, als er sich wieder von ihr löste. Obwohl sie einige Kurven hatte, versank sie völlig in seiner Umarmung. Viktor wunderte sich jedes Mal darüber.

»Macht's gut!«, rief er seinen Freunden zu, bevor sie in entgegengesetzter Richtung davon strömten.

Er wollte unbedingt noch in den Buchladen, der neu aufgemacht hatte. Viktor spürte ein aufgeregtes Kribbeln in seiner Magengegend, als er den Schulhof verließ. Es war nicht so, dass er aufgeregt war, weil er gerne las. Nein, er war aufgeregt, weil er mit sich selbst ein kleines Experiment vorhatte.

Er dachte an den Abend zurück, als seine Eltern zu dem Elternsprechtag in der Schule gegangen waren. Es war schon ein halbes Jahr her.

Er hatte sich zu Hause schrecklich gelangweilt. Im Fernseher war nichts gelaufen und seine Hausaufgaben hatte er vor sich hin geschoben. Er war in das Schlafzimmer seiner Eltern geschlichen, um sich ein bisschen umzusehen. Viktor war kein Perverser. Er suchte nicht nach intimen Details über das Sexleben seiner Eltern. Er war einfach nur außergewöhnlich neugierig. Alle um ihn herum und auch er selbst hatten diese Eigenschaft schon oft nervig gefunden.

Er konnte nicht einschätzen, welche Neugierde natürlich und welche zu sehr in das Privatleben anderer Menschen eindrang. Aber zumindest wusste er, dass das Durchsuchen des Schlafzimmers seiner Eltern unangebracht war. Aber er hatte einfach nicht anders gekonnt.

Nur war er nicht darauf gefasst gewesen, was er in einer der Schubladen gefunden hatte. Unter den Handtüchern hatte er drei schmale Hefte gefunden. Zuerst hatte er gedacht, dass es einfach nur irgendwelche Pornoheftchen waren. Er hatte gelacht und amüsiert seinen Kopf geschüttelt.

Aber dann hatte er sich die Hefte genauer angesehen. Es waren ohne Frage Pornohefte. Aber es waren keine Frauen darin zu sehen. Es waren Schwulen-Pornos. Viktor wusste nicht, ob die Hefte seiner Mutter oder seinem Vater gehörten. Eigentlich wäre es naheliegender gewesen, wenn sie seinem Vater gehörten. Aber er wollte nicht darüber nachdenken, was das für die Sexualität seines Vaters aussagte.

War er schwul? Bisexuell?

Und wenn die Hefte seiner Mutter gehörten? Was sagte das über sie aus?

Viktor hatte lieber gar nicht darüber nachdenken wollen. Aber er hatte sich auf den Boden vor dem Schrank seiner Eltern gesetzt und sich die Hefte angesehen. Eine Seite nach der anderen hatte er umgeblättert. Zuerst war es nur Neugierde und Faszination gewesen. Aber mit jeder Seite, die er umschlug merkte er, dass es nicht nur das war. Es regte sich etwas in seinem Inneren und als er ein Paar genauer betrachtete, spürte er, wie sich etwas in seiner Hose regte. Erst als sein Penis steif war, merkte er, was er da tat.

Er schleuderte das Heft erschrocken von sich. Angeekelt verzog er sein Gesicht. Natürlich hatte er nichts gegen Schwule. Wenn man auf Männer stand war das eben so. Das änderte schließlich nichts an dem Charakter der Person. Aber er selbst stand nicht auf Männer. Er fand Penisse und behaarte Beine nicht attraktiv. Im Gegenteil. Er mochte die Rundungen einer Frau. Er mochte langes Haar, volle Lippen, große Brüste und einen knackigen Hintern. Er hatte schon einmal eine Freundin gehabt. Sie waren zwar nicht lange zusammen gewesen, aber zumindest so lange, dass sie ihrer beide Unschuld hatten verlieren können. Und es hatte ihm gefallen.

Also warum gefielen ihm auch die Bilder von diesen nackten Männern, die sich miteinander vergnügten?

Er hatte noch eine Weile durch die Hefte geblättert und die Gefühle, die er bei dem Anblick der Männer bekam, ignoriert. Aber noch Tage lang hatte er daran zurückdenken müssen. Es hatte sich gut angefühlt. Dieses Kribbeln und Verlangen. Gleichzeitig war es aufregend, weil es für ihn etwas Verbotenes war. Ein Geheimnis.

Er hatte sich selbst solche Heftchen gekauft. Irgendwann reichten ihm die Bilder aber nicht. An einen Film war nicht zu denken. Zu groß war die Angst, dass er damit aufflog. Aber ein Buch. Ein Erotikroman, das wäre etwas für ihn.

29

Nun kam er bei der Buchhandlung an, die er ansteuerte. Sie gehörte einem alten Mann mit Buckel und krummer Nase, die aussah, als wäre sie schon einmal gebrochen worden.

Der Laden war leer, als Viktor durch die Tür ging. Die Heizung war voll aufgedreht und heiße Luft umfing ihn. Er öffnete seine Winterjacke und spürte, wie seine Wangen warm wurden.

Der Mann hob seinen Blick und kniff seine Augen zusammen, um erkennen zu können, wer da in seine Buchhandlung gekommen war.

»Hallo«, sagte Viktor. »Ich war letztens schon einmal hier und habe ein Buch bestellt.« Er trat an den Tresen.

»Mein Name ist Viktor Below.«

Der Mann betrachtete sein Gesicht und nickte dann. Er drehte sich um und griff in das Regal hinter sich, in dem ungefähr fünfzig Bücher mit eingestecktem Zettel standen. Daraus holte er eines hervor und legte es wortlos auf den Tresen.

Viktor hatte das Gefühl, dass dieser Buchhändler die Schweigepflicht eines Arztes hatte. Er glaubte nicht, dass er irgendjemandem in dem kleinen Dorf erzählen würde, dass Viktor einen Erotikroman las.

Viktor bezahlte das Buch und ließ es sofort in seiner Schultasche verschwinden.

»Schön Tag noch«, murmelte der Alte, bevor er sich wieder seinem riesigen Computer zuwandte.

Viktor nickte ihm zu und verließ den Buchladen. Mit dem Bus würde er nur zwei Stationen bis nach Hause brauchen. Seine Eltern arbeiteten beide noch. Also hatte er mindestens zwei Stunden Zeit, in denen er in dem Buch lesen konnte.

Daniel

Norma Walter reichte ihrem Sohn einen fünfzig-DM-Schein. Daniel betrachtete ihn skeptisch, bevor er ihn in seine Hosentasche steckte.

»Ich habe es leider gerade nicht kleiner«, sagte seine Mutter. Sie hatte ein teigiges Gesicht. Ihr Busen und ihre Hüften waren gewaltig. Sie wackelte von einer Seite zur anderen, als sie in der Küche zum Kühlschrank ging.

»Aber ich will das restliche Geld von dir zurück«, sagte sie und warf Daniel einen warnenden Blick zu.

Dieser verzog sein Gesicht, sagte aber nichts. Er hatte ihr noch nie Geld gestohlen.

Sie löste den Magneten von der Einkaufsliste am Kühlschrank und reichte ihm den Zettel.

»Bitte beeil dich, ja? Ich brauche die Eier für den Kuchen, den ich gleich machen will. Du weißt, dass deine Schwester morgen ihren Geburtstag in der Schule nachfeiert.«

Daniel nickte brav. »Ja, Mama. Ich weiß.«

Er steckte die Einkaufsliste zu dem Geldschein in seine Hosentasche und drehte sich um. Mit schlurfenden Schritten verließ er die Küche, um sich im Flur seine Schuhe anzuziehen. Seit sein Vater sie vor zwei Jahren verlassen hatte, hatte Daniel ständig das Gefühl, dass seine Mutter überfordert war. Egal bei was, sie kam nicht zurecht. Er musste ihr beim Einkaufen sowie bei der Steuererklärung helfen. Wenn etwas nicht mit dem Auto stimmte, fragte sie zuerst Daniel, was es sein könnte, obwohl er keine Ahnung von Autos hatte. Daniel wollte sich gar nicht beschweren, es war okay, wenn er seiner Mutter half. Aber mittlerweile fragte er sich, ob sie seine Hilfe wirklich brauchte oder nur so tat, damit sie umsorgt wurde und nicht allein die

Verantwortung tragen musste.

»Beeil dich«, rief sie ihm nach, als er die Haustür öffnete und nach draußen trat.

»Mache ich, Mama«, sagte er und schloss die Tür hinter sich.

Manchmal meldete sich sein Vater noch bei ihm. Er schickte ihm zum Geburtstag und zu Weihnachten eine Karte mit Geld. Alle zwei Monate rief er ihn auch an und dann versuchten Daniel verzweifelt ein Thema zu finden, über das sie sich unterhalten konnten. Mittlerweile war sein Vater für Daniel wie ein fremder Mensch geworden. Er hatte ihn seit zwei Jahren nicht mehr gesehen und zog so oft um, dass Daniel gar nicht wusste, wo er im Moment wohnte.

Seine Mutter hatte Daniel in den ersten Monaten der Trennung gefragt, ob der Vater über sie gesprochen habe, ob Daniel ihr irgendetwas ausrichten solle. Obwohl sie es nie ausgesprochen hatte, hatte er doch gemerkt, dass sie erwartete, dass der Vater zurück kam. Die Hoffnung war langsam verblasst. Stück für Stück, bis ihre Mutter nur noch traurig davon geschlurft war, wenn Daniel eine Karte von seinem Vater bekam und sie nicht. Er vergrub seine Hände tief in den Jackentaschen. Obwohl es erst früher Abend war, dämmerte es bereits. Ein eisiger Wind wehte und ließ seine Ohren und Wangen kalt werden.

Bis zum Supermarkt war es nicht weit. Den Weg konnte er zu Fuß gehen. Aber er trödelte.

Als er endlich beim Supermarkt ankam, war er völlig durchgefroren. Er konnte in dem Spiegelbild des Schaufensters erkennen, dass er eine rote Nase bekommen hatte. Um sie zu wärmen, rieb er mit den Fingerspitzen darüber.

Er schob die Tür auf und trat ein. Hier wurde er von der

Wärme erschlagen und Daniel zog den Reißverschluss seiner Jacke auf.

Er schnappte sich einen Korb und ging durch die Regale. Mittlerweile kannte er sich hier gut aus. Er wusste genau, wo er welches Lebensmittel finden würde.

Nacheinander legte er Eier, Mehl, Salami und Cornflakes in den Einkaufskorb. Es waren nicht viele Kunden in den Gängen und so kam er schnell voran.

Nur bei der Marmelade stand jemand und ließ sich Zeit bei seiner Auswahl.

Daniel trat hinter den Jungen und wartete geduldig darauf, dass er sich ein Glas schnappte, damit er selbst die richtige Marmelade finden konnte.

Aber der Junge starrte nur auf die große Auswahl und bewegte sich nicht. Daniel trat von einem Fuß auf den anderen. Schließlich räusperte er sich.

»Darf ich mal?«, fragte er und trat einen Schritt vor.

Der Junge zuckte zusammen, als hätte er nicht bemerkt, dass hinter ihm jemand stand. Er drehte sich um und sofort trat Daniel einen Schritt zurück.

Es war Oskar Lorenz. Der Junge, der im letzten Sommer zu ihnen in die Klasse gekommen war. Daniel hatte ihn von hinten gar nicht erkannt.

»Oh, hallo Daniel«, sagte der Junge und ein mattes Lächeln erschien auf seinen Lippen.

Oskar war ein ganzes Stück kleiner als er. Er hatte dunkelbraune Haare, aber sehr helle blaue Augen.

Daniel wusste nicht genau, was es war, aber irgendetwas mochte er nicht an ihm. Oskar war nie unhöflich und schon gar kein Raufbold. Im Gegenteil. Er war immer freundlich und zuvorkommend, hilfsbereit und unvoreingenommen.

Aber er war gut in Biologie.

Daniels Lieblingsfach. Er fand Biologie schon immer interessant, besonders, wenn der menschliche Körper behandelt wurde. Sogar Sexualkunde hatte er neugierig verfolgt. Wenn sie die Biologietests benotet zurück bekamen, wurde Daniel immer gelobt. Sein Biologielehrer hatte ihm einmal verraten, dass er die Leistung der anderen Schüler immer an Daniel maß. Daniels Testergebnisse waren hundert Prozent und daran orientierte sich Herr Nords, um die anderen Schüler zu benoten. Er war ein Musterschüler in Biologie, auch wenn es das einzige Fach war, in dem er gut war.

Er war stolz auf seine Leistungen.

Doch bei dem letzten Test hatte ihr Biologielehrer nicht Daniel gelobt, sondern Oskar. Oskar, der eine eins plus bekommen hatte, während Daniel sich mit einer eins minus hatte zufrieden geben müssen.

Seitdem betrachtete Oskar ihn mit anderen Augen. Wahrscheinlich reagierte er empfindlich, aber Daniel hatte nicht viel, auf das er stolz sein konnte. Das wollte er sich nicht von Oskar nehmen lassen.

»Hallo«, sagte er und bemühte sich um ein Lächeln.

»Ich kann mich nicht entscheiden«, sagte Oskar und deutete auf die Marmeladen in seinem Rücken.

Daniel nickte und griff an ihm vorbei. Es war ihm egal, welche Marmelade er nun in der Hand hielt. Er wollte einfach nur schnell weiter und sich nicht in ein Gespräch mit ihm verwickeln lassen.

Oskar sah auf die Marmelade in seiner Hand hinab. »Banane mit Honig«, las er von dem Aufkleber ab.

Daniel nickte und legte die Marmelade in seinen Korb.

»Kannst du die Geschmacksrichtung empfehlen? Mein Vater ist da sehr wählerisch.«

Daniel hob seine Schultern. »Keine Ahnung. Die ist für meine Mutter.«

Obwohl Daniel so abweisend war, verblasste das Lächeln von Oskars Lippen keinen Moment.

»Okay«, sagte Daniel. »Ich muss dann weiter. Tschüss, Oskar.«

»Tschüss Daniel. Schön dich mal außerhalb der Schule gesehen zu haben.«

Er ging nicht weiter auf die Worte ein, während er sich von Oskar entfernte. Das war noch eine Sache, die Daniel an Oskar nicht leiden konnte. Seine übertriebene Höflichkeit. Daniels Vater war genauso. Er lächelte immer, verteilte Komplimente wo es nur ging und schmeichelte sich bei jedem ein. Letztendlich war da aber nichts hinter dieser Höflichkeit. Eine Fassade, die einen hässlichen Charakter versteckte.

Oskar würde nur Ärger machen. Genau wie Daniels Vater. Doch Daniel hatte keine Ahnung, wie groß der Ärger wirklich noch werden würde.

Freddie

Der Tag hatte gerade erst begonnen und schon fühlte Freddie sich müde und ausgelaugt. Sie wischte mit einem feuchten Lappen über den Esstisch und beseitigte so die letzten Krümel vom Frühstück.

Als sie an Ruben dachte, wie er mal wieder so getan hatte, als würde sie ihn dazu zwingen, Steine zu essen, konnte Freddie nur den Kopf schütteln. Er stellte sich manchmal an wie ein kleines Kind. Dabei wusste er ganz genau, wie wichtig ihr seine Gesundheit war. Sie wollte doch nur, dass er gut und kräftig in den Tag startete. War es da zu viel verlangt, dass er sein Rührei aß, ohne ihr die Hälfte auf den Teller zu schmuggeln?

Als es an der Tür klingelte, zuckte Freddie zusammen. Sie rieb sich mit beiden Händen über das müde Gesicht. Vielleicht sollte sie vor ihrer Schicht im Supermarkt noch ein Nickerchen machen. Sie hatte letzte Nacht nicht gut geschlafen, sich immer wieder von einer Seite zur anderen gewälzt und lange Zeit kein Auge zu bekommen. Heute morgen hatte Ruben sie dann geweckt, weil er so früh aufstehen musste. Ohne ihn hätte sie ausschlafen können.

Sie warf den Lappen in die Spüle und verließ die Küche.

Hinter der Milchglastür konnte sie einen undeutlichen Schatten erkennen. Er war groß. Ruben konnte es also nicht sein. Aber was sollte er auch um diese Uhrzeit hier tun? Er war mittlerweile schon längst in der Tankstelle, in der er arbeitete.

Sie öffnete die Tür und blickte in das junge Gesicht von Nikolas. Sofort glitt ihr Blick an seiner Schulter vorbei, um die Straße nach Passanten abzusuchen.

»Was machst du denn hier?«, zischte sie, als sie sich vergewissert hatte, dass sie niemand sah.

»Ist dein Mann da?«, fragte er und zog seinen Kopf ein.

Freddie konnte sich ein Lächeln nicht verkneifen. Zu gerne hätte sie ihm dabei zugesehen, wie er sich gerechtfertigt hätte, wenn Ruben die Tür geöffnet hätte.

»Nein, er ist arbeiten. Aber warum bist du nicht in der Schule?«

Niko war ein hübscher Junge mit ausgeprägten Wangenknochen und hellem Haar. Freddie freute sich ihn zu sehen, auch wenn sie nicht den Anschein erweckte. Aber das lag nur daran, dass sie nicht wollte, dass jede Welt erfuhr, dass sie eine Affäre mit einem Sechzehnjährigen hatte.

»Lässt du mich rein?« Er lächelte auf sie hinab.

Sie seufzte, trat dann aber zur Seite. Er schlüpfte an ihr vorbei in das Haus und sie schloss die Haustür hinter ihm.

»Nochmal: Was machst du hier?«

»Die ersten beiden Stunden fallen aus. Deswegen dachte ich, ich komme dich einmal besuchen.« Er zog seine Schuhe aus und trat auf Freddie zu, um seine Hände an ihre Hüften zu legen. Ein schiefes Grinsen umspielte seine Lippen.

Sie wand sich in seinem Arm. »Aber du hättest von irgendjemandem gesehen werden können«, sagte sie. Normalerweise trafen sie sich nur abends, wenn die Dunkelheit sie vor neugierigen Blicken schützte und Ruben eine Spätschicht in der Tankstelle hatte.

»Aber ich habe dich vermisst«, sagte er.

Freddie neigte ihren Kopf zur Seite. »Hast du das?«, fragte sie und spürte Wärme in sich aufsteigen. Von Ruben hatte sie seit Jahren keine Schmeicheleien mehr zu hören bekommen. Es war

Balsam für ihre Seele, dass Niko so mit ihr sprach.

»Ja, das habe ich. Und wie.« Er beugte sich zu ihr vor, um ihr einen Kuss auf die Nase zu hauchen.

»Vor allem gestern Nacht«, sagte er leise. »Ich wäre gerne neben dir eingeschlafen.«

Sie wich seinem Blick aus.

»Und dann musste ich daran denken, dass er gerade neben dir schläft und das nicht zu schätzen weiß. Dadurch ist meine Sehnsucht nach dir noch größer geworden.«

Er zog sie enger an seine Brust und sie ließ sich in seine Umarmung fallen. Freddie legte ihre Arme um seine Mitte und atmete seinen süßen Duft ein.

Seit einem halben Jahr traf sie sich nun mit Niko. Seit sie ihn bei Julia kennen gelernt hatte. Er hatte bei seiner Tante Geburtstag gefeiert. Freddie war nur da gewesen, weil ihr Mixer kaputt gegangen war und sie sich Julias geliehen hatte. Dabei war sie mit Niko in ein Gespräch gekommen.

Als sie daran zurückdachte, wie er mit ihr geflirtet hatte, musste Freddie lächeln. Sie hatte eine alte Hose und ein ausgeleiertes Hemd von Ruben getragen. Sie hatte sich nicht schön gefühlt. Aber dann hatte sie mit Niko gesprochen und er hatte sie behandelt, als wäre sie der attraktivste Mensch auf der ganzen Party. Dabei waren in dem Garten schöne junge Frauen gewesen. Sie hatten kurze Röcke und bauchfreie Tops getragen. Trotzdem hatte Niko nur Augen für sie gehabt.

Danach hatten sie sich zufällig im Supermarkt, in dem sie arbeitete, getroffen. Als sie das Regal mit den Fertigsoßen aufgefüllt hatte, war er zu ihr gestoßen. Sie hatten kurz miteinander gesprochen. Es war nichts los gewesen und so hatte sie sich völlig unbeobachtet gefühlt, als sie erneut mit ihm flirtete und wieder das Gefühl von Wärme und Geborgenheit in ihr aufkam. Sie hatte sich nach Jahren endlich wieder begehrt gefühlt. Er hatte sie mit seinen Blicken gestreichelt und sie hatte sich so sehr zu ihm hingezogen gefühlt, dass es körperlicher Anstrengung kostete, ihn nicht zu berühren.

Und dann, ohne, dass sie recht wusste, was sie tat, hatte Freddie sich auf ihre Zehenspitzen gestellt und ihn geküsst. In ihrem Bauch waren die Schmetterlinge durchgedreht. In der ersten Sekunde hatte sie befürchtet, dass Niko nur mit ihr geflirtet hatte, weil er Spaß daran gehabt, aber nicht ernsthaftes Interesse an ihr hatte. Sie wusste ja nicht, ob er einer von den Jungs war, die herausfanden, wie sie auf das weibliche Geschlecht wirkten und sich dann einen Spaß daraus machten ihre Attraktivität gezielt einzusetzen. Er hatte sich überhaupt nicht bewegt und den Kuss nicht erwidert.

Als Freddie sich beschämt von ihm gelöst hatte und rot angelaufen war, hatte er sich aber aus seiner Starre gelöst und sie an sich gezogen, um sie erneut zu küssen.

Nun hielt er sie genauso in seinem Arm wie damals.

»Wollen wir hoch gehen?«, flüsterte er ihr ins Ohr.

Freddie spürte eine Gänsehaut über ihren Nacken und Rücken wandern.

»Ich habe aber nicht viel Zeit.«

»Die Zeit wird reichen«, sagte er und glitt mit einer Hand zu ihrem Hintern, um ihn sanft zu drücken.

Freddie konnte sich ein mädchenhaftes Kichern nicht verkneifen, als sie ihn mit sich in den ersten Stock zog, wo ihr Gästezimmer lag. Sie hatte mit Niko noch nie in ihrem Ehebett geschlafen.

Julia

Laura warf sich die Tasche über die Schulter, als Julia gerade aus dem hinteren Bereich der Bäckerei kam.

»Ich muss jetzt los«, sagte Laura und lächelte Julia an. »Die letzten Brötchen habe ich belegt und ausgelegt.«

Julia nickte. »Sehr gut. Danke.«

Als Laura durch den Verkaufsraum schritt, warf Julia einen Blick nach draußen. Die Sonne war zwar schon aufgegangen, aber richtig hell war es trotzdem noch nicht. Der Himmel war wolkenverhangen und sah so aus, als würde er bald seine Schleusen öffnen. Der Wind heulte auf, als Laura die Tür öffnete und nach draußen trat.

Julia sah dem Mädchen hinterher, wie sie nach vorne gebeugt, um den Sturm zu trotzen, die Straße entlang ging. Sie war froh, dass Laura ihr half. Sie wüsste nicht, wie sie die Bäckerei sonst am laufen halten sollte.

Normalerweise arbeitete sie gerne. Sie mochte den Geruch von warmem Gebäck und die Gespräche mit den Kunden. Sie sah gerne, wie das Wasser im Mund der Menschen zusammen lief, wenn sie die Köstlichkeiten, die Julia verkaufte, betrachteten. Aber heute war alles anders.

Als das Telefon klingelte, widerstand sie dem Drang, es zu ignorieren und nahm das Gespräch entgegen. Sie wandte sich von dem Schaufenster ab und blendete den Wind, der draußen tobte, aus.

»Bäckerei Schröder. Guten Morgen. Was kann ich für Sie tun?«

Einen Moment lang herrschte Stille. Dann erkannte sie den Atem an der anderen Leitung und das leise husten.

»Julia? Wo bist du?«

Sie schloss kurz die Augen und atmete tief ein und aus. »Mama, ich bin in der Bäckerei. Ich arbeite.« Es brachte nichts, sie darauf hinzuweisen, dass ihre Mutter sie genau dort angerufen hatte.

»Arbeiten? Aber warum? Jetzt? Du kannst nicht arbeiten.«

»Doch, Mama. Ich muss arbeiten. Ich komme heute Nachmittag nach Hause. So lange musst du noch allein bleiben.«

Erneutes Husten auf der anderen Leitung. »Du lässt mich einfach so allein?«

Obwohl Julia die Angst ihrer Mutter durch das Telefon hindurch hören konnte, spürte sie Ungeduld und Ärger in sich aufkommen. Wie oft hatte sie dieses Telefonat schon mit ihr geführt? Dreißigmal? Fünfzigmal? Hundertmal? Gefühlt waren es zweihundert Gespräche. Mit jedem Gespräch und jedem Tag, an dem ihre Mutter ihre Hilflosigkeit und Angst zeigte, wuchs Julias Ungeduld. Seit kurzem glaubte sie, dass sich zu diesem Gefühl auch noch Hass dazu mischte. Niemals würde sie das vor irgendjemandem zugeben, sie hatte ja sogar Schwierigkeiten sich das selbst einzugestehen.

»Julia? Julia, ich brauche dich«, sagte ihre Mutter und riss sie damit aus ihren Gedanken.

Mit Lisbeths Gesundheit ging es seit dem Tod von Julias Vater Berg ab. Er war an Lungenkrebs gestorben, obwohl er zwanzig Jahre vor der Diagnose das letzte Mal eine Zigarette geraucht hatte. Es hatte die ganze Familie mitgenommen, aber Julias Mutter besonders. Seit dem Tod ihres Ehemannes war sie nicht mehr dieselbe. Aus einer kreativen, liebevollen Frau war eine selbstsüchtige, ängstliche alte Dame geworden.

»Ich kann jetzt aber nicht zu dir kommen«, sagte Julia. »Ich

41

muss arbeiten. Das sage ich dir schon seit vielen Monaten. Heute Abend bin ich wieder bei dir und kümmere mich um dich.«

»Aber das dauert so lange.«

Julia legte Daumen und Zeigefinger an ihre Nasenwurzel und zog die Luft ein. »Dann ruf doch deine andere Tochter an. Vielleicht hat Annika Zeit, sich um dich zu kümmern.«

»Annika doch nicht«, sagte ihre Mutter nun nicht mehr ängstlich, sondern verärgert. »Wie kannst du so etwas vorschlagen? Sie muss sich doch um den kleinen Nikolas kümmern.«

Dass Nikolas nicht mehr klein, sondern ein Teenager war und in eineinhalb Jahren volljährig werden würde, vergaß Julias Mutter gerne.

Alle, und damit meinte Julia, Lisbeth und Annika, waren der Meinung, dass Julia sich um ihre Mutter kümmern musste, weil sie keine Kinder hatte. Am Anfang hatte Julia das noch nachvollziehen können. Aber mit der Zeit wurde ihre Mutter immer anstrengender und sie wusste nicht mehr, was sie tun sollte, um ihr gerecht zu werden.

»Versuch es bitte trotzdem. Vielleicht hat Annika doch Zeit für dich. Nikolas ist doch in der Schule.«

Es herrschte Stille auf der anderen Leitung.

»Mama?«

Nichts.

»Mama!«

»Schrei doch nicht so!«, rief Lisbeth zurück. »Ich bin doch nicht schwerhörig.«

Julia ballte ihre freie Hand zu einer Faust.

»Wenn du dich nicht um mich kümmern willst, fein.« Ihre

Mutter war von der ängstlichen Phase in die trotzige übergangenen. Dann war sie noch viel unausstehlicher.

»Aber wundere dich nicht, wenn ich tot in der Ecke liege, nur weil du zu beschäftigt mit Shoppen bist.«

»Ich arbeite, Mama. Ich bin nicht in der Stadt.«

»Wie du meinst.«

Mit den Worten legte ihre Mutter auf. Julia nahm den Hörer von ihrem Ohr und betrachtete ihn. In ihrem Magen hatte sich etwas zusammen gezogen. Ärger, Verzweiflung, Hass. Sie spürte deutlich, wie die Gefühle in ihrem Körper rumorten, als die Eingangstür gegen die Wand schlug. Julia drehte sich um und sah einen Kunden herein kommen. »Entschuldigung. Das war der Wind«, entschuldigte sich der Mann mit dem Gehstock in der Hand und schloss die Tür vorsichtig hinter sich. Julia schluckte das Gefühlschaos, das in ihr tobte, herunter.

Ruben

Ruben betrachtete über die Überwachungskamera die junge Mutter mit ihren zwei Kindern. Die Jungs waren vielleicht fünf und zehn Jahre alt und zankten sich auf den Rücksitzen. Die Mutter schien alle Hände voll damit zu tun zu haben, sie in Schach zu halten.

Ruben hasste Kinder. Am Anfang war er sehr enttäuscht gewesen, als er erfahren hatte, dass er keine Kinder zeugen konnte. Er hatte sich unmännlich gefühlt und sich vor Freddie geschämt. Aber mittlerweile war er ganz froh, dass sie ein kinderloses Leben führten. Vielleicht war es das Beste gewesen, was ihnen hatte passieren können.

Das Glöckchen über der Tür klingelte, als die Mutter in das Tankstellenhäuschen kam. Sie hatte Falten auf der Stirn, als würde sie sich ununterbrochen Sorgen machen.

Sie ging zu dem Regal mit den Schokoriegeln und griff nach zwei Riegeln, bevor sie zu Ruben an die Kasse trat.

Sie zahlte das Benzin und die Schokolade. Dann wendete sie sich, ohne sich zu verabschieden ab und ging zu ihren Kindern.

Ruben betrachtete sie nachdenklich. Ob sie wohl manchmal ihre Kinder schlug? Die Kinder machten sich über die Schokolade her, während die Mutter ihren Wagen auf die Straße zurück setzte.

Ruben kam hinter der Theke hervor und schloss die Tür ab. Eigentlich sollte er das nicht tun, aber er konnte seinen Chef ohnehin nicht leiden. Da war es ihm egal, wenn er etwas tat, was ihm nicht passte.

Er ging in das Lager im hinteren Teil des Tankstellenhäuschens. Hier wurden Zigaretten, Getränke und Süßigkeiten gelagert. Er setzte sich auf einen umgedrehten leeren Bierkasten und griff nach einem Umschlag, den er unter einem Stapel Zeitschriften versteckt hielt.

Sofort stieg sein Puls, als er die Fotos aus dem Umschlag nahm. Seit er vor Jahren das erste Mal einem kleinen Vogel den Hals umgedreht hatte, konnte er davon nicht mehr genug bekommen. Auf dem ersten Foto war eine Kröte zu sehen, der er ein Bein ausgerissen hatte. Auf dem nächsten Foto sah man die Katze seines Nachbarn, die er ertränkt hatte. Ihr Fell war auf dem Foto noch ganz feucht.

Das letzte Foto war sein Lieblingsfoto. Darauf war ein streunender Hund zu sehen. Ruben hatte ihn vor zwei Jahren im Wald an einen schmalen Baum gebunden und viele Tage damit verbracht, ihn zu quälen. Angefangen hatte es damit, ihn zu treten. Dann hatte er ihm kleine Nadeln ins Fleisch gebohrt.

Er hatte ihm ein Ohr verbrannt und ihn mit einem Baseballschläger geschlagen, bis er nur noch winselnd auf dem Boden gelegen hatte.

Irgendwann war der Hund an seinen Verletzungen gestorben. Ruben bekam immer noch aufgeregtes Herzklopfen, wenn er daran zurückdachte. Es war ein so mächtiges Gefühl gewesen, dem Hund diese Scheußlichkeiten anzutun. Er hatte sich stark und unbesiegbar gefühlt. Er hatte sich auf eine merkwürdige Art befriedigt gefühlt. Als wäre er durch diese Scheußlichkeiten ein besserer, ein in sich ruhender Mensch geworden. Natürlich hielt dieses Gefühl nie lange an. Nach ein paar Tagen bekam er schon wieder das Bedürfnis nach mehr.

Auch jetzt sehnte er sich danach. Er wünschte sich wieder einen Hund herbei, um den er sich so lange kümmern konnte. Aber er hatte keinen streunenden Hund mehr gesehen und das Risiko einen Familienhund zu entführen, war einfach zu groß. Sie würden ihn in der ganzen Stadt suchen und früher oder später auch finden. Ruben würde sich keine Zeit lassen können und es nicht so genießen, wie er es damals getan hatte.

Sanft strich er über das Foto des Hundes, als würde er die Wange seiner Frau streicheln. Dann schob er das Foto zurück in den Umschlag und versteckte ihn.

Bald würde er bestimmt ein neues Opfer finden. Er musste nur Geduld haben. Geduld, die er im Moment nicht hatte.

Er erhob sich ächzend und kehrte zurück in den Laden, wo ein Mann vor der verschlossenen Tür stand und in wütenden Gesten über Ruben schimpfte, ohne dass dieser ihn hören konnte.

Als er die Tür öffnete, ließ er den Mann gar nicht zu Wort kommen. »Musste mal auf Toilette«, brummte er gereizt und kehrte dem Mann dann den Rücken zu, um hinter seine Kasse zu treten.

Manchmal fragte Ruben sich, wie es wäre, wenn er nicht mehr Tiere, sondern Menschen quälen würde. Kinder, die ihre Eltern auf die Palme brachten oder unfreundliche Männer.

Die Vorstellung gefiel ihm.

Irgendwie.

Viktor

Viktor trommelte mit seinen Fingern auf dem Lenkrad des Streifenwagens, in dem er durch die Stadt fuhr. Immer wieder wurde das Auto zur Seite gedrückt, wenn der Wind an dem Wagen riss. Aber er war trotzdem guter Laune. Im Radio lief sein Lieblingslied von Blondie und Jenny hatte nicht geweint, als er sie vor einer knappen Stunde im Kindergarten abgegeben hatte.

Es schien doch ein guter Tag zu werden. Er sammelte gute Tage wie andere Menschen Briefmarken. Er speicherte sie in seinem Kopf ab und holte sie heraus, wenn er sich einmal schlecht fühlte.

Sein Blick huschte über die Straße und die Gehwege zu beiden Seiten. Viktor hatte schon immer einen sehr aufmerksamen Blick gehabt. Ihm entging so schnell nichts.

Daher erkannte er auch sofort Nikolas, der sich gegen den Sturm lehnte, während er die Straße entlang ging.

Viktor fuhr langsamer, als er auf seiner Höhe ankam. Es war schon nach acht. Müsste der Junge nicht eigentlich in der Schule sein?

Er ließ das Fenster auf der Beifahrerseite herunter. Der Wind heulte so laut, dass Nikolas ihn erst bemerkte, als er direkt neben ihm entlang fuhr.

Er blieb stehen. Viktor hielt an und beugte sich zu ihm nach vorne.

»Hey Niko«, rief er ihm zu.

Nikolas beugte sich zu dem Beifahrerfenster herunter. In seinem Gesicht konnte Viktor so etwas wie Schuldgefühle erkennen.

»Du solltest doch in der Schule sein. Was machst du hier?«

Niko schüttelte den Kopf. »Nee. Ich hatte die ersten beiden Stunden frei. Ich bin gerade auf dem Weg in die Schule.«

Nachdenklich betrachtete Viktor Julias Neffen. Ob er wohl die Wahrheit sagte? Er hatte das Gefühl, als würde Niko etwas verbergen.

»Dann hast du bestimmt nichts dagegen, wenn ich deine Mutter frage, ob das stimmt«, sagte Viktor.

Nikolas wurde blass. »Ähm … doch. Ich … äh … bitte nicht.«

Viktor hob seine Augenbrauen. Erwischt, dachte er und beugte sich noch weiter nach vorne.

»Aber Sie können meine Lehrerin fragen«, sagte er.

Viktor deutete mit seinem Kopf auf die Beifahrertür. »Steig ein«, sagte er knapp.

Nikolas tat, wie ihm befohlen und ließ sich neben Viktor nieder. Die Hände verschränkte er in seinem Schoß.

»Was ist los?«, fragte Viktor und fuhr langsam los.

»Nichts«, sagte Nikolas und rieb sich mit seinen Fingern über die Fingerknöchel.

»Du solltest die Schule ernst nehmen.«

Viktor fühlte sich nicht nur für Nikolas verantwortlich, weil er Polizist, sondern auch, weil er Julias Neffe war. Er war ihr wichtig und sie würde bestimmt nicht wollen, dass er schwänzte.

»Ich habe wirklich frei.«

»Und warum willst du dann nicht, dass ich Annika frage, ob das stimmt?«, fragte Viktor und warf Nikolas einen Blick zu. Dieser sah auf seine Hände hinab. »Ich war bei einer Frau«, gestand er. »Das soll meine Mutter nicht wissen.«

Viktor warf ihm einen Blick zu. Bei einer Frau. Wohl eher bei einem Mädchen. Für ihn war Nikolas immer noch der kleine Junge, der mit einem Lichtschwert durch die Gegend lief und so tat, als würde er gegen Monster kämpfen. Viktor konnte sich nicht vorstellen, dass er schon eine Freundin hatte. Aber er war kein Kind mehr. Er war schon sechzehn. Es gehörte zum erwachsen werden dazu.

»Okay«, sagte er langsam.

»Sie sagen es ihr doch nicht, oder?«

Viktor strich mit dem Daumen über das Lenkrad. Annika gegenüber fühlte er sich nicht verpflichtet, aber vielleicht sollte er einmal mit Julia sprechen. Nur um sie zu informieren. Es war ja nicht verboten sich mit Mädchen zu treffen.

»Nein, ich sage deiner Mutter nichts«, versprach Viktor und sah aus dem Augenwinkel, wie Niko sich entspannte.

»Danke.«

»Kein Problem«, sagte Viktor und bog in die Straße ein, in der Nikos Schule lag.

Er hielt einige Meter von dem Eingang entfernt. Niko sollte keine Schwierigkeiten bekommen, weil er von einem Streifenwagen zur Schule gebracht wurde.

»Nochmal danke«, sagte Niko, als er aus dem Wagen stieg. Er schien jetzt schon viel entspannter zu sein. Viktor war sich sicher, dass er nur so schuldbewusst gewirkt hatte, weil er Angst gehabt hatte, seine Mutter würde erfahren, dass er eine Freundin hatte.

Der Mann, der nicht in diese Stadt gehörte, ging zielstrebig auf das Bestattungsinstitut zu. Seine Hände waren zu Fäusten geballt.

Er sah zu den dunklen Wolken hoch. Sie sahen unheilvoll aus. Als würden sie ahnen, dass er nichts Gutes vorhatte. Als würden sie die ganze Welt davor warnen wollen. Aber niemand hörte auf sie. Alle lebten ihr tristes Leben weiter, als würde sich heute nicht alles ändern. Als würde sich das Schicksal nicht wenden.

Vor dem Schaufenster von Daniel Walters Bestattungsinstituts blieb er stehen. Er sah zu den Särgen und Urnen, betrachtete ihre Maserungen und Verzierungen. Von Daniel war nichts zu sehen. Er öffnete die Tür und trat ein.

Hier war es nicht viel wärmer, als draußen. Aber zumindest war er hier geschützt vor dem Wind. Um die Aufmerksamkeit nicht auf sich zu lenken, schloss er die Tür vorsichtig. Er wusste von der Kamera, die den Verkaufsraum aufnahm. Aber es machte ihm nichts aus. Die dunkle Kapuze, die er aufgesetzt hatte, schützte ihn.

Er durchquerte den Raum und ging zu der angelehnten Tür in den nächsten Raum herüber. Vorsichtig schob er sie auf. Aber als der Blick in Daniels Büro frei wurde, konnte er erkennen, dass Daniel nicht hier war.

Der Mann trat ein und lehnte die Tür an, damit man ihn nicht von außen sehen konnte. Langsam ging um den Schreibtisch herüber. Der Raum wirkte trist. Keine Pflanzen, keine Dekoration, keine Bilder von Freunden oder Familienan-

49

gehörigen.

Ihm gefiel es, dass Daniels Leben so trostlos zu sein schien. An einer Wand waren zwei Bildschirme angebracht. Auf dem einen wurde der Verkaufsraum angezeigt, der andere zeigte Daniel.

Daniel

Langsam glitten Daniels Hände über ihre Knie und weiter nach oben zu den Oberschenkeln. Dort berührte er die glatte Haut nur noch mit seinen Fingerspitzen. Behutsam schob er die Hand weiter, bis er an ihrer Scham angekommen war.

Daniel schloss die Augen und atmete tief durch. Alles in seinem Kopf drehte sich. Durch seine Adern floss das Adrenalin. Er nahm den blumigen Duft in seiner Umgebung wahr und spürte seinen Körper von den Fußspitzen bis zu der Nase, auf die seine Brille drückte.

Als er seine Augen wieder öffnete, sah er auf die Leiche hinab und zog seine Hand weg. Er neigte seinen Kopf zur Seite und betrachtete die Frau. Sie war erst Mitte dreißig. Die Angehörigen hatten ihm erzählt, dass sie Suizid begangen hatte.

Daniel hätte es auch so gewusst. Von ihrem Hinterkopf, auf dem sie beim Sturz aus dem vierten Stock aufgeschlagen war, fehlte ein ganzes Stück. Die Hinterbliebenen wollten einen offenen Sarg. Er war froh, dass nicht ihr ganzer Kopf zer-schmettert worden war.

Nun betrachtete er ihren nackten, blassen Körper. Sie war sehr schön gewesen. Wahrscheinlich hätte sie ihn niemals auch nur eines Blickes gewürdigt, wenn sie sich lebend begegnet wären. Er hätte niemals die Chance bekommen sie zu berühren. Doch sie war tot. Sie konnte sich nicht wehren und dadurch sah die Situation völlig anders aus.

Langsam ließ er seinen Blick über ihren Körper gleiten und sog jede Falte, jede Delle und jeden Muttermal in sich auf. Er hatte bis zum nächsten Termin noch ein wenig Zeit.

Vorsichtig streckte er seine Hand aus und legte sie auf den leicht gewölbten Bauch der Toten, als ein Krachen ihn zusammen fahren ließ.

Schnell zog er seine Hand zurück und ließ sie in seiner Hosentasche verschwinden. Er wirbelte herum, sah sich aber nur der geschlossenen Tür gegenüber.

Daniel runzelte die Stirn. Es hatte sich so angehört, als hätte jemand gewaltsam seine Ladentür aufgerissen und gegen die Wand gestoßen.

Er warf der Leiche einen sehnsüchtigen Blick zu, bevor er das Tuch zu ihren Füßen bis hoch zu ihrem Haaransatz zog und sie damit vollständig bedeckte.

Dann öffnete er die Zimmertür und sah hinaus in den Flur. An den weißen Wänden hatte er, ähnlich wie bei sich zu Hause keine Bilder aufgehängt. Vom Flur gingen fünf Türen ab. Er schloss die Tür, aus der er gekommen war und öffnete die nächste. Daniel sah skeptisch in seinen Verkaufsraum. Abgesehen von den Särgen und Urnen war der Raum leer. Kein Kunde war zu sehen.

Langsam trat er in den Verkaufsraum und schloss die Tür hinter sich. Die Eingangstür schwang offen im Wind, der von draußen herein wehte.

Daniel schritt herüber und griff nach der Klinke. Obwohl es mittlerweile schon hell sein sollte, hatte ein grauer Schleier den Himmel bedeckt und ließ keine Sonnenstrahlen durch.

Die Bäume bogen sich im Wind, eine Zeitung wirbelte über die Straße. Daniel blickte von einer Seite der Straße zur nächsten. Aber es war niemand zu sehen. Es musste der Wind gewesen sein, der die Tür aufgedrückt hatte. Trotzdem hatte Daniel ein ungutes Gefühl in der Magengegend.

Wahrscheinlich hing es mit dem Datum und Rubens Anruf zusammen.

Er schloss die Tür und warf noch einen letzten Blick nach draußen, bevor er in sein Büro ging. Dort setzte er sich hinter seinen Schreibtisch und nahm zum zweiten Mal an diesem Tag den Hörer ab.

Freddie

Freddie drehte und wendete die Socke in ihrer Hand. Hatte sie die schon einmal gesehen? Hatte sie die schon einmal getragen? War es Rubens Socke? Oder konnte es sein, dass es Nikolas Socke war? War es möglich, dass er ohne seine Socken gegangen war?

Sie schüttelte den Kopf, legte die einzelne Socke bei Seite und wendete sich wieder dem Frühstücksfernsehen zu. Nur noch nebenbei legte sie die Wäsche von dem Wäscheständer, der zwischen ihr und dem Fernseher stand zusammen.

Sie mochte die Moderatoren, die ihr jeden Morgen, an dem sie nicht zur Arbeit musste, versüßten. Es war nettes Geplänkel ohne tieferen Sinn. Wenn sie ihren Gesprächen zuhörte, musste sie nicht über so wichtige Probleme wie das Scheitern ihrer Ehe, ihren schrecklich langweiligen Job oder den immer größer werdenden Hintern nachdenken.

Sie hatte als Jugendliche eine fantastische Figur gehabt. Sie hatte es geliebt, dass die Jungs ihr nachsahen und sie der Mittelpunkt von so vielen Partys gewesen war. Aber irgendwann zwischen ihrem Schulabschluss und der Affäre mit Niko, als ihre Ehe sie immer mehr frustrierte, hatte sie einsehen müssen, dass sie nicht mehr alles essen konnte, was sie wollte.

Das Telefon riss sie aus ihren Gedanken. Sie legte eine Jeans von Ruben mit fransigen Hosenbeinen zur Seite.

Sie ging zu der Telefonstation herüber und warf einen Blick auf das Display. Skeptisch zog sie ihre Augenbrauen zusammen, bevor sie das Gespräch entgegen nahm.

»Hallo?«

»Hallo Freddie. Hier ist Daniel.«

Sie ging zu ihrem Wäscheständer zurück, um den Ton des Fernsehers auszuschalten.

»Hallo Daniel. Ruben ist nicht da. Er ist arbeiten.«

»Ich weiß. Ich wollte eigentlich auch mit dir sprechen.«

Obwohl sie einmal Freunde gewesen waren, sprachen sie jetzt kaum noch miteinander. Er war mit Ruben befreundet und da sie davon ausging, dass Ruben mit Daniel über ihre Ehe sprach und sich über Freddie beschwerte, hatte sie die Freundschaft zu ihm schon aufgegeben.

»Was kann ich für dich tun?«, fragte sie.

»Hat Ruben schon mit dir gesprochen? Über heute?«

»Nein. Was …«

Sie schloss ihre Augen, als ihr einfiel, was heute war.

»Es ist der zweite Februar und es stürmt«, sagte Daniel. »Ruben hat mich vorhin angerufen und seitdem bin ich etwas nervös.«

»Was glaubst du denn, was passiert? Es ist schon der siebzehnte Jahrestag. Da wird heute genauso wenig passieren, wie die letzten Jahre.«

»Ja.« Er räusperte sich. Sie erinnerte sich, dass Daniel es noch nie gemocht hatte, anderer Meinung zu sein. Er hatte sich lieber den Anderen angeschlossen. »Aber ich dachte, vielleicht könnten wir uns trotzdem alle treffen. Um darüber nachzudenken. Also … darüber zu sprechen, was damals passiert ist.«

Freddie seufzte und fuhr sich mit der Hand durch die Haare. »Ich muss von elf bis acht Uhr arbeiten. Ich glaube nicht, dass …«

»Bitte, Freddie«, unterbrach er sie.

Sie hatte Daniel mal wirklich gern gehabt. Ihn jetzt einfach so abzuweisen, fiel ihr nicht leicht. Aber sie wusste nicht, wozu sie sich alle noch einmal treffen sollten. Es war Zeitverschwendung. »Wir können ja mal die anderen fragen, ob sie daran Interesse haben. Vielleicht können wir uns ja in meiner Pause treffen.«

»Oh.« Sie hörte, wie er erleichtert seinen Atem ausstieß. »Das ist eine gute Idee.«

Sie nickte. Eine halbe Stunde konnte sie dem Quatsch erübrigen. Danach würde aber Schluss sein.

»Gut. Dann sehen wir uns um sechzehn Uhr bei mir im Supermarkt, okay?«

»Okay. Sagst du Ruben Bescheid? Dann telefoniere ich mit Julia und Viktor.«

Freddie hätte es zwar lieber gehabt, wenn sie die Gesprächspartner gewechselt hätten, aber sie willigte ein und legte dann auf.

Nachdenklich sah sie zu dem Fernseher herüber. Die Moderatoren bewegten stumm ihre Lippen. Sie sahen glücklich und zufrieden aus. Wie gerne würde Freddie diese Gemütslage übernehmen. Doch nach Daniels Anruf fühlte sie sich beklommen.

Julia

Als Julias Telefon klingelte, warf sie nur einen kurzen Blick über ihre Schulter. Dann wendete sie sich wieder dem Kunden zu, der eine Vorbestellung abholen wollte. Sie reichte ihm die Tüte mit einem Lächeln. Gerade als sie das Geld entgegen nahm, verstummte das Telefon. Sie wünschte dem Kunden einen schönen Tag und schloss die Kasse mit einem Rums. Sie klemmte schon seit einigen Wochen und Julia wollte eigentlich schon längst eine neue besorgen. Aber im Moment hatte sie einfach nicht das Geld dafür.

Als das Telefon erneut klingelte, verdrehte sie die Augen. Wehe, das war ihre Mutter. Dann würde sie aber etwas zu hören bekommen.

Sie nahm das Gespräch entgegen und drückte den Hörer an ihr Ohr. »Schröder«, bellte sie.

»Julia? Hier ist Annika.«

Julia fuhr sich mit der Hand über das müde Gesicht. Genauso wenig wie für ein Gespräch mit ihrer Mutter war sie nun für ein Gespräch mit ihrer Schwester gewappnet.

»Hallo Annika. Ich arbeite gerade, können wir nicht später telefonieren?«

»Nein. Es geht um Mama. Das kann nicht warten.«

Julia seufzte. »Okay. Was gibt es?«

»Sie hat schreckliche Angst. Kannst du nicht einmal zu ihr fahren und nach dem Rechten sehen?«

»Wie gesagt, ich arbeite gerade. Ich bin allein im Laden und kann nicht alles stehen und liegen lassen.« Langsam riss Julia der Geduldsfaden. »Ich muss für mein Geld arbeiten. Ob du es glaubst oder nicht. Ich muss auch dafür arbeiten, dass Mama ein Dach über dem Kopf und Essen im Bauch hat.«

»Soll das jetzt ein Vorwurf an mich sein?«

Julia hatte den Respekt für ihre Schwester verloren, an dem Tag, an dem die ihren Job an den Nagel gehängt hatte, um Mutter und Hausfrau zu sein. Dabei konnte Julia nicht einmal leugnen, dass auch ein bisschen Eifersucht eine Rolle spielte. Julia hatte weder ein Kind, noch einen Mann, der so viel verdiente, dass sie nicht mehr zu arbeiten brauchte. Aber der

Neid machte sie nur noch wütender auf ihre Schwester.

»Ich will jetzt nicht über deinen Job sprechen. Wenn man Mutter und Hausfrau denn als Job bezeichnen kann.« Bevor ihre Schwester etwas erwidern konnte, fuhr Julia fort: »Der Punkt ist, dass ich nicht so einfach von hier weg kann. Du aber schon. Niko ist in der Schule und dein Ehemann auf der Arbeit. Also kannst du bestimmt mal für eine Stunde dein heimeliges Haus verlassen und dich auf den Weg machen.«

Ein Zögern auf der anderen Seite der Leitung.

Julia schüttelte den Kopf. Sie konnte nicht glauben, dass sie tatsächlich dieses Gespräch mit ihrer Schwester führte. Es musste ihr doch klar sein, dass die Rollenverteilung zwischen ihnen nicht fair war.

Sie drehte sich um und sah aus dem Schaufenster, als ihr Blick auf das Gesicht eines Menschen mit riesiger Nase, schielenden Augen und zur Grimasse verzogenen Mund fiel. Erschrocken fuhr sie zusammen und trat einen Schritt zurück. Erst als die Gestalt ihren Kopf zur Seite neigte, erkannte Julia, dass es eine Maske war. Die Person, die die Holzmaske trug, stand ungefähr zwei Meter vor der Scheibe des Schaufensters und blickte in die erleuchtete Bäckerei. Er stand vollkommen still und bewegte sich nicht. Julia hatte das Gefühl, er würde direkt in sie hinein blicken, bis in ihre Seele.

»Julia? Julia, bist du noch da?«, hörte sie ihre Schwester aus dem Telefon rufen.

Julias Herz pochte wie wild in ihrer Brust, während sie der schwarz gekleideten Gestalt zusah, wie diese am Schaufenster vorbei und auf die Tür zuging. Langsam, aber zielstrebig.

Julia stolperte am Tresen entlang. Ein Bild, wie ein Deja-Vu kam in ihr hoch. Überall diese Holzmasken mit den verzerrten

Gesichtern, Wind, der sie daran hindert, davon zu laufen, Angst, die sie lähmte. Angst und Entsetzen über das, was passierte.

Sie kam hinter dem Verkaufstresen hervor und stolperte auf die Tür zu, die in den hinteren Bereich führte. Die Angst machte sie taub. Sie hörte weder Annika, die ihr am Telefon etwas zu rief, noch, wie die Tür zu ihrem Verkaufsraum geöffnet wurde.

Auf den Krümeln rutschten ihre Sportschuhe, Julia drohte hinzufallen, fing sich aber in letzter Sekunde wieder. Sie riss die Tür auf und flüchtete in den Raum, in dem Backwaren gelagert wurden. Sie schlug die Tür hinter sich zu. Sie hatte keinen Schlüssel, aber Julia schob ihren Spind in Richtung Tür. Dabei vergaß sie völlig das Telefon in ihrer Hand. Der Spind schabte über den Boden und Julia musste voller Panik feststellen, dass er schwerer war, als erwartet. Als sie es endlich geschafft hatte, lehnte sie sich gegen ihn und hoffte, dass er die Gestalt aufhalten konnte. Sie hatte vergessen zu atmen, schaffte es aber nicht, Luft zu holen. Sie schloss ihre Augen und lauschte auf Geräusche, die von der anderen Seite der Tür drangen, aber es war still. Sie versuchte so ruhig zu atmen, wie möglich, obwohl ihre Lungen nach Sauerstoff schrien. War das ihr eigener Atem, der so laut war oder der, des Menschen mit der Maske? Warum war die Person hier? Warum hatte sie eine Fasnet Maske auf, obwohl Fasching schon lange vorbei war. War sie hier, um sich für die Ereignisse von damals zu rächen?

Viktor

Viktor stand mit seinem Streifenwagen hinter einer Biegung und hielt sich hinter einem großen Busch versteckt. Auf der

Landstraße direkt vor der Stadt fuhren viele Autofahrer zu schnell. So versteckt hatte er schon viele davon abhalten können, mit achtzig Sachen in die Stadt zu fahren. Die Schule war nicht weit von hier entfernt und obwohl Jenny noch nicht in die Schule ging, war er durch sie sehr empfindlich geworden.

Bevor Jenny zur Welt gekommen war, hatte er seine Arbeit auch mit Leidenschaft getan. Aber aus einem anderen Grund, als jetzt. Damals hatte er es nur getan, um seine Fehler von damals wieder gut zu machen.

Um diese Uhrzeit war wenig los. Er lehnte sich auf seinem Sitz zurück und griff nach dem Sandwich, das er auf dem Beifahrersitz lag. Vorsichtig puhlte er die Plastikfolie bei Seite und biss hinein. Unter seinen Zähnen knirschte der Salat und er leckte sich etwas Remoulade von der Oberlippe.

Als sein Handy klingelte, seufzte er. Eigentlich sollte er nicht während seines Dienstes telefonieren. Nach einem Blick auf die Straße, steckte er sein Handy in die Halterung an der Windschutzscheibe und stellte die Freisprechanlage an.

»Ja?«, murrte er und legte sein Sandwich wieder auf den Beifahrersitz.

Einen Moment lang herrschte nur das Rauschen von schlechtem Empfang. Hier auf dem Land hatte er schon oft gemerkt, dass der Empfang nicht prächtig war.

»Viktor? Hier ist Daniel.«

Überrascht setzte er sich in seinem Sitz auf. Von Daniel hatte er lange nichts mehr gehört. Das letzte Mal, als Viktors Vater an einem Herzinfarkt gestorben war.

»Hallo Daniel. Wie geht's dir?«

»Äh … ganz gut.« Er hörte sich immer noch so unsicher an wie damals.

Viktor nahm das Sandwich wieder auf und biss hinein. »Was kann ich für dich tun?«, fragte er kauend.

»Freddie und ich wollen die alte Clique zusammen trommeln. Du weißt ja, was heute für ein Tag ist.«

Er schluckte den nicht ganz gekauten Bissen herunter und räusperte sich. »Wozu wollt ihr euch denn da treffen?«

Wenn er an Freddie dachte, dachte er lieber an das junge Mädchen zurück, mit dem er befreundet gewesen war. Die heutige Frau hatte nur noch wenig mit ihr gemeinsam.

»Ich finde, wir sollten endlich darüber sprechen, was damals passiert ist.«

Viktor ließ seinen Blick über die Straße vor ihm schweifen. »Aber warum heute?«

»Weil es der siebzehnte Jahrestag ist.«

»Hättet ihr da nicht bis zum zwanzigsten Jahrestag warten können? Ist irgendwie eine schönere Zahl.«

»Es ist der Sturm.«

»Der Sturm?« Viktor sah an dem Sandwich vorbei in die Ferne.

»Genauso wie damals.«

Er räusperte sich. »Wann und wo treffen wir uns?«

»Um sechzehn Uhr bei Freddie im Laden. Sie will dann Pause machen.«

Viktor nickte langsam. »Okay. Das kriege ich hin.«

Es rauschte. »Viktor?«

»Ja, ich habe gesagt, dass ich das hinkriege.«

»Hörst du mich noch?«

Viktor beugte sich vor, um in das Handy zu sprechen. »Ja, Daniel. Ich komme um vier zu Freddies Laden.«

»Ich verstehe dich nicht«, rief Daniel. »Aber ich denke mal, wir sehen uns dann heute Nachmittag.«

»Ja«, sagte Viktor leise und lehnte sich wieder zurück. »Bis heute Nachmittag.«

Die Verbindung war tot und Viktor fuhr sich mit der Hand durch die dunklen Haare. Sie hätten schon lange über das sprechen sollen, was damals passiert war. Und gleichzeitig wünschte er sich, sie würden niemals darüber sprechen. Sein Blick glitt über die Sträucher, die sich um ihn herum wiegten.

Dieser Sturm hatte wirklich verdammt viel Ähnlichkeit mit dem Sturm damals. Plötzlich wurde ihm kalt. Er drehte die Heizung auf. Auf seinen Unterarmen hatte sich eine Gänsehaut ausgebreitet.

Viktor hatte immer gehofft, dass er irgendwann mit den Ereignissen von damals zurecht kommen würde. Dass er darüber hinweg kommen würde, wie über eine kurze Liebschaft. Aber bis heute war das nicht geschehen. Bis heute hatte er immer mal wieder Momente, manchmal einen ganzen Tag, in denen er sich mit Schuldgefühlen plagte. Daran änderte auch die Arbeit als Polizist nichts.

Er warf einen Blick in den Rückspiegel. Es war nicht richtig hell hier draußen. Es gab keine Straßenlaternen und die Sonne wollte auch nicht zwischen den Wolken hervor kommen.

Aber er konnte die Gestalt erkennen, die da von hinten auf ihn zu kam. Sie stapfte über das Feld auf ihn zu, langsam und ohne Hast. Das Feld erstreckte sich bis zum Horizont, wo ein leichter Hügel abfiel.

Viktor zog seine Augenbrauen zusammen. Was hatte die Person hier zu suchen? So ganz ohne Auto würde es eine halbe Stunde dauern, bis in die Stadt.

Er warf einen Blick in den linken Seitenspiegel. Das Gesicht des Mannes konnte er nicht erkennen. Dafür war es zu düster und der Mann zu weit weg. Er kniff seine Augen zusammen und versuchte mehr zu erkennen. Vielleicht war es irgendein Junkie. Oder ein Betrunkener, den er in die Ausnüchterungszelle bringen sollte. Das wäre ihm sogar recht. Solange er nicht in sein Auto kotzte, war das in Ordnung.

Aber je näher er kam, desto unwahrscheinlicher wurde diese Theorie. Der Mann schien nicht betrunken zu sein. Er ging schnurstracks auf Viktors Auto zu. Dieser setzte sich auf und versuchte durch den Seitenspiegel mehr von der Person erkennen zu können.

Langsam breitete sich Kälte in ihm aus. Sie ging von seinem Herzen aus und nahm seinen ganzen Körper in Beschlag. Das konnte kein simpler Passant sein. Der Mann, der auf ihn zu kam hatte ein Messer in der Hand.

Januar 2001

Ruben

Ruben war nicht kalt. Obwohl der Rasen mit einer dünnen Eisschicht bedeckt war, saß er nur ohne Jacke bekleidet auf der Terrasse seiner Eltern.

Einzelne Regentropfen verfingen sich in seinem Haar, aber er merkte es kaum. Seine ganze Aufmerksamkeit war auf den Vogel gerichtet, der in dem niedrigen Gras hockte. Er schwang sich immer wieder mühevoll auf die Beine und versuchte davon zu kriechen, aber seine Kräfte reichten nicht aus.

Ruben hatte ihn vor einer viertel Stunde aus dem Fenster seines Zimmers im ersten Stock bemerkt. Er war sofort runter gegangen und hatte sich auf den feuchten Gartenstuhl gesetzt, um den Vogel zu beobachten.

Jede Faser seines Körpers zog ihn näher an das verwundete Tier. Aber er wehrte sich gegen dieses Gefühl. Die Amsel würde nicht davon fliegen. Er wusste nicht, was sie hatte, aber er konnte erkennen, dass es ihr nicht gut ging. Wahrscheinlich würde sie hier draußen erfrieren. Er wusste ohnehin nicht, was sie hier tat. Es war Winter. Da hörte und sah man keine Vögel. Sie müsste eigentlich schon längst in den Süden geflogen sein oder Winterschlaf halten. Zumindest glaubte Ruben, dass es nur diese beiden Möglichkeiten für die Amsel gab.

Er neigte seinen Kopf zur Seite. Wenn sie doch ohnehin erfrieren würde, würde es vielleicht gar nicht so schlimm sein, wenn er sich vorher um sie kümmerte.

Langsam stand er auf und schritt zu dem Tier. Es versuchte nun noch verzweifelter aufzustehen und streckte seine Flügel, die nicht einmal einen Schlag zustande brachten. Es war, als würde der Vogel spüren, dass Ruben nichts Gutes im Schilde führte.

Wie Recht er doch hatte.

Ruben hockte sich vor das Tier und streckte seine Finger nach dem Vogel aus. Behutsam legte er seine Fingerspitzen auf den Rücken des Vogels und strich über die weichen Federn. Voller Panik drehte die Amsel ihren Kopf herum und versuchte nach Rubens Finger zu picken, aber er war außer Reichweite.

»Ein schöner Vogel, nicht wahr?«

Ruben fuhr hoch und konnte gerade noch einen Schrei unterdrücken.

Sein Nachbar, Herr Dietrich, sah über die hohe Hecke, die seinen und Rubens Garten voneinander trennten.

Ruben hatte ihn noch nie gemocht. Er war Ende fünfzig, was für ihn schon ziemlich alt war. Außerdem hatte er Augen, die alles zu sehen schienen.

»Ja, ein schöner Vogel«, sagte Ruben und trat von einem Fuß auf den anderen.

»Du willst ihn bestimmt versorgen, oder nicht?« Dietrich neigte seinen Kopf und betrachtete Ruben skeptisch.

Da wurde ihm klar, dass Dietrich genau wusste, was Ruben vorgehabt hatte. Vielleicht hatte er ihn die letzten Minuten beobachtet, ohne, dass es Ruben bemerkt hatte.

»Ich glaube, dafür ist es zu spät«, sagte Ruben, der keine Lust hatte, den Vogel nun aufzupäppeln. Vor allem nicht, wenn er immer noch nach seiner Hand pickte.

»Es ist nicht zu spät. Egal für was«, sagte Dietrich und ein kleines Lächeln umspielte seine Lippen.

Ruben räusperte sich und trat einen Schritt zurück. Es fühlte sich an, als würden Dietrichs Augen direkt in sein Innerstes blicken können. Es war ein scheußliches Gefühl. »Ich muss mal wieder rein«, sagte er mit einer fahrigen Geste zum Haus. »Meine Hausaufgaben machen.«

Dietrich nickte langsam. »Alles klar, Junge. Und lass dich nicht ablenken.«

Ruben schluckte, warf dem Vogel noch einen Blick zu und drehte sich dann um, um hastig ins Haus zurück zu gehen.

Als er die Terrassentür hinter sich schloss, versuchte der Vogel immer noch verzweifelt von der Stelle zu kommen.

Freddie

Freddie sah ihren Eltern nach, wie sie in der Menge verschwanden. Sie ging nicht gerne mit ihnen einkaufen. Sie mochte die Kleidung, die ihre Mutter für sie aussuchte ebenso wenig, wie das genervte Augenrollen ihres Vaters, wenn die beiden Frauen länger als für ihn erträglich in einem Laden brauchten. Freddie wäre viel lieber zu Hause geblieben. Sie hätte eine Runde Sims gespielt, gelesen, eine neue Folge von *Friends* geguckt, ja vielleicht sogar Hausaufgaben gemacht.

Unruhig trat sie von einem Fuß auf den anderen. Normalerweise hatte sie nicht das Gefühl, das ihre Stadt groß war, aber an einem Samstagmittag mussten sich alle Einwohner in die kleinen Gasse der Innenstadt quetschen, wo sich ein Laden an den nächsten reihte.

Unschlüssig sah sie sich um. Sollte sie einfach in eines der Geschäfte gehen und sich umsehen? Sie biss sich auf die Unterlippe. Wahrscheinlich würde sie ihre Eltern nie wieder finden. Aber es sah jetzt schon so aus, als hätte sie sie verloren.

»Freddie.«

Überrascht drehte sie sich nach der Stimme um, die sie nicht zuordnen konnte, obwohl sie ihr bekannt war.

Zwischen einem dicken Paar, das sich Pommes teilte und einem Mann mit Anzug, der zitternd eine Zigarette rauchte, tauchte Oskar auf.

Sie warf einen Blick über ihre Schulter, konnte ihre Eltern aber nicht sehen. Zu gerne wäre sie jetzt zu ihnen gegangen. Mit Oskar konnte sie wenig anfangen und sie hasste peinliche Stille, wenn sich zwei Personen nichts zu sagen hatten.

»Hallo Oskar«, sagte sie trotzdem freundlich und lächelte ihn an.

»Gehst du shoppen?«, fragte er und warf einen Blick auf ihre leeren Hände.

Sie schüttelte den Kopf und verschränkte ihre Arme vor der Brust. »Nein. Ich bin mit meinen Eltern hier, aber die sind gerade verschwunden.« Sie deutete mit dem Daumen hinter sich und zuckte mit den Schultern.

Er lächelte. »Achso. Dann halte ich dich hoffentlich nicht vom Suchen ab.«

Oskar lächelte Freddie so offen an, dass sie sich entspannte.

»Nein, ist schon in Ordnung. Die werden mich schon irgendwie finden. Ich glaube, Eltern haben da so einen Radar.«

Oskar lachte. »Ja, den haben meine Eltern auch. Vor allem wenn man mal Zeit mit seinen Freunden verbringen will.«

Sie sah sich um. »Bist du mit August und Kevin hier?«

»Ne. Ich bin allein.«

Freddie nickte und sah ihn wieder an. In seiner Heimatstadt hatte er bestimmt viele Freunde gehabt. Obwohl er dunkle Haare hatte, waren seine Augen blau. Die Farbe kam durch den Kontrast noch mehr zur Geltung und gefiel bestimmt vielen Mädchen. Dass er eine krumme Nase hatte, machte da wenig aus. Merkwürdig, dass er nur mit August und Kevin herumhing, dachte Freddie. Durch seine offene und freundliche Art könnte er Leute finden, mit denen er mehr unternehmen konnte, als mit den beiden. Die drei passten nicht zusammen. Nur manchmal kam Oskar etwas sonderbar rüber.

»Was machst du heute noch?«, fragte sie aus einer spontanen Laune heraus.

Er zögerte. Kurz huschte der Ausdruck von Zweifel über sein Gesicht, aber im nächsten Moment war er auch schon wieder verschwunden.

»Ich habe noch nichts geplant, warum?«

»Ich treffe mich heute Abend mit Julia, Viktor, Daniel und Ruben. Vielleicht hast du ja Lust mitzukommen.«

Er kratzte sich an der Schläfe. Die Unsicherheit überspielte er mit einem Lächeln. »Wollen die mich denn dabeihaben?«

Lächelnd zuckte sie mit den Schultern. »Das werden wir dann sehen.«

Er sah auf einen unbestimmten Punkt über Freddies Schulter. Sie wartete geduldig, während er sich das Angebot durch den Kopf gehen ließ. Zu gerne wüsste sie, welche Argumente er in seinem Kopf abwog.

Schließlich nickte er aber und sah sie wieder mit diesem offenen Lächeln an. »Okay. Ich komme mit.«

»Super«, sagte sie lächelnd und freute sich wirklich über seine Zusage. »Wir treffen uns um acht Uhr bei Julia. Erschreck dich nicht über ihre Mutter.« Freddie beugte sich verschwörerisch nach vorne. »Sie ist ein bisschen verrückt, aber eigentlich eine ganz Liebe.«

»Okay«, sagte Oskar und lachte auf. »Das werde ich mir merken. Dann bis heute Abend.«

Kurz zögerte er und betrachtete Freddie, als würde er darauf warten, dass sie ihm verkündete, alles sei nur ein Scherz und er sei gar nicht eingeladen. Aber als sie nichts sagte, nickte er und ging an ihr vorbei. Er verschwand in der Menge, genau wie ihre Eltern zuvor.

Daniel

Daniel war immer zu früh da. Er mochte diese Eigenschaft an sich nicht. Er würde gerne zu den Personen gehören, die glamourös zu spät kamen und auf die alle gespannt warteten, weil die Party erst steigen konnte, wenn sie da waren.

Ohne ihn würde nie eine Party steigen. Aber nur, weil er vor allen anderen Gästen kam. So stand er zehn Minuten vor der vereinbarten Zeit vor Julias Haustür und zögerte.

Ob sie schon fertig war? Er wollte sie nicht beim Duschen, im Streit mit ihrer Mutter oder, Gott bewahre, auf der Toilette stören.

Daniel trat von einem Fuß auf den anderen. Er hatte noch nie gesehen, wie sie mit ihrer Mutter gestritten hatte und er stellte sich lieber kein Mädchen auf der Toilette vor. Das würde die Faszination schmälern, die er immer noch für Mädchen im Allgemeinen empfand. Wenn sie wirklich gerade unter der Dusche stand und ihm nur mit einem Handtuch bekleidet die Tür öffnen würde, würde er bestimmt nicht schreiend weglaufen. Im Gegenteil. Diese Möglichkeit war ihm am liebsten.

Um die Vorstellung von Julia im Handtuch zu verdrängen, schüttelte er den Kopf und drückte auf die Klingel.

Sie war bestimmt schon fertig. Vielleicht presste sie gerade mit ihrer Mutter Orangensaft oder saß am Kamin und las ein Buch.

Er wollte nicht in der Kälte warten, bis er nicht mehr zu früh war.

Die Tür öffnete sich und Julia stand vor ihm. Sie war angezogen und wirkte nicht so, als hätte er sie bei irgendetwas gestört.

»Hey Daniel«, sagte sie und trat bei Seite. »Komm rein. Die anderen sind noch nicht da.«

Er folgte ihr nach drinnen.

Bevor er seine Schuhe und Jacke ausziehen konnte, verschwand sie hinter der Tür, die in den Keller führte. Er zögerte kurz, behielt seine Sachen dann aber an und folgte ihr nach unten.

Ihre Eltern hatten den Keller vor zwei Jahren zu einem Hobbykeller umgebaut. Er war für ihren Vater gedacht, aber Julia durfte ihn auch benutzen.

Sie gingen durch den kurzen Flur und betraten den großen Raum. Hier standen in der Mitte zwei Sofas und ein Sessel um einen niedrigen Couchtisch. An der einen Wand war eine kleine Theke, unter der sich alle möglichen alkoholischen Getränke befanden. Zwischen der Tür und den Sofas stand ein Kicker, an dem Ruben und Viktor schon dutzende Turniere gespielt hatten. Nun steuerte Julia direkt die Theke an. »Was willst du trinken?«

Er zögerte. »Erst mal nur ein Wasser bitte.«

Julia warf ihm einen skeptischen Blick zu, sagte aber nichts. Er war froh, dass sie ihn nicht zum Alkohol drängte. Das würden die anderen schon früh genug machen.

Er ging zu der Sitzecke herüber und ließ sich auf einer Couch nieder. Daniel sank tief in das weiche Polster ein. Als Julia ihm das Wasser reichte, musste er grinsen. Sie hatte ihm einen

Strohhalm in das Glas getan. So sah es aus, als würde er Wodka Tonic trinken.

»Danke«, sagte er und nippte an dem Wasser.

»Gerne.«

Bevor sie sich zu ihm setzen konnte, klingelte es. Sie öffnete zuerst Ruben und dann Viktor die Tür. Als letzterer in den Keller kam, sah er sich suchend um.

»Verdammt, ich bin gar nicht letzter«, sagte er.

Ruben und Daniel, die nebeneinander saßen, drehten sich zu ihm um. Ruben hielt eine Flasche Bier in der Hand.

»Nein. Freddie fehlt noch.«

Viktor schüttelte den Kopf. »Da versucht man einmal cool zu sein.«

Daniel musste lächeln, weil Viktor offensichtlich die gleiche Motivation hatte, nicht zu früh da zu sein.

Julia und er setzten sich nebeneinander auf die zweite Couch. Julia hielt ein Glas mit brauner Flüssigkeit in der Hand. Daniel ging davon aus, dass es sich dabei um Rum-Cola handelte. Viktor hingegen trank Bier.

»Wie alt ist eigentlich deine Mutter, Julia?«

Sie runzelte die Stirn und betrachtete Viktor nachdenklich, als würde sie überlegen, welchen dummen Spruch er ihr nun reindrücken würde.

»Zu alt für dich«, sagte sie schließlich und nippte an ihrem Getränk. Auch sie hatte einen Strohhalm in ihrem Glas.

Viktor lachte. »Ach, du kennst mich einfach zu gut.«

Er drückte ihr einen Kuss auf die Wange. Julia verzog grinsend das Gesicht und drückte ihn von sich.

»Glaubt ihr, Freddie geht es gut?«, fragte Ruben und warf einen Blick zur Kellertür.

»Bestimmt«, sagte Daniel. »Sie kommt doch oft zu spät.«
Ruben runzelte die Stirn. Er wirkte nicht überzeugt.

»Du solltest nicht so ein Arschkriecher sein, Ruben«, sagte Viktor in liebenswürdigem Ton. »Wenn du sie rumkriegen willst, dann …«

»Ich will Freddie nicht rumkriegen«, unterbrach Ruben ihn und sah auf seinen Bauch, der sich über seiner Hose wölbte.

Viktor lächelte. »Okay. Wenn du sie für dich gewinnen willst, solltest du vielleicht ein bisschen mit ihr spielen.«

Julia verdrehte die Augen. »Hör auf, ihm einen so doofen Rat zu geben. Das ist Freddie, unsere Freundin, über die du da sprichst. Mit ihr soll niemand spielen. Auch nicht Ruben.« Sie beugte sich zu ihm vor. »Wenn du sie für dich gewinnen willst, musst du ein Gentleman sein. Halte ihr die Tür auf, mach ihr Komplimente, sei freundlich zu ihr.«

Daniel lehnte sich amüsiert zurück. Er fragte sich, ob er der einzige war, der wusste, dass Freddie nicht auf Ruben, sondern auf Viktor stand. Er selbst hatte ja auch eine Schwäche für Freddie, aber er war klug genug, sich da rauszuhalten. Freddie war eine Nummer zu groß für ihn und Ruben war sein bester Freund. Er wollte ihm nicht im Weg stehen.

Als es klingelte, hielt Julia inne. »Das muss sie sein.« Sie stellte ihr Glas auf den Couchtisch und sprang auf.

Viktor

Als Julia den Raum verließ, beugte Viktor sich nach vorne und zwinkerte Ruben zu. »Spiel lieber Spiele.«

Er mochte Ruben, schließlich war er sein Freund, aber Viktor wusste auch, dass der bei Freddie keine Chance hatte. So oft er sie mit ihm aufzog, so oft hatte sie ihm gesagt, dass sie kein

Interesse an Ruben hatte. Vielleicht würde sich das irgendwann ändern. Aber im Moment rechnete Viktor nicht damit.

»Ihr solltet besser beide eure schlechten Ratschläge stecken lassen«, sagte Daniel lächelnd.

Viktor lehnte sich auf der Couch zurück. »Ich meine es doch nur gut mit Ruben.«

Dieser lachte. »Von wegen. Du willst, dass ich mich vor ihr blamiere.«

Viktor beugte sich vor und klatschte Ruben zwei Mal auf das Bein. »Niemals, mein Freund. Niemals.«

Als sie die Schritte auf der Kellertreppe hörten, wurde Viktor sofort klar, dass nicht Freddie gekommen war. Er drehte sich zu der Tür um.

Julia öffnete die Tür und trat zur Seite, wobei sie den Blick auf Oskar frei gab.

Sie lächelte, aber das Lächeln erreichte nicht ihre Augen. Diese wirkten besorgt, als sie Oskar in den Keller führte. Auch Oskar schien sich offensichtlich nicht wohl in seiner Haut zu fühlen.

»Seht mal, wen Freddie eingeladen hat«, sagte Julia und bemühte sich um einen heiteren Ton.

Viktor räusperte sich. Oskar war überhaupt nicht der Gast, mit dem er gerechnet hatte. Auch nicht der, den er sich gewünscht hatte. Sie waren seit Jahren ein eingespieltes Team, Julia, Freddie, Ruben, Daniel und er. Da passte Oskar nicht rein.

»Entschuldigt«, sagte Oskar und kratzte sich an der Schläfe. »Ich dachte, Freddie hätte euch gesagt, dass ich komme.«

Viktor schüttelte den Kopf. »Hat sie nicht«, sagte er leise, aber Oskar hörte ihn trotzdem und nickte leicht.

Es gab nur zwei Möglichkeiten, wie sie nun mit der Situation umgehen könnten. Entweder, sie behandelten Oskar wie einen

Feind und warteten in unangenehmen Schweigen darauf, dass Freddie kam, um die Situation aufzulockern, oder sie hießen ihn einfach Willkommen und machten das Beste daraus.

Ruben wäre wahrscheinlich für die Option, dass sie ihn einfach rausschmissen, aber das kam Viktor gar nicht in den Sinn.

»Na dann bring unserem Gast ein Getränk«, sagte er laut zu Julia, bevor er sich an Oskar wendete. »Komm.« Er klopfte auf den freien Platz neben sich. »Setz dich zu uns.«

Als hätten die anderen nur darauf gewartet, atmeten sie auf. Oskar bemühte sich um ein Lächeln, als er zu Viktor herüber ging und sich neben ihn setzte.

Julia trat hinter die Theke. »Was trinkst du, Oskar?«

Er warf einen Blick auf die Getränke der anderen und sagte dann: »Ein Bier, danke.«

»Ein Bier kommt sofort«, sagte Julia.

Viktor lehnte sich zurück. In den Gesichtern von Ruben und Daniel konnte er Unbehagen erkennen. Freddie würde ihnen einiges erklären müssen.

»Und, wie lebst du dich so in der Schule und der Stadt ein?«, fragte Viktor ein bisschen zu laut, um die Stille zu übertönen. Hinter sich hörte er das Zischen der geöffneten Bierflasche.

Oskar rückte auf seinem Platz zurecht und berührte Viktor dabei am Oberschenkel. »Es geht. Man muss sich erst einmal zurecht finden. Es gibt viel Neues und Ungewohntes.«

»Von wo kommst du nochmal?«, fragte Daniel schroff.

Oskar warf ihm einen Blick zu. »Aus Frankfurt.«

»Oh. Das muss eine große Veränderung gewesen sein«, sagte Julia, als sie ihm das Bier reichte und sich auf die andere Couch neben Daniel setzte.

73

Oskar sah auf die Flasche hinab und hob die Schultern. »Schon. Hier ist alles viel kleiner.«

Viktor nickte. »Aber eine Kleinstadt hat auch seine Vorteile.«

Oskar lächelte matt. »Die sehe ich zwar noch nicht, aber ich halte die Augen offen.«

»Gut, dass es Züge gibt. Dann bist du immer wieder schnell in deiner Heimat.«

Viktor warf Ruben einen Blick zu. Es war nicht schwer zu erraten, dass Ruben sich genau das wünschte.

»Ich lasse die Vergangenheit lieber zurück und schaue nach vorne«, sagte Oskar, dem Rubens Seitenhieb gar nicht aufzufallen schien.

Viktor lächelte. »Klar. Ist auch besser so.« Er nippte an seinem Bier und räusperte sich. »Wie kommt es, dass Freddie dich eingeladen hat? Ich wusste nicht, dass ihr befreundet seid.«

Oskar rieb mit dem Daumen über das Etikett seines Biers. »Wir sind eigentlich auch nicht befreundet. Ich habe sie heute in der Stadt getroffen. Da haben wir uns ein bisschen unterhalten und sie hat mich eingeladen.« Oskar hob seinen Blick und sah Viktor an. »Ich habe wirklich gedacht, dass sie mit euch darüber sprechen würde.« Seine Augen flehten um Verzeihung.

»Ist doch alles gut«, sagte Julia und lächelte Oskar an.

Julia

»Jetzt bist du hier und wir sind froh, dich dabei zu haben.« Julia meinte das sogar ernst. Er war ein netter Kerl. Auch wenn sie nicht genau wusste, wie sie ihn einschätzen sollte.

Oskar lächelte sie an und nickte. »Okay.«

Ihm konnte nicht entgehen, wie steif Daniel und Ruben neben ihr saßen, aber er ließ es sich nicht anmerken.

Als es an der Tür klingelte, atmete Julia auf. Gott sei Dank. Das musste Freddie sein. Sie stellte ihr Glas auf dem Tisch ab und erhob sich vom Sofa.

Sie konnte es gar nicht abwarten von Freddie zu hören, was passiert war. Warum sie Oskar eingeladen hatte, ohne ihnen davon zu erzählen.

Julia lief die Treppe hoch und trat an die Tür, als es zum zweiten Mal klingelte. Sie riss die Tür auf. Freddies Wangen waren gerötet und ihre Haare hatten sich aus dem Zopf gelöst.

»Es tut mir so leid«, sagte sie zur Begrüßung und umarmte Julia.

»Warum hast du uns nicht gesagt, dass du Oskar eingeladen hast«, flüsterte Julia, als sie ihre Freundin einließ.

»Ich habe es vergessen. Es hat erst einmal ewig gedauert, bis ich meine Eltern in der Stadt gefunden habe und dann musste ich noch Hausaufgaben machen. Als es mir wieder eingefallen ist, sollte ich meiner Mutter beim Abendessen helfen und dann habe ich irgendwann die Zeit vergessen und …«

»Ist ja schon gut«, sagte Julia und legte ihr eine Hand auf den Oberarm. »Die Jungs sind nur nicht begeistert, ihn hier zu sehen.«

Freddie verzog ihr Gesicht. »Sie mögen ihn nicht.«

»Zumindest Daniel und Ruben nicht. Keine Ahnung, was bei Viktor los ist. Der versucht verzweifelt Oskar zu integrieren und wirkt dabei total steif.«

Freddie lächelte. »Es tut mir leid, Julia.«

»Schon okay.«

Sie standen sich einen Moment lang schweigend gegenüber. Dann fragte Freddie: »Was denkst du über ihn?«

»Ich weiß nicht genau. Ich bin ja nicht dafür, dass man

Menschen ausgrenzt, aber ich weiß auch nicht, was ich von ihm halten soll. Er ist irgendwie anders.«

Freddie lächelte. »Aber gut anders. Nicht schlecht anders.«

Julia zuckte mit den Schultern. »Das werden wir heute Abend hoffentlich herausfinden. Wie kommt es, dass du ihn eingeladen hast? Oskar hat nur gesagt, dass ihr euch heute in der Stadt begegnet seid.«

Freddie sah zu Boden. »Er hat mich angesprochen und zuerst dachte ich, dass ich nur schnell weg möchte. Aber Oskar hat so eine Art an sich … ich weiß nicht. Er ist so ein freundlicher Mensch.«

Julia lächelte. »Ruben, Daniel, Viktor und ich sind auch freundliche Menschen.«

»Daniel hat einen Stock im Arsch, Ruben ist nett, aber nicht freundlich, Viktor macht nur blöde Sprüche und auch wenn er humorvoll ist, besonders freundlich ist er nicht.«

Julia überlegte kurz, nickte dann aber. »Okay. Du hast vielleicht recht.«

»Ich mag unsere Jungs«, fügte Freddie schnell hinzu. »Aber sie haben alle ihre Macken.«

»Oh ja. Das haben sie«, sagte Julia lächelnd.

»Du bist natürlich auch super freundlich«, sagte Freddie und grinste ihre Freundin an. »Aber du bist auch ein Mädchen. Und einen Jungen in unserem Alter zu treffen, der so unvoreingenommen wie Oskar ist, ist selten.«

Julia nickte. »Unvoreingenommen beschreibt ihn sehr gut.« Das war ihr in der Schule auch schon aufgefallen. Aber er war immer zu weit weg gewesen, um ihn näher kennen zu lernen.

»Machen wir das Beste draus«, sagte sie und führte Freddie in den Keller.

Dort hatte sich unangenehme Stille ausgebreitet. Anscheinend hatte auch Viktor jegliche Aufmunterungsversuche aufgegeben. Die Jungs sahen betrübt auf ihre Getränke hinab und Oskar hatte mittlerweile das halbe Etikett der Flasche gelöst. Als sie den Raum betraten und er Freddie erblickte, lächelte er erleichtert und sprang auf.

»Hallo«, sagte er und so, wie er Freddie betrachtete, kam Julia das erste Mal in den Sinn, dass er nun die direkte Konkurrenz von Ruben werden könnte.

Ruben

Ruben betrachtete den Mann in dem weiten Wintermantel, der sich durch die Gänge schob. Er lief ziellos durch den Laden und hinterließ in Ruben ein mulmiges Gefühl.

Normalerweise war er gar nicht so nervös. Er hatte unter dem Tresen einen Notfallknopf und direkt daneben lag sein Gewehr. Der Chef sah das zwar nicht gerne, aber Ruben wusste, wie man mit dem Gewehr umzugehen hatte. Er trug es nur aus Selbstschutz bei sich. Obwohl er schon sieben Jahre hier arbeitete, hatte er es noch nie benutzen müssen. Eigentlich glaubte Ruben nicht, dass der Kerl das ändern würde. Trotzdem schwebte seine Hand über dem Gewehr, bereit, jeden Moment zuzugreifen.

Als der Mann zu ihm geschlurft kam, hielt er nur eine Flasche Cola in der Hand. Er stellte sie vor Ruben ab und kramte in den Tiefen seiner Jackentaschen.

Ruben gab den Preis der Flasche in die Kasse ein, ohne den Mann aus den Augen zu lassen. Schließlich legte der Fremde einige Münzen neben die Flasche. Ruben griff danach und zählte sie ab, bevor er dem Mann zunickte und sie in der Kasse verschwinden ließ.

Er griff nach der Flasche und drehte Ruben den Rücken zu. Angespannt betrachtete er, wie er das Tankstellenhäuschen verließ. Immer noch rechnete Ruben damit, dass der Mann irgendeinen Unsinn veranstaltete, aber er blieb brav und verließ die Tankstelle ohne Probleme zu machen.

Langsam atmete Ruben wieder auf und fuhr sich mit einer Hand durch die kurzen Haare.

Verdammt, heute war wirklich nicht sein Tag. Freddie hatte ihn eben angerufen und um ein Treffen gebeten. Sie hatte ihn seit Wochen nicht mehr auf der Arbeit angerufen. Oder war es vielleicht schon Monate her?

Er verstand nicht, warum Daniel ihm nicht direkt das Treffen vorgeschlagen hatte, als sie miteinander telefoniert hatten. Er hatte bei ihrem Gespräch noch relativ ruhig geklungen, während Ruben fast durchgedreht war.

Er sah nach draußen. Es fuhren nur noch wenige Autos über die Straße. Der Wind heulte auf. Bildete Ruben sich das nur ein, oder war er stärker geworden?

Er drehte sich um und schaltete das alte Radio ein, das zwischen den Zigarettenschachteln stand.

»Also passen Sie bitte auf, wenn sie auf der A7 in Richtung Hamburg unterwegs sind. Eigentlich sollten sie überall im Norden vorsichtig fahren«, tönte es aus dem Lautsprecher. »Die Unwetterzentrale hat eine Warnung herausgegeben. Der Wind wird sich noch zu einem wahren Orkan ausbreiten. Bis jetzt liegt die Windstärke bei 6, aber es wird auf jeden Fall noch schlimmer. Bleiben Sie zu Hause und gehen Sie auf keinen Fall in den Wald. Wir halten Sie auf dem Laufenden.«

Der Moderator wurde durch Musik abgelöst und Ruben drehte die Lautstärke runter. Es würde noch windiger werden. Langsam ließ er seinen Blick über die Zapfsäulen schweifen. Wie damals. Wie vor siebzehn Jahren. Auf den Tag genau siebzehn Jahren. Es hatte auch mit Böen angefangen, war zu starkem Wind übergegangen und dann im Sturm geendet.

Er schüttelte den Kopf, um wieder klar denken zu können. Es würde sich nicht alles wiederholen. Das Schlimmste war geschehen und nun vorbei. Trotzdem gefiel ihm der Jahrestag gepaart mit dem Sturm nicht.

Ruben ballte seine Hände zu Fäusten, als er murmelte: »Es kann sich nicht wiederholen.«

Mit den Worten schaltete er das Radio aus. Einen Moment lang starrte er das alte Ding an. Es war schon länger als er hier und an den Kanten blätterte die Farbe ab.

Tief atmete er durch und versuchte sich zu beruhigen. Es brachte ohnehin nichts, sich aufzuregen. Er konnte ja doch nichts an der Situation ändern.

Trotzdem zuckte er zusammen, als der Wind die Tür aufstieß und sie krachend wieder in ihren Rahmen schlug.

Annika

Annika schaltete den Motor aus und zog den Schlüssel aus dem Zündschloss. Sie lehnte sich gegen das Polster des Sitzes. Das Haus, vor dem sie geparkt hatte, gehörte nicht ihr. Sie hatte hier nie gewohnt und doch war sie ständig hier.

Julias Schwester schloss die Augen und versuchte Ruhe zu finden. Sie hatte einmal in einem Artikel gelesen, dass man meditieren sollte, wenn man aufgebracht war. Sie steigerte sich zu oft in ihren Ärger rein. Da konnte eine kleine Meditation helfen.

Tief atmete sie durch und versuchte sich ihren Körper bewusst zu machen. Sie bemühte sich, ihre Gedanken zu lösen und nur ihren Atem und ihren Körper wahr zu nehmen.

Ihr Atem stockte und sie öffnete ihre Augen.

»Ach, das ist doch totaler Scheiß«, murmelte sie, schnappte sich die Tasche vom Beifahrersitz und öffnete die Autotür, um auszusteigen.

Sofort wurde ihr die Tür aus der Hand gerissen. Der Wind riss sie auf und Annika hätte beinah das Gleichgewicht verloren.

Sie hob ihren Blick und sah zu dem grauen Himmel hoch. Es war wirklich schreckliches Wetter. Am Winter mochte sie nur die Weihnachtstage und wo sie nun vorbei waren, konnte es möglichst schnell wieder Frühling werden.

Sie hievte sich aus dem Wagen und schlug die Tür zu. Sie verriegelte die Türen ihres Autos, während sie auf das Haus ihrer Schwester zuging.

Julia hatte wirklich wenig, worum sie sich Gedanken machen musste. Sie hatte keine Kinder und einen Partner, der sie liebte. Einen Partner, der noch nicht gelangweilt von ihr war. Alles was sie tun musste, war ein paar Brötchen zu verkaufen und ab und zu nach ihrer Mutter zu sehen. War das wirklich schon zu viel verlangt?

Ihrer Meinung nach, war das machbar. Annika schüttelte den Kopf und kramte in ihrer Tasche nach einem Schlüssel.

Nicht zu vergessen, dass Julia das Haus ihrer Mutter verkaufen und das Geld behalten durfte. Dafür musste sie nur ein paar Jahre auf sie achtgeben. Aber jetzt musste Annika doch selbst rausfahren und Julias Arbeit machen.

Sie fand den Schlüssel und steckte ihn in das Schlüsselloch. Sie hatte noch einen Haufen Wäsche zu erledigen und wenn Niko nach Hause kam, musste das Essen auf dem Tisch stehen. Bis dahin hatte sie auch noch ein paar Erledigungen machen wollen.

Sie öffnete die Tür und trat ein. In dem schmalen Flur war es eng und dunkel. Kein Licht brannte.

»Mama?«, rief Annika in die Stille.

Sie schloss die Haustür hinter sich und knipste das Licht an. Viel freundlicher wurde es aber trotzdem nicht. Julia hatte schon immer den Kitsch ihrer Mutter gemocht und so war auch ihr eigenes Haus eingerichtet.

»Mama, ich bin es. Annika.«

Sie lauschte in die Stille. War ihre Mutter etwa schon eingeschlafen? Wenn ihre Mutter schlief, während sie den weiten Weg hergekommen war, würde sie schreien.

Sie ging durch den Flur ins Wohnzimmer. Der Fernseher lief. Es war irgendeine Sendung, in der Schmuck verkauft wurde. Der Ton war ausgeschaltet.

Annika trat an den Couchtisch und schaltete den Fernseher aus.

»Mama!«, rief sie erneut.

Sie schlief bestimmt. Sonst hätte sie sich schon längst gemeldet. Annika durchquerte das Wohnzimmer und ging zu der Schlafzimmertür ihrer Mutter. Früher hatte Annika geglaubt, dass Julia dort ein Kinderzimmer einrichten wollte. Aber dann waren Jahre vergangen und Julia hatte nie einen gescheiten Mann an Land gezogen. Ihr André war in Ordnung. Aber mittlerweile hatte es Annika aufgegeben, sich eine Nichte oder einen Neffen zu wünschen.

Und dann war ihre Mutter in das Kinderzimmer gezogen.

Annika legte eine Hand an die Klinke und drückte sie herunter. Gut. Zumindest war nicht abgeschlossen, dachte sie, als sie die Tür aufschob.

In diesem Zimmer war es noch dunkler, als im restlichen Haus. Die Vorhänge waren zugezogen und weder ein Fernseher noch eine Lampe erhellten den Raum.

Annika tastete mit ihren Fingern an der Wand entlang, um nach einem Lichtschalter zu suchen.

»Mama, erschreck dich nicht. Ich bin es nur. Annika.«

Wo war denn der verfluchte Lichtschalter?

Als ihr einfiel, dass der Lichtschaler in diesem Zimmer auf der anderen Seite der Tür war, streckte sie ihre linke Hand aus und tastete dort nach dem Schalter.

Draußen wehte der Wind über das Haus hinweg und ließ die Bäume drum herum schwanken. Doch drinnen bekam Annika davon nichts mit.

Als das Licht anging, starrte sie nur auf ihre Mutter, die im Bett lag. Ihr Herz setzte für einen Moment auf. Die Augen ihrer Mutter waren auf Annika gerichtet. Ihr Gesicht war blass und sie bewegte sich nicht.

Dann blinzelte Lisbeth Schröder. »Du kommst aber reichlich spät, Julia.«

Annikas Herz schlug weiter und sie seufzte erleichtert auf. »Ich bin nicht Julia. Ich bin Annika. Ich bin gekommen, weil du mich angerufen hast.«

Sie ging zu dem Bett ihrer Mutter herüber und setzte sich neben sie. »Geht es dir wieder besser?« Sie legte ihre Hand auf die ihrer Mutter. Sie war faltig. Ihre Mutter sah mindestens zehn Jahre älter aus, als sie war.

Suchend huschte der Blick ihrer Mutter über Annikas Gesicht. »Annika?« Ihre Augen füllten sich mit Tränen. Annika kannte den Gesichtsausdruck ihrer Mutter. Er erschien jedes Mal, wenn sie begriff, wie verwirrt sie war.

Freddie

Freddie taumelte leicht, als der Wind an ihr riss. Sie brauchte nur wenige Minuten zu Fuß zu ihrer Arbeitsstelle. Trotzdem überlegte sie, ob sie nicht lieber mit dem Bus fahren sollte. Sie hatte den Sturm völlig unterschätzt.

Sie schlang den Schal enger um ihren Hals und stapfte die Straße entlang. Es war nicht nur der Wind, der ihr zu schaffen machte. Es war auch die Kälte, die in wenigen Sekunden durch ihre Kleidung kroch und sich um ihre Glieder legte.

Glücklicherweise war die Heizung im Supermarkt erst vor zwei Monaten repariert worden.

An ihr fuhr ein Auto vorbei. Der Fahrer schien wohl auch zu merken, wie stark der Wind inzwischen blies, denn er fuhr sehr langsam. Freddie kannte das Auto nicht und versuchte durch das Fenster zu blicken, doch sie konnte nichts erkennen.

Sie sah dem Auto nach, wie es um die nächste Kurve fuhr und aus ihrem Blickfeld verschwand.

Vielleicht sollte sie Julia anrufen. Sie hatte noch gar nicht mit ihr darüber gesprochen, wie sie heute klar kam. Mittlerweile musste Daniel mit ihr telefoniert haben. Freddie zog aus ihrer Jackentasche ihr Handy hervor und suchte unter den Kontakten Julias Nummer heraus.

Während die Verbindung hergestellt wurde, hielt sie sich das Handy ans Ohr, konnte aber durch den Wind nicht viel verstehen. Sie hatte es erst gar nicht auf Julias Handy versucht. Während Julias Arbeitszeiten war die Wahrscheinlichkeit größer, sie auf dem Festnetz ihrer Bäckerei zu erreichen.

Doch Freddie wartete vergeblich darauf, dass Julia abnahm. Seufzend schob sie das Handy zurück in ihre Jackentasche. Wahrscheinlich hatte Julia viel zu tun.

Erneut näherte sich von hinten ein Auto. Als Freddie über ihre Schulter sah, erkannte sie Viktors Streifenwagen. Er fuhr langsam auf sie zu und Freddie blieb stehen.

Viktor hielt neben ihr und ließ das Beifahrerfenster herunter.

»Kann ich dich mitnehmen?«, rief er ihr zu.

Freddie zögerte. Vor siebzehn Jahren hätte sie sofort ja gesagt. Aber seitdem war eine Menge Zeit vergangen und es war viel geschehen.

Schließlich öffnete sie aber doch die Tür und stieg ein. Als sie die Tür zuschlug, schloss sich wie von Zauberhand das Fenster und der Wind blieb draußen.

Viktor fuhr nicht weiter. Er sah sie ernst an. »Hey«, sagte er leise.

Es kam nicht oft vor, dass Viktor ernst war. Immerzu machte er seine Späße. Das hatte sich auch in all den Jahren nicht geändert.

»Hey«, sagte Freddie und betrachtete sein Gesicht. Er hatte Lachfalten um seine Augen herum bekommen, außerdem zeigten sich graue Strähnen in seinem dunklen Haar.

»Wir treffen uns heute alle um vier bei dir?«

Freddie nickte.

Er wendete den Blick von ihr ab und fuhr los.

»Ich glaube, ich werde langsam nervös«, sagte er leise.

Freddie warf ihm einen Blick zu, sah dann aber nach draußen. »Ja?«

»Ich stand eben vor der Stadt und habe nach Rasern Ausschau gehalten.« Er räusperte sich. »Hinter mir kam ein Mann mit einem Messer vom Feld. Ich dachte, es wäre …« Er unterbrach sich. »Ich habe wahnsinnigen Schiss gehabt.« Viktor schüttelte langsam den Kopf, ohne den Blick von der Straße zu nehmen. »Ich bin als Polizist gewöhnt, dass ich mit Irren zu tun habe. Aber ich habe in der Regel wenig Angst. Doch da. Als dieser fremde Mann auf mich zukam, ich hätte mir fast in die Hose gemacht.«

Freddie wartete darauf, dass er lächelte und sich über sich

selbst lustig machte. Aber Viktor blieb ernst.

Freddie sah aus dem Fenster. »Es ist der gleiche Sturm. Der gleiche Tag.«

»Heute ist zumindest nicht Fasching«, murmelte er.

Freddie nickte, ohne ihn anzusehen. Sie sah zu den Häusern, an denen sie vorbei schlichen. Dann richtete sie ihren Blick auf sein Profil.

»Was war das für ein Kerl, der zu dir gekommen ist?«

Viktor seufzte. »Ach, irgendein Bauer, der ´nen Fuchs gesucht hat. Seine Hühner sind wohl alle zerfetzt worden und jetzt will er sich an dem Tier rächen. Ich habe ihm gesagt, dass er das nicht machen darf. Aber auf mich hört ja keiner.« Nun gelang es Viktor etwas heiterer zu klingen. »Ich war so froh, dass er mich nicht umbringen wollte, dass ich ihn nach dem Fuchs suchen lassen habe.«

Freddie lächelte matt. »Ich glaube, du brauchst keine Angst um dein Leben zu haben.«

Viktor warf ihr einen Blick zu. »Wollen wir das mal hoffen.« Er zwinkerte ihr zu. Langsam wurde er wieder der Alte. »Ach, übrigens. Weil du ja immer noch so gut mit Julia befreundet bist: Meinst du, ich bin dazu verpflichtet, ihr zu sagen, dass Niko eine Freundin hat?«

Freddie wäre fast die Kinnlade herunter geklappt. »Was?«

»Ich habe ihn heute getroffen und da hat er mir gestanden, dass er bei einem Mädchen war.« Viktor sah sie nicht an, während er sprach. »Er ist ja eigentlich alt genug, um das selber entscheiden zu können. Aber andererseits ist er ja doch noch ziemlich jung und irgendwie habe ich das Gefühl, ich sollte Julia davon erzählen.«

Freddie räusperte sich. »Ähm … ich glaube nicht, dass das

nötig ist. Niko ist doch schon … wie alt? Sechzehn? Siebzehn?«

Viktor nickte. »Irgendetwas um den Dreh.«

»Dann ist er doch kein Kind mehr.«

Am liebsten hätte sie die Tür aufgestoßen und sich aus dem Wagen geschmissen. Dieses Gespräch sollte sie wirklich nicht mit Viktor führen. Aber noch weniger sollte er es mit Julia führen. Nicht, dass sie auf die Idee kam, herausfinden zu wollen, wer Nikos Freundin war.

»Ich muss nur daran denken, wie wir mit sechzehn waren. Das kommt mir so lange her vor.« Er lächelte verträumt. »Damals war noch alles gut.«

Freddie sah aus dem Fenster. »Wärst du manchmal gerne wieder sechzehn?«

Viktor seufzte. »Ich glaube nicht. Ich habe jetzt Jenny und viel besseren Sex als damals.«

Freddie lachte. »Mit sechzehn warst du ja auch noch Jungfrau.«

»Was?«, rief Viktor gespielt empört. »Wer erzählt denn so etwas?«

Er bog rechts auf den Parkplatz des Supermarktes ab und hielt vor zwei Wagen an.

»Du, Viktor. Du hast so etwas rumerzählt.« Freddie schnallte sich grinsend ab.

»Na, das halte ich aber für ein Gerücht.«

Sie legte eine Hand an den Türgriff, hielt dann aber noch inne. »Pass auf dich auf, ja?« Freddie betrachtete sein Gesicht.

Viktor nickte. »Klar doch. Du aber auch auf dich, ja?«

Freddie lächelte nur und stieg dann aus dem Wagen.

Viktor

Viktor sah ihr nach, wie sie im Supermarkt verschwand. Dann

startete er den Wagen und verließ den Parkplatz. Es war lange her, dass er ein ernsthaftes Gespräch mit Freddie geführt hatte. Tief in ihr drin hatte sie immer noch den Charme von damals. Man musste ihn nur ein bisschen aus ihr herauskitzeln.

Er warf einen Blick über seine Schulter, während er sich auf der Straße neu einfädelte. Im Radio verkündete der Moderator zum wiederholten Mal, dass man vorsichtig und am besten nicht aus dem Haus gehen sollte.

Wer sich das mitten in der Woche leisten konnte, war zu beneiden.

Er dachte an Jenny und daran, dass ihre Mutter sie in ein paar Stunden vom Kindergarten abholen wollte. Ob er das für sie machen sollte? Dann musste sie nicht nach draußen gehen, wenn der Sturm stärker wurde.

Viktor schüttelte den Kopf und konnte sich gerade noch davon abhalten, sie anzurufen. Er war um vier Uhr mit den anderen verabredet. Das würde er unmöglich schaffen, wenn er davor Jenny nach Hause bringen wollte.

Das Funkgerät knarzte, bevor er einen Auftrag von der Zentrale bekam. Er musste sich kurz orientieren, bevor er auf der Straße wendete und in die entgegengesetzte Richtung fuhr.

Das Haus, in dem randaliert wurde, hatte er schon seit Jahren nicht mehr gesehen. Es lag ziemlich weit außerhalb und Viktor fragte sich, wer denn da unterwegs war und den Vorfall gemeldet hatte. In der näheren Umgebung gab es nur ein paar Fabriken, keine Wohnhäuser.

Aber er wollte sich nicht beschweren. Viktor war immer froh, wenn er ein paar interessante Einsätze bekam. Als ewiger Streifenpolizist konnte eine Schicht manchmal ganz schön langweilig sein.

Er beschleunigte auf fünfzig und versuchte den Wind, der an seinem Auto riss, zu ignorieren. Es würde einfach ein ganz normaler Tag werden. Er würde nicht mehr Angst haben, als sonst und heute Abend würde er in seinem Bett liegen und sich darüber freuen, dass er morgen frei hatte. Vielleicht würde er sich sogar noch mit einem Kollegen auf ein Bier treffen, aus dem einen Bier würden fünf werden und zu ihm und seinem Kollegen würden sich noch zwei nette Damen gesellen. Vielleicht würde er sogar eine von ihnen mit nach Hause nehmen und nach einem möglichst tiefgründigen Gespräch bei einer Flasche Wein, könnten sie beide in seinem Bett landen. Viktor liebte One-Night-Stands. Aber mindestens genauso gerne sprach er mit der Frau seiner Begierde vorher über Gott und die Welt. Oft war Gott das Thema. Manchmal ging es aber auch um Politik oder die Ungerechtigkeit, dass Frauen so viel weniger verdienten als Männer.

Als er auf die Landstraße fuhr, riss ihn der Wind aus seinen Gedanken. Hier, wo nur Felder die Straße umringten, war der Wind stärker. Viktor ging vom Gas und umklammerte fest das Lenkrad.

Verdammt, als er eben auf der Landstraße gewesen war, war es noch nicht so stürmisch gewesen.

Er biss die Zähne aufeinander, während er die letzten Meter auf der Straße fuhr, bevor er rechts auf einen kleinen Weg abbog. Vereinzelt tauchten hässliche und heruntergekommene Gebäude auf. Dann erkannte er das Haus, zu dem er gerufen worden war.

Er drosselte das Tempo und ließ seinen Blick über die Umgebung schweifen. Hier war niemand. Zumindest nicht außerhalb des Hauses.

Das Gebäude war eine alte Fabrik. Viktor konnte sich nicht mehr daran erinnern, was hier früher hergestellt worden war. Vielleicht war es Hustensaft, vielleicht Computermäuse für den Computer, vielleicht war es aber auch etwas völlig anderes. Das Gebäude stand schon lange leer und dementsprechend sah es auch aus.

Die Fensterscheiben waren eingeschlagen und die Wände waren mit Graffiti beschmiert.

Viktor parkte vor dem Haus. Er meldete an die Zentrale, dass er angekommen war und stieg langsam aus. Der Hut wurde ihm fast vom Kopf gerissen, aber er konnte ihn noch in letzter Sekunde festhalten.

Langsam ging er auf das Haus zu. Unter einem der einge-schlagenen Fenster stand ein Einkaufswagen, in dem Mülltüten und leere Flaschen lagen.

Er blickte die Fassade hoch. Dass hier randaliert wurde, war nichts Neues. Neu war, dass das jemand meldete.

Nach einem Blick über seine Schulter, war Viktor sicher, dass er allein hier war. Völlig verlassen lag das Gelände vor ihm.

Aber er war gerufen worden. Da musste er zumindest nach dem Rechten sehen.

An seinem Gürtel hing eine Taschenlampe, an die er nun seine Hand legte. Er trat über Geröll in das Innere des Gebäudes. Es fiel nur trübes Licht durch die zerbrochenen Scheiben. Die Wände waren kahl, die ausladende Halle war leer.

Er löste seine Taschenlampe vom Gürtel und schaltete sie an. Langsam ließ er den Lichtkegel über den Dreck, der sich hier gesammelt hatte, schweifen. An einer Seite hatte es sich wohl ein Obdachloser gemütlich gemacht. Über einem Pappkarton lagen einige Zeitungen verstreut. Aber das Lager sah alt aus.

Wahrscheinlich war es schon einige Wochen - wenn nicht sogar Monate her - dass hier jemand geschlafen hatte.

Er setzte einen Schritt vor den anderen. Hier drinnen hörte man nur den Wind heulen. Von einem Randalierer war nichts zu sehen.

Viktor sah die Treppe in den ersten Stock hoch. Sie sah nicht sehr vertrauenswürdig aus. Aber um sicher zu gehen, dass hier niemand war, würde er die Treppe noch oben gehen müssen.

Leise fluchte er, als er sah, dass einige Steinstufen brüchig waren.

Am liebsten wäre er wieder umgekehrt, aber er war Polizist. Er musste für Ordnung sorgen. Das war seine Aufgabe. Und auch, wenn er lieber dafür sorgen würde, dass er einen starken Kaffee bekam, setzte er seinen ersten Fuß auf die Treppe nach oben.

Daniel

Daniel überschlug seine Beine und fuhr sich mit der schwitzigen Hand über den Oberschenkel. Sein Blick lag auf dem Telefon. Es stand immer auf der oberen rechten Ecke seines Schreibtisches.

Nur jetzt nicht.

Er hatte es dirckt vor sich mittig auf den Schreibtisch gestellt. Zum siebten Mal wählte er Julias Nummer. Er hatte ihr immer noch nichts von dem Treffen erzählen können.

Bei den ersten drei Versuchen war er noch geduldig gewesen. Er hatte zwischendurch gearbeitet. Nach dem vierten Versuch kam ihm der erste sorgenvolle Gedanke.

War ihr etwas passiert?

Bei dem fünften Versuch hatte er sich nicht mehr auf seine Arbeit konzentrieren können und sich vor seinem Telefon auf die Lauer gelegt. Er würde so oft bei ihr anrufen, bis sie ran ging. Und wenn es den ganzen Tag dauern würde.

Daniel schüttelte den Kopf. Nein. Irgendwann würde er bei ihr vorbeigehen, um nach dem Rechten zu sehen. Er hatte weder Ruben, noch Freddie darüber informiert, dass er Julia nicht erreichen konnte. Es reichte, dass *er* sich Sorgen machte.

Nun nahm er zum achten Mal den Hörer ab und wählte ihre Nummer. Ungeduldig wippte er mit seinem Fuß, während er dem Freizeichen lauschte.

Er merkte, wie er den Atem anhielt und ließ ganz bewusst Sauerstoff durch seine Lungen strömen.

Er wartete schon viel zu lange darauf, dass sie abnahm. Gerade wollte Daniel auflegen, als das Freizeichen verstummte.

Er hörte leises Rauschen in der anderen Leitung.

»Hallo?«

Fest presste er das Telefon an sein Ohr, aber er konnte niemanden hören. War die Leitung tot? Hatte der Sturm sie gekillt?

»Julia?«, fragte er.

Nun hörte er jemanden atmen. Ihm sackte das Herz in die Hose. Warum sagte sie denn nichts?

»Julia? Hier ist Daniel.«

»Daniel!«, rief sie erleichtert aus. »Oh, du hast mir Angst gemacht.«

»Ich habe dir Angst gemacht?«, fragte er verwundert. »Ich versuche dich seit einer Ewigkeit zu erreichen. Geht es dir gut?«

»Ja.« Sie klang atemlos. »Ich … ach ich hatte einfach nur Angst«, sagte sie ausweichend.

»Kann ich verstehen. Geht mir ja nicht anders.«

Kurz herrschte Schweigen auf der anderen Seite der Leitung.

Er fragte sich schon, ob sie aufgelegt hatte, aber dann sagte sie: »Du hast recht. Der heutige Tag macht einen nervös.«

»Deswegen rufe ich auch an«, sagte Daniel. »Freddie und ich dachten, dass es vielleicht gut wäre, wenn wir uns …«

Das Rauschen auf der anderen Leitung unterbrach ihn.

»Julia? Bist du noch dran?«

»Ja«, sagte sie, klang dabei aber weit weg. »Ich bin noch dran.«

»Wir wollen uns alle heute um vier bei Freddie treffen.« Daniel brauchte ihr nicht zu sagen, wer alle waren. »Also bei ihr im Supermarkt. Kommst du?«

Erneutes Rauschen. Aber dieses Mal hörte Daniel sie dabei sprechen. »Ja, ist okay. Ich komme um vier zu Freddie.«

Daniel hätte sie gerne gefragt, ob alles in Ordnung war. Aber sie waren nicht mehr befreundet und er hatte nicht das Gefühl, dass ihm diese Frage zustand. Spätestens heute Nachmittag, wenn sie sich alle trafen, würde er es ja ohnehin erfahren.

»Dann bis heute Nachmittag«, sagte er und wartete auf eine Antwort von ihr, aber das Rauschen wurde stärker und verschluckte ihre Worte, weswegen er auflegte.

Daniel lehnte sich in seinem Sessel zurück. Er wünschte, der Sturm würde aufhören. Es war ja schon schlimm genug, dass heute der Jahrestag war. Aber der Sturm machte alles noch viel schlimmer.

Daniel setzte sich auf und wählte erneut eine Nummer. Dann hielt er sich den Hörer ans Ohr und lauschte. Hoffentlich würde er nun eine bessere Verbindung haben.

»Walter«, meldete sich eine Frauenstimme auf der anderen Leitung. Tatsächlich konnte er seine Mutter besser hören, als Julia.

»Hallo Mama. Hier ist Daniel.«

»Oh, Daniel. Wie schön, dass du anrufst.«

Daniel musste lächeln. Sie freute sich immer, von ihm zu hören.

»Wie geht es dir? Du gehst bei dem Wetter doch nicht raus, oder?«

»Ach, Daniel«, sagte sie und er konnte das Lächeln in ihrer Stimme hören. »Ich sitze in meinem Sessel und löse ein Sudoku. Den Lesekreis habe ich heute abgesagt. Meine Freundinnen waren zwar sehr enttäuscht, aber ich will doch nicht von einem Baum erschlagen werden.« Sie lachte glockenhell. »Ich bin doch nicht lebensmüde.«

Langsam entspannte sich Daniel wieder. Seiner Mutter ging es gut.

»Sehr gut, Mama. Die Damen werden dir bestimmt noch dankbar sein.«

»Das habe ich ihnen auch gesagt!«, rief sie vergnügt. »Wie geht es dir, mein Junge? Hast du genug Essen bei dir? So schnell wirst du bestimmt nicht mehr raus gehen.«

Was für sie galt, galt noch lange nicht für ihn. Nur weil Daniel ihr nicht zutraute bei dem Sturm draußen unterwegs zu sein, ohne sich zu verletzen, hieß das nicht, dass er auch drinnen bleiben würde.

Aber das musste er ihr nicht auf die Nase binden.

»Es ist alles gut, Mama. Ich bleibe drinnen, bis es ruhiger wird. Danach gehe ich sofort nach Hause und bleibe auch dort.«

»Sehr gut. Hast du auch genug Wasser bei dir?«

»Ja, habe ich.«

»Und Toilettenpapier?«

Er hielt kurz inne, bevor er auch das bejahte.

»Sehr schön«, sagte Norma Walter und atmete auf.

Kurz dachte er an seine Kinder. Sie lebten bei ihrer Mutter

und er bekam sofort ein schlechtes Gewissen, dass er sich noch gar keine Sorgen um sie gemacht hatte. Aber dann wischte er den Gedanken beiseite. Den Mädchen würde es schon gut gehen. Wenn er da anrief, würden sie nur genervt die Augen verdrehen, weil sich ihr Loser-Vater übertriebene Sorgen machte.

»Daniel? Bist du noch dran?«

»Ja, Mama. Tut mir leid. Hast du noch etwas gesagt?«

»Ja, mein Kind. Ich habe dich gefragt, ob du weißt, wie lange der Sturm anhalten soll.«

»Ich weiß es nicht. Aber ich glaube, bis heute Abend wird er schon noch gehen.«

»Ich hoffe, morgen ist er vorbei.«

»Bestimmt. Hast du denn morgen etwas vor?«

So sprach er mit seiner Mutter über unwichtige Dinge, um sich von diesem Tag abzulenken. In seinem kleinen Büro war er ohnehin so abgeschottet von der Außenwelt, dass er nicht einmal den Wind hörte.

Julia

Julia hätte Daniel am liebsten zurückgerufen und ihn angeschrien, dass er her kommen sollte, weil ein Irrer in ihren Laden eingedrungen war und sie bedroht hatte. Da war es ihr auch egal, dass sie seit Jahren kein Gespräch mehr geführt hatten, das über Small Talk hinaus ging.

Aber um genau zu sein, wäre es gelogen, wenn sie ihm das erzählen würde. Sie hatte sich in ihrem Hinterzimmer versteckt und eine halbe Stunde nicht mehr heraus getraut. Aber gekommen war niemand. Sie hatte ein Ohr an die Tür gepresst und darauf gewartet, dass der Unbekannte mit der Maske sich bei ihr melden würde. Doch das hatte er nicht. Sie hatte weder die Tür noch Schritte gehört. Es war auch niemand gekommen, um die Tür, hinter der sie sich versteckte, zu öffnen.

Als sie schließlich wieder in den Verkaufsraum geschlichen war, hatte sie schon befürchtet, dass sie sich den Kerl nur eingebildet hatte. Aber die Angst saß noch so tief in ihren Knochen, dass sie das bezweifelte.

Obwohl Julia nicht wusste, ob er in die Bäckerei gekommen war, konnte sie sicher sein, dass er draußen gewesen war. Er hatte sie direkt angesehen. Durch die Löcher in der Maske.

Auch jetzt noch lief ihr ein Schauer über den Rücken.

Das war einfach zu schrecklich.

Und sie fragte sich, ob sie überhaupt jemandem von dem Kerl erzählen könnte. Würde Freddie ihr glauben?

Sie schüttelte langsam den Kopf. Wahrscheinlich nicht. Vielleicht würde sie ihr bei dem heutigen Treffen davon erzählen. Vielleicht würde sie ihnen allen von der Gestalt erzählen.

Aber bis dahin waren es noch fünf Stunden. Womöglich glaubte sie in fünf Stunden selbst nicht mehr daran, dass die Gestalt wirklich da gewesen war.

Sie sah sich in ihrem leeren Laden um. Durch den Sturm hatten die Menschen wahrscheinlich andere Sorgen, als frische Brötchen.

Da fiel ihr ihre Mutter ein. Julia fluchte, als sie einen Blick auf das Telefon in seiner Ladestation warf. Sie hatte mit Annika telefoniert, als sie die Gestalt gesehen hatte. Hatte Annika sich dazu bereit erklärt, nach ihrer Mutter zu sehen?

Julia griff nach dem Telefon und wählte Annikas Handynummer. Aber als sie das Telefon an ihr Ohr legte, hörte sie nur

96

Rauschen. Kein Freizeichen.

Fluchend legte sie auf und wählte ihre eigene Festnetznummer. Vielleicht war Annika noch bei ihrer Mutter. Aber auch jetzt hörte Julia nur dieses Rauschen.

»Mist«, murmelte sie, als sie das Telefon zurück in die Ladestation stellte.

Ob sie wohl mal zu Hause vorbei schauen sollte? Aber Julia schüttelte den Kopf. Nein, sie hatte ihre Prinzipien. Sie unterbrach ihre Arbeit nicht, um nach ihrer Mutter zu sehen.

Außerdem wollte Julia ohnehin nicht zu ihrer Mutter, sondern nur weg von dem riesigen Schaufenster, durch das sie jeden Fußgänger sehen konnte.

Und jeder Fußgänger sie.

Dietrich

Dietrich stützte sich an seinem Wagen ab, als ein Hustenanfall ihn schüttelte. Diese Kälte machte ihm wirklich zu schaffen. Er räusperte sich und öffnete dann die Tür seines Wagens, um sich hinter das Lenkrad zu setzen.

Er musste so schnell wie möglich in sein Bett. Es war dumm gewesen, sich auf den Weg zu der Falkenshow zu machen. Eigentlich hätte er sich denken können, dass bei diesem Sturm keine Show stattfinden würde. Aber er hatte Wochen darauf hin gefiebert und es dann nicht verpassen wollen.

Nun konnte er nur nach Hause fahren. Zumindest würde er nur eine halbe Stunde brauchen. Wenn das Wetter mitspielte. Er hatte nämlich keine Lust mit hundert Sachen über die Straße zu brettern, wenn der Wind sein Auto nach links und rechts riss.

Fest hielt er das Lenkrad umklammert, während er auf die

Stadt zufuhr. Bei jedem Husten, fürchtete er, die Kontrolle über seinen Wagen zu verlieren, aber er schaffte es, sicher in der Stadt anzukommen. Als er an der Tankstelle vorbei fuhr, erhaschte er einen Blick in das Innere. In letzter Sekunde lenkte er seinen Wagen von der Straße auf einen der freien Plätze neben dem Tankstellenhäuschen. Er hatte Ruben durch das Fenster gesehen. Wenn er ein bisschen mit ihm plaudern könnte, würde er den Ausflug zumindest nicht völlig umsonst gemacht haben.

Er parkte und stieg aus. Sofort pfiff ihm der Wind um die Ohren und er zog seinen Kragen hoch. Diese verfluchte Kälte. Hustend schob er die Tür auf und trat in das warme Innere.

Er konnte immer noch nicht glauben, dass der Junge, den er in dem Nachbarhaus aufwachsen gesehen hatte, nun dieser erwachsene Mann hinter der Theke war.

»Ruben«, sagte er und ging auf ihn zu.

Dieser klatschte einmal fest in die Hände und kam hinter der Theke hervor. »Dietrich. Was machst du denn hier?«

Nachdem sich die Männer umarmt hatten, legte Dietrich seine Hände an die Oberarme seines ehemaligen Nachbarn und hielt ihn von sich weg, um ihn betrachten zu können.

»Ich merke schon, deine Frau kocht gut«, sagte er mit einem amüsierten Blick auf Rubens ausladenden Bauch.

Er lachte. »Gut und viel«, bestätigte er und nickte.

Als Dietrich ihm nun aber in die Augen blickte, glaubte er etwas darin erkennen zu können, das gar nicht zu seinen Worten passte.

Er kannte den Ausdruck nur zu gut. Vor fünfzehn oder zwanzig Jahren hatte er ihn oft in seinen eigenen Augen gehabt.

»Alles gut bei dir?«, fragte er mit rauer Stimme.

Ruben nickte. »Klar doch.«

Überzeugen konnte er ihn damit aber nicht. Dietrich beugte sich leicht nach vorne. »Wie geht es dir?«, fragte er.

Unwillkürlich musste er an die toten Tiere denken, die er einige Jahre lang immer wieder in der Stadt bemerkt hatte. Seit jenem Nachmittag im Garten der Webers hatte er gewusst, was in Ruben vor sich ging. Er hatte mit ihm offen darüber gesprochen. Aber das war lange her und Dietrich wusste nicht, ob er das immer noch konnte.

»Gut.« Ruben fuhr sich mit einer Hand durch die Haare und warf einen Blick nach draußen. »Es ist nur der Sturm. Der macht mich nervös.«

Dietrich runzelte die Stirn. Ihm war noch nie aufgefallen, dass Ruben Angst vor Wind hatte. Aber wahrscheinlich kannte er ihn einfach nicht gut genug.

»Okay«, sagte er.

»Wirklich alles okay«, sagte Ruben mit Nachdruck. »Wie geht es dir denn? Was machst du bei so einem scheußlichen Wetter da draußen?«

Dietrich drehte sich von Ruben weg, als er hustete. Danach sah er ihm wieder in die Augen. »Ich wollte zu den Falken. Hab' mich auf ne tolle Flugshow gefreut. Aber bei dem Wetter, haben sie die Show natürlich abgesagt.«

Er zuckte mit den Schultern.

Ruben grinste. »Das hättest du wahrscheinlich gewusst, wenn du deinen Computer benutzen würdest.«

»Ich benutze meinen Computer«, versicherte Dietrich. »Aber ich mag ihn halt nicht so gerne. Ich bin lieber in der Natur.«

»Hauptsache, du gehst bei diesem Wetter nicht in den Wald«, sagte Ruben mit einem besorgten Blick nach draußen. »Ich habe heute im Radio gehört, dass das zurzeit sehr gefährlich sein soll.«

Dietrich nickte. »Umkippende Bäume und so. Ich weiß. Das wird wohl die nächsten Wochen auch nichts mehr mit Waldspaziergängen. Aber im Moment ist es sowieso so kalt, dass ich lieber drinnen bleibe.«

Er zwinkerte Ruben zu. Dieser nickte und schob seine Hände in die Hosentaschen.

»Wie …« Dietrich konnte es einfach nicht lassen. Er musste Ruben danach fragen. »Wie geht es deinen Tieren?«

Ruben räusperte sich. Es war ihm anzusehen, dass ihm das Thema unangenehm war. Aber er antwortete: »Nicht gut. Was sonst?« Es schwang keinerlei Schuldgefühle in seinen Worten mit, aber danach hatte Dietrich auch gar nicht gesucht.

»Verstehe. Wenn du mal wieder ein bisschen quatschen willst, dann sag Bescheid, ja?«

Ruben lächelte matt. »Klar. Danke.«

Dietrich klopfte Ruben auf den Oberarm. Das war für ihn genug Herzlichkeit.

»Dann mach's mal gut. Ich muss nach Hause. Ins Bett.«

Mit den Worten wendete Dietrich sich von Ruben ab. Aber er hielt inne, als Ruben seinen Namen rief.

Dietrich drehte sich um. »Ja?«

»Du bist in Ordnung, weißt du das?«

Dietrich lächelte. Auch Ruben war es nicht gewohnt herzlich zu sein. »Du auch«, sagte Dietrich und verließ das Tankstellenhäuschen.

Der Ausflug hatte sich auf jeden Fall gelohnt.

Ruben

Ruben ließ den Blick über Freddies Gesicht schweifen. Sie erzählte einen von diesen schlechten Witzen, die in irgendwelchen Zeitschriften standen und unterbrach sich selber immer wieder, weil sie so lachen musste.

Obwohl sie alle zusammen an einem runden Tisch in der Mensa ihrer Schule saßen, sah sie dabei hauptsächlich Oskar an. Seit er vor einer Woche in Julias Keller dazu gestoßen war, wurde Ruben ihn nicht mehr los. Zu seinem Entsetzen musste er feststellen, dass nicht nur Freddie ihn mochte. Nein, Julia und Viktor schienen auch froh zu sein, dass er dabei war.

Einzig Daniel verhielt sich ihm gegenüber mit angemessener Skepsis.

Als Freddie den Witz beendet hatte, lachte nur Oskar. Die anderen verdrehten die Augen.

»Was für ein schlechter Witz«, sagte Viktor und beugte sich über seinen Teller.

Ruben hatte eigentlich zuhören und auch lachen wollen. Freddie zuliebe. Oder zumindest, damit sie merkte, dass er auch noch am Tisch war.

Aber genauso wie Oskar nur Augen für sie hatte, hatte sie jetzt nur noch Augen für ihn. Wie konnte das passieren? Wie konnte sie sich in ihn verlieben? Das war nicht fair.

Er gehörte erst eine Woche dazu. Wenn man es überhaupt so nennen konnte. Aber Ruben war schon seit Jahren mit Freddie befreundet. Er hatte jede einzelne Peinlichkeit von ihr miterlebt und hatte ihr bei jeder schlechten Laune beigestanden.

Zumindest in letzter Zeit hatte er geglaubt, einen Schritt nach vorne gemacht zu haben. Doch nun war Oskar gekommen und Ruben fragte sich, ob die letzten Wochen völlig umsonst gewesen waren.

Er stocherte lustlos in seinem Essen.

»Alles okay?«, fragte Julia leise und stupste ihn an.

Ruben zuckte mit den Schultern. »Klar. Habe nur keinen Hunger.«

»Wundert mich nicht«, sagte Viktor und schob seinen Teller von sich. »Das Essen ist heute besonders widerlich.«

»Willst du meins haben?«, fragte Freddie Ruben. »Ich habe die vegetarische Variante.«

»Was ist noch gleich vegetarisch?«, fragte Ruben.

»Ohne Fleisch«, sagten Julia und Oskar wie aus einem Mund. Sofort brachen sie in Gelächter aus.

Ruben hätte kotzen können. Stattdessen schüttelte er den Kopf. »Nein, danke«, sagte er zu Freddie, die ihn immer noch fragend ansah.

Als sie aufstanden, um ihre Teller vor der Küche der Cafeteria abzugeben, stellte Freddie sich neben ihn.

»Ist wirklich alles okay?«, fragte sie. »Du wirkst etwas still in letzter Zeit.«

»In letzter Zeit?«, fragte er, als er den Teller abgab.

Sie tat es ihm gleich und gemeinsam folgten sie den anderen aus der Mensa.

»Naja. Die letzten zwei Tage oder so.«

Ruben seufzte. Wollte er wirklich der Spielverderber sein und ihr sagen, was er von Oskar hielt? Freddie wäre bestimmt enttäuscht.

»Ich muss nur einmal den Kopf frei bekommen. Wahrscheinlich wird es besser, wenn wir die Zeugnisse hinter uns haben.«

Sie lächelte. »Oh, da bin ich mir sicher.« Sie zögerte kurz, bevor sie sagte: »Wenn du Lust hast, können wir mal was zusammen machen.«

In seinem Magen rumorte die Nervosität. Wie kam sie denn auf die Idee? Wollte sie tatsächlich ein Date mit ihm? Oder war er total bescheuert und sie meinte eigentlich nur, dass sie alle zusammen etwas unternehmen sollten. Unsicher, wie er darauf reagieren sollte, sah er den anderen hinterher, die sich immer weiter von Freddie und ihm entfernten.

Oskar unterhielt sich mit Julia, die über etwas lachte, was er sagte. Ruben musterte Oskar. Ein Kerl, der besser zu Freddie passte als Ruben. Sie musste doch viel lieber mit einem Jungen ausgehen, der andere zum Lachen brachte, nicht übergewichtig sondern charmant war. Es war nicht fair. Aber so funktionierte das.

Ruben hatte noch nie eine Freundin gehabt und auch wenn es ihm nicht schwer fiel sich mit Mädchen zu unterhalten, gab es doch einen Punkt, wo er einfach nicht weiter kam. Dieser Punkt war jetzt erreicht. Er konnte nicht einschätzen, ob sie Interesse hatte, das über Freundschaft hinaus ging. Konnte es sein, dass Freddie jemanden wie ihn, Ruben, attraktiv fand?

»Müssen wir ja auch nicht«, sagte Freddie, als er nicht antwortete.

»Doch, doch«, sagte er schnell, bevor sie es sich anders überlegen konnte.

Als er sie ansah, lächelte sie. »Gut. Dann überlege ich mir etwas. Halt dir den Samstag schon mal frei.« Mit den Worten lief sie den anderen hinterher und ließ Ruben völlig verblüfft zurück. Es schien wirklich ein Date zu sein. Nur sie zwei.

Viktor

Viktor schlug den Roman zu, als die Sexszene zu Ende war und legte ihn neben sich auf die Matratze. Die Hände verschränkte er hinter seinem Kopf. Nachdenklich blickte er an die Decke.

Bald war er mit dem Buch fertig und er wusste immer noch nicht so genau, was er davon halten sollte. Das Buch war auf gewisse Weise spannend, aber Viktor konnte auch nicht leugnen, dass er das Buch nicht so spannend gefunden hätte, wenn es die erotischen Szenen nicht gäbe.

War es besser darüber zu lesen, als sich die Bilder in den Heften anzusehen?

Er setzte sich auf und zog eine Schachtel unter seinem Bett hervor. Als er den Deckel hob, sah er auf die Mathehefte von letztem Jahr. Er holte sie heraus und legte sie neben die Schachtel auf dem Boden. Darunter kamen drei Pornohefte zum Vorschein.

Er griff nach dem obersten und setzte sich auf. Als Viktor die erste Seite aufschlug spürte er das vertraute Kribbeln in seiner Magengegend. Er spürte dieses Kribbeln sonst nur, wenn er sich nackte Frauen ansah. Nur, dass dieses Mal der Kitzel des Verbotenen mitschwang.

Langsam blätterte er eine Seite nach der anderen um.

Viktor biss sich auf die Unterlippe, als er spürte, wie er geil wurde. Schnell klappte er die Zeitschrift wieder zu und fuhr sich mit beiden Händen durch die Haare.

Er konnte nicht glauben, dass er schwul war. Dafür zogen ihn die Mädchen in seiner Umgebung einfach zu sehr an. Außerdem waren sie real. Mit ihnen konnte er sprechen. Mit ihnen konnte er umgehen und sie konnte er berühren. Die

Männer in den Zeitschriften und in dem Buch waren nicht real. Er schwang sich vom Bett und setzte sich an seinen Schreibtisch.

Dort löste er das Klassenfoto, das sie im Sommer hatten machen lassen von der Wand über der Tischplatte und sah es sich an. Er betrachtete die Jungs aus seiner Klasse. Im normalen Alltag hatte er nie einen von ihnen schön gefunden und schon gar nicht attraktiv. Aber nun ging er auf die Suche. Beim Lesen des Erotikromans und beim Durchblättern der Pornohefte hatte er gemerkt, dass er auf einen bestimmten Typ Mann stand. Groß, schlank, dunkelhaarig. Muskeln fand er nicht anziehend. Es war das Sehnige, ein bisschen Verletzliche, was ihm gefiel.

Es war merkwürdig nach einem Jungen zu suchen, der auch nur im entferntesten einen der Jungen ähnlich war, die er sich beim Lesen des Romans vorstellte. Aber es war noch merkwürdiger zu realisieren, wer der Junge war, der relativ gut auf das Bild in seinem Kopf passte. Viktor stieß die Luft aus, die er, ohne es zu merken, angehalten hatte.

Oskar war ein netter Kerl. Da gab es gar nichts zu bemängeln. Und dennoch hatte Viktor nie auf diese Art an ihn gedacht. Bis vor wenigen Sekunden.

Skeptisch betrachtete er das Klassenfoto. Fand er ihn wirklich anziehend oder projizierte er nur etwas auf den Neuen? Wenn man auf rothaarige Frauen stand, fand man nicht automatisch jede Frau mit roten Haaren toll. Ihm gefielen große schlanke Kerle mit dunklen Haaren. Aber das bedeutete nicht, dass er auch auf Oskar stand, nur weil diese Aspekte auf ihn zutrafen.

Aber stand er überhaupt auf Männer? Er musterte Oskar auf dem Klassenfoto. Wollte er mit ihm Sex haben? Viktor lehnte sich auf seinem Schreibtischstuhl zurück. Nein, das konnte einfach nicht sein. Alles in seinem Inneren wehrte sich dagegen. Er fand Mädchen attraktiv. Er wollte Mädchen küssen und mit Mädchen Sex haben. Er hatte sich schon in Mädchen verliebt. Da konnte er nicht gleichzeitig Oskar attraktiv finden.

Er beugte sich tief über das Foto, um so viel wie möglich auf dem kleinen Bild erkennen zu können. Oskar hatte schöne Augen. Viktor wäre das an einem Mädchen sofort aufgefallen. Außerdem hatte Oskar schlanke Glieder. Lange Finger. Er hatte ein ansteckendes Lachen. Bei der Erinnerung, wie Oskar über Freddies Witz gelacht hatte, musste Viktor lächeln. So bescheuert der Witz auch gewesen war, Oskars Lachen war schön gewesen.

Viktor stand stöhnend auf. Da hatte er es. Er dachte über Oskar, als wäre er ein Mädchen. Ekelhaft war das. Verrückt. Bescheuert. Viktor stand auf Mädchen. Daran gab es nichts zu rütteln.

Julia

Julia verschränkte ihre Beine zu einem Schneidersitz, während sie Freddie betrachtete. Diese stand vor ihrem Schrank und versuchte die passende Handtasche zu ihrem Outfit zu finden.

Julia plagten gemischte Gefühle. Einerseits war sie froh, dass ihre Freundin Ruben eine Chance gab. Er war ein netter Kerl, sonst wäre Julia nicht mit ihm befreundet. Aber andererseits glaubte Julia nicht, dass Freddie wirklich auf ihn stand. Zu oft hatte sie ihr versichert, dass da nichts zwischen ihnen sei und sie ihn nur als Freund betrachtete.

»Warum guckst du so?«, fragte Freddie, als sie sich zu Julia umdrehte.

Julia hob ihre Schultern. »Es ist nichts.«

Freddie neigte ihren Kopf zur Seite und grinste. »Wir sind jetzt so lange befreundet, du kannst mir nichts mehr vormachen.«

Sie seufzte und verschränkte ihre Hände im Schoß. »Bist du sicher, dass du mit ihm ausgehen möchtest?«

»Klar. Warum nicht? Ruben ist doch ein netter Kerl.«

Julia sah auf ihre Hände hinab. Ach, sie war nicht gerne die Spielverderberin.

»Aber die letzten Wochen hast du mir erzählt, dass du Viktor toll findest.« Julia hob ihren Blick. »Und du hast immer wieder abgestritten, dass da etwas zwischen dir und Ruben passieren könnte.«

Freddie strich sich eine Haarsträhne hinter ihr Ohr. »Ja, ich weiß, dass ich das gesagt habe.«

»Wie kommt es, dass du jetzt mit Ruben ausgehst und nicht mit Viktor?«

»Seien wir mal ehrlich«, sagte Freddie, während sie auf Julia zuging. »Viktor wird niemals an mir interessiert sein. Ich bin für ihn wie eine kleine Schwester.« Sie zuckte mit den Schultern. »Ich möchte nicht mehr darauf warten, dass er erkennt, dass ich mehr für ihn sein könnte.«

Julia nickte. »Okay. Das verstehe ich. Aber warum dann Ruben? Ich hatte, um ehrlich zu sein, auch das Gefühl, dass du dich mit Oskar gut verstehst.«

Freddie lachte. »Oh nein. Oskar ist nun wirklich nicht mein Fall. Bei ihm hätte ich Angst, ihn zu zerbrechen.« Sie setzte sich neben Julia auf das Bett. »Ganz ehrlich. Ich glaube, Ruben ist ein guter Mensch. Ich mag ihn. Klar, er ist nicht der attraktivste Zeitgenosse, aber seit wann soll man denn nur nach dem Äußeren gehen? Nachdem ich eine gefühlte Ewigkeit einen Kerl angeschmachtet habe, der kein Interesse für mich zeigt, wünsche ich mir … Sicherheit.« Freddie verzog das Gesicht. »Ich weiß, hört sich doof an. Aber sollte ich mich in Ruben verlieben und wir zusammen kommen, dann weiß ich, dass er immer für mich da sein wird. Er wird mich nicht verletzen, er wird zu mir stehen. Der Gedanke ist schön.«

Julia betrachtete Freddie.

Sicherheit.

Freddie hatte Recht. Wenn Freddie sich in Ruben verliebte, würde er sie auf Händen tragen.

Freddie stand auf und ging zu ihrem Schrank. »Ich möchte ihm nur eine Chance geben. Es kann ja auch sein, dass es heute ganz schrecklich wird. Vielleicht riecht er aus dem Mund oder er lacht bei den falschen Stellen. Oder er lacht gar nicht.«

Sie schüttelte den Kopf.

Julia musste grinsen. »Seht ihr euch nicht *Harry Potter* an?«

»Ja, warum?«

»Das ist eigentlich kein Film zum Lachen. Hast du die Bücher nicht gelesen?«

Freddie schüttelte verwirrt den Kopf. »Du etwa?«

Julia lachte. »Natürlich. Ich dachte, jeder würde sie lesen.« Sie schüttelte tadelnd den Kopf. »Da hast du wirklich etwas verpasst.«

Freddie zuckte mit den Schultern. »Ich sehe mir ja jetzt den Film an.«

Julia legte sich auf das Bett und sah an die Decke. »In vielen Jahren wird man noch über den Jungen mit der Narbe sprechen, Freddie.«

»Harry Potter?«

»Jap.«

»Ach, das ist doch nur ein Film, wie jeder andere auch.«

»Das kannst du nur sagen, weil du die Bücher noch nicht gelesen hast«, sagte Julia lächelnd und schloss verträumt ihre Augen.

Freddie

Freddie trat von einem Fuß auf den anderen. Sie war nervös. So dumm das auch war. Seit Jahren traf sie sich mit Ruben und sie war noch nie nervös gewesen. Nur war es jetzt eine völlig andere Situation.

Sie sah auf ihre Armbanduhr. Er war schon fünf Minuten zu spät. In zehn Minuten würde der Film anfangen. Hoffentlich versetzte er sie nicht.

Entschieden schüttelte sie ihren Kopf. Das war völlig unmöglich. Ruben hatte Interesse an ihr. Das hatten alle mitbekommen. Da würde er jetzt doch nicht den Schwanz einziehen. Unmöglich.

Erleichtert atmete sie auf, als sie ihn durch die Eingangstür kommen sah. Seine Wangen waren gerötet und er sah sich gehetzt um. Als er Freddie sah, lächelte er und kam auf sie zu.

Sie musste schmunzeln, als sie sah, dass er unter seiner Winterjacke ein blaues Hemd trug. Es war nicht in die Jeans gesteckt, aber immerhin. Er hatte sich für sie schick gemacht.

»Hallo«, sagte sie lächelnd und umarmte ihn zur Begrüßung. Wie jedes Mal, fühlte sie sich bei ihm willkommen und sie vergaß die Zweifel an seinen Gefühlen.

»Entschuldige die Verspätung«, sagte er, als er sich von ihr löste. »Mein Bus kam nicht.«

»Kein Problem«, sagte sie lächelnd und meinte es auch so.

Gemeinsam stellten sie sich in der Schlange an. Sie war lang.

»Ob die wohl alle in *Harry Potter* gehen?«, fragte Ruben und runzelte die Stirn.

Freddie hob die Schultern. »Keine Ahnung. Julia meinte, die Bücher seien sehr gut. Vielleicht sind das alles schon eingefleischte Fans.«

»Du hast die Bücher auch nicht gelesen?«, fragte Ruben.

Freddie schüttelte den Kopf.

Er lachte leise. »Ich auch nicht. Ich bin nicht so der Leser.«

»Ich auch nicht«, sagte Freddie.

Es war angenehm sich nur mit Ruben allein zu unterhalten. Sonst waren die anderen dabei und meistens hielt Freddie sich an Julia, und Viktor ließ irgendwelche doofen Kommentare ab. Nun fiel das alles weg und Freddie merkte, dass Ruben ein schüchterner und ruhiger, aber netter Kerl war. Sie war gerne in seiner Nähe. Vor allem, weil er Ruhe ausstrahlte. Sie entspannte sich in seiner Gegenwart.

Als sie die Karten hatten, gingen sie in den Kinosaal. Er war gerammelt voll und Freddie war froh, dass sie noch zwei Plätze ergattert hatten. Auch wenn ihre Plätze am rechten Rand waren und sie so keinen optimalen Blick auf die Leinwand hatten.

»Ich weiß ja, dass du kein Fan von Popcorn bist«, sagte Ruben und kramte in seiner Jackentasche, bis er gefunden hatte, was er suchte und ihr eine Plastiktüte mit Süßigkeiten hinhielt.

Überrascht nahm Freddie sie entgegen und sah sich die bunt zusammen gestellte Tüte an. Es gab Lakritze, Gummibärchen, Bonbons und kleine Schokoladenstücke.

Grinsend sah sie ihn an. »Super, Ruben. Danke.«

Er nickte und sah scheu zu der Leinwand. Sie öffnete die Tüte und legte sie in den Getränkehalter zwischen ihren Sitzen.

Er war wirklich ein netter Kerl, dachte sie zum wiederholten

Mal. Ein Kerl, bei dem sie sich wohlfühlte und sich nicht anstrengen musste, um das Richtige zu sagen. Mit einem Lächeln auf den Lippen ging sie auf eine Reise in eine Welt mit Hexen, fliegenden Besen und lebendige Schachfiguren.

Daniel

Daniel klingelte an der Tür und trat einen Schritt zurück. Vielleicht hätte er vorher anrufen sollen, aber er konnte es nicht leiden mit Rubens Eltern zu telefonieren. Immer dieses peinliche Gespräch, bei dem er so tun musste, als wäre er ein Vorzeige-Freund. Sie machten so gerne Small Talk. Wenn Ruben zu Hause war, konnte er sich besser von ihnen zurückziehen und in sein Zimmer flüchten.

Als die Tür geöffnet wurde, stand ihm Rubens Vater gegenüber. Er war klein und trug einen gewaltigen Bauch vor sich her.

»Hallo Daniel. Ruben ist in seinem Zimmer«, sagte er und ließ Ruben dann einfach stehen.

Verwundert trat Daniel in den Flur und zog sich Jacke und Schuhe aus. Als der Vater die Wohnzimmertür hinter sich schloss, hörte Daniel auch, warum er so schnell geflüchtet war. Er hatte Streit mit seiner Frau.

Bevor Daniel etwas hören konnte, das nicht für seine Ohren bestimmt war, lief er die Treppe hoch und klopfte an Rubens Zimmertür. Als er sie öffnete, sah er seinen Freund am Schreibtisch sitzen. Auf seinen Ohren hatte er Kopfhörer und hörte Musik über einen Walkman. Ruben nickte leicht mit dem Kopf während er in ein Heft schrieb. Wahrscheinlich machte er Hausaufgaben.

Daniel trat hinter ihn und tippte ihm mit seinem langen

schlanken Zeigefinger auf die Schulter. Ruben fuhr zusammen und riss die Kopfhörer aus seinen Ohren. Als er Daniel hinter sich erkannte, atmete er auf.

»Verdammt«, murmelte er und machte den Walkman aus. »Du hast mich ganz schön erschreckt.«

Daniel lächelte. »Sorry.«

Ruben zuckte mit den Schultern. Langsam stand er auf, um zu dem zweiten Stuhl in seinem Zimmer zu gehen. Darauf war ein Haufen Kleidung gestapelt. Er hob ihn an und warf ihn aufs Bett, um Daniel den Stuhl heranzuziehen.

»Alles klar bei dir?«, fragte Ruben, als er sich auf seinen Schreibtischstuhl setzte.

Daniel setzte sich zu ihm und überschlug seine Beine. Eine Geste, die von seinem Kumpel mit einem skeptischen Blick verurteilt wurde. Daniel wusste genau, dass die Jungs dachten, er habe kleine Eier, weil er seine Beine überschlug. Aber diese Position war nun mal bequem und Daniel vergaß immer, dass sie uncool war.

»Bei mir schon«, sagte er. »Wie ist es bei dir? Warst du nicht gestern mit Freddie im Kino?«

Daniel konnte genauso wenig glauben, was da bei Freddie und ihm los war, wie Julia. Er freute sich für die Beiden, stand dem ganzen aber noch skeptisch gegenüber. Er wollte nicht, dass Ruben schlecht behandelt wurde und irgendwie hatte Daniel nicht das Gefühl, dass auf Ruben ein Happy End warten würde.

»Es war cool«, sagte Ruben und Daniel konnte ein Blitzen in seinen Augen erkennen.

»Cool?«, bohrte Daniel nach.

Ruben zuckte mit den Schultern, sagte aber nichts. Anscheinend würde es dabei bleiben.

Daniel seufzte und lehnte sich zurück. Einen Moment lang betrachtete er seinen Kumpel. Dann fuhr er fort: »Hast du nicht das Gefühl, dass sie eher auf diesen Oskar steht?« Das hatte nämlich Daniel gedacht, bevor sie Ruben zum Kino eingeladen hatte.

Ruben warf einen Blick auf seine Hände. »Offenbar nicht. Sie war ja mit mir im Kino.«

Daniel hätte seinem Freund am liebsten einen Klaps auf den Hinterkopf gegeben. Solange Ruben ihr keinen Ehering an den Finger gesteckt hatte, konnte er sich Freddie nicht sicher sein. Aber für Ruben schien schon alles geritzt zu sein.

»Ich an deiner Stelle wäre nicht so zuversichtlich. Dieser Oskar ist nicht ohne Grund in unsere Clique gekommen. Das kannst du mir glauben. Er hat es auf Freddie abgesehen.«

Daniel kannte sich mit Typen wie Oskar aus. Sie verfolgten immer irgendwelche Ziele. Sein Vater war auch nicht einfach so freundlich zu allen gewesen. Er hatte mit seiner Freundlichkeit immer irgendetwas bezwecken wollen. Komplimente hatte er nie ohne Hintergedanken verteilt.

Oskar war genauso. Wenn er sich in die Clique drängte, dann nur, um irgendetwas zu bezwecken. Niemand war perfekt. Am wenigsten die Leute, die dieses Bild vermittelten.

Ruben rutschte auf seinem Sitz nach hinten. »Ich weiß nicht. Vielleicht ist er doch ganz in Ordnung.«

Daniel spürte, wie in sich die Ungeduld hochstieg. Warum war sein Freund nur so leichtgläubig?

»Sei dir da noch nicht so sicher«, sagte er ihm und beugte sich vor. »Oskar ist nicht so freundlich und liebenswürdig, wie er scheint.«

»Hast du ihn schon anders erlebt?«

Daniel zögerte, schüttelte dann aber den Kopf.

»Na dann wird er wohl auch so sein.«

»Ich habe ein schlechtes Gefühl bei ihm«, sagte Daniel.

Warum glaubte Ruben ihm denn nicht? War er so im Glücksrausch, weil Freddie und er endlich ein Date gehabt hatten? Daniel war seit fünf Jahren sein bester Freund. Da konnte er ihm doch ein bisschen vertrauen.

Aber Ruben schüttelte den Kopf. »Ich glaube wirklich nicht, dass er ein schlechter Mensch ist. Aber wenn er irgendetwas ausheckt, werden wir davon schon früh genug erfahren.« Er zuckte mit den Schultern.

Daniel lehnte sich auf seinem Stuhl zurück und verschränkte die Arme vor der Brust. Was immer Oskar auch vorhatte, Daniel würde es herausfinden. Wenn er wirklich kein Interesse an Freddie hatte, dann war es etwas anderes. Aber Daniel würde nicht warten, bis Oskar den Schaden angerichtet hatte. Er hatte nicht verhindern können, dass sein Vater seine Mutter verletzte. Aber bei dieser Sache würde er einschreiten. Er würde nicht, wie Ruben, einfach zusehen bis es zu spät war. Ruben wartete immer ab, bis man nichts mehr ändern konnte.

Aber Daniel war nicht so. Er wusste, was kaputt gehen konnte, wenn sich Menschen wie Oskar nahmen, was sie wollten, ohne auf Verluste zu achten.

02.02.2018, 10:50 Uhr

Viktor

Viktor sah die Treppe hinab. Dass er heil nach oben gekommen war, war Glück gewesen. Die Treppe hatte unter seinem Gewicht geächzt und geknackt. Auch im ganzen oberen Stockwerk hatte er sich kaum bewegen können, weil er fürchten musste, dass der Boden unter ihm nachgab. Hier oben war niemand, um zu randalieren. Es wäre viel zu gefährlich.

Nun fürchtete Viktor aber, dass er die Treppe nicht mehr unbeschadet nach unten gehen würde. Wäre er doch besser gleich unten geblieben.

Unschlüssig stand er auf dem Treppenabsatz und sah in das Erdgeschoss hinunter, als er ein Geräusch hörte. Es war nicht laut. Es war nur das Bröseln von lockerem Putz. Aber es kam aus dem Erdgeschoss und Viktor hatte das ungute Gefühl, dass das Geräusch durch einen Menschen verursacht wurde.

Er setzte einen Fuß auf die erste Stufe. Unter normalen Umständen hätte er sich an dem Geländer der Treppe festgehalten, aber das sah noch unsicherer aus, als die Treppenstufen.

Mit einer Hand an der Waffe, die er im Holster an seinem Gürtel trug, stieg er vorsichtig die Treppe nach unten. Er lauschte angestrengt in die Stille und leuchtete mit seiner Taschenlampe in die trübe Dunkelheit.

Wer immer dort unterwegs war, hatte keine Lichtquelle und bewegte sich im Dunkeln. Das tat nur jemand, der nicht auffallen wollte.

Langsam öffnete er das Holster und zog seine Waffe heraus. Er entsicherte sie und hielt sie an die Taschenlampe, um dahin zu zielen, wo der Lichtpegel hin schwenkte.

Vorsichtig trat er einen Schritt vor den nächsten, wobei er darauf achtete, seinen Fuß immer so nah wie möglich an der oberen Treppenstufe abzusetzen, um das Risiko eines Sturzes zu verringern.

Immer mehr konnte er von dem Erdgeschoss sehen. Das Geräusch von langsamen Schritten durch Schutt drang von unten zu ihm auf.

Da war auf jeden Fall jemand. Viktor biss seine Zähne aufeinander. Jede Faser seines Körpers war angespannt. Er wollte etwas sagen, sich als Polizist ausweisen und die Person bitten, sich zu melden. Das hatte er schon hundert Mal getan. Aber jetzt drang ihm kein Laut über die Lippen.

Kurz schwankte er, als er eine besonders schmale Stufe erwischte und hätte fast sein Gleichgewicht verloren. Der Lichtpegel verrutschte. Kurz beleuchtete Viktor eine Gestalt, die einige Meter von ihm entfernt am Fuß der Treppe stand.

Im nächsten Moment hatte er sich gesammelt und die Taschenlampe leuchtete wieder einen anderen Punkt an. Aber Viktor richtete den Schein sofort wieder auf die Gestalt. Die Person, die zu ihm auf blickte, hatte eine Maske an. Nur so konnte er sich die riesigen Augen, die krumme Nase und die zur Grimasse verzogenen Lippen erklären.

Instinktiv zuckte sein Finger über dem Abzug, aber Viktor konnte sich bremsen. Die Person schien unbewaffnet zu sein. Zumindest auf den ersten Blick.

Aber sie wirkte nicht weniger verstörend. Diese Art von Masken war ihm vertraut und jagte ihm einen Schauer über den Rücken. Es waren die Fasnet Masken, die sie hier im Süden immer an Fastnacht trugen.

Viktor öffnete den Mund, um die Person aufzufordern, sich

auszuweisen. Aber in diesem Moment wurde er unvorsichtig und machte einen zu großen Schritt. Da, wo eigentlich die Stufe hätte sein müssen, endete sie frühzeitig. Viktor trat ins Leere, verlor das Gleichgewicht und stürzte.

Unsanft schlug er auf den Steinstufen auf. Die Taschenlampe fiel ihm aus der Hand und landete am Ende der Treppe, wo sie zur Seite rollte und das Licht an die gegenüberliegende Wand warf.

Während Viktor die letzten Stufen hinunter fiel, hielt er die Waffe fest umklammert. Kurz fiel sein Blick auf die Gestalt mit der Maske, die sich kein Stück bewegte. Dann traf sein Kopf auf die untere Steinstufe, und er verlor das Bewusstsein.

Ruben

Ruben starrte nach draußen, sah den Ästen dabei zu, wie sie sich bogen und jeden Moment drohten zu knicken. Es war seit Dietrich keiner mehr in die Tankstelle gekommen. Wahrscheinlich hielten sich die Menschen an die Warnungen im Radio. Einerseits musste Ruben so niemanden ertragen, den er nicht ertragen wollte, andererseits wurde es dadurch ganz schön langweilig.

Er schlenderte hinter dem Tresen hervor und ging zu den Zeitschriften hinüber. Es gab eine Menge Zeitschriften für Frauen. Mit Artikeln, die er sich nicht mal durchlesen würde, wenn er hier zwei Tage lang ohne Kundschaft festhängen würde.

Er griff nach einer Zeitschrift über Kraftfahrzeuge und trat wieder hinter seinen Tresen. War er wirklich dazu verdammt, den ganzen Tag ohne Kunden hier festzuhängen? Der Sturm würde immer heftiger werden. Dadurch würden immer weniger

Menschen nach draußen gehen. Wahrscheinlich waren sie jetzt entweder auf der Arbeit oder sie versteckten sich in ihren Häusern.

Seine Gedanken schweiften zu Freddie ab. Sie müsste mittlerweile schon auf der Arbeit sein. Ob sie wohl gut angekommen war?

Normalerweise war er kein besorgter Ehemann. Noch weniger telefonierte er seiner Frau hinterher. Aber, als neben der Tankstelle ein Bersten und Brechen zu hören war, und Ruben seinen Blick hob, um gerade noch zu sehen, wie ein schwerer Ast direkt neben einer Zapfsäule zu Boden fiel, entschied er sich heute einmal ein solcher Ehemann zu sein.

Er griff nach dem Festnetztelefon und wählte die Nummer vom Supermarkt.

Seine Frau meldete sich nach dem zweiten Klingeln.

»Hey. Ich bin's«, sagte er und räusperte sich.

»Hallo Ruben. Was gibt's?«

Dass Freddie sich gefreut hatte, von ihm zu hören, war auch schon eine ganze Weile her.

»Ich frage mich nur, ob du gut auf der Arbeit angekommen bist. Der Sturm scheint immer schlimmer zu werden.«

Sie zögerte. »Ähm … danke«, sagte sie verwundert. »Ja, ich bin gut auf der Arbeit angekommen. Ich habe Viktor getroffen. Er hat mich ein Stück mit dem Auto gefahren.«

Viktor, der Held, dachte Ruben verbittert und bereute es schon, Freddie angerufen zu haben. Seit er sie kannte, hatte er immer das Gefühl gehabt, mit Viktor konkurrieren zu müssen. Dabei hatte es für dieses Gefühl nie einen Grund gegeben.

»Okay, gut«, sagte er kurz angebunden. »Ich denke, ich versuche meinen Chef zu überreden, dass ich hier Schluss machen kann. Ich glaube nicht, dass noch jemand kommt.«

»Okay.«

»Soll …« Ruben zögerte. Was wollte er sie fragen? Ob er irgendetwas für sie tun konnte? Nein. Er wollte nichts für sie tun. Er konnte nichts für sie tun.

Also sagte er nur: »Gut. Dann bis später« und legte auf.

Er drehte sich um und schaltete das Radio wieder ein. Es lief ein Lied aus seiner Jugend, an dessen Titel er sich nicht mehr erinnern konnte. Bald würde sicherlich wieder über das Wetter berichtet werden. An einem solchen Tag konnte sich kein Sender leisten, den Sturm zu ignorieren.

Ruben fuhr sich mit beiden Händen über das müde Gesicht. Danach griff er erneut nach dem Telefon. Er wählte in den Kontakten die Nummer seines Chefs und rief ihn an. Es nahm nach dem fünften Klingeln ab.

»Was?«, bellte er ins Telefon.

»Hey. Ruben hier«, meldete er sich.

Sein Chef war ein Mann, der auf die Rente zuging und eigentlich gar nicht mehr in der Tankstelle aufkreuzte. Wahrscheinlich hing er gerade vor seinem Fernseher und seine größte Sorge war, wie lange der Empfang noch gut sein würde.

»Ich würde gerne für heute Schluss machen.«

»Was?«

»Ich würde gerne für heute Schluss machen«, widerholte Ruben genervt. Die Verbindung war gut. Er hatte sicherlich jedes Wort von Ruben verstanden.

»Warum?«

»Weil draußen die Welt untergeht.« Er stützte sich mit einer Hand an der Theke ab. »Oder zumindest ist es kurz davor.«

»Mh …«

»Es kommt eh keiner mehr her. Außerdem wäre ich gerne zu Hause, bevor der Wind die Bäume entwurzelt und ich Schiss haben muss, getroffen zu werden.«

Es war still auf der anderen Leitung. Nur ein leises Rauschen war zu hören.

Dann räusperte sich sein Chef. »Bleib noch eine Stunde, ja? Wenn sich dann nichts ändert, kannst du gehen.«

Ruben hätte am liebsten durch den Hörer gegriffen und seinen Chef am Kragen gepackt. Natürlich würde sich in einer Stunde etwas ändern. Der Sturm würde noch schlimmer werden.

Aber er glaubte nicht, dass er seinen Chef umstimmen konnte. Also nickte Ruben und sagte: »In Ordnung.«

Dann legte er auf und hoffte, dass er in einer Stunde noch nicht vor Langeweile gestorben wäre.

Viktor

Viktor spürte zuerst den Schmerz in seinem Kopf. Dann öffnete er langsam seine Augen. Er lag am Fuß der Treppe, die er herunter gestürzt war.

Langsam drang die Erinnerung an die unheimliche Gestalt zu ihm durch. Er setzte sich abrupt auf und kniff seine Augen zusammen, als der Schmerz durch seinen Kopf zuckte.

Als er nachließ, sah er sich um. Die Taschenlampe schien immer noch auf eine Wand des Gebäudes und leuchtete den offenen Raum aus. Aber von dem Kerl war nichts zu sehen.

Er stand auf, wobei er sich an dem brüchigen Treppengeländer festhielt. Langsam rieb er sich die Schläfe. Danach fuhr er sich mit der Hand über den Kopf. Aber er konnte kein Blut spüren. Wahrscheinlich hatte er nur eine Gchirnerschütterung und ein paar blaue Flecken davon getragen.

Er konnte verdammt froh sein, dass er sich nichts gebrochen hatte. Zum Beispiel das Genick.

Langsam ging er zu seiner Taschenlampe herüber. Er fühlte sich grauenhaft. Der Schwindel setzte ein, als er sich zur Lampe herunter beugte. Kurz schwankte er, dann fing er sich und hob die Taschenlampe auf.

Obwohl er sich sicher war, dass der Fremde verschwunden war, leuchtete er mit dem Lichtpegel in jede Ecke, bevor er auf den Ausgang zulief.

Unfassbar, dass sich irgendein Idiot eine solche Maske angezogen hatte, um hier zu randalieren. Wozu? Um ihm Angst einzujagen? Hatte er etwas gegen die Polizei und provozierte gerne? Oder, und das vermutete Viktor schon eher, war diese Angstmacherei speziell gegen ihn gerichtet?

Langsam schüttelte Viktor seinen Kopf, als er nach draußen trat. Was alles hätte passieren können. Er hatte seine Waffe entsichert. Sie hätte bei seinem Sturz losgehen und entweder Viktor oder den Irren mit der Maske treffen können. Erschrocken griff er nach seinem Holster am Gürtel. Seine Waffe. Sie war weg.

Viel zu schnell drehte er sich um seine eigene Achse. Ihm wurde schwarz vor Augen und er stützte sich am Türrahmen ab. Tief holte er Luft, bevor er auf die Stelle leuchtete, an der er eben noch gelegen hatte.

Hatte der Scheißkerl seine Waffe mitgenommen? Hatte er ihn erschreckt, um sich bewaffnen zu können? Viktor trat einen Schritt vor. Er hatte wirklich ein Problem, wenn so ein Verrückter mit seiner Waffe herum lief.

Aber er hatte keine Zeit, sich darum Sorgen zu machen, dann

121

im nächsten Moment schien die Taschenlampe auf seine Pistole. Er musste sie, als er ohnmächtig gewesen war, losgelassen haben.

Langsam bückte Viktor sich und hob sie auf. Nachdem er sie gesichert hatte, steckte er sie wieder in sein Holster.

Den Vorfall musste er melden und darauf hatte er gar keine Lust. Verärgert verließ er das Gebäude und ging zu seinem Wagen herüber. Als Polizist musste man immer und überall erklären warum man wie gehandelt hatte. Das konnte einem ganz schön auf die Nerven gehen.

Ein einziges Mal hatte er einen Schuss abgefeuert, dann aber so viel Papierkram ausfüllen müssen, dass er noch tagelang damit beschäftigt gewesen war. Dass er damals auf einen Kerl geschossen hatte, der mit einer zerbrochenen Bierflasche auf ihn los gegangen war, hatte niemanden interessiert.

Nun setzte er sich hinter das Steuer seines Streifenwagens und lehnte sich auf dem Sitz zurück. Er wollte am liebsten nur in seinem Auto sitzen und sich nicht mehr bewegen.

Wahrscheinlich müsste er sich krank schreiben lassen. Mit einer Gehirnerschütterung war nicht zu spaßen. Aber bei diesem Sturm konnte die Stadt es nicht gebrauchen, wenn ein Polizist ausfiel.

Er musste arbeiten. Ob er wollte oder nicht.

Viktor startete den Motor und fuhr von dem Hof dieses verlassenen Ortes. Er hoffte sehr, dass er so bald nicht mehr hier her kommen musste. Zumindest nicht mehr heute. Der Kerl mit der Maske sollte sich besser nicht mehr blicken lassen, denn Viktor bekam mit jeder Sekunde, in der der Schmerz in seinem Kopf pochte, noch mehr Wut auf ihn.

Er fuhr den Weg entlang und warf noch einen Blick in den

Rückspiegel. Langsam wurde das Fabrikgebäude kleiner und kleiner. Als er es kaum noch sehen konnte, glaubte er eine Bewegung an der Haustür erkennen zu können. Seine Finger schlossen sich fester um das Lenkrad, und er richtete seinen Blick stur nach vorne. Er wollte jetzt nicht wieder zurück.

Wären die Umstände anders, wäre er zurück gefahren. Er hätte den Typ zur Rede gestellt und ihn vielleicht sogar mit aufs Revier genommen. Aber es war die Maske, die ihn unbeirrt weiterfahren ließ. Die Maske, die diese schrecklichen Erinnerungen in ihm hervor rief.

Und so fuhr Viktor davon, als hätte er die Bewegung an dem Gebäude nie gesehen.

Freddie

Freddie schob einen Wagen vor sich her. Auf ihm türmten sich Lebensmittel. Langsam ging sie durch die leeren Gänge. Sie hätte nichts dagegen, wenn ein paar Kunden kommen würden. Wenn es so ruhig wie jetzt war, hörte sie jeden quietschenden Schritt ihrer Turnschuhe auf dem Boden und das leise Piepen an der Kasse.

Ihre Kollegin Nicole arbeitete besonders langsam. Das konnte Freddie sogar an dem Piepen erkennen.

Als sie bei den Tampons angekommen war, hielt Freddie an und füllte das Regal. Sie tat alles in Zeitlupe. Wozu sollte sie sich auch beeilen? Es würde ja doch nichts zu tun sein, wenn sie mit ihrer Arbeit fertig war.

Langsam schweiften ihre Gedanken ab. Sie dachte an die Zeit vor siebzehn Jahren. Als alles noch ein bisschen leichter gewesen war. Als Kind hielt man sein Leben immer für wahnsinnig kompliziert und alle Menschen schienen gegen einen arbeiten zu wollen. Dass das erst in einigen Jahren den Tatsachen entsprechen würde, hätte Freddie sich niemals träumen lassen.

Ihr kam es nicht so vor, als wäre das Ganze schon siebzehn Jahre her. Sie hörte immer noch die Stimmen der Schüler in ihrer Klasse und spürte immer noch Rubens Hand auf ihrer, nachdem sie ihr erstes Date gehabt hatten.

Sie schüttelte leicht ihren Kopf.

Wie hatte sich in nur siebzehn Jahren ihre Beziehung so sehr verändern können? Warum war aus der aufregenden Zeit so etwas wie heute geworden?

Freddie wunderte sich immer noch darüber, dass Ruben interessiert hatte, ob sie gut zur Arbeit gekommen war. Das hatte er sonst nie gefragt. Aber wahrscheinlich veränderte ihn dieses Datum. Er wurde jedes Jahr nervös. Nur dieses Jahr war es anders. Dieses Jahr war es schlimmer.

Eine Vibration löste Freddie aus ihren Gedanken und sie griff nach dem Handy, das in ihrer Kitteltasche lag.

Eine Nachricht von Niko war eingegangen. Sofort stahl sich auf Freddies Lippen ein Lächeln und bei dem Gedanken an heute Morgen, färbten sich ihre Wangen rot.

Auch, wenn sie nicht recht verstand, was Niko an ihr fand, freute sie sich über seine Aufmerksamkeit.

Hier ist es schrecklich langweilig. Ich will wieder zu dir ins Bett.

Ohne zu antworten steckte sie ihr Handy zurück in ihre Kitteltasche. Sie wollte auch wieder mit Niko ins Bett. Nicht nur für den Sex, sondern auch für den Moment danach, wenn sie völlig atemlos nebeneinander lagen und er sie im Arm hielt. Das waren die letzten Sekunden, in denen sie sich noch einbilden konnte, sie hätte eine normale Beziehung mit diesem jungen Mann.

Sie wusste sehr genau, dass es nicht ewig so weiter gehen konnte. Irgendwann musste sie die Affäre beenden. Aber bis dahin wollte sie noch jeden Moment genießen.

Als ihr Handy erneut vibrierte, griff sie danach und merkte erst, als sie auf das Display sah, dass sie angerufen wurde. Die Nummer war unterdrückt.

Sie warf einen Blick über ihre Schulter. Normalerweise waren Handys in Sichtweite der Kunden strengstens verboten. Aber es war niemand zu sehen. Nicht mal das Piepen von der Kasse war zu hören.

»Hallo?«, meldete sie sich leise. Sie klemmte das Telefon zwischen Ohr und Schulter, während sie weiter Tampons einstellte.

»Freddie. Hey, hier ist Viktor.«

Überrascht hielt sie inne. »Oh, hallo Viktor.«

Es war ein unangenehmes Rauschen am anderen Ende der Leitung zu hören, und es hörte sich so an, als würde seine Stimme von weit weg kommen.

»Du bist auf der Arbeit, oder?«

Freddie räusperte sich. »Ja. Du hast mich eben erst hergefahren.« Sie nahm ihr Handy wieder in die Hand und hielt inne.

»Was ist denn los?«, fragte sie besorgt.

Es rauschte erneut. Dann knackte es.

»Viktor?«

Stille.

»Viktor, bist du noch dran?«

125

Aber er meldete sich nicht wieder. Sie blickte auf ihr Handy. Das Gespräch war unterbrochen. Hatte er einfach aufgelegt? Nein, das glaubte sie nicht. Vielleicht war die Verbindung nicht mehr stark genug gewesen.

Sie wählte seine Nummer in ihren Kontakten aus und rief ihn zurück. Sofort sprang die Mailbox an.

Verärgert legte sie das Handy wieder in ihre Kitteltasche. Was Viktor wohl hatte? Ging es ihm nicht gut? Hatte er sie sehen wollen?

Freddie beschloss, es später noch einmal bei ihm zu versuchen. Aber sie konnte nicht verhindern, dass sich ein ungutes Gefühl in ihr ausbreitete. Es war dieser Tag, der sie alle verrückt spielen ließ.

Der Mann, der nicht in die Stadt gehörte, trat einen Schritt zurück, als Annikas Auto in die Einfahrt bog. Er hatte schon viel früher mit ihr gerechnet und so hatte die Kälte ihn umschlossen. Seine Wangen fühlten sich taub an und die Hände rieb er aneinander, um sie zu wärmen.

Der Baum vor ihrem Haus, schirmte den Mann ab. Der Stamm war breit und ließ ihn dahinter verschwinden. Von dem Baum führten Sträucher zu der Fassade des Hauses. Aber sie hatten vor einigen Monaten schon die Blätter abgeworfen und boten so kein gutes Versteck mehr.

Er sah ihr dabei zu, wie sie ihr Auto verließ. Sie fuhr sich durch die blonden Haare und wühlte in ihrer Handtasche. Sie war mit ihren Gedanken ganz wo anders. Sie blickte nicht ein einziges Mal hoch und der Mann war froh, dass sie sich nicht umsah. So konnte er in Ruhe betrachten, wie sie die Tür erreichte und sie aufschloss. Er trat hinter dem Baum hervor, zog sich die Holzmaske über das Gesicht und trat auf das Haus zu. Sie zog die Tür hinter sich zu. Seine Schritte beschleunigten sich, genauso wie sein Puls, als die Aufregung ihn in Beschlag nahm.

Annika

Annika kam in dem großen leeren Haus an, in dem sie wohnte. Sie legte ihre Handtasche auf die Kücheninsel. Sie hatte eine gefühlte Ewigkeit gebraucht, um ihre Mutter zu beruhigen. Es waren viele Worte, eine Menge Tee und eine ihrer Lieblingsshows nötig gewesen, um gehen zu können.

Annika verfluchte ihre Schwester.

In einer Stunde würde Niko von der Schule kommen und sie hatte sich noch nicht um den Haushalt gekümmert. Verärgert öffnete sie die Spülmaschine, um das saubere Geschirr auszuräumen.

Draußen wurde der Sturm immer schlimmer. Sie war froh, dass sie es sicher nach Hause geschafft hatte. Sie war an unendlich vielen umgefallenen Mülltonnen und abgeknickten Ästen vorbei gekommen. Normalerweise mochte Annika den Baum in ihrem Vorgarten. Aber heute wünschte Annika sich, sie hätten ihn schon letztes Jahr gefällt, als sie sich mehr Licht in ihrem Garten gewünscht hatte.

Als sie zwei Tassen in einen Hängeschrank räumte, hielt sie inne. Ihre Nackenhaare stellten sich auf und plötzlich hatte Annika das Gefühl, beobachtet zu werden.

Sie konnte nichts hören. Der Sturm wütete zu laut. Auch als sie sich langsam umdrehte, um ihren Blick über die geräumige Küche schweifen zu lassen, sah sie nichts Ungewöhnliches.

Und doch hatte Annika das Gefühl, nicht allein zu sein. Sie kannte dieses Gefühl. Schon oft hatte sie gewusst, dass Niko von der Schule gekommen war, ohne, dass er sich bei ihr gemeldet hatte.

Aber jetzt glaubte sie nicht, dass es Niko war. Sie schloss die Spülmaschine langsam und ging aus der Küche. Im Flur sah sie die Treppe hoch.

»Niko?«, rief sie, wobei sich ihre Stimme lächerlich ängstlich anhörte.

»Bist du zu Hause?«

Sie legte eine Hand an das Geländer und lauschte, aber nichts war zu hören. Vielleicht bildete sie sich dieses Gefühl doch nur ein.

Aber es schadete auch nichts, im Haus nachzusehen.

Sie ging in das Wohnzimmer. Die Einrichtung hatte ein Vermögen gekostet. Damals hatte sie noch nicht daran gedacht, dass Niko mit seinem Kumpel Theo darauf Chips verteilen und ihr Mann einen guten Rotwein auf das Polster verkippen würde. Aber das Wohnzimmer war leer.

Als sie sich umdrehte, um das Wohnzimmer zu verlassen, bemerkte Annika nicht, dass jemand vor ihrem Fenster stand und sie beobachtete. Sie hätte sich vor der Maske wahrscheinlich zu Tode erschreckt. Aber so ging sie in den Flur und warf einen Blick in das Gäste-WC.

Natürlich war auch dort niemand. Sie schüttelte den Kopf über sich selbst. Warum sollte ein Einbrecher auch in ihrem Gäste-WC sein.

Sie ging langsam eine Stufe nach der anderen nach oben. Sie wollte eigentlich nicht nachsehen, ob sich jemand in ihrem Haus befand. Sie wollte viel lieber zurück in ihre Küche gehen, das Radio anmachen und den Haushalt erledigen. Sie kam gerade an der obersten Stufe an, als sie das Bersten von Glas hörte.

Das Geräusch kam aus dem Erdgeschoss. Wahrscheinlich aus der Küche. Ein Fenster, das zerbrochen wurde? Ein Einbrecher, der sich Zugang zu dem Haus verschaffte?

Einen Moment lang hielt Annika inne, dann rannte sie los. Sie lief an dem Gästezimmer und Nikos Zimmer vorbei in ihr Schlafzimmer. Dort knallte sie die Tür hinter sich zu und griff nach dem Schlüssel, der immer im Schloss steckte.

Nur heute nicht.

Da fiel ihr ein, dass ihr Mann ihn in die Nachttischschublade gelegt hatte, weil er immer wieder aus dem Schloss gefallen war. Fluchend hastete Annika zu dem Nachttisch ihres Mannes. Sie riss die Schublade auf und blickte auf einen Schwung Papiere.

Hinter sich hörte sie, wie Schritte die Treppe hoch trampelten. Es waren laute Schritte mit schweren Schuhen. Sie wühlte zwischen den Papieren. Ihre Hände zitterten. Sie spürte, Panik in sich aufkommen. Der Einbrecher war laut und hatte nicht überprüft, ob das Haus verlassen war. Was das bedeutete, konnte Annikas Gehirn in der Situation nicht zusammen fügen. Sie war kurz davor die Schublade aus dem Nachttisch zu ziehen und auf den Boden zu schmeißen, als ihre Finger das kühle Metall des Schlüssels ergriffen.

Sie hastete zurück zur Tür, wo die Schritte nun ankamen. Sie stockten. Wer immer da draußen war, wusste wohl nicht, in welchem Zimmer sie war.

So leise wie möglich, steckte sie den Schlüssel ins Schloss. Trotzdem hörte sie das Schaben, als Metall auf Metall traf. Sie biss ihre Zähne aufeinander und drehte langsam den Schlüssel.

Im nächsten Moment polterte es gegen ihre Tür. Annika zuckte zusammen und wich vor der Tür zurück. Sie unterdrückte einen

Schrei, als sie sah, wie das Holz bebte.

Mit Angst geweiteten Augen sah sie auf die Tür, während der Einbrecher immer wieder gegen die Tür stieß. Er wollte keinen Schmuck, kein Geld klauen. Er war wegen ihr hier. Sie hielt eine Hand vor den Mund, um nicht zu schreien. Sie glaubte, sie würde den Verstand verlieren, wenn sie sich selber schreien hören würde.

Doch plötzlich verstummten die Geräusche. Sie glaubte zuerst, er würde sich nur ausruhen und erwartete jeden Moment die nächsten Schläge gegen die Tür. Aber es blieb still.

Sie setzte sich auf das Bett und starrte auf die Tür, bis ihre Augen brannten. Dann hörte sie Schritte auf der anderen Seite. Sie entfernten sich von ihrem Schlafzimmer.

Sie versuchte ihren Atem zu beruhigen. Die Person ging die Treppe herunter. Sie hörte es deutlich. Die Schritte wurden immer leiser, bis sie gar nicht mehr zu hören waren.

Mit angehaltenem Atem wartete Annika ab. Noch wollte sie sich nicht in Sicherheit wiegen. Nicht, wenn er immer noch im Haus sein könnte. Doch sie wartete Sekunden und Minuten, und es war nichts zu hören.

Am liebsten hätte sie die Polizei gerufen. Oder zumindest ihren Mann. Aber ihr Handy lag in der Handtasche, die sie im Erd-geschoss abgelegt hatte. Sie musste das Schlafzimmer verlassen.

Nach unten gehen.

Sie biss sich auf die Lippe, sah zu dem Fenster hinaus. Als Jugendliche war sie früher das ein oder andere Mal aus dem Fenster ihres Zimmers geklettert, wenn sie sich heimlich mit Freunden hatte treffen wollen. Aber jetzt war sie im ersten Stock. Sie glaubte nicht, dass sie unbeschadet unten ankommen würde.

Langsam stand sie auf. Sie ging zur Tür ihres Schlafzimmers herüber und hielt ein Ohr an die Tür. War da etwas zu hören? Vielleicht ein Atem? Stand der Unbekannte nun direkt vor ihrer Tür und lauschte ebenso wie sie?Aber so sehr Annika sich auch anstrengte, sie konnte nichts hören. Langsam drehte sie den Schlüssel im Schloss um. Sie wartete, ob sich jetzt etwas bewegte. Aber es blieb still.

Sie öffnete die Tür einen Spalt breit und sah in den Flur. Sie sah die Treppe hinab und lauschte abermals.

Langsam beruhigte sich ihr Atem etwas. Wer immer die Person war und was immer sie von Annika gewollt hatte, sie war gegangen.

Behutsam öffnete Annika die Tür weiter und trat nach draußen. Sie legte eine Hand an ihr Herz, um es schlagen zu spüren. Das hatte sie als Kind oft getan, wenn sie aufgeregt war und sich hatte beruhigen wollen. Es hatte immer geholfen. Nur heute nicht.

Sie trat einen Schritt auf die Treppe zu. Sie würde einfach die Polizei rufen und dann würde sie das Haus nicht mehr verlassen. Sie würde in ihr Schlafzimmer zurück kehren und sich einschließen.

Als ein Balken unter ihrem Gewicht knarzte, polterten die Schritte von unten wieder los. Die Person war immer noch da und sie lief nun die Treppe hoch. Der Eindringling mit Holzmaske, riesigen schielenden Augen und einer Hakennase lief auf sie zu. Annika schrie auf, wirbelte herum und lief auf ihr Schlafzimmer zu. Zu langsam, wusste Annika. Viel zu langsam.

Januar 2001

Daniel

Daniel zuckte mit seinem Fuß, während sein Blick auf Oskar lag. Sie waren mal wieder in dem Keller von Julias Eltern und der Abend war schon fortgeschritten.

Daniel saß allein auf der Couch, während die anderen sich um die Bar versammelt hatten. Julia mixte gerade ihre Getränke. Am liebsten wäre Daniel aufgesprungen und hätte Oskar von Freddie weggezogen, mit der er sich unterhielt.

Er konnte nicht glauben, dass Ruben daneben stehen und sich amüsieren konnte, während dieses Arschloch sich mit seinem Mädchen unterhielt. Wie konnte er denn nicht fürchten, dass Oskar Freddie wehtun würde?

Daniel hob sein Glas und trank einen Schluck. Normalerweise war er nicht so. Das war ihm klar. Normalerweise war er ein friedfertiger Mensch, der Menschen, die er nicht mochte, akzeptierte und nicht ausgrenzte. Aber um genau zu sein fühlte er sich im Moment selber ausgegrenzt.

Vielleicht war es das, was Oskar wollte.

Zuerst übernahm er Daniels Platz als Klassenbester in Biologie und jetzt würde er ihm den Platz in der Freundesgruppe streitig machen.

Als Viktor sich von der Gruppe löste und zu ihm herüber kam, senkte Daniel seinen Blick und nippte an seinem Getränk.

»Hey Mann«, sagte Viktor und ließ sich neben ihn auf die Couch fallen. »Alles klar? Warum sitzt du hier so allein?«

Daniel räusperte sich und schüttelte den Kopf. »Brauche gerade nur etwas Zeit für mich.« Noch bevor Daniel es ausgesprochen hatte, wusste er, dass er es nicht hätte sagen sollen. Viktor war der letzte Mensch, der es verstehen konnte, wenn jemand Zeit für sich brauchte.

Da lachte er auch schon leise. »Ach, Daniel. Komm doch einfach rüber.«

Daniel warf einen Blick zu den Anderen. Sie schienen sich auch ganz gut ohne ihn zu amüsieren. Ruben sah nicht einmal zu ihm herüber.

»Na komm«, sagte Viktor und stand auf. »Sei keine Pussy.«

Klar, man war ja auch immer und überall sofort eine Pussy, sobald man sich anders verhielt, als Viktor.

Aber Daniel stand auf und folgte Viktor an die Theke.

Julia lächelte, als sie ihn sah. »Hey Daniel. Geht es dir gut?«

Ihre Augen fokussierten schon nicht mehr richtig. Sie war offensichtlich schon angetrunken.

»Ja, mir geht es gut«, versicherte er ihr lächelnd.

Als sie sein Glas nahm, um nachzufüllen, protestierte er nicht. Er sah zu Oskar, der ihn beobachtete.

Schnell wendete er seinen Blick ab und sah zu Freddie.

Daniel wusste genau, dass es Ärger geben würde. Jetzt oder später. Es war nur eine Frage der Zeit. Oskar hatte es faustdick hinter den Ohren. Die anderen wollten nicht auf ihn horen, aber das änderte nichts. Sie würden es früher oder später schon merken und sich dann ärgern, dass sie nicht von Anfang an auf ihn gehört hatten.

Einige Stunden später machten sie sich auf den Weg zur nächsten Bushaltestelle, um nach Hause zu fahren. Es war ruhig auf den Straßen. Nur ein kalter Wind pfiff ihnen um die Ohren. Daniel ließ sich zurück fallen. Er wollte nicht hören, wie seine Freunde mit Oskar scherzten.

Es war richtig kalt geworden. Er senkte seinen Kopf, bis sein Mund hinter seinem Schal verschwand. Er hätte nichts dagegen, wenn es endlich wieder wärmer werden würden.

»Hey«, sagte da jemand neben ihm.

Daniel hob seinen Blick. Er hatte gar nicht bemerkt, wie Oskar zu ihm gestoßen war. Er hatte seine Hände in den Hosentaschen vergraben und ging langsam neben Daniel her. Aber er sah Daniel nicht an, sondern zu Boden.

»Hey«, sagte Daniel und zog seine Schultern hoch, um sich vor der Kälte zu schützen.

»Darf ich dich mal etwas fragen?«

Daniel warf ihm einen Blick zu, sagte aber nichts.

»Was hast du gegen mich?«

»Was?«

»Ich weiß, ich bin der Neue. Ihr seid alle schon lange befreundet und ich bin erst seit zwei Wochen dabei. Aber was magst du an mir nicht, dass du mich nicht so freundlich behandelst, wie die anderen. Ich meine, mittlerweile ist sogar Ruben nett zu mir.« Oskar lachte leise.

Daniel verzog keine Miene.

»Also? Habe ich mal etwas Unpassendes gesagt? Ich habe ein Talent dazu, in Fettnäpfchen zu treten.«

Daniel seufzte und sah Oskar an. »Kennst du den Ausdruck, dass man sich nicht riechen kann?«

Er erwiderte seinen Blick und nickte stumm.

»Ich kann dich nicht riechen«, sagte Daniel schlicht.

Oskar runzelte seine Stirn. »Einfach so? Ohne, dass ich etwas gemacht habe?«

Daniel nickte.

»Aber …« Oskar rang mit Worten. »Aber ich muss doch

irgendetwas machen können, damit du mich magst.«

Daniel zuckte mit den Schultern. »Ich glaube nicht.«

Schweigend liefen sie nebeneinander her.

Oskar wollte so sehr gefallen, dass er es nicht ertragen konnte, wenn jemand nicht nett zu ihm war und ihn nicht akzeptierte.

Julia

Der Duft von Zimtschnecken erfüllte die Küche der Schröders. Julia zog vorsichtig den in Glasur getunkten Pinsel über die Zimtschnecken. Die Glasur lief an den Seiten des Gebäcks entlang und tropfte auf das Backblech.

In Julia zog der sich Magen hungrig zusammen und das Wasser lief ihr im Mund zusammen. Seit einigen Wochen hatte sie das Backen für sich entdeckt. Ihre Mutter freute sich über das Hobby. Sogar Annika konnte nichts Negatives dazu sagen. Das Problem war nur, dass Julia immer für zwanzig Personen backte und es so lecker war, dass sie die meisten Leckereien selber aß. Aber Julia vergrub ihre Hände gerne in Hefeteig, wandelte Rezepte um, damit sie ihr noch besser schmeckten und zauberte eine Köstlichkeit nach der anderen aus dem Backofen. Am wohlsten fühlte sie sich, wenn zuerst die Küche und dann das ganze Haus nach ihrem Gebäck duftete. Sie liebte die Aufregung vor dem ersten Biss und die Zufriedenheit, wenn ihr Kuchen, Muffin oder Brötchen gelungen waren.

Als es an der Tür klingelte, hielt sie inne.

»Annika?«

Es blieb still.

»Annika, kannst du bitte die Tür öffnen?«

Da fiel ihr ein, dass ihre Schwester ihren Freund mitgebracht hatte. Sie waren seit einem Jahr unzertrennlich und auch jetzt würde Julia sie nicht von ihm losreißen können.

Also legte sie den Pinsel beiseite und ging in den Flur, um die Haustür zu öffnen. Als sie Oskar an der Türschwelle sah, hob sie überrascht die Augenbrauen.

»Hey, was machst du denn hier?«, fragte sie, während sich auf ihren Lippen ein freudiges Lächeln ausbreitete.

Der Abend gestern war wirklich schön gewesen. Sie hatten viel gelacht und Julia war so glücklich, wie schon lange nicht mehr gewesen.

»Hallo. Ich hoffe, ich störe nicht.«

Sie schüttelte lächelnd den Kopf und trat bei Seite. »Quatsch. Komm rein.«

Als er ins Haus trat, schloss sie hinter ihm die Tür.

»Ich backe gerade. Magst du Zimtschnecken?«

Er streifte seine Schuhe ab und hängte die Jacke an den Garderobenständer. Dann nickte er. »Klar. Wer mag die nicht?« Er folgte ihr in die Küche. Während sie wieder den Pinsel ergriff, setzte er sich an den Küchentisch.

»Ich bin eigentlich nur hier, weil ich meine Handschuhe gestern vergessen habe. Aber ich glaube, ich werde jetzt nie wieder gehen«, sagte er mit einem Blick auf die Zimtschnecken.

Julia lachte vergnügt auf. »Ich bin froh, wenn ich einen Abnehmer finde. Sonst esse ich sie noch alle alleine und das tut mir nicht gut.« Sie strich sich mit der Hand über ihren kleinen Bauch.

»Ach, da brauchst du dir wirklich keine Gedanken machen. Du siehst wunderschön aus.«

Sie hielt in ihrer Bewegung inne, den Blick auf die Zimtschnecken gerichtet. Julia spürte, wie ihre Wangen glühten. Noch nie hatte ein Junge sie schön genannt.

»Danke«, brachte sie mit krächzender Stimme hervor.

Hätte sie sich umgedreht, hätte sie bemerkt, dass Oskar peinlich berührt zu Boden sah. Aber sie bestrich die Zimtschnecken zu Ende und als sie fertig war, hatte er sich wieder gefangen.

»Jetzt müssen wir ein bisschen warten, bis die Glasur getrocknet ist und dann können wir sie schon essen.« Julia drehte sich zu ihm um und lächelte. »So lange können wir ja deine Handschuhe suchen.«

Oskar erhob sich schwungvoll. »Super.«

Sie gingen die Kellertreppe hinunter. Julia hatte noch keine Lust gehabt aufzuräumen. Auf der Bar und dem Couchtisch standen noch leere Gläser mit verklebten Böden und Bierflaschen, die noch nicht ganz ausgetrunken waren.

Oskar fand schnell seine Handschuhe. Er ging zu dem Kicker herüber und griff nach ihnen. Dann steckte er sie in seine hintere Hosentasche.

»Sag mal, wie ist Daniel eigentlich so?« Er neigte seinen Kopf zur Seite.

Julia trat von einem Fuß auf den anderen. »Was meinst du?«

»Ihr seid alle ziemlich nett zu mir. Aber mit Daniel werde ich nicht richtig warm. Woran liegt das?«

Julia lächelte. »Da brauchst du dir keine Gedanken zu machen. Er ist zwar etwas steif, aber er findet dich sicherlich auch nett.«

Oskar sah auf seine Hände hinab. »Nein. Er hat mir gesagt, dass er mich nicht riechen kann.«

Julia hob ihre Augenbrauen. »Wirklich?«

Er nickte.

»Oh.«

Sie fühlte sich zunehmend unwohl. Daniel war kein schlechter

Kerl, aber Oskar genauso wenig. Sie wollte nicht zwischen die Fronten geraten und hatte das Gefühl, dass sie, alles was sie sagen könnte, falsch rüberbringen würde.

»Ich möchte ja nur, dass er mich mag«, warf Oskar schnell ein. Sie lächelte ihn sanft an. Oskar hatte das mit ihr gemeinsam. Sie wollte auch von allen gemocht werden. Daher konnte sie seine Gefühle sehr gut verstehen.

»Gib ihm etwas Zeit. Vielleicht muss er dich erst einmal besser kennen lernen.«

Oskar sah nicht überzeugt aus. »Was macht er denn gerne in seiner Freizeit? Vielleicht haben wir ja gleiche Interessen.«

Julia dachte nach. »Ich glaube, da bist du bei mir an der falschen Adresse. Frag mal Ruben, der ist besser mit Daniel befreundet. Was machst du denn gerne in deiner Freizeit?«

Er lehnte sich gegen den Kicker. »Ich jogge gerne.«

Eine Sportskanone. Dann war er in dieser Hinsicht genau das Gegenteil von ihr.

»Ich glaube nicht, dass Daniel joggt.«

Oskar lächelte. »Nein, das kann ich mir auch nicht vorstellen.«

Einen Moment lang herrschte Stille zwischen ihnen, dann sagte Julia: »Komm, die Zimtschnecken sind soweit.«

Er folgte ihr nach oben, wobei sie sich beeilte, damit ihr breiter Hintern nicht zu lange vor seinem Gesicht wackelte.

In der Küche angekommen, seufzte Julia. Es fehlten vier Schnecken.

»Annika hat sich schon welche geschnappt«, sagte sie kopfschüttelnd.

»Hoffentlich werde ich dann überhaupt satt«, sagte Oskar mit einem Blick auf die sechzehn Zimtschnecken.

Julia kicherte leise. »Das werden wir sehen«, sagte sie, während sie zwei Teller aus dem Schrank holte.

Ruben

Ruben hatte nur noch Augen für Freddie. Er wollte keine Sekunde von ihrem Lachen verpassen und ihr jedes Mal zulächeln, wenn sie seinem Blick begegnete. Er hatte das Gefühl, dass er auf Wolken schwebte, obwohl er niemals gedacht hätte, dass er zu einem solchen Menschen werden würde. Einem Menschen, der einmal so glücklich von einer Frau gemacht werden würde.

Nun saß er mit den anderen in der Cafeteria an einem der runden Tische und blendete den Lärm völlig aus. Er sah zu Freddie, die mit Julia scherzte und lachte. Die Mädchen waren sehr gut gelaunt und das besserte auch Rubens Laune.

»Hey.« Viktor stieß ihm mit dem Ellbogen in die Rippen. Ruben verzog vor Schmerz das Gesicht.

»Was hältst du von ihr?«, fragte er und deutete mit dem Kinn auf ein Mädchen, das an der Schlange für die Essensausgabe stand und sich mit ihrer Freundin unterhielt. Sie hatte lange dunkel braune Haare und trug eine schmale Brille.

»Die sieht schlau aus. Meinst du, die ist was für dich?«, fragte Ruben und konnte sich ein Grinsen nicht verkneifen.

Überrascht blickte Viktor ihn an. »Was denn? Du hast einen Witz gemacht?« Er lachte vergnügt. »He, Leute. Unser Ruben hat einen Witz gemacht und der war gar nicht so schlecht.« Er gab ihm einen Klaps auf den Rücken.

Ruben verdrehte grinsend die Augen.

Viktor beugte sich vor, als die anderen sich wieder in ihren Gesprächen vertieften. »Liegt das vielleicht daran, dass du frisch verliebt bist?«

Ruben wollte nicht über Freddie und sich sprechen. Er sah wieder zu dem Mädchen in der Schlange.

»In welcher Klasse ist sie denn? Ich kenne sie gar nicht.«

Viktor zuckte mit den Schultern. »Ich glaube, sie ist eine Stufe unter uns.«

»Nun ja. Sie sieht doch gut aus. Sprich sie an. Sie wird bestimmt nichts dagegen haben.« Ruben wusste genau, wie die Mädchen auf Viktors offene Art reagierten. Er hatte noch nie Probleme gehabt, Mädchen kennen zu lernen und um den Finger zu wickeln.

»Wenn du das sagst.« Viktor rückte den Stuhl zurück, fuhr sich mit der Hand durch die Haare und stand auf.

Amüsiert sah Ruben ihm hinterher, wie er zu dem Mädchen in der Schlange ging.

»Kennt er sie?«, fragte Oskar und beugte sich über den leeren Stuhl von Viktor.

Ruben warf ihm einen Blick zu, bevor er seinen Blick wieder auf Viktor richtete. »Nein. Aber das hält Viktor nicht davon ab, sie anzusprechen«, sagte er amüsiert.

»Einmal so selbstbewusst sein, wie Viktor, was?«

Ruben nickte, ohne auf Oskar zu sehen. Sonst hätte er dessen verträumten Blick gesehen, mit dem er die Mädchen an ihrem Tisch betrachtete.

Daniel fiel dieser Blick auf.

Ruben beugte sich leicht vor, als er sah, dass Viktor nicht das Mädchen mit der Brille, sondern ihre unscheinbare Freundin ansprach. Hatte er sich geirrt? Ruben war automatisch davon ausgegangen, dass Viktor an der Hübschen interessiert war. Aber da fiel ihm wieder ein, dass das zu einer von Viktors Taktiken gehörte. Zuerst die unattraktive Freundin ansprechen und dann, wenn sich die Schöne unerwünscht fühlt, zu ihr wechseln, damit sie dankbar ist, dass man doch Interesse an ihr hat.

Ruben schüttelte den Kopf. Er beneidete Viktor ebenso für sein Talent mit Frauen umzugehen, wie Oskar. Entspannt lehnte er sich auf seinem Stuhl zurück und fing den Blick von Freddie ein. Automatisch lächelte er. Sie erwiderte das Lächeln. Es war eigentlich egal, wie gut Viktor mit Frauen umgehen konnte. Freddie war an Ruben interessiert. Er hatte alles, was er wollte.

Viktor

Viktor mochte seine Eltern. Sie schlugen ihn nicht, sie schrien selten und sie konnten gut kochen. Aber das Beste war, dass sie oft ausgingen. Es war nicht schon immer so gewesen. Früher waren sie nur alle zwei Monate mal zum Essen ausgegangen. Aber seit einem ihrer Hochzeitstage, Viktor war da fünfzehn Jahre alt gewesen, gingen sie alle zwei Wochen aus. Sie gingen Essen, ins Kino, manchmal sogar tanzen.

Wenn sie weg waren, genoss er die Abende in vollen Zügen. So auch heute Abend, als er vor dem Spiegel stand und an seinem Pulli zupfte. Seine Eltern waren schon seit einer Stunde weg und Viktor erwartete jeden Moment das Mädchen aus der Cafeteria.

Sie hieß Lia. Ein ungewöhnlicher Name für ein ungewöhnliches Mädchen.

Sie hatten in der Cafeteria nicht lange miteinander gesprochen, bevor er sie um ein Date gebeten hatte. Er verwendete gerne den Begriff „Date". Das hörte sich nach etwas Besonderem an. Ein DVD-Abend hörte sich nach einem schlechten Film an, den sie sich auf einer durchgesessenen Matratze ansahen und dann ein bisschen Gefummel, dass eher peinlich, als erregend war.

Aber obwohl sie nur kurz ein paar Worte gewechselt hatten, hatte Viktor gespürt, dass zwischen ihnen die Chemie stimmte. Er konnte es einfach nicht anders ausdrücken. Er hatte es gespürt.

Als es klingelte, warf er seinem Spiegelbild noch einen letzten Blick zu, bevor er sein Zimmer verließ, um Lia reinzulassen.

Sie sah hübsch aus. Das schwarze Haar lag wellig über ihren Schultern, ihre Augen blitzten unter der Brille und ihre Wangen waren leicht gerötet.

»Hallo«, sagte sie.

Viktor lehnte sich gegen den Türrahmen und lächelte sie an. »Waren wir verabredet?«

Kurz huschte ein Ausdruck von Verblüffung über ihr Gesicht. Aber der verflüchtigte sich schnell wieder und sie verdrehte die Augen.

Er lachte leise. »Komm rein«, sagte er, ohne sich von dem Türrahmen zu lösen.

Sie drängte sich an ihm vorbei, wobei sie ihm so nah kam, dass er ihren blumigen Duft einatmen konnte. Als sie im Flur stand, kam er ihr nach. Er schloss die Tür hinter sich und trat hinter sie.

»Darf ich dir die Jacke abnehmen?« Das war etwas, was er in Filmen gesehen hatte. Der Dame aus der Jacke heraushelfen.

Sie warf einen Blick über die Schulter und zog die Jacke aus. Er nahm sie ihr ab und hängte sie an die Garderobe.

»Sind deine Eltern nicht da?«, fragte Lia und sah sich suchend um.

»Nein. Wir haben sturmfrei«, sagte er grinsend. »Komm. Ich zeig dir mein Zimmer.«

Er deutete mit einer einladenden Geste auf die Treppe und ging dann hinter ihr hoch in den ersten Stock. Dabei versuchte er nicht auf ihren Hintern zu achten, der vor seinem Gesicht schwebte.

Er sah auf ihre Kniekehlen, musste aber grinsen, weil sie einen wirklich schönen Hintern hatte.

»Bist du wirklich so ein Gentleman oder legst du die Masche ab, wenn du mich rumgekriegt hast?«, fragte Lia, als sie sich in seinem Zimmer umsah.

Viktor verschränkte grinsend die Arme vor der Brust. »Das musst du wohl selber herausfinden.«

Lia seufzte. »Vielleicht lasse ich mich auch gar nicht rumkriegen und genieße lieber noch etwas die Gentleman-Tour.«

Viktor lachte und ließ sich dann auf seinem Bett nieder. Dort nahm er die DVD's auf, die er für den Abend ausgesucht hatte. »Worauf hättest du Lust? Ich könnte dir *Final Destination*, *Brother where art thou* und *Coyote Ugly* anbieten.«

Lia hob ihre Augenbrauen und nahm Viktor die DVD's aus der Hand. »*Coyote Ugly*?« Sie sah die Filme durch, bevor sie ihm die DVD's wieder überreichte. »*Final Destination*«, sagte sie und setzte sich neben Viktor.

Dieser hob bei ihrer Filmauswahl überrascht die Augenbrauen hoch. »Tatsächlich? Ich wusste nicht, dass du auf Horror stehst.«

Sie klemmte ihre Hände unter ihre Oberschenkel und sah auf ihre Füße hinab. Dabei fielen ihr die Haare ins Gesicht. »Ich mag Horror. Dann kommt mir unsere Welt nicht mehr so schlimm vor.«

Er verzog kurz das Gesicht.

»Was findest du an unserer Welt so schlimm?«

Sie lachte leise auf und sah ihn an. »Das hat sich jetzt schlimmer angehört, als beabsichtigt. Aber ich kannte mal ein Mädchen, das vergewaltigt wurde. Ein Onkel von mir ist an Lungenkrebs gestorben, obwohl er nie eine Zigarette geraucht hat. Und ich *hasse* Mathe.«

Viktor lachte auf. »Das alles ist natürlich absolut vergleichbar.«

Sie zuckte mit den Schultern. »Mir ist noch nichts Schlimmeres als Mathe passiert.«

Viktor nickte. »Das kann ich verstehen. Geht mir ähnlich.«

Kurz dachte er an die schlimme Sache, dass er vielleicht schwul sein könnte. Aber wenn er Lia so betrachtete, war er sich eigentlich sicher, dass er auf Frauen stand. Und doch fragte er sich, ob es sich ähnlich anfühlen würde, wenn er mit Oskar den Abend verbrachte und nicht mit Lia.

Niko

Niko kickte einen Stein mit dem Fuß einige Meter den Bürgersteig weiter. Er ging langsam von der Schule nach Hause. Er wollte nicht nach Hause, in das große Haus, in dem so viel von ihm erwartet wurde. Er wollte viel lieber zu Freddie, die ihn so akzeptierte, wie er war.

Er war nicht so perfekt wie seine Mutter, die super in ihrem Job als Hausfrau war. Er war auch nicht so perfekt, wie sein Vater, der zwar nie zu Hause war, dafür aber jede Menge Geld verdiente.

Er war einfach nur Nikolas. Ein Junge, wie jeder andere.

Freddie fand ihn schön, witzig und charmant. Das hatte sie ihm einmal gesagt und seitdem musste er immer wieder daran denken. Dass er gut aussah, hatte er schon öfter zu spüren bekommen. In einem Laden, wenn die Mitarbeiterin ihm extra viel Zeit schenkte oder bei einer Lehrerin, die ihn seltener ermahnte, als seine Mitschüler.

Sogar ein paar Mädchen hatten ihm schon eindeutige Blicke zugeworfen. Aber sie schienen alle langweilig und kindisch zu sein. Im Vergleich zu Freddie.

Als er das große Haus erreichte, biss er sich auf die Unterlippe. In der Küche brannte Licht. Wahrscheinlich kochte seine Mutter ihm gerade das perfekte Essen.

Er ging über die Auffahrt und schloss die Haustür auf. Als er eintrat, schlug sie hinter ihm zu und er zuckte zusammen. Hier war es ungewöhnlich still. Normalerweise hörte er zu Hause immer die Schritte seiner Mutter oder das Geklapper von Geschirr.

145

»Mama?«, rief er und ließ seine Schultasche zu Boden gleiten. »Ich bin wieder zu Hause!«

Als sie nicht antwortete, ging er davon aus, dass sie auf Toilette war. Also ging er in die Küche, wo er Essen im Ofen erwartete. Aber weder im Ofen, noch auf dem Herd stand Mittagessen.

Skeptisch sah er in den Kühlschrank. Wann war es denn das letzte Mal vorgekommen, dass er nach der Schule nach Hause gekommen war und es stand kein Mittagessen bereit?

Niko musste sich ein Grinsen verkneifen. Offensichtlich war seine Mutter nicht immer perfekt. Das gefiel ihm.

Er wendete sich gerade um, um die Küche wieder zu verlassen, als er die eingeschlagene Scheibe entdeckte. Niko hielt mitten in der Bewegung inne und starrte auf das Fenster. Es stand einen Spalt breit offen, neben dem Fenstergriff befand sich ein Loch, durch das nun der kalte Wind pfiff. Es dauerte einen Moment, bis er begriff, was das bedeutete. Es war eingebrochen worden.

Niko fuhr herum und sah sich in der Küche um. Hier war nichts verwüstet. Auch als er ins Wohnzimmer ging, musste er feststellen, dass alles ganz normal aussah.

Vielleicht sollte er jetzt doch seine Mutter suchen. Das Gäste-WC war leer. Er ging die Treppe nach oben und sah in das Schlafzimmer seiner Eltern. Die Tür stand sperrangelweit offen. »Mama?«, sagte er leise und trat ein. Das Bett war gemacht, die Schränke geschlossen. Neben dem Bett stand ein Wäschekorb mit gefalteter Wäsche.

Sonst war das Zimmer leer.

Langsam mischte sich zu seiner Sorge, das Gefühl von Angst. Sie legte sich um sein Herz und breitete sich in seinem ganzen

Körper aus. Niko verließ das Zimmer seiner Eltern wieder und sah in sein eigenes Zimmer. Es war nicht so ordentlich. Bücher und Kleidung waren überall verstreut. Aber auch hier war keine Spur von seiner Mutter und das Chaos war ihm verschuldet und normal.

Blieben nur noch das Badezimmer und das Gästezimmer. Die Tür zum Badezimmer war geschlossen. Er klopfte vorsichtig.

»Mama? Bist du hier? Wurde eingebrochen?«

Er legte seine Hand an die Klinke und drückte sie herunter. Langsam öffnete er die Tür und sah hinein. Toilette, Waschmaschine, ein kleiner Schrank, Waschbecken und die Badewanne. Doch seine Mutter war nicht hier. Er ging zum letzten Zimmer herüber und drückte die Tür auf.

Im Gästezimmer standen zwei Regale mit Büchern und eine Couch, die man zu einem Bett ausziehen konnte. Außerdem lehnte an der Wand ein Bügelbrett.

Doch von seiner Mutter war nichts zu sehen. Niko fiel aber auch auf, dass keine Schubladen durchwühlt worden waren. Würde ein Einbrecher, auf der Suche nach Geld oder Schmuck, nicht jede Schublade aufreißen, in jedem Schrank nachsehen?

Er griff in seine Hosentasche und zog sein Handy heraus. Es gab eine einfache Erklärung. Wahrscheinlich hatte seine Mutter den Einbrecher erwischt und vertrieben. Dann war sie zur Polizei gefahren, um ihn anzuzeigen. Oder sie war auf dem Weg in den Baumarkt, um das Fenster zu reparieren.

Er wählte ihre Nummer und lauschte dann auf das Freizeichen. So stand er zwei Minuten im Gästezimmer, bis er es aufgab.

Dann ließ er sein Handy sinken und starrte auf das Regal vor ihm. Seine Mutter war weg. Hier war eingebrochen worden.

Was sollte das bedeuten? Konnte sie entführt worden sein?

Niko schluckte. Das passierte doch nur in Filmen. Nicht bei ihm zu Hause. Und warum sollte jemand seine Mutter entführen? Ihnen mangelte es zwar nicht an Geld, aber nicht genug, dass sich eine Entführung lohnen würde.

Er verließ das Gästezimmer und ging nach unten ins Erdgeschoss. Langsam breitete sich Furcht in ihm aus. Er betrat das Wohnzimmer, wo er noch einmal seine Mutter anrief. Während er darauf wartete, dass sie den Anruf entgegen nahm, hörte er die Vibration eines Handys. Zuerst war es nur ganz leise, aber je mehr er sich auf das Geräusch konzentrierte, desto lauter wurde es.

Schnell durchquerte er den Raum und ging zu der Handtasche seiner Mutter, aus der er das Geräusch hörte. Sie hatte sie auf eine Kommode gelegt.

Obwohl er wusste, was ihn erwartete, war er schockiert, als er das Handy aus ihrer Tasche zog. Sie ging niemals ohne hier Handy aus dem Haus. Niemals.

Er legte auf und das Handy ihrer Mutter hörte auf zu vibrieren. Die Gedanken rasten durch seinen Kopf, doch er bekam keinen davon zu fassen. Irgendetwas musste er jetzt tun. Die Polizei anrufen. Er sah auf sein Handy hinab. Die Polizei. Wie war die Nummer? Er kramte in seinem Kopf nach der Nummer, aber er hatte sie vergessen.

Scheiße, wie konnte er die Nummer der Polizei vergessen?

Stattdessen wählte er eine andere Nummer und als am anderen Ende der Leitung abgenommen wurde, spürte er eine Welle der Erleichterung.

»Meine Mutter ist verschwunden«, platzte es aus ihm heraus.

»Was?«

»Meine Mutter ist weg. Ich komme nach Hause und sie ist weg. Hier wurde eingebrochen. Aber es ist nichts durchwühlt worden. Sie ist einfach weg.«

Freddie schwieg am anderen Ende der Leitung.

»Sie wurde entführt«, fügte er hinzu, falls sie es noch nicht begriffen hatte.

»Okay«, sagte Freddie langsam. »Jetzt beruhige dich erst einmal. Sitzt du?«

»Nein.«

»Dann setz dich hin.«

Niko folgte ihrer Anweisung. Als er auf dem Sofa Platz gefunden hatte, sagte sie: »Jetzt atme einmal tief ein und aus.«

Niko sog die Luft durch den Mund ein und ließ sie dadurch wieder aus. Er spürte, wie die Gedanken in seinem Kopf langsamer herum wuselten und manche sogar verpufften. Die Nummer der Polizei tauchte wieder auf.

»Es wird alles gut, okay?«

Er räusperte sich. »Ja.«

»Jetzt ruf deine Tante Julia an.«

Bevor sie weiter sprechen konnte, warf er ein: »Ich sollte meinen Vater anrufen. Und wenn er nichts weiß, dann die Polizei.« Dass ihm der Gedanke nicht als erstes gekommen war, zeigte, wie verwirrt er war. Aber wahrscheinlich war sein Kopf zu voll gewesen.

»Nein. Ruf lieber Julia an.«

»Aber mein Vater wird am ehesten wissen, was mit ihr ist. Vielleicht hat sie ihn angerufen und erzählt, was passiert ist.«

»Nein, Niko. Vertrau mir. Ruf Julia an.«

Er zögerte, dann sagte er langsam: »Okay.« Freddie wusste schon, was zu tun war. Sie wusste immer, wie man sich richtig verhielt und was man besser lassen sollte. Wenn sie sagte, dass er seinen Vater nicht informieren und stattdessen seine Tante anrufen sollte, dann hatte das einen guten Grund.

Julia

Julia warf ihrem Telefon einen Blick zu. Am Verkaufstresen standen fünf Kunden. Sie konnte jetzt nicht ans Telefon gehen. Die Mittagskundschaft ließ ihr keine Zeit.

Sie gab in ihre Kasse zwei belegte Körnerbrötchen ein und reichte sie in einer Tüte ihrem Kunden. Er bedankte sich und gab den Platz für den Nächsten frei.

Sie seufzte. Das Telefon klingelte nicht mehr, aber die nächste Kundin kam herein. Sie könnte Laura jetzt wirklich gut gebrauchen. Es konnte nicht länger als zehn Minuten dauern, bis sie kam, um ihr an die Hand zu gehen.

Als das Telefon wieder klingelte, warf Julia einen Blick über ihre Schulter. War der Anruf wichtig? War es schon wieder ihre Mutter?

Sie ignorierte ihr Telefon und nahm die Bestellung des nächsten Kunden auf. Doch mit ihrer halben Aufmerksamkeit war sie immer noch bei dem Telefon. Die Tür krachte an die Wand, als sie aufschwang und Laura herein kam.

Erleichtert atmete Julia auf. Laura kam nie zu spät und oft zu früh. Sie war ihr besonders heute für ihre Überpünktlichkeit dankbar.

Julias Nerven waren immer noch zum Zerreißen gespannt.

»Ich bin ja schon da, ich bin ja schon da«, rief Laura, während sie sich einen Weg an den Kunden vorbei und in das hintere Zimmer bahnte.

Julia nahm ihr Geld entgegen und öffnete die Kasse, als Laura mit einer Schürze bekleidet wieder in den Verkaufsraum kam.

»Gut, dass du da bist«, sagte Julia. »Das Telefon hört nicht auf zu klingeln.« Sie drehte sich um, um den Anruf entgegen zu nehmen, aber das Telefon war stumm.

»Alles okay?«, fragte Laura mit einem Blick auf das Telefon.

Julia seufzte. »Ja. Alles okay.«

Laura griff nach einem Plastikhandschuh und zog ihn sich über. »Wer ist als nächstes dran?«, fragte sie in die Reihe.

Julia atmete einmal tief ein und aus. Sie durfte jetzt nicht schlapp machen. Der Tag war ein absolutes Chaos, aber nach dem Mittagsrun würde es wieder angenehmer werden.

Sie drehte sich gerade zu ihrem nächsten Kunden um, als das Telefon erneut klingelte. Fast hätte sie aufgeschrien.

Sie nahm den Hörer von der Station und das Gespräch entgegen.

»Schröder«, meldete sie sich.

»Julia?«

Sie drückte den Hörer fester an ihr Ohr. Sie erkannte die Stimme nicht.

»Ja. Wer ist denn da?«, fragte sie, während sie den Verkaufsraum verließ und in den hinteren Bereich der Bäckerei ging. Hinter sich schloss sie die Tür. Sofort wurden die Geräusche um sie herum leiser und sie konnte das Gemurmel aus der Bäckerei nur noch gedämpft hören.

»Hier ist Niko«, sagte der Anrufer.

Sofort wurde Julia hellhörig. Sie verstand sich gut mit ihrem Neffen. Er war ein guter Junge. Aber er rief selten an, nur um zu plaudern.

»Ist alles okay, Niko? Geht es dir gut?«, fragte sie.

Seine Stimme zitterte, als er ihr antwortete: »Ich glaube, Mama wurde entführt.«

Während er ihr erzählte, was passiert war, spürte Julia, wie ihre Knie nachgaben. Sie lehnte sich gegen einen Schrank und ließ sich langsam zu Boden gleiten. Annika war entführt worden. Sie war weg. Einfach so. Der Jahrestag, der Sturm und ihre Schwester war verschwunden. Ausgerechnet ihre Schwester. Das konnte kein Zufall sein.

»Okay«, sagte sie und versuchte wieder Luft zu bekommen. Es fühlte sich an, als würde ihr jemand den Hals zudrücken.

»Ich rufe Viktor an. Er wird bei dir vorbei kommen, ja? Ich versuche, hier weg zu kommen. Rühre dich nicht vom Fleck, Niko. Okay?«

»Mh.«

»Es wird alles wieder gut. Wir finden Annika.«

»Ich will Papa anrufen.« Er hörte sich an wie ein kleiner Junge und nicht wie der beinah Erwachsene, der er war.

»Nein, ruf deinen Vater nicht an. Wir kriegen das auch so hin.«

Viktor

Viktor hielt sein Lenkrad umklammert, als er langsam seinen Wagen in die Straße lenkte, in der Annika mit ihrer Familie wohnte.

Er hatte Julias Stimme gar nicht wiedererkannt, als sie ihn um Hilfe gebeten hatte. Dass sie ihn und nicht die Polizei über den gewöhnlichen Weg angerufen hatte, zeigte ihm nicht nur, dass sie ihm nach all den Jahren immer noch vertraute, sondern auch, dass sie nicht glaubte, es sei eine normale Entführung. Soweit man eine Entführung normal nennen konnte.

Viktor parkte seinen Wagen vor dem Haus und stieg aus. Julia hatte ihm gesagt, dass Niko das Haus leer vorgefunden hatte. Zumindest war der Täter nicht mehr im Haus. Viktor konnte nicht umhin, sich den Täter mit einer Holzmaske vorzustellen.

Er klingelte an der Tür und trat einen Schritt zurück. Der Sturm riss an seiner Kleidung und seiner Polizeimütze. Ein Baum neben dem Haus schwankte. Durch seine Äste heulte der Wind. Im Radio hatte er gehört, dass die Windstärke nun auf 8 gestiegen war. Er konnte nur hoffen, dass es nicht schlimmer werden würde. Sonst würde es irgendwann wirklich noch zu gefährlich werden, um aus dem Haus zu gehen.

Als niemand ihm die Tür öffnete, drückte er noch einmal auf die Klingel, die bis nach draußen zu hören war.

Viktor legte eine Hand an seine Mütze und sah die Fassade hoch. Abgesehen von dem Küchenfenster im Erdgeschoss brannte nirgendwo Licht.

Er trat unruhig von einem Fuß auf den anderen. Hatte Niko sich etwa versteckt?

Viktor ging um das Haus herum, wobei er sich an der Fassade festhielt, um das Gleichgewicht nicht zu verlieren. Bald erreichte er das Küchenfenster. Es stand immer noch offen. Der Wind ließ es auf und zu klappern.

Viktor warf einen Blick in die Küche. Sie lag still und unberührt da. Er war noch nie bei Annika zu Hause gewesen. Aber er hatte sich schon gedacht, dass sie einen so ordentlichen Haushalt führte. So war sie schon als Kind gewesen.

Er zog sich ein paar Lederhandschuhe an, um sich dann auf der Fensterbank abzustützen und hochzuziehen, um durch das offene Fenster in das Innere des Hauses zu steigen.

Als er stand, sah er sich um. »Niko?«, rief er, bekam aber keine

Antwort.

Wenn der Junge jetzt auch noch weg war, hatten sie ein Problem.

Er warf einen Blick in das Wohnzimmer, ging dann in den Flur, wo Nikos Tasche achtlos auf dem Boden lag. Er ging weiter in den ersten Stock. Flüchtig sah er in jeden Raum. »Niko?«, rief er nun etwas lauter.

Das konnte doch nicht wahr sein. Als er jeden Raum durchsucht hatte, ging er wieder in das Erdgeschoss. Der Junge war weg. Ebenso wie seine Mutter.

Er ging ins Wohnzimmer, wo er sein Handy aus der Hosentasche kramte. Er wählte Julias Nummer. Sie ging nach zwei Sekunden ran.

»Hallo?« Ihre Stimme klang ängstlich.

»Hallo Julia«, sagte Viktor. »Ich bin gerade im Haus deiner Schwester. Von ihr ist keine Spur.« Er zögerte, bevor er weiter sprach. »Auch Niko ist nicht da.«

»Was?« Sie klang schrill. »Wie? Er hat mich doch eben angerufen.«

»Ja, er ist auch hier gewesen. Aber jetzt ist er weg.«

»Was soll das heißen? Wo ist er? Viktor, sag mir, wo mein Neffe ist!«

»Ich weiß es nicht«, sagte er und legte Zeigefinger und Daumen an seine Nasenwurzel. »Aber ich glaube, dass auch er entführt wurde. Er würde nicht abhauen, wenn seine Mutter vermisst wird. Das glaube ich nicht.«

»Ich auch nicht«, sagte Julia leise. »Aber warum sollte er entführt werden. Meine Schwester, okay, das kann … ich mir irgendwie erklären.«

Auch Viktor konnte sich das erklären. Er konnte sich denken, wer Annika entführt hatte und auch warum. Aber Niko passte nicht ins Bild.

»Er kann mir nicht beide nehmen«, vollendete Julia Viktors Gedanken. »Das ist nicht … nicht richtig.«

Viktor nickte langsam. »Ich weiß.« Er ließ sich auf dem Sofa nieder und sah auf seine Schuhe hinab. Die dreckigen Sohlen wirkten völlig falsch auf dem weißen Teppich.

Viktor runzelte seine Stirn und beugte sich nach unten. Nur wenige Zentimeter von seinem Schuh entfernt war ein Fleck. Er war nicht größer als eine ein Euro Münze, aber der Fleck war rot. Wie Blut.

»Viktor? Hast du gehört, was ich sage? Ich mache Schluss und komme zu dir. Ich bin gleich da. Bleib, wo du bist.« Sie hielt inne. »Und pass auf dich auf.«

Viktor beendete das Gespräch und legte das Handy neben sich auf das Sofa. Sein Blick wich dabei keine Sekunde von dem Blutfleck.

Ruben

Der Schlüssel klimperte in seiner Hand, als er den Verkaufsraum durchquerte. Seine schweren Stiefel hinterließen dreckige Abdrücke auf dem Linoleumboden, aber das war Ruben egal.

Er öffnete die Tür, spürte den Wind, der an ihm vorbei in das Innere des Tankstellenhäuschens fuhr und trat nach draußen. Der Sturm war noch schlimmer geworden. An den Seiten der Tankstelle lagen abgerissene Zweige.

Hinter ihm schlug die Tür zu und er verriegelte sie. Es kam nicht oft vor, dass die Tankstelle geschlossen war. Er hatte seinen Chef auch nicht noch einmal angerufen, um ihm zu sagen, dass er nun Schluss machen würde. Er wollte auf keinen Fall, dass der es sich anders überlegte.

Er stellte den Kragen seines Mantels auf und zog seine Schultern hoch. Nach Hause würde er nicht lange brauchen. Zu Freddie dauerte er nur fünf Minuten länger.

Er überlegte kurz, ob er dieses Risiko eingehen sollte. Er könnte auch zu Daniel gehen. Vielleicht hatte er ja Lust mit ihm ein Bier zu trinken oder ein Fußballspiel anzusehen.

Ruben stapfte los und nach ein paar Schritten wurde ihm klar, dass er zu Freddie musste. Stürme wie diese gaben Ehemännern die Chance zumindest so zu tun, als wäre man besorgt und ein guter Kerl. Die Chance wollte er sich nicht entgehen lassen. Seine Hände vergrub er tief in den Hosentaschen. Es waren keine Menschen unterwegs. Weder zu Fuß, noch mit dem Auto. Er biss sich auf die Wange und beschleunigte seinen Schritt. Das Heulen des Windes war unheimlich. Er fühlte sich nicht wohl, so mitten auf der Straße. Im Tankstellenhäuschen war er zumindest sicher gewesen. Sicher vor dem Sturm und dem, was der Sturm mitgebracht hatte.

Energisch schüttelte er seinen Kopf.

Nein, der Sturm hatte nichts mitgebracht. Nur seine Gedanken quälten ihn. Da war sonst nichts.

Ein Wagen fuhr an ihm vorbei. Rubens Meinung nach viel zu schnell. Dann kam er vor dem Supermarkt an. Der Parkplatz war vollkommen leer. Eigentlich hatte er damit gerechnet, dass die Leute Nahrungsmittel bunkern würden. Aber vielleicht war der Sturm zu plötzlich gekommen.

Er öffnete die Tür und trat in den überheizten Supermarkt. Seine Wangen brannten, als die plötzliche Wärme sich auf ihn legte.

Er nickte Nicole an der Kasse zu und ging dann weiter. Wahrscheinlich war Freddie gerade im Büro. Er sah trotzdem in die leeren Gänge, bevor er die Tür ansteuerte, die in den hinteren Teil des Supermarkts führte.

Er öffnete sie, ging durch einen Lagerraum und betrat dann das Büro. Dort standen drei Tische in einem Dreieck. Auf ihnen befanden sich Computer, die ihre besten Zeiten schon hinter sich hatten und um die Tische herum befanden sich Schreibtischstühle.

Auf einem der Stühle saß Freddie. Sie saß zusammengesunken da und starrte ausdruckslos auf den schwarzen Bildschirm vor sich.

»Freddie?« Ruben trat näher.

Sie hatte nicht einmal gezuckt, als er das Büro betreten hatte. Er rollte einen Schreibtischstuhl neben ihren und setzte sich darauf. Erst langsam kam sie zu sich und sah ihn an.

»Was machst du denn hier?«, fragte sie leise.

Er lächelte. »Ich dachte, ich leiste dir ein bisschen Gesellschaft.«

Sie nickte langsam. Dann biss sie sich auf die Unterlippe und senkte ihren Kopf. »Annika ist verschwunden.«

Es dauerte einen Moment, bis Ruben begriff, wer Annika war. Dann runzelte er die Stirn. »Ist sie abgehauen? Hat der Sturm sie vielleicht erwischt?«

Freddie hob wieder ihren Blick und sah ihn ernst an. »Nein. Ich glaube nicht, dass es der Sturm war oder sie ihre Familie verlassen hat. Sie wurde entführt. Bei ihr ist eingebrochen worden, aber abgesehen von Annika fehlt nichts.«

Ruben schüttelte den Kopf. »Nein, nein. Das ist unmöglich.«

»Das ist nicht unmöglich. Wir haben doch alle damit

gerechnet, dass irgendwann etwas passiert. Jetzt ist es passiert.« Ruben schüttelte weiter seinen Kopf. »Sag so etwas nicht. Das kann auch gar nichts mit uns zu tun haben.«

Freddie lächelte matt. »Du weißt ganz genau, dass es das hat.«

Ja, er wusste es. Aber er wollte es nicht wahrhaben. Er wollte weiterhin in seiner Tankstelle sitzen und nichts mitbekommen. Julias Schwester. Verdammt, natürlich war es Julias Schwester. Als Freddies Handy klingelte, ging sie ran.

Ruben hörte ihr nur mit halbem Ohr zu und nach wenigen Sekunden war das Gespräch auch schon beendet. Freddie war noch blasser geworden.

»Das war Julia«, sagte sie tonlos. »Niko ist auch weg.«

»Wer?« Ruben kramte in seinem Gedächtnis, konnte dem Namen aber niemandem zuordnen.

»Nikolas.«

Er schüttelte den Kopf. Von wem sprach Freddie da?

»Nikolas Schröder. Er ist Julias Neffe und Annikas Sohn.«

»Ach.« Ruben nickte. »Der Kleine. Waren wir nicht auf seiner Kommunion?«

»Er ist mittlerweile sechzehn Jahre alt.«

Ruben hatte Niko seit Jahren nicht mehr gesehen. In seiner Erinnerung war er immer noch ein kleiner Junge. Dann seufzte er. »Okay. Annika und Niko. Vielleicht hat das dann doch nichts mit uns zu tun. Vielleicht ist das irgendein Familien-drama.«

Freddies Gesichtsausdruck war anzusehen, dass sie das bezweifelte.

»Aber warum sollte man Julia Annika *und* Niko nehmen. Das ergibt doch keinen Sinn«, sagte Ruben.

Freddie hob die Schultern an. »Ich weiß es nicht.«

Er merkte nicht, dass sie ihn belog. Er kam gar nicht auf die Idee, dass man Julia zwar Annika genommen hatte. Niko aber Freddie genommen wurde.

Daniel

Daniel bekam von all dem nichts mit. Weder Julia, noch Freddie waren eng genug mit ihm befreundet, dass er von ihnen die beunruhigende Neuigkeit erfuhr.

Er saß in seinem Büro, hörte den Wind draußen heulen und beschloss, den ganzen Tag nicht mehr raus zu gehen. Es lief leise das Radio, das immer wieder verkündete, dass man drinnen bleiben und auf keinen Fall in den Wald gehen solle.

Daniel konnte sich nicht vorstellen, wie jemand so dämlich sein könnte und bei diesem Wetter in den Wald ging. Wenn man da von einem Ast getroffen wurde, war man wirklich selbst schuld.

Er widmete sich der Steuer, die bald anfiel. Es fiel ihm nicht schwer seine Einkünfte und Ausgaben zusammenzutragen. Er war ein sehr ordentlicher Mensch und musste nicht lange suchen, bis er fand, was er brauchte. Trotzdem langweilte er sich bei der Aufgabe.

Vielleicht war es da gar nicht so schlecht, heute damit weiter zu machen. Im Hinterkopf spukte immer noch die tote Dame auf seinem Tisch. Sie zog ihn an, wie ein Magnet und Daniel konnte sich nur mit Mühe dagegen wehren, zu ihr zu gehen und sie zu berühren. Ihr kaltes und steifes Fleisch. Sie lag da so schonungslos. So reglos. So fehlerlos.

Los!, rief sein Innerstes. Los, geh zu ihr.

Bevor er auch nur einen Finger bewegen konnte, klingelte sein

Telefon.

Er zuckte zusammen, wie jedes Mal, wenn er das Gefühl hatte jemand hätte ihm bei etwas Schrecklichem erwischt.

Er rieb seine Handflächen über seine Stoffhose und nahm dann das Gespräch entgegen.

»Hallo Daniel. Hier ist Ruben.« Während er bei ihrem letzten Telefonat noch ganz aufgeregt und ängstlich geklungen hatte, hörte er sich jetzt erschöpft an.

»Hey.«

»Annika, Julias Schwester ist verschwunden. Und ihr Sohn auch. Also Annikas Sohn. Nikolas. Die Frauen denken, dass das mit uns zusammenhängt. Also mit dem, was damals passiert ist.« Irgendjemand sagte etwas im Hintergrund und Ruben fügte hinzu: »Auch Viktor denkt das.«

Daniel lehnte sich auf seinem Stuhl zurück und starrte auf das Holz seines Schreibtisches. Zwei Vermisste. An einem Tag wie heute.

»Ich weiß nicht, wer sie hat und was wir jetzt tun sollen. Aber du solltest es wissen.«

Daniel nickte langsam. »Alles klar. Danke. Ich …« Er räusperte sich, dachte an seine Mutter und an seine Kinder und schüttelte den Kopf. »Bleibt es dabei, dass wir uns heute Nachmittag treffen?«

»Ja, spätestens. Wenn nicht sogar noch früher. Viktor ist in Annikas Haus und versucht irgendetwas heraus zu finden. Ich glaube nicht, dass er … naja. Ist ja auch egal. Wir warten erst mal ab.«

»Gut. Halt mich auf dem Laufenden, ja?«

»Alles klar. Bis später.«

Nachdem Daniel aufgelegt hatte, öffnete er eine seiner

Schreibtischschubladen und zog ein gerahmtes Foto heraus. Es war vor einem Jahr aufgenommen worden. Daniel hielt seine beiden Zwillinge in den Armen. Die Mädchen sahen genauso glücklich aus wie er. Vielleicht sollte er sie einmal anrufen. Sicher gehen, dass es ihnen gut ging.

Er hatte ihre Mutter über das Internet kennen gelernt. Zwei Jahre später hatten sie geheiratet, nach einem weiteren Jahr waren die Zwillinge gekommen. Kurz nach ihrem zweiten Geburtstag hatten sie sich wieder voneinander getrennt. Sie waren zu unterschiedlich. Während Daniel introvertiert war, nicht gerne aus ging und am liebsten den ganzen Tag arbeiten würde, hatte seine Frau jeden Tag etwas anderes unternommen. Sie war ins Theater gegangen, hatte Spendenaufrufe organisiert oder hatte sich spannende Unternehmungen für die Zwillinge ausgedacht. Irgendwann hatte sie sich von Daniel getrennt, weil sie ohnehin das Gefühl habe, er nehme gar nicht richtig an ihrem Leben teil.

Die Zwillinge hatten noch kein Handy, aber vielleicht würde ihre Mutter ihm sagen können, dass es ihnen gut ging. Er wählte die Nummer. Er kannte sie auswendig. Nach wenigen Sekunden wurde abgenommen.

»Hallo?«

Daniel musste lächeln, als er die Stimme seiner Tochter erkannte. »Hallo Sarah. Hier ist dein Papa.«

»Hallo Papa«, rief sie fröhlich. »Paula und ich dürfen heute Zuhause bleiben. Wegen dem Sturm.«

»Das ist ja klasse«, sagte Daniel. Er freute sich wirklich über diese Neuigkeit. »Was macht ihr denn jetzt zu Hause?« Wenn er mit seinen Kindern sprach, nahm seine Stimme immer einen anderen Ton an. Er hatte es vor zwei Jahren bemerkt und am

Anfang versucht dagegen anzukämpfen. Aber mittlerweile fand er es gut. Er wurde zu einem anderen Mensch, wenn er mit seinen Töchtern sprach. Dann war er nicht mehr der Loser, der in seinem Leben nur mit einer Frau geschlafen hatte und Leichen erregend fand. Er wurde zu einem Familienmensch, zu einem Vater, zu einem guten Menschen.

»Wir puzzeln gerade. Das Puzzle hat eintausend Stück. Richtig viel«, fügte sie hinzu, falls ihr Vater das nicht begriff.

»Das ist ja klasse«, sagte er beeindruckt. »Gibst du mir mal eben die Mama?«

»Okay. Mama! Papa will mit dir sprechen.«

Es dauerte einen Moment, dann hörte er Kim sagen: »Hallo Daniel.« Sie klang kühl und distanziert. Wie immer, wenn sie miteinander sprachen.

»Hallo. Ich wollte nur wissen, ob bei euch alles gut ist. Wegen dem Sturm und so.«

Kim seufzte. »Natürlich ist alles gut. Die Mädchen sind heute gar nicht erst in die Schule gegangen und ich habe mir frei genommen.«

»Das ist gut«, sagte er. »Pass auf sie auf, ja? Und wenn irgendetwas ist, dann melde dich bei dir. Wenn dir irgendetwas komisch vorkommt.«

»Was sollte mir denn bitte komisch vorkommen?«

Wie sollte er ihr erklären, dass gerade ein Irrer herum lief und die Familienmitglieder seiner Freunde entführte? Wie sollte er ihr erklären, dass er fürchtete, seine Mädchen wären die nächsten?

»Ach, es ist nichts«, sagte er ausweichend. »Kann ich bitte noch eben Paula sprechen?«

»Paula. Komm her. Dein Vater will dich sprechen.«

»Hallo Papa. Sarah und ich dürfen heute zu Hause bleiben.«

»Das habe ich schon gehört«, sagte Daniel lächelnd. »Toll. Habt ihr einen schönen Tag?«

»Ja. Wir haben Kakao getrunken. Mit kleinen Marshmallows. Das ist total lecker.«

»Klasse. Trinkst du für mich gleich auch noch eine Tasse?«

»Für dich?«

»Wenn du den Kakao trinkst, dann schmecke ich das. Und ich mag auch gerne Kakao mit Marshmallows.«

»Oh, wie cool!«, rief sie aus. »Das mache ich.«

»Super. Dann habt einen schönen Tag.«

»Du auch, Papa.«

Sie legte auf, bevor er noch etwas sagen konnte. Von anderen Vätern hatte er schon oft gehört, dass sie Schwierigkeiten hatten ihren Kindern gerecht zu werden. Sie hatten ein schlechtes Gewissen, weil ihre Kinder sie vermissten und sie zu viel arbeiteten. Daniel hatte noch nie das Gefühl gehabt, dass seine Kinder ihn brauchten. Sie freuten sich, wenn er anrief. Aber sie baten ihn nie um ein Treffen. Sie sagten immer nur, dass sie ihn vermissten, wenn er es vorher gesagt hatte, als würden sie sich dazu verpflichtet fühlen.

Januar 2001

Julia

In der Kneipe war es laut und voll. Man verstand kaum sein eigenes Wort und Julia fragte sich mal wieder, warum sie mitgekommen war. Sie stellte sich diese Frage eigentlich immer, wenn sie in einer Kneipe oder einem Club waren. Sie mochte überfüllte Räume nicht.

Sie bekamen nie einen Tisch und standen ewig an der Bar an, um ein Getränk bestellen zu können.

Auch jetzt stand sie mit Oskar, Freddie, Daniel und Viktor mitten im Raum der vollen Kneipe. Ohne Getränke. Ruben war nicht mitgekommen, weil er mit seinen Eltern zu seinen Großeltern hatte fahren müssen.

Oskar beugte sich zu Julia vor. »Ich bin gleich wieder da. Ich versuche es noch einmak«, rief er ihr ins Ohr, bevor er sich auf zur Theke machte.

Julia verschränkte ihre Arme vor der Brust. Sie wollte eigentlich kein Spielverderber sein, aber sie konnte auch nicht mehr so tun, als hätte sie Spaß an dem Abend.

Freddie unterhielt sich mit Viktor. Sie lachten viel miteinander. Daniel hatte schon seit einiger Zeit schlechte Laune und hielt sich zurück.

Am Anfang hatte Julia noch versucht, ihn aufzumuntern, aber das hatte sie mittlerweile aufgegeben. Was immer ihn bekümmerte, es würde vorbei gehen und dann würde er wieder der Alte werden.

Zumindest hoffte sie das. Sie mochte den alten Daniel lieber.

Tatsächlich kam Oskar wenige Sekunden später mit vier Gläsern Bier wieder. Er hatte Schwierigkeiten sie zu balancieren, aber als er bei ihnen ankam, strahlte er stolz.

Julia war froh, dass er dabei war. Er lockerte die Stimmung immer wieder auf. Egal, wie schlecht sie war.

Viktor hob grölend die Hände, als er Oskar sah und nahm ihm schnell zwei Gläser ab. Eines davon reichte er Freddie, das andere Julia.

»Danke«, formte Julia mit den Lippen. Es war zu laut, als das Oskar sie hätte verstehen können. Aber er wusste, was sie meinte und nickte lächelnd.

Sie setzte an und trank einen Schluck von dem kühlen Bier. Vielleicht würde es doch kein so schlechter Abend, dachte sie, als sich Oskar wieder zu ihr gesellte.

»Ich musste die letzten Tage immer wieder an deine Zimtschnecken denken«, sagte er ihr.

Sie lächelte und sah auf ihr Bier hinunter. »Haben sie dir geschmeckt?«

Er trat einen Schritt näher und beugte sich zu ihr vor, um sie verstehen zu können.

Sie widerholte ihre Frage, wobei sie ihm in die hellen Augen blickte. Er nickte als Antwort. »Sie waren köstlich. Dürfte ich dich bald noch einmal darum bitten, mir etwas zu backen?«

Sie lachte. »Was möchtest du denn gerne haben?«

Er hob seine Schultern an. »Überrasch mich. Irgendetwas süßes. Vielleicht einen Kuchen oder Muffins.«

Julia nickte. »Ich glaube, da fällt mir etwas ein.«

Er berührte sanft ihren Ellbogen. »Schön«, sagte er schlicht und lächelte zu ihr hinab.

Sie spürte, wie seine Berührung durch ihren ganzen Körper ging. Er war nicht aufdringlich. Er war auch nicht so draufgängerisch wie Viktor. Aber auch nicht so schüchtern wie Ruben.

165

Er war einfach nur ein netter Kerl, der ihr zeigte, dass er sie mochte. Hätte Julia doch nur gewusst, dass Jungs so aufmerksam und freundlich wie Oskar sein konnten.

Freddie

»Du hast gefehlt«, sagte Freddie zu ihm und lehnte sich mit ihrem Rücken gegen die Wand. Sie saß im Schneidersitz auf ihrem Bett und sah zu Ruben, der unschlüssig im Zimmer stand.

»Ach, ihr hattet bestimmt auch so viel Spaß«, sagte er und lächelte matt.

Freddie schüttelte den Kopf. »Nicht so viel, wie mit dir.«

Er war immer noch sehr nervös, wenn er mit ihr zusammen war. Nervös und schüchtern. Er traute sich ja nicht einmal, sich mit ihr auf das Bett zu setzen. Wahrscheinlich hatte er Angst, dass ihr Vater ins Zimmer stürmen würde und ihn anschreien würde, was er mit ihrer Tochter zu schaffen hätte.

»Hat Viktor wieder so viele dumme Sprüche abgelassen, wie sonst, wenn er betrunken ist?«

Freddie lachte leise auf. »Klar. Darauf ist Verlass.«

Sie neigte ihren Kopf zur Seite und klopfte mit der flachen Hand auf die Matratze neben sich.

Er zögerte kurz, kam dann aber zu ihr und setzte sich neben sie. Sie spürte die Wärme seiner Haut durch sein Shirt.

Sie schwiegen einen Moment lang, dann sagte Ruben: »Ich habe immer gedacht, du würdest Viktor mögen.«

Freddie lächelte sanft. »Ich mag ihn doch auch«, sagte sie, obwohl sie genau wusste, worauf er hinauswollte.

»Nein. Ich meine, so richtig. Ich dachte, du wärst in ihn verliebt.«

Freddie sah ihn an, aber Ruben blickte auf seine Hände hinab.

»Ich mag dich«, sagte Freddie.

Da hob er endlich seinen Blick und konnte ihr lächeln sehen.

»Warum?«, fragte er.

Freddie neigte ihren Kopf zur Seite. »Weil du nicht perfekt bist. Dadurch habe ich nicht das Gefühl, perfekt sein zu müssen. Ich kann bei dir einfach ich selber sein. Ich fühle mich von dir wertgeschätzt und das fühlt sich gut an.«

Ruben blickte kurz wieder auf seine Hände, dann sah er Freddie aber wieder in die Augen.

»Ich mag dich auch.«

Freddies Lächeln wurde breiter. »Ich weiß.«

Sie sahen sich in die Augen. Freddie wartete geduldig, dass er den ersten Schritt machen würde. Als sie schon glaubte, dass er sich nicht traute, rückte Ruben mit seinem Kopf ein Stück weit nach vorne. Nur einige Zentimeter, so wenig, dass sie es vielleicht übersehen hätte, wenn sie nicht darauf geachtet hätte. Aber sie wusste, was er vor hatte und kam ihm entgegen. Als sich ihre Lippen trafen, war sie überrascht davon, wie feucht seine waren. Seine Zunge war groß und ihr kam unweigerlich der Vergleich mit einem Wal in den Sinn.

Aber er war sanft und als er seine Hand an ihre Wange legte, fühlte sie sich geborgen und sicher.

Als sie sich voneinander lösten, lächelte Freddie. »Das habe ich noch nie mit Viktor gemacht«, sagte sie.

Ruben lachte leise und lehnte sich auch gegen die Wand. »Da bin ich ja erleichtert.«

Sie betrachtete sein Profil. Er lächelte leicht. Ruben sah richtig glücklich aus. Und auch Freddie merkte, wie sie sich zu ihm hingezogen fühlte und ein Glücksgefühl von ihr Besitz ergriff.

Sie hätte niemals gedacht, dass Ruben dieses Gefühl in ihr auslösen würde. Aber nun saß sie mit ihm auf ihrem Bett und fragte sich, wie es sein konnte, dass so ein unscheinbarer, dicker Junge, sie so glücklich machen konnte. Viktor hatte sie nie so glücklich gemacht. Sie hatte sich immer zu ihm hingezogen gefühlt und war so frustriert gewesen, dass er nicht das Gleiche für sie empfunden hatte.

Nun konnte sie nur darüber den Kopf schütteln. Sie hätte Ruben schon viel eher eine Chance geben sollen. Sie wusste nicht, was aus ihnen werden sollte. Aber sie wollte Zeit mit ihm verbringen und Ruben noch besser kennen lernen. Ihm noch näher sein.

Sie beugte sich zu ihm nach vorne, legte eine Hand an seine Wange, um sein Gesicht zu ihr zu drehen und küsste ihn noch einmal.

Viktor

Viktor beugte sich leicht vor und sah Lia über den Tisch hinweg an. Vor ihnen standen eine Pizza für sie und ein Burger mit Pommes für ihn. Ihr Blick war gierig auf die Pizza gerichtet. Sie leckte sich mit der Zunge über die Unterlippe und hob ein großes Stück an. Sie betrachtete es einen Moment lang, bevor sie es sich in den Mund schob.

Als Viktor nicht nach seinem Essen griff, hob sie ihren Blick und sah ihn verwirrt an. »Was ist?«

Er musste grinsen. »Nichts«, sagte er und tunkte eine Pommes in die Mayo. »Es sieht nur lustig aus, wie du isst.«

Sie warf einen Blick auf ihre Pizza, dann wieder zu ihm. »Wieso lustig?«

Er hob seine Schultern.

Sie legte die Pizza zurück auf den Teller. »Nein, komm schon. Warum sehe ich lustig aus?«

Viktor schob sich noch eine Pommes in den Mund. »Ich weiß nicht. Es sieht so aus, als wäre die Pizza für dich wie ein Stück pures Gold.«

Sie runzelte ihre Stirn. »Ist Pizza nicht so wertvoll wie Gold?«

Er lachte. »Ja, natürlich. Pizza ist wunderbar. Aber das würde eigentlich kein Mädchen zugeben. Zumindest kein Mädchen, wie du.«

Sie runzelte die Stirn. »Ich glaube, du reitest dich immer mehr in die Scheiße rein.«

Viktor begriff nicht, was sie meinte. »Warum?«

»Ein Mädchen wie ich? Eine Zicke? Ein oberflächliches Miststück?«

Er lachte. »Nein.« Viktor schüttelte den Kopf. »Du hast recht, ich reite mich immer weiter in die Scheiße. Ich meinte damit, dass du schön bist. Du siehst gut aus und hast eine tolle Figur. Da hätte ich nicht gedacht, dass du so gerne Pizza isst. So siehst du einfach nicht aus.«

Langsam nickte sie, als würde sie darüber nachdenken, ob sie mit der Antwort zufrieden sein würde. Schließlich zuckte sie mit den Schultern und biss in ihr Pizzastück. »Na gut«, sagte sie kauend. »Du hast dich gerettet.«

Er griff mit beiden Händen nach seinem Burger und schob ihn sich in den Mund. An der Seite tropfte etwas Soße herunter auf seinen Teller. Wahrscheinlich sah er alles andere als sexy dabei aus. Aber er glaubte nicht, dass Lia das stören würde.

Sie grinste, bei seinem Anblick.

Als er gekaut und runter geschluckt hatte, sagte er: »Müsstest du mir jetzt nicht sagen, dass ich nicht so aussehe, als würde ich gerne Burger essen?«

Lia lehnte sich lachend auf ihrem Stuhl zurück. »Nein. Du siehst genauso aus, wie ein Kerl, der gerne Burger isst.«

»Was? Meinst du etwa, ich bin fett?«

Sie lachte nun noch lauter, schüttelte aber den Kopf. »Das habe ich nicht gesagt.«

»Jaja. Du reitest dich nun immer weiter rein«, sagte Viktor und deutete dabei grinsend mit einer Pommes auf sie.

Lia zuckte mit den Schultern und nahm den Strohhalm ihrer Cola in den Mund. Als sie daran saugte, hing sein Blick an ihren Lippen. Sie hatte wunderschöne Lippen. Viktor fragte sich, wie es sein würde, sie zu küssen.

Als sie sich wieder ihrer Pizza widmete, kamen ihm die Zeitschriften unter seinem Bett in den Sinn. Wie sie wohl darauf reagieren würde, wenn sie sie zu Gesicht bekommen würde?

Wahrscheinlich nicht gut. So locker sie ihm nun auch erschien, damit würde sie wohl nicht so gut umgehen. Würde sie ihn auslachen? Würde sie sich vor ihm ekeln?

Viktor sah auf sein Essen hinab. Brauchte er die Zeitschriften denn noch, wenn er mit ihr zusammen war? Er verbrachte gerne Zeit mit ihr. Aber er wollte die Zeitschriften auch nicht wegwerfen. Nicht nur, weil er nicht wusste, wohin sich das mit ihr entwickeln würde. Er sah sich immer noch gerne die nackten Männer an. Auch wenn er sich zu ihr hingezogen fühlte.

Hatte er gehofft, dass sich das ändern würde? Hatte er gedacht, dass ihn die Männer nicht mehr interessieren würden, wenn er einmal ein Mädchen gefunden hatte, das er attraktiv fand?

Wahrscheinlich. Sonst hätte er sie nicht in einem Moment angesprochen, als er sich zu Oskar hingezogen gefühlt hatte. Wahrscheinlich hätte er Lia nicht einmal bemerkt, wenn er sich nicht verzweifelt nach einem Mädchen umgesehen hätte, das ihn davon ablenkte, dass er Phantasien mit Oskar entwickelte.

Seitdem hatte er nicht mehr so über Oskar nachgedacht, wenn er ihn sah. Abends, alleine in seinem Zimmer, war das etwas anderes. Mittlerweile mischten sich auch immer noch Phantasien mit Lia dazwischen, aber Oskar bekam er einfach nicht aus seinem Kopf.

»Was geht in deinem schönen Kopf vor sich?«, fragte Lia.

Er sah auf und lächelte. »Ich frage mich, wann ich dich wohl küssen darf.«

Sie schüttelte lachend den Kopf. »Da musst du noch lange warten«, sagte sie.

Er lächelte. »Ja, das habe ich mir gedacht.« Er griff nach einer Pommes. »Aber, weißt du, das ist okay. Auf ein Mädchen, wie dich, warte ich gerne.« Die Worte waren ganz natürlich über seine Lippen gekommen, ohne, dass er darüber nachgedacht hatte.

Nun fragte er sich, ob das nicht ein Fehler gewesen war. Lia lächelte ihn glücklich an, bevor sie weiter von ihrer Pizza aß.

Daniel

Daniel fröstelte. Er zog den Reißverschluss seiner Jacke nach oben und setzte die Kapuze auf. Er wusste, dass er damit noch verdächtiger aussah, als ohnehin schon.

Er hatte sich in den Garten von Oskars Eltern gehockt, um durch Oskars Fenster zu blicken. Ein Strauch, der trotz des Winters grün war, verdeckte ihn. Aber er fühlte sich trotzdem wie auf dem Präsentierteller.

Er wollte sehen, dass Oskar irgendetwas tat, das seine Fassade bröckeln ließ. Oskar war nicht so ein guter Mensch, wie alle glaubten. Daniel hatte sehr wohl bemerkt, dass Oskar Julia näher gekommen war.

Sie hatte ihn wie einen Helden angehimmelt. In der Kneipe war schlechtes Licht, aber das war nicht zu übersehen gewesen. Bei dem Gedanken daran, fühlte er Scham in sich aufkommen. Wie konnte Julia ihm nur so bedingungslos vertrauen? Daniel hatte sie immer für klug gehalten. Sie war nie irgendwelchen Idioten hinterher gelaufen, hatte bedacht und klug gehandelt. Aber mit Oskar war es anders. Sie schien sich völlig auf ihn einzulassen, ohne ihn richtig zu kennen.

Doch vielleicht musste er sie einfach nur wach rütteln, sie wieder in die richtige Bahn lenken. Irgendetwas an Oskar stimmte nicht und Daniel wollte es ans Licht bringen.

Oskar stand von seinem Schreibtisch auf, an dem er die letzten zehn Minuten gesessen hatte. Wahrscheinlich machte er gerade Hausaufgaben.

Er ging auf Daniel zu, der sich duckte, um nicht bemerkt zu werden.

Augenblicklich ärgerte er sich darüber, dass er her gekommen war. Wenn Oskar ihn sehen würde, würde er es sicherlich den anderen erzählen und Daniel würde als ziemlicher Versager dastehen.

Aber als er langsam seinen Blick hob und sich traute, wieder in das Fenster zu sehen, saß Oskar wieder an seinem Schreibtisch.

Daniel vergrub die Hände in den Jackentaschen. Es war schrecklich kalt. Er rechnete jeden Tag damit, dass es schneite, aber bis jetzt war noch kein Schnee gekommen.

Seine Wangen brannten schon von der Kälte. Sicherlich würde er nicht mehr lange dort hocken können. Wenn Oskar doch nur irgendetwas machen würde. Irgendetwas, das zeigte, was Oskar wirklich für ein Mensch war.

Doch Oskar hob seine Hand an und bohrte in der Nase. Daniel verdrehte die Augen. Natürlich. Das war doch total bescheuert. Er trat zurück. Daniel sollte einfach nach Hause gehen und sich von seiner Mutter ein leckeres Mittagessen kochen lassen.

Bei dem nächsten Schritt zurück, stieß er gegen den Strauch in seinem Rücken. Er spürte, wie er bei seinem Stoß schwankte.

Oskar schien das auch zu merken, denn plötzlich hob er seinen Blick und sah aus dem Fenster, direkt in Daniels Gesicht.

Dieser stand wie angewurzelt da, konnte sich nicht rühren und wusste nicht, was er tun sollte. Das Blut wich ihm aus dem Gesicht und er glaubte, gleich ohnmächtig zu werden.

Er hatte ihn tatsächlich gesehen.

Scheiße.

Oskar stand auf und ging auf Daniel zu. Da ging ein Ruck durch seinen Körper. Er drehte sich um und lief an dem Haus entlang, aus dem Garten und dann die Straße entlang. Immer wieder warf er einen Blick über seine Schulter, um zu sehen, ob er verfolgt wurde.

Aber Oskar erschien nicht auf der Straße. Trotzdem rannte Daniel weiter. Weiter und weiter. Wie hatte er nur so doof sein können? Er war erwischt worden. Das war unverzeihlich. Das könnte alles kaputt machen können.

Ruben

Ruben betrachtete seine Frau. In den letzten Minuten hatte sie nicht mehr mit ihm gesprochen. Er konnte sehen, wie es in ihrem Kopf arbeitete. Sie dachte angestrengt nach. Es kam oft vor, dass er nicht wusste, was in ihr vor ging. Aber in diesem Fall hatte er das Gefühl, dass ihm dabei auch etwas entging. Sie steckten alle in einer beschissenen Situation.

Viktor, Julia, Daniel, Freddie und er. Sie saßen alle in einem Boot. Da kam es ihm falsch vor, dass Freddie irgendetwas, was immer es war, mit sich selber ausmachte.

»Willst du nicht mit mir reden?«, fragte er sie und beugte sich vor.

Sie saßen immer noch an ihrem Schreibtisch in dem Büro des Supermarktes. Nicole hatte sie nicht gestört und Ruben glaubte auch nicht, dass sie heute noch Freddies Hilfe brauchen würde. Freddie hob ihren Blick und sah ihn unverwandt an. »Ich denke nur nach. Ich frage mich, wer Annika und Niko entführt haben könnte. Ich frage mich, wo sie sind und was er mit ihnen vor hat.«

Er sah sie an. So aufmerksam, wie nie. Und er merkte, dass sie ihm nicht die ganze Wahrheit sagte. Langsam stand er auf, trat einen Schritt auf sie zu und sah zu ihr hinab.

Er fühlte sich gut, wie er so über ihr stand und auf sie hinab sah. Das fühlte sich mächtig an, als hätte er alles unter Kontrolle. Als würde seine Frau ihn nicht belügen.

»Ich gehe zu Annikas Haus. Wahrscheinlich ist Viktor immer noch dort. Vielleicht kann ich ihm irgendwie helfen.«

»Ich glaube nicht, dass du das kannst«, sagte Freddie ruhig.

»Ich bin manchen Menschen eine Hilfe«, fuhr er sie plötzlich an. Es brach einfach aus ihm heraus, und er konnte die Feindseligkeit in seiner Stimme nicht unterdrücken. Nur weil sie ihn für nutzlos hielt, hieß es noch lange nicht, dass es andere Menschen auch so sahen.

Überrascht sah sie ihn an. Er bekam den Verdacht, dass sie es gar nicht böse gemeint hatte. Aber es war jetzt zu spät, um zurück zu rudern.

»Ich melde mich, wenn es etwas Neues geben sollte«, sagte er und kehrte ihr den Rücken zu, um das Büro zu verlassen. Vor der Tür wartete er noch einen Moment, weil er damit rechnete, dass sie ihn zurück rufen würde. Aber das tat sie nicht und so ließ er sie allein zurück.

Ruben war kein Mann der Tat. Das war er noch nie gewesen. Daher fühlte er sich unwohl, als er den Supermarkt durchquerte. Er fragte sich, ob er wirklich den ganzen Weg durch den Sturm bis zu Annikas Haus gehen sollte.

Das kam ihm falsch vor. Gefährlich. Und sehr ungemütlich. Es wäre viel angenehmer nach Hause zu gehen und sich dort vor den Fernseher zu hauen. Dort könnte er dann warten, bis der Sturm vorbei war und verdrängen, was vor seiner Tür geschah.

Aber er wollte auch keinen Rückzieher machen. Nicht, nachdem er so laut vor Freddie getönt hatte, andere Menschen würden seine Hilfe brauchen. Um ehrlich zu sein, konnte er sich nicht vorstellen, was er bei Viktor tun sollte.

Doch Ruben verließ den Supermarkt und schlug die Richtung von Annikas Haus ein. Er war noch nie dort gewesen, wusste aber, wo sie wohnte.

Annika war nie sein Lieblingsmensch gewesen. Sie war zu

penibel. Zu perfekt. Zu arrogant. Zu feindselig.

Er stemmte sich gegen den Wind, der nun noch stärker wehte. Ständig wurde Ruben zur Seite gezogen, und dann kam er kaum vorwärts, weil der Wind einen anderen Plan für ihn zu haben schien.

Doch er kämpfte sich seinen Weg über die leeren Straßen, bis er völlig außer Atem das Haus entdeckte, in dem Annika wohnte.

Ein Streifenwagen stand in der Einfahrt. Sonst niemand. Es war gut, dass Viktor die Sache allein, ohne seine Kollegen erledigen wollte. Sonst würden Fragen gestellt werden, die keiner von ihnen beantworten wollte.

Ruben erreichte die geschlossene Haustür und drückte auf die Klingel. Der Sturm riss an seiner Kleidung und er hielt sich am Türrahmen fest, um nicht mitgerissen zu werden.

Als es hinter ihm klirrte, drehte er sich um. Ein Dachziegel war nur wenige Meter von ihm entfernt auf dem Boden aufgekommen und zerschellt. Ruben trat einen Schritt näher an die Haustür.

Da wurde auch schon die Tür geöffnet und er sah sich seinem alten Freund gegenüber. Viktor schien nicht überrascht zu sein, ihn zu sehen.

»Hallo«, sagte er nur und ließ ihn rein.

Als Ruben hinter sich die Tür schloss, konnte er kurz aufatmen. Hier hörte man den Wind nur noch sein Unwesen tun.

»Sie sind beide weg?«, fragte Ruben Viktor.

Dieser nickte und schob seine Hände in die Hosentaschen.

»Und was tust du jetzt?« Ruben kannte sich nicht mit der Polizeiarbeit aus.

Viktor seufzte. »Ich müsste den Fall eigentlich melden. Normalerweise würde die Spurensicherung kommen und alles untersuchen. Dann würde ich mit Annikas Mann sprechen. Außerdem würde ich ihre Freundinnen und Nikos Kumpel befragen. Vielleicht weiß irgendjemand von denen, wo die beiden sind. Aber ... ich glaube nicht, dass das alles etwas bringen würde. Ich glaube, das würde zu nichts führen.«

Ruben nickte langsam.

Viktor verschränkte seine Arme vor der Brust. »Ich überlege die ganze Zeit, warum Niko entführt worden sein sollte. Ehrlich gesagt, schockiert es mich ja schon, dass Annika weg ist. Aber das ... kann ich mir irgendwie erklären.«

»Aber du kannst dir nicht erklären, wo sie ist?«

Viktor schüttelte den Kopf.

»Und was ist, wenn das alles gar nichts mit dem zu tun hat, was vor siebzehn Jahren passiert ist? Was ist, wenn es etwas mit ihrer Familie zu tun hat?«

Viktor verzog seine Lippen, schien nicht überzeugt zu sein. »Warum sollte nur Julia bestraft werden?«

»Ich weiß es doch nicht«, sagte Viktor. »Ich habe keine Ahnung. Aber ... ich habe im Gefühl, dass es etwas mit uns zu tun hat. Dass sich ... jemand rächen möchte. Ich weiß es nicht genau.«

Ruben sah auf seine Fußspitzen hinab. Er hatte ja selbst ein schlechtes Gefühl gehabt, als er gemerkt hatte, dass genau heute vor siebzehn Jahren ein so schrecklicher Sturm gewütet hatte, wie jetzt auch.

»Was hältst du davon, wenn wir ihre Sachen durchsuchen?«, schlug Viktor vor. »Wir haben noch ein paar Stunden, bevor Annikas Mann nach Hause kommt. In der Zeit müsste doch

177

einiges rauszufinden sein. Ich durchsuche Annikas Sachen und du siehst dich in Nikos Zimmer um.«

Ruben fühlte sich nicht wohl dabei, das Zimmer eines Fremden zu durchsuchen.

»Wir wollen den Beiden ja nur helfen«, sagte Viktor, als hätte er Rubens Gedanken gelesen.

Also nickte er. »Okay. Ich sehe mir mal an, ob er irgendwelche Geheimnisse hat, für die man ihn entführen könnte.«

»Ach, da fällt mir ein, ich glaube, er hat ein Mädchen. Eine Freundin vielleicht«, sagte Viktor. »Halt doch danach mal die Augen offen.«

Julia

Bevor sie zu Viktor fuhr, wollte Julia noch einmal bei ihrer Mutter vorbei schauen. Sie wusste nicht, ob Annika nach ihr gesehen hatte. Vielleicht war sie ja schon seit einigen Stunden verschwunden und sie hatten es nur sehr spät bemerkt. Außerdem hatte Julia das Gefühl, dass es auffallend still um ihre Mutter geworden war.

Sie parkte ihren Wagen mit großer Mühe in ihrer Garage. Der Sturm machte die Autofahrt sehr ungemütlich. Sie schloss das Garagentor und stapfte zur Haustür. Dort zog sie ihren Schlüssel aus der Handtasche und schloss auf.

Im Haus war es sehr dunkel. Sie machte im Flur Licht und durchquerte ihn, ohne ihre Jacke oder Tasche abzulegen.
»Mama?«

»Nicht!«, rief Lisbeth aus ihrem Zimmer. »Bleiben Sie weg!«

»Was?« Verwirrt lief Julia durch das Wohnzimmer. Die Verwirrtheit ihrer Mutter konnte sie nun wirklich nicht gebrauchen. Sie musste einen klaren Kopf haben, damit Julia sich auf die Entführung ihrer Schwester und ihres Neffen konzentrieren konnte.

Sie trat in das Zimmer ihrer Mutter. Die Rollläden waren hoch gezogen und ein schummriges Licht fiel in ihr Zimmer. Ihre Mutter lag immer noch im Bett. Aber nun starrte sie sie mit ängstlichen Augen an. Es dauerte einen Moment, bis sie ihre Tochter erkannte. Eine Träne lief ihr über die Wange.

Verwirrt trat Julia an das Bett. »Was ist denn los, Mama?«, fragte sie behutsam. Sie hatte ihre Mutter lange nicht mehr weinen gesehen. So oft sie ihr auch verwirrt und wütend, manchmal sogar ängstlich vorkam, weinte sie nicht.

»Ich dachte, du wärst der Mann.«

»Was für ein Mann?« Julia setzte sich neben ihre Mutter.

»Der Mann, der hier war«, sagte ihre Mutter und deutete auf die Fenster.

Julia seufzte leise. »Das war kein Mann. Das war Annika. Sie war hier.«

»Ich weiß, dass sie hier war«, sagte ihre Mutter ungeduldig. »Aber danach kam ein Mann. Er stand am Fenster und hat rein gesehen. Ich dachte zuerst, es wäre André. Aber der war es nicht. Er hat eine große Nase und schielende Augen gehabt.« Ihre Mutter stockte. Ihre Stimme brach. »Ich wollte, dass er weggeht, mich nicht ansieht. Ich wollte aufstehen und die Vorhänge wieder zu ziehen. Annika hat sie aufgemacht, um Licht rein zu lassen. Aber ich konnte nicht aufstehen.«

Julia starrte ihre Mutter an. Sie war nicht immer klar im Kopf und sehr oft lästig, aber so etwas hatte sie sich noch nie eingebildet.

»Es war schrecklich«, flüsterte sie. »Ich habe ihm gesagt, dass er gehen soll. Aber er hat mich nicht gehört, mich nur

179

angestarrt.«

Sie griff sich in die krausen Haare und strich dann die alte Bettdecke glatt.

Julia wusste nicht, was sie sagen sollte. Sie versuchte zu begreifen, dass ein Mann hier gewesen war. Ein Mann mit einer großen Nase und schielenden Augen.

Wieder lief eine Träne über das Gesicht ihrer Mutter. »Es war so demütigend«, flüsterte sie.

Julia nahm Lisbeth in den Arm. Eine fast vergessene Geste der Zärtlichkeit.

»Ist ja schon gut, Mama«, sagte sie leise, während sie ihrer Mutter über den Rücken strich. »Der Mann ist jetzt weg und wird nicht wiederkommen.«

»Du darfst mich hier nicht allein lassen. Ich glaube schon, dass er wiederkommen wird, Julia. Er wird wiederkommen und dann hier rein kommen.«

Verzweifelt klammerte sich ihre Mutter an Julia.

»Ich bin jetzt da, Mama. Ich passe auf dich auf.«

Seit ihre Mutter bei ihr lebte, hatte Julia noch nie so viel Zärtlichkeit ihr gegenüber empfunden. Wahrscheinlich spielte Mitleid eine große Rolle. Und Schuld. Julia war davon überzeugt, dass sie an dem Schuld war, was ihrer Familie passierte.

»Lass mich nur kurz telefonieren, ja? Ich bin gleich wieder da«, sagte Julia, als sie sich von ihrer Mutter löste.

Lisbeth sah sie mit großen Augen an, ließ ihre Tochter aber los.

Julia ging zur Zimmertür, hielt dann aber inne und ging zu den Fenstern herüber. Sie schloss die Vorhänge. Zumindest konnte so niemand mehr in das Zimmer ihrer Mutter sehen.

Dann verließ sie das Zimmer und schloss hinter sich die Tür. Aus ihrer Handtasche zog sie ihr Handy heraus. Sie wählte Viktors Nummer und während sie darauf wartete, dass er abnahm, setzte sie sich an den Küchentisch.

»Below«, meldete Viktor sich mit seinem Nachnamen.

»Hier ist Julia. Hör mal, hier war jemand bei meiner Mutter. Ich weiß nicht, warum, aber er stand vor ihrem Schlafzimmer und hat sie beobachtet.«

»Was?«, fragte Viktor.

»Ja, keine Ahnung, was das sollte. Aber ich werde hier bei ihr bleiben. Ich will nicht, dass ihr auch noch etwas passiert.«

Langsam überkam sie die Angst. Julia unterdrückte sie, damit sie zumindest das Gespräch mit Viktor noch beenden konnte.

»Ja natürlich. Ruben ist bei mir. Wir sehen uns gerade in dem Haus deiner Schwester um, um nach Erklärungen zu suchen. Bleib du bei deiner Mutter, wir halten dich auf dem Laufenden.«

»Gut«, sagte Julia. Sie spürte, wie die Panik ihr den Hals zuschnürte. »Warum? Warum ich, Viktor?«

»Ich weiß es nicht.«

»Ihr hattet auch alle etwas damit zu tun. Ich war das nicht allein.«

»Ich weiß.«

Sie räusperte sich, als die Tränen in ihr aufkamen. Dann nickte sie. »Okay. Ich … haltet mich … bis dann.«

Sie legte auf und vergrub das Handy in ihrer Handtasche. Sie wollte nicht mehr, dass noch mehr schlechte Nachrichten sie erreichten.

Viktor

Viktor musste ständig an Jenny denken, während er die

Unterlagen von Annika durchsuchte. Es waren hauptsächlich Versicherungen, Mietverträge, Rechnungen und Kontoauszüge. Eigentlich glaubte er nicht, dass er hier irgendetwas Wichtiges finden würde, aber er wollte sicher gehen.

Wenn Julias Familie so etwas schlimmes geschah, konnte das gleiche auch mit seiner Familie passieren. Er wollte lieber gar nicht daran denken, dass Jenny ohne seine Beaufsichtigung im Kindergarten war.

Aber gleich würde sie abgeholt werden. Ihre Mutter würde sie mit nach Hause nehmen und dort die ganze Zeit beobachten. Sie war eine sehr fürsorgliche Mutter. Daher glaubte Viktor nicht, dass Jenny irgendetwas passieren würde.

Nein, Jenny war in Sicherheit. Ganz bestimmt.

Er schlug den Ordner zu, den er durchsucht hatte und lehnte sich auf dem Boden zurück. Er saß mit dem Rücken zur Couch und vor dem Aktenschrank der Familie Schröder.

Annikas Mann würde vielleicht um fünf Uhr von der Arbeit kommen. Bis dahin hatte er noch knapp drei Stunden Zeit. Aber in ungefähr zwei Stunden würden sie sich ohnehin bei Freddie treffen, um zu besprechen, was sie machen sollten.

Als sein Handy klingelte, hätte er es fast überhört. Dann zog er es aus seiner Jackentasche und sah auf das Display.

Viktor runzelte die Stirn. Sofort breitete sich Angst in ihm aus. »Hallo«, sagte er stumpf.

»Wie oft habe ich dir gesagt, dass du mit mir absprechen musst, wenn du sie vom Kindergarten abholst.«

Die Angst wurde größer und bedrohlicher. »Was?« Viktor hoffte sehr, dass er sie falsch verstanden hatte.

»Ich will nicht, dass du Jenny vom Kindergarten abholst, ohne, dass ich davon weiß. Ich fahre extra den Weg bis zum

Kindergarten. Wir haben das doch besprochen, Viktor.«

Er biss seine Zähne zusammen. »War sie nicht im Kindergarten, als du sie abholen wolltest?«

Sie schwieg.

»Lia!«, rief er. »War Jenny nicht im Kindergarten? Wurde sie schon abgeholt?«

Nun klang sie nicht mehr so wütend, wie noch vor wenigen Sekunden. »Nein«, stotterte sie. »Die Kindergärtnerin meinte, du hättest sie abgeholt.«

»Welche Kindergärtnerin? Ich habe sie nicht abgeholt. Die Kindergärtnerinnen kennen mich.«

»Ich weiß nicht, welche Kindergärtnerin«, sagte Lia mit wackeliger Stimme. »Du hast Jenny nicht abgeholt? Verarschst du mich auch nicht? Bitte, verarschst du mich?«

»Nein, Lia.« Den Herzschlag spürte er bis in seinen Kopf. »Ich verarsche dich nicht. Ich habe Jenny nicht abgeholt.«

»Wer hat sie dann abgeholt?«, fragte Lia voller Panik in der Stimme. »Wer hat sie abgeholt? Hast du einen Freund von dir geschickt? Einen Kollegen? Sag mir, dass du einen Bekannten von dir geschickt hast, um sie abzuholen.«

»Das habe ich nicht«, sagte er. Er spürte, wie ihm die Luft wegblieb. Wie die Panik ihn überrollte und er glaubte, platzen zu müssen, weil für so viel Angst in seinem Inneren kein Platz war.

»Scheiße, wo ist sie? Verdammt, Viktor. Wo ist unsere Tochter? Wer hat sie mitgenommen?«

»Ich weiß es nicht«, sagte er. »Ich rufe beim Kindergarten an und stelle die Damen zur Rede. Sie müssen gemerkt haben, dass nicht ich sie abgeholt habe.«

»Viktor«, flüsterte Lia mit Tränen in der Stimme.

»Ich weiß«, sagte er mit erstickter Stimme. Er glaubte, bald durchdrehen zu müssen. Aber er wollte die Kontrolle nicht vor ihr verlieren.

Ruben

Vor ein paar Minuten hatte er Niko noch nicht richtig gekannt. Nun wusste er, dass er gerne joggte, sein bester Freund Theo hieß und mit ihm in eine Klasse ging und eine Brille mit Fenstergläsern trug. Er ging zu seinem Nachttisch herüber. Vor allem dieser Ort war für Ruben tabu. Aber im Nachttisch verwahrte man die Dinge auf, die man sich ansah, bevor man schlafen ging. Es waren die wirklich privaten Dinge, die ihm helfen würden.

Er zog die Schublade auf. Ganz oben lagen Taschentücher. Er holte sie heraus und legte sie auf den Nachttisch.

Dann zog er mit spitzen Fingern Gleitgel heraus. Viktor hatte erzählt, dass er eine Freundin gehabt hatte. Bis jetzt hatte Ruben noch nichts zu ihr gefunden. Vielleicht war es noch so neu, dass Niko noch nichts über ihre Beziehung dokumentiert hatte.

Er nahm ein Fotoalbum heraus, das ganz unten in der Schublade lag und setzte sich damit auf Nikos Bett.

Wahrscheinlich Familienfotos. Ruben schätzte Nikos Familie so ein, dass sie von allem ständig Fotos machten, um festzuhalten, was für eine wundervolle Familie sie waren.

Er schlug die erste Seite auf und hielt inne.

Das war nicht Nikos Familie. Das war seine eigene.

Freddie lächelte fröhlich in die Kamera, während der Wind ihr Haar zerzauste. Das Foto musste mindestens zwei Monate alt sein. Sie war mittlerweile beim Friseur gewesen und trug nun kürzere Haare.

Langsam blätterte er weiter, nur um weitere Fotos von seiner Frau zu sehen. Stand der Kerl etwa auf Freddie? Himmelte er sie an? Stalkte er sie?

In Ruben zog sich alles zusammen.

Doch die Fotos waren nicht von weitem hinter versteckten Gebüschen aufgenommen worden. Sie zeigten Freddie am Meer, wie sie mit hochgekrempelten Hosenbeinen durch das Wasser lief. Auf dem nächsten Foto saß Freddie an ihrem Küchentisch. Dort, wo sie heute Morgen noch gesessen und er versucht hatte, ein Frühstück runter zu würgen. Dort saß sie mit einer Tasse in der Hand und lächelte in die Kamera. Von dem Fotografen war nichts zu sehen, aber es musste Nikolas sein. Wer sonst?

Er blätterte weiter und mit jedem Foto wurde ihm schlechter. Freddie, die auf dem Boden ihres Gästezimmers saß. Freddie, die in der Badewanne lag und deren Körper nur von Schaum bedeckt wurde. Freddie, die im Bett lag und schlief, offensichtlich nackt. Freddie, die in Unterwäsche auf dem Bett saß und in die Kamera lächelte.

Ruben schlug das Album zu und warf es von sich. Sein Magen rumorte. Ihm war ganz schwindelig.

Der kleine Niko. Der Neffe von Julia hatte eine Affäre mit seiner Frau. Mit seiner Freddie. Mit der Frau, die er geheiratet hatte. Die ihm Treue, Loyalität und Liebe geschworen hatte. Mit dieser Frau schlief der kleine Wichser, der nicht einmal Haare am Sack hatte.

Und der Wichser war verschwunden.

Ruben fuhr sich mit seinen Händen über das Gesicht. Dann ballte er sie zu Fäusten. Er war verschwunden, weil er seine

Frau fickte.

Er stand auf, griff nach dem Fotoalbum und verließ das Zimmer des Jungen, der wenn er jetzt noch nicht tot war, es bald sein würde. Dafür würde Ruben sorgen.

Er stürmte die Treppe hinunter, wo Viktor im Wohnzimmer telefonierte. Aufgeregt ging er auf und ab.

»Sie müssen doch irgendwie prüfen, ob das wirklich der Vater des Kindes ist!«, rief er wütend. »Sie können doch nicht jedem, der vorbei kommt ein Kind mitgeben!«

Ruben blieb stehen und betrachtete Viktor verwirrt.

»Es ist mir scheißegal, ob sie neu ist. Mein kleines Mädchen ist in den Händen eines Pädophilen, weil ihre Mitarbeiterin nicht geprüft hat, ob der fremde Mann wirklich ihr Vater ist.«

Viktors Blick streifte Ruben. Am Sofa hielt er an und hörte seinem Gesprächspartner zu. Dann seufzte er und sagte: »Ich komme vorbei und nehme ihre Aussage auf. Ich hoffe mal sehr für Sie, dass ich mich bis dahin beruhigt habe. Sonst können Sie etwas erleben.«

Er legte auf, ohne auf eine Antwort zu warten. Dann drehte er sich zu Ruben um.

»Irgendjemand hat meine Tochter im Kindergarten abgeholt. Ich weiß nicht wer, er hat behauptet, er wäre ihr Vater. Lia weiß auch von nichts. Ich muss jetzt los.« Er ging auf Ruben zu und an ihm vorbei in den Flur. Dabei bemerkte er gar nicht das Album in Rubens Händen.

»Sag Bescheid, wenn ich dir irgendwie helfen kann«, sagte Ruben.

Viktor nickte. »Ich werde mir die jetzt erst einmal vorknöpfen.« Er drehte sich vor der Haustür um. »Es wird der Gleiche gewesen sein, der auch Annika und Niko entführt hat, oder?«

Ruben nickte.

»Okay«, sagte Viktor und verließ mit geballten Händen das Haus.

Annika

Als Annika zu sich kam, wurde ihr schlecht. Sie beugte sich nach vorne und übergab sich zwischen ihren Beinen. Angeekelt verzog sie das Gesicht und wischte sich mit ihrem Handrücken über den Mund. Dabei hörte sie eine Kette rasseln und als sie auf ihre Fußgelenke hinab sah, bemerkte sie, dass sie gefesselt war. Ihre Füße waren mit langen Eisenketten an Haken in der Wand verbunden.

Langsam sah sie sich in dem Raum um. Er war ungefähr vierzig Quadratmeter groß, hatte nackte Wände und auf dem Boden lag Schutt.

Einige Meter von ihr entfernt saß ihr Sohn. Er war auch angekettet. Er sah müde zu ihr herüber, ohne etwas zu sagen. Von seiner Schläfe führte getrocknetes Blut bis zu seinem Kiefer hinab.

»Niko«, sagte sie leise. Der Geruch ihres Erbrochenen stieg ihr in die Nase.

Sie kroch auf allen vieren auf ihren Sohn zu. Sie hätte es wahrscheinlich nicht geschafft, aufzustehen. Dafür war ihr Kreislauf immer noch nicht fit genug.

»Hallo Mama«, sagte er leise.

Sie setzte sich neben ihn und hob ihre Hände, um vorsichtig über die Blutspur zu streichen.

»Was ist passiert?«, fragte sie.

Sie kramte in ihren Erinnerungen. Dann erinnerte sie sich an den Mann, der in ihr Haus eingedrungen war und zu ihr gestürmt war. Sie erinnerte sich an die Maske und daran, wie er sie überwältigt hatte. Annika hatte schon befürchtet, dass er sie vergewaltigen und töten würde. Aber er hatte ihr einen stinkenden Lappen auf Mund und Nase gedrückt und sie hatte das Bewusstsein verloren.

»Ich habe dich gesucht. Ich war zu Hause und du warst verschwunden, aber die Scheibe war eingeschlagen«, flüsterte er. »Irgendwann habe ich gehört, dass jemand im Haus war. Ich dachte, das wärst du. Aber dann habe ich den Kerl gesehen. Er hat eine Maske getragen.« Langsam schüttelte Niko bei der Erinnerung seinen Kopf. »Er hat mich bewusstlos geschlagen, bevor ich auch nur einen Schritt machen konnte. Es ging so wahnsinnig schnell. Ich hätte kämpfen sollen. Oder zumindest versuchen, zu fliehen.«

»Ist schon okay«, sagte Annika sanft. »Wenn dein Vater nach Hause kommt und merkt, dass wir weg sind, wird er sofort die Polizei rufen. Bestimmt finden sie uns schnell.«

Sie konnte selbst nicht daran glauben. Annika hatte keine Ahnung, wer sie entführt hatte, warum und wo sie jetzt waren. Woher sollte es die Polizei wissen?

»Ich habe die Polizei schon gerufen, bevor ich entführt wurde«, sagte Niko. »Ich habe mit Julia gesprochen und dann mit Viktor. Er war auf dem Weg zu mir, als ich entführt wurde.«

Annika nickte. Das war doch gut, oder nicht? Das war gut. Zumindest wusste die Polizei von ihrem Verschwinden. Auch wenn es Viktor war, der, abgesehen von einem hübschen Äußeren, nicht viel zu bieten hatte.

»Sie werden uns bestimmt bald finden«, sagte sie.

Niko sagte dazu nichts.

Sie ließ ihren Blick durch den Raum schweifen. »Weißt du, wo wir sind?«

Niko schüttelte den Kopf. »Keine Ahnung.«

Es gab nur ein Fenster. Es war zu weit weg, als dass sie mit ihren Ketten dahin hätten gehen können. Von ihrer Position aus, war nur grauer Himmel zu sehen.

Da hörten sie eine Tür zuschlagen. Es war nicht weit weg. Sie mussten im ersten Stock sein, denn die Tür war unter ihnen zugeschlagen worden. Jetzt hörte sie Schritte. Sie waren schwer und langsam, als hätte jemand eine Gehbehinderung.

Langsam schleppte die Person sich die Treppe zu ihnen hoch. Annika sah ängstlich zu ihrem Sohn. Sie hätte ihn gerne umarmt und beschützt, aber er sah tapferer aus, als sie sich fühlte.

»Das muss er sein«, flüsterte er.

Mit angehaltenem Atem lauschten sie den Geräuschen. Er kam immer näher und sie waren hier gefangen. Sie konnten sich nicht befreien und nicht fliehen. Sie konnten genauso wenig kämpfen. Sie waren dem Mann, der sich ihrem Zimmer näherte schutzlos ausgeliefert.

Die Tür wurde aufgestoßen. Der Mann mit der Maske kam ins Zimmer. Langsam setzte er einen Schritt vor den Anderen. Jetzt konnte Annika auch sehen, warum er so langsam lief. Er trug ein Mädchen auf seinen Armen. Sie war bewusstlos.

Er beachtete Niko und sie gar nicht, als er das Mädchen zu einer weiteren Kette brachte. Erst jetzt merkte sie, dass abgesehen von Nikos und ihrer eigenen Kette noch drei andere Ketten an der Wand angebracht waren.

Er legte das Mädchen auf dem Boden ab, kettete sie an und richtete sich auf. Er drehte sich um und betrachtete Annika und Niko, die gebannt zu ihm blickten.

189

Freddie

Freddie wusch sich die Hände. Es gab mal wieder auf der Mädchentoilette keine Tücher, mit denen sie sich ihre Hände hätte abtrocknen können. Wie sollte es auch anders sein? Dies war schließlich eine Schultoilette.

Sie drehte sich zu Julia um, die auf sie wartete, während sie ihre nassen Hände an ihrer Jeans abtrocknete.

»Das freut mich so sehr für dich«, sagte Julia lächelnd, während sie durch den Flur gingen. Sie ließen sich Zeit, weil sie ihr Gespräch beenden wollten, bevor sie zu den Jungs stießen.

»Ich will mich einfach nicht zu früh freuen«, sagte Freddie lächelnd. »Nicht, dass mir heute noch etwas an ihm auffällt, was ich absolut nicht leiden kann.«

Julia lachte. »Du kennst ihn so lange. Ich glaube nicht, dass er dich noch irgendwie überraschen könnte.«

Freddie zuckte mit den Schultern. »Vielleicht schnarcht er ja. Damit könnte ich gar nicht leben.«

Julia verdrehte die Augen. »Wenn er dir sonst gefällt, wirst du das wohl über dich ergehen lassen können.«

Freddie blickte auf ihre Füße hinab. »Wie sieht es bei dir aus?«

Julia blieb einen Moment lang still, bevor sie sagte: »Ich glaube, ich verliebe mich gerade in Oskar.«

Sofort schnellte Freddies Blick nach oben und sie grinste ihre Freundin an. »Wirklich?«

»Ja. Er ist so aufmerksam und so … nett. Er ist einfach ein richtig netter Kerl. Und sag jetzt nicht, dass nett die kleine Schwester von Scheiße ist.«

Freddie schüttelte den Kopf. »Das wollte ich gar nicht sagen.«

»Gut.«

Sie gingen nebeneinander her.

»Ich glaube, er könnte der Richtige sein.«

Abrupt blieb Freddie stehen.

Julia drehte sich zu ihr um und lächelte sie gequält an. »Das hört sich doof an, oder? Ich meine, wir sind erst achtzehn.«

»Das hört sich gewaltig an«, sagte Freddie. Aber gleichzeitig spürte sie einen Stich von Neid. Sie selbst konnte nicht von sich behaupten, dass sie den Richtigen gefunden hatte. Sie fand Ruben klasse. Sie wollte mit ihm zusammen sein. Aber sie dachte noch nicht über so etwas wie *für immer* nach.

»Aber … es ist Oskar. Sieh ihn dir an und sag mir, dass es nicht der Richtige für mich sein könnte.«

Freddie trat zu ihrer Freundin und legte eine Hand an ihren Oberarm. »Möchtest du nicht lieber vorsichtiger sein? Du weißt nicht mal, ob er auch in dich verliebt ist. Ihr habt euch noch nicht geküsst. Ihr hattet noch keinen Sex. Bitte stürz dich nicht in die Sache, bevor sie richtig angefangen hat.«

Im nächsten Moment merkte sie, dass sie etwas Falsches gesagt hatte. Julias Gesichtsausdruck veränderte sich. Sie sah sie enttäuscht an. Wahrscheinlich hatte sie gehofft, dass Freddie laut kreischen und mit ihr im Kreis hüpfen würde. Vielleicht hätte Freddie das auch getan, wäre sie nicht neidisch auf ihre beste Freundin.

»Tut mir leid«, versuchte Freddie zu retten, was nicht mehr zu retten war. »Vergiss, was ich gesagt habe. Das war dumm. Wenn du sagst, er wäre der Richtige, dann ist das doch schön.«

Julia löste sich von ihr und ging den Flur entlang. Freddie lief ihr nach, bis sie wieder neben ihr ging.

»Entschuldige«, sagte sie kleinlaut. »Das war für mich nur so eine gewaltige Neuigkeit.«

»Denkst du nicht darüber nach, zu heiraten und Kinder zu kriegen?«

»Nein, eigentlich gar nicht«, sagte Freddie ehrlich. »Dafür ist doch noch viel Zeit.«

»Ich weiß«, sagte Julia. »Aber es ist doch nicht schlecht, wenn man sich jetzt schon darum Gedanken macht. Warum sollte ich mit jemandem zusammenkommen, mit dem ich mir nicht vorstellen kann, alt zu werden?«

Freddie schwieg. Sie konnte sich nicht vorstellen, mit Ruben alt zu werden. Dafür kannte sie ihre Beziehung einfach zu wenig. Sie wusste nicht, wie es war neben ihm morgens aufzuwachen. Sie wusste nicht, wie er mit Kindern umging. Sie wusste ja nicht einmal, wie sie selber mit Kindern umgehen würde.

Daher schwieg sie, bis sie bei den Jungs waren und sich ihr Gespräch auflöste. Sie mied das Thema nicht nur Julia gegenüber, sondern auch sich selber gegenüber.

Ruben

Ruben seufzte und lehnte sich zurück. Am liebsten würde er den restlichen Unterricht hier sitzen und sich vor Mathe, Englisch und Musik drücken.

Der kleine Hinterhof der Schule lag versteckt zwischen der Rückseite eines China-Restaurants und der Sporthalle der Schule.

Er saß auf der feuchten Bank, die ein paar Schüler dorthin gestellt hatten. Die Nässe des Holzes hatte sich schon in seine Hose gefressen, aber das war Ruben egal. Er würde an diesem ruhigen Platz sitzen bleiben. Zumindest bis die Mathestunde vorbei war.

Er lauschte dem Tschirpen eines Vogels. Es würde noch lange dauern, bis der Frühling einbrechen würde. Daher war dieses Geräusch nichts Alltägliches.

Ruben stand langsam auf und ging zu dem niedrigen Busch herüber, aus dem er das Geräusch hörte. Er beugte sich vor, um nach dem Vogel zu suchen und machte noch einen Schritt auf den Busch zu.

Und dann sah er das Tier. Es war ein kleines Rotkehlchen. Es sah mit kreisrunden Augen zu ihm hoch. Wahrscheinlich hatte es ihn schon lange gesehen, bevor Ruben es bemerkt hatte. Erneut stieg dieses Verlangen in ihm hoch, das ihn die letzten Wochen begleitete.

Er streckte seine Hände nach dem winzigen Wesen aus. Das blattlose Gestrüpp raschelte. Der Vogel bewegte sich, versuchte zu fliehen, breitete die Flügel aus, wurde aber von den Ästen gefangen gehalten. Und dann umschloss Ruben seine Hände sanft um den kleinen Vogel.

Er zog ihn aus dem Gestrüpp, wobei seine Haut an zwei Stellen aufriss. Der Vogel schrie und pickte um sich. An seinen Händen spürte er, wie er immer wieder versuchte, die Flügel zu öffnen und seine Füße gegen die Innenflächen seiner Hände stießen. Doch er hielt ihn sicher fest.

Rubens Blick ruhte auf dem Rotkehlchen. Er spürte das Herz in seiner kleinen Brust schlagen. Er sah den panischen Blick des Vogels.

Und dann schlossen sich seine Finger langsam immer enger um die Brust des Vogels. Während eine Hand seinen Körper umfasste, griff er mit der anderen Hand an seinen Kopf. Ruben spürte den pickenden Schnabel an seiner Handinnenfläche, aber es störte ihn nicht. In einem Moment spürte er noch das wilde Herz in seiner Brust schlagen, der Vogel wehrte sich und hatte Panik. Im nächsten Moment drehte er ihm den Hals um und der Vogel lag schlaf in seinen Händen. Kein Herzklopfen, kein Picken mehr des Schnabels, kein ängstliches Zwitschern. Er öffnete seine Hände und betrachtete den toten Vogel auf seiner Handinnenfläche. Ruben hatte sein Leben beendet. Er hatte die Macht dazu und er hatte sie genutzt. Es war so schnell gegangen, dass er es am liebsten rückgängig gemacht und noch einmal erlebt hätte.

Ein Geräusch hinter ihm, ließ ihn zusammenfahren. Er drehte sich um und erblickte Oskar. Er starrte auf den Vogel in Rubens Händen und dann wanderte sein Blick weiter runter zwischen Rubens Beine. Erst jetzt merkte er, dass er eine Erektion hatte und, dass sein Atem schwer fiel, als hätte er sich gerade mit Freddie im Bett vergnügt.

»Ich wollte nur nach dir sehen. Der Unterricht hat begonnen. Du kommst besser rein.«

Ruben zögerte, immer noch mit dem Vogel in den Händen. Ihm fehlte die Sprache. Das war nicht für Oskars Augen bestimmt. Alles in ihm sträubte sich dagegen, dass ein Mensch ihn so zu Gesicht bekam. Eben war er noch mächtig und stark gewesen, jetzt war er gedemütigt und beschämt.

»Ich komme«, sagte er leise. »Geh schon mal vor.«

Oskar zögerte kurz, nickte dann aber und ließ Viktor allein. Dieser trat an den Busch, aus dem er den Vogel geklaubt hatte und legte ihn darunter. Der Kopf war verdreht und hing schlaff hinab.

Plötzlich konnte Ruben das Rotkehlchen nicht mehr ansehen. Er drehte sich weg von ihm und folgte dann Oskar, der nun

Rubens schlimmstes Geheimnis kannte.

Viktor

Als Oskar die Klasse, ohne Ruben betrat, musterte Viktor ihn. Oskar setzte sich auf seinen Platz und richtete den Blick auf den Lehrer. Er war immer sehr aufmerksam im Unterricht. Dadurch fiel es Viktor nicht schwer, ihn zu betrachten.

Seine geschwungene Nase hätte wohl in einer anderen Zeit an einen Römer erinnert. Viktor hätte gerne mit seinem Finger darüber gestrichen. Dann wäre er mit seinen Fingerspitzen zu seinen hohen Wangenknochen geglitten und über seine geschlossenen Augen gefahren. Vielleicht hätten seine Lider unter Viktor Berührung leicht gezuckt.

Und dann würde er ihn küssen. Oskars Lippen waren sicherlich weich. Er war ein freundlicher und netter Mensch. Bestimmt küsste er auch so. Sanft und zurückhaltend. Wie eine Frau.

Aber irgendwann würde auch er stürmischer werden. Viktor musste nur den richtigen Schalter umlegen. Er hatte zwar selbst nur Erfahrungen bei Frauen gesammelt, aber er hatte schon so viele Zeitschriften darüber gelesen, dass ihm sicherlich die ein oder andere Berührung finden würde, die ihm gefiel. Natürlich konnte er auch immer die Berührungen an ihm ausprobieren, die Viktor selber gefielen.

Wie sich Oskars Stöhnen anhören würde? War es das Stöhnen eines Mannes oder das einer Frau? In Viktors Vorstellung war es das Stöhnen einer Frau.

Als die Tür des Klassenzimmers geöffnet wurde, hatte Viktor kaum einen Blick für Ruben übrig. Er bemerkte auch nicht, dass dieser es vermied, Oskar anzusehen, als er sich auf seinen Platz setzte.

Genauso wenig bemerkte er, dass Julia Oskar ebenfalls betrachtete. Mit eben so viel Hingabe wie Viktor.

Nach der Stunde stand Viktor auf und ging zu Oskar herüber. Dieser packte seine Sachen zusammen und sah auf, als Viktor an seinen Tisch trat.

»Hast du das verstanden?«, fragte er mit einem Kopfnicken zur Tafel.

Oskar zuckte mit den Schultern. »Schon. Mathe fällt mir nicht so schwer.«

Diese Antwort hatte Viktor erwartet. Er lächelte und ignorierte Daniel und Freddie, die sich zu ihnen stellten.

»Könntest du mir Nachhilfe geben?«, fragte er, mit der Hoffnung, dass keiner der anderen sich anschließen würde.

Aber sie hörten Oskar und Viktor nur zu. Daniel, weil er so wenig Zeit wie möglich mit Oskar verbringen wollte und Freddie, weil sie ganz andere Dinge im Kopf hatte, als Mathe.

»Klar. Ich weiß nicht, ob ich gut erklären kann, aber ich versuche es gerne einmal«, sagte Oskar lächelnd.

»Das ist super«, sagte Viktor erleichtert und nickte. »Danke dir.«

»Kein Problem. Wollen wir uns am Samstag bei mir treffen? Meine Mutter macht Waffeln. Die sind göttlich.«

Viktor grinste. »Gerne.«

»Aber wir wollten uns doch am Samstag alle treffen«, warf Freddie ein.

Viktor warf ihr nur einen Blick zu. Diese Chance wollte er sich nicht kaputt machen lassen. Auch nicht von Freddie.

Aber Oskar sagte zuversichtlich: »Das machen wir ja danach. Zuerst gebe ich Viktor Nachhilfe und danach treffen wir uns bei Julia.«

Freddie nickte. »Alles klar. Und wehe ihr kommt zu spät.«

Keiner von ihnen bemerkte Ruben, der sich aus dem Klassenzimmer stahl. Nicht mal Julia, die sonst gerne ein Auge darauf hatte, dass sich alle wohl fühlten. Sie hatte nur Augen für Oskar.

Viktor ebenso. Er war froh, die Chance zu bekommen, Oskar ein wenig näher zu kommen. Er war noch nie mit ihm allein gewesen. Vielleicht würde sich zeigen, dass er sich gar nicht mehr zu ihm hingezogen fühlte, wenn er mit Oskar allein war. Es konnte gut sein, dass Oskar irgendeine Marotte hatte, die Viktor ganz schrecklich fand.

Wenn Oskar auf Basketball stand und Poster von großen Männern mit Bällen in der Hand hatte, konnte Viktor auf keinen Fall in romantische Stimmung kommen.

Also was immer am Samstag passieren würde, er würde sich seinen Gefühlen bewusster sein, als jetzt.

Daniel

Es war nicht schwer sich unbemerkt von der Gruppe zu entfernen. Daniel hatte es schon in der Schule kaum ertragen, mit Oskar in einem Raum zu sitzen. Ständig hatte er Angst gehabt, dass er den Anderen von seinem Ausflug vor Oskars Fenster, erzählen würde. Aber bis jetzt schien es noch nicht soweit gekommen zu sein.

Daniel könnte sich ohrfeigen, dass er nicht vorsichtiger gewesen war. Nun floh er vor der Gruppe, die sich vor der Schule versammelt unterhielt. Er hatte sich nicht verabschiedet. Wahrscheinlich würden sie sein Verschwinden ohnehin nicht bemerken.

»Daniel!«, hörte er dann aber jemanden hinter sich rufen.

Er drehte sich um und sah Oskar auf sich zu laufen. Dabei fiel ihm Viktor auf, der ihm mit gerunzelter Stirn nachsah. Wahrscheinlich bemerkte er jetzt erst, dass Daniel ohne ein Wort zu sagen, gegangen war.

»Hey«, sagte Oskar, als er bei ihm ankam und senkte seine Stimme. »Was war das letztens?« Er kam direkt zum Punkt.

Daniel räusperte sich.

Als er nichts sagte, fügte Oskar hinzu: »Warum warst du vor meinem Fenster? Was hast du da gemacht?«

»Ich beobachte dich«, gab Daniel ganz offen zu. Warum es auch leugnen? Oskar hatte ihn deutlich gesehen.

»Warum?«

»Weil du irgendetwas zu verbergen hast«, sagt er. »Ich weiß noch nicht, was es ist. Aber du führst irgendetwas im Schilde. Die Anderen vertrauen dir vielleicht, aber ich tue das nicht.«

Oskar runzelte die Stirn. »Aber ich verberge nichts. Ich verstehe nicht, wie du darauf kommst.«

Daniel nickte langsam. »Das werden wir noch sehen.«

»Was ist, wenn ich den anderen sage, dass du vor meinem Fenster gestanden und mich beobachtet hast?«, fragte Oskar. Er klang dabei nicht so bedrohlich, wie er es sich vielleicht gewünscht hätte.

Daniel lächelte nur müde. »Das macht mir nichts. Sie kennen mich, seit ich klein bin. Wenn ich das leugne, werden sie mir wohl eher glauben, als dir. Du solltest dich also besser nicht zum Affen machen.« Daniel wünschte sich, dass er sich dessen sicher sein konnte. Aber die Wahrheit war, dass sie alle Oskar ins Herz geschlossen hatten. Er wusste nicht, ob sie ihm, Daniel, wirklich eher glauben würden. Oskar hatte die Masche des höflichen Kerls von nebenan perfekt drauf. Anders als

Daniel, der gerne mal als Sonderling angesehen wurde.

Aber bei Oskar zeigten die Worte Wirkung und er nickte leicht. »Wirst du wieder kommen?«

Daniel zögerte, dann lächelte er. »Ja. Wahrscheinlich schon. Ich habe ein Auge auf dich. Du solltest dir also keine Fehltritte erlauben.«

Julia

Während Ruben und Daniel Oskar immer weniger mochten, näherte sich Julia ihm noch mehr. Sie hatte Freddie gesagt, dass sie glaubte, er sei der Richtige. Sie hatte dabei nicht übertrieben. Obwohl sie Oskar noch nicht lange kannte, war sie sehr glücklich mit ihm. Als er heute nach der Schule zu ihr kam, war sie daher aufgeregt.

Sie wollte ihn mit ihren Gefühlen nicht verschrecken und so hielt sie immer ein bisschen mehr Abstand zu ihm, als ihr lieb war.

»Arbeiten deine Eltern noch?«, fragte Oskar, als Julia die Haustür aufschloss.

Sie warf ihm einen Blick über ihre Schulter zu. »Ja und meine Schwester kommt erst in einer Stunde nach Hause.«

Oskar nickte zufrieden.

Sie musste lächeln. Er fühlte sich offensichtlich nicht sehr wohl dabei, ihre Eltern zu treffen. Verständlich. Auch sie konnte darauf verzichten, ihn ihren Eltern vorzustellen.

Nachdem sie ihre dicken Jacken und Schals ausgezogen hatten, gingen sie in ihr Zimmer. Es war nicht besonders groß, aber Julia hatte es sich so gemütlich wie möglich eingerichtet. Überall hingen Lichterketten und bunte Kissen waren auf jeder möglichen Sitzfläche verteilt.

Oskar sah sich neugierig um und ging dann zu Julias Fotowand herüber. Er betrachtete mit schief geneigtem Kopf die Fotos. Auf den meisten war Julia mit Ruben, Viktor, Freddie und Daniel zu sehen. Manche Bilder zeigten sie auch mit ihrer Familie.

»Deine Schwester sieht dir sehr ähnlich«, sagte Oskar.

Julia lächelte matt. Annika war viel schmaler als Julia. Sie hatte zwar die gleichen blonden Haare, aber sonst hatten sie nicht viel gemeinsam.

»Was ist das denn?«, fragte Oskar und deutete auf eines der Fotos. Julia trat neben ihn. Auf dem Foto waren Menschen mit unheimlichen Holzmasken und Narrenkappen zu sehen. Sofort breitete sich ein Lächeln auf Julias Gesicht aus.

»Das ist vor zwei Jahren an Fasnet entstanden. An Fastnacht spielt die ganze Stadt verrückt. Wir verkleiden uns als Narren und laufen damit durch die Straßen, um Menschen zu erschrecken. Man trinkt und lacht viel, zieht von einem Wirtshaus in das nächste. Es ist immer wahnsinnig lustig.«

Oskar lächelte. »Das sieht ganz schön gruselig aus.«

»Ist es auch«, stimmte Julia ihm zu. »Vor allem, weil du nicht immer weißt, wer sich hinter der Maske verbirgt. Aber gerade das macht den Reiz aus.«

»Welche davon bist du?«, fragte er, den Blick wieder auf das Foto gerichtet.

Sie deutete auf einen Narren in rot-brauner Robe und einer Maske mit weit aufgerissenem Mund und riesigen Augen.

Er sah sie an. »Ohne Maske siehst du besser aus.«

Julia lachte. »Das hoffe ich doch.«

»Nimmst du mich dieses Jahr mit?«

»Ja, natürlich. Jetzt, wo du hier wohnst, bleibt dir gar nichts anderes übrig.«

»Danke. August und Kevin wollen da bestimmt nicht hin.«

Julia lächelte. Sie konnte sich ohnehin nicht vorstellen, was er mit ihnen unternahm. Soweit sie wusste war er weder besonders an Mathematik noch an Schach interessiert.

»Wie bist du eigentlich an die gekommen?«

Oskar hob seine Schultern. »Ich kannte ja niemanden hier. Aber meine Mutter hat sich ziemlich schnell mit Augusts Mutter angefreundet und die hat ihn gebeten, ein Auge auf mich zu haben. Sie sind eigentlich auch echt nett, aber wir haben nicht so viele gemeinsame Interessen.«

»Das dachte ich mir.« Es herrschte kurz Schweigen, bevor Julia sagte: »Wir müssen dir nur noch eine schöne Robe besorgen.«

Er nickte. »Gerne. Willst du auch eine Neue haben?«

Sie schüttelte lächelnd den Kopf. »Es ist üblich, dass man immer die gleiche trägt. In manchen Familien werden die Verkleidungen sogar weiter gegeben.«

Er verzog das Gesicht. »Dann sind sie bestimmt schon zerschlissen und stinken.«

Julia hob vergnügt die Schultern. »Das macht das Ganze ja noch schauriger.«

Oskar lachte. »Da hast du auch schon wieder recht.« Er sah auf seine Füße hinab. »Meinst du, wir könnten auch nur zu zweit den Brauch feiern? Ohne die anderen?«

Julia neigte ihren Kopf zur Seite. »Warum? Das ist eigentlich ein Fest, das man mit seinen Freunden feiert.«

»Ich weiß nicht, ob sie mich gerne dabei hätten.« Er hob seinen Blick.

»Wie kommst du denn darauf?«

Julia versuchte sich an eine Situation zu erinnern, in der die

Anderen ihn nicht gut behandelt hatten. Dabei fiel ihr aber nur der Tag ein, als er das erste Mal dabei gewesen war. Damals waren Ruben und Daniel sehr steif mit ihm umgegangen. Aber das war schon Wochen her und Julia hatte eigentlich das Gefühl gehabt, dass er sich gut eingelebt hatte.

»Ich kann es dir nicht sagen.«

»Komm, Oskar. Es macht nur halb so viel Spaß, wenn wir nicht mit der ganzen Gruppe unterwegs sind.«

»Ich glaube, mit dir allein wird es noch besser sein.«

Sie zögerte. Einerseits freute sie es, dass er gerne Zeit mit ihr allein verbrachte. Das konnte doch nur ein Zeichen dafür sein, dass er sie mochte und ihr vertraute. Aber andererseits wollte sie nicht ihre Freunde im Stich lassen. Sie wären bestimmt nicht erfreut, wenn sie Fasnet allein mit Oskar feiern würde. Ganz abgesehen davon, dass es zu zweit wirklich nicht so schön war, wie in einer Gruppe.

»Lass uns darüber sprechen, wenn es soweit ist, ja?«

Er zögerte, nickte dann aber. »Okay.«

Damals konnte sie noch nicht wissen, dass das der schlimmste Tag ihres Lebens werden sollte. In diesem Moment war sie nur froh darüber, dass sich ihre Beziehung zu Oskar so gut entwickelte.

Viktor

Viktor fuhr schon mit Blaulicht, wodurch die Autofahrer zur Seite scherten. Aber Viktor hatte trotzdem das Gefühl, dass er viel zu langsam vorankam.

In seinem Kopf spukten die Bilder von missbrauchten und getöteten Mädchen umher. Als Polizist hatte er schon so einiges gesehen und noch mehr gelesen. Obwohl er sich einredete, dass Jennys Entführung mit der Entführung von Annika und Niko zusammenhing und deswegen gar kein Pädophiler dahinter stecken konnte, wurde er die Bilder nicht mehr los.

Endlich fuhr er die Ausfahrt ab und musste unweigerlich sein Tempo drosseln, als er in das kleine Dorf fuhr, in dem Lia mit Jenny wohnte.

Er fuhr an dem Haus vorbei, in dem Lia gerade wohl verrücktspielte und erreichte bald den Kindergarten.

Er schaltete das Blaulicht aus und parkte direkt vor dem blau angestrichenen Tor. Viktor stieg aus und lief zum Eingang. Dort drückte er auf die Klingel. Einmal. Zweimal. Dann durchgehend, bis das Tor geöffnet wurde.

Merle kannte er. Sie leitete den Kindergarten. Als er sich mit Lia den Kindergarten angesehen hatte, hatte ihn vor allem Merle überzeugt. Sie hatte so kompetent gewirkt. Sie konnte sich den Kindern gegenüber durchsetzen, war aber auch liebevoll und herzlich.

Nun wirkte sie besorgt. Falten hatten sich auf ihrer Stirn gebildet und sie sah ihn mit großen Augen an.

»Hallo Viktor«, sagte sie und ließ in rein.

»Wo ist sie? Wo ist die Neue, die meine Tochter einem

wildfremden Mann überlassen hat?«, platze es aus ihm heraus, bevor er überhaupt nach drinnen getreten war.

»Komm erst mal rein«, sagte sie und öffnete das Tor für ihn.

Es führte in einen kleinen Innenhof. Hier kündigten Spielsachen und Kinderwagen bereits an, was sich hinter der Eingangstür verbarg.

»Sieh mich an«, sagte Merle mit fester Stimme.

Sie richtete ihren Blick auf Viktor und durchbohrte ihn damit. Er erwiderte den Blick.

»Meine Mitarbeiterin hat einen riesigen Fehler begangen und wird mit Konsequenzen rechnen müssen. Ich weiß, dass du wütend bist. Dafür hast du auch jeden Grund. Aber bitte, bleibe so ruhig, wie möglich. Es bringt nichts, sie einzuschüchtern und den anderen Kindern Angst zu machen. So kommen wir nicht weiter. Okay?«

Dass er keine Kontrolle über die Situation hatte, war Viktor nicht gewohnt. Normalerweise war er der Polizist, der die Angehörigen beruhigen musste. Nun gehörte er zu den Angehörigen.

Er nickte.

»Okay. Komm. Melanie ist in meinem Büro.«

Sie traten in das kleine weiße Haus. Die Wände waren mit Kinderzeichnungen geschmückt. Sie durchquerten einen Raum nach dem anderen, bis sie in Merles Büro traten.

Dort war nur ein großer Schreibtisch, hinter dem sich ein Bürostuhl befand. Davor standen zwei Stühle. Auf dem einen saß Melanie. Viktor kannte sie nicht. Sie hatte blonde feine Haare war klein und in sich gesunken. Sie konnte nicht viel älter als fünfundzwanzig sein.

Als Merle und er das Büro betraten, drehte sie sich zu ihnen um. Sie hatte rot unterlaufene Augen und schniefte.

»Melanie. Das ist Jennys Vater Viktor.«

Melanie stand auf und reichte ihm ihre Hand. Als er sie drückte, fiel ihm auf, wie kalt sie war. Er hätte sie am liebsten geschüttelt und angeschrien. Nur zu gerne hätte er seine gesamte Wut, seine Angst und seinen Frust an ihr entladen. Der Entführer war nicht greifbar. Also wollte er die Person bestrafen, die es war.

»Es tut mir so leid. Sie können sich gar nicht vorstellen, wie leid mir das tut. Ich weiß, das ist mit nichts wieder gutzumachen oder zu entschuldigen. Es war ein riesiger Fehler und ich hoffe sehr, dass es der kleinen Jenny gut geht«, plapperte sie drauf los. »Sie ist ein so liebes Mädchen. Ein richtiger Sonnenschein. Ich werde alles dafür tun, damit sie gefunden wird. Wenn Sie möchten, helfe ich Ihnen bei der Suche. Ich gebe Ihnen Geld, was immer sie brauchen, um die kleine Jenny wiederzufinden.«

»Jetzt setzen wir uns erst einmal«, ging Merle dazwischen, bevor Viktor etwas erwidern konnte.

Während Merle sich hinter ihren Schreibtisch setzte, setzten sich Viktor und Melanie davor.

»Wie hat er ausgesehen?«, begann er die Befragung.

Melanie drehte sich zu ihm. »Er war groß. Ungefähr so groß wie Sie. Vielleicht ein bisschen kleiner. Er hatte dunkle Haare und helle Augen. Außerdem hatte er eine leichte Krümmung der Nase.«

Die Nase eines Römers, dachte Viktor.

»Was hat er gesagt?«

Sie räusperte sich. »Er kam gerade rein, als eine Mutter ihre Zwillinge mitgenommen hat. Sie wollten beide nicht gehen und so war es sehr laut. Er meinte, er wolle seine Tochter Jenny abholen. Er sei ihr Vater. Ich habe Jenny geholt. Merle war gerade anderweitig beschäftigt und ich wollte auch keine der anderen Kollegen stören. Ich habe zu Jenny gesagt, dass sie abgeholt wird. Sie wirkte gar nicht verwundert. Sie hat sich angezogen und ist mit dem Mann mitgegangen. Ich habe mich noch gewundert, dass sie sich gar nicht freut, ihren Vater zu sehen. Sie hat ihn nur angesehen, hat seine ausgestreckte Hand ergriffen und ist mitgegangen. Im Nachhinein fällt mir auf, dass sie sich völlig untypisch verhalten hat. Wäre das ihr echter Vater gewesen, wäre sie fröhlicher und lebhafter gewesen. Sie ist doch sonst immer so fröhlich gewesen.« Melanie schüttelte den Kopf.

»Sie hat nichts dazu gesagt, dass er sie abgeholt hat?«, hakte Viktor nach.

»Nein. Sie war still. Hat überhaupt nichts gesagt.«

»Hast du den Mann schon einmal hier gesehen? Im oder vor dem Kindergarten?«, fragte Merle.

Melanie schüttelte den Kopf. Viktor konnte Tränen in ihren Augen glitzern sehen. »Ich habe den Mann noch nie gesehen.«

Viktor nickte. Melanie hatte ihn vielleicht noch nie gesehen, aber Viktor schon. Und er war sich nun sicher, dass es kein Pädophiler war, der Jenny entführt hatte. Der Mann hatte ganz andere Gründe.

Daniel

Als Ruben ihn darüber informiert hatte, dass jetzt auch Viktors Tochter vermisst wurde, bekam Daniel Angst. Seine eigenen Töchter waren bei seiner Ex-Frau sicher. Das hoffte er zumindest.

Aber er konnte nicht mehr tun, als ihr zu sagen, sie solle auf die Zwillinge aufpassen.

Nun ging er in seinem Büro auf und ab. Irgendjemand da draußen hatte es auf ihre Familien abgesehen. Daniel blieb mitten im Raum stehen. Schwester, Kinder und Neffen waren bis jetzt betroffen. Aber das hieß ja nicht, dass Mütter nicht auch noch dazu kommen könnten. Er wählte zum zweiten Mal an diesem Tag die Nummer seiner Mutter. Dieses Mal aber nicht, aus Sorge vor dem Sturm, sondern vor dem Mann, der da draußen sein Unwesen trieb.

Während er darauf wartete, dass seine Mutter abnahm, ging er in seinem Büro auf und ab.

Er bekam das Gefühl eines Déjà-Vus. Vor wenigen Stunden hatte er noch verzweifelt versucht, Julia zu erreichen. Sie war erst nach dem achten Versuch rangegangen. Hoffentlich würde seine Mutter ihn nicht so lange warten lassen.

Doch als sie nicht abnahm, wünschte er sich doch, dass sie ihn nur warten ließ und gleich zu erreichen war. Er wartete und wartete. So lange, bis er sich nichts mehr vormachen konnte. Sie würde den Anruf nicht entgegen nehmen.

Er legte auf und starrte das Telefon an. Dieses Mal würde er nicht so lange warten können und es immer und immer wieder versuchen. Die Situation war eine völlig andere, als noch vor wenigen Stunden, als er versucht hatte Julia zu erreichen.

Wenn die Person nicht davor zurückschreckte, die kleine Jenny zu entführen, dann würde sie auch nicht davor zurückschrecken, seine Mutter zu entführen.

So freundlich und herzlich sie auch war.

Er seufzte und griff erneut nach dem Telefon. Er wählte ihre Nummer und lauschte dem Freizeichen.

»Komm schon, Mama. Komm schon.«

Ungeduldig trat er von einem Fuß auf den anderen. Aber sie

nahm auch dieses Mal nicht ab. Wütend knallte er den Hörer auf die Gabel und fuhr sich mit einer Hand durch das Haar. Er konnte nicht hier stehen und darauf warten, dass seine Mutter ans Telefon ging. Er musste raus, um sich zu vergewissern, dass es ihr gut ging.

Er schnappte sich die Jacke und schlüpfte hinein. Daniel zog gerade den Reißverschluss hoch, als das Telefon klingelte.

Er hielt inne und starrte es an. Dann stürzte er sich auf das Telefon, wobei sein Locher vom Schreibtisch fiel.

»Hallo?«, meldete er sich. »Mama?«

»Hallo Daniel. Hier ist nochmal Ruben.«

Sofort überfiel ihn die Enttäuschung.

»Ich wollte mit dir noch über etwas sprechen, was ich eben nicht ansprechen konnte.« Ruben hörte sich bedrückt an. Aber Daniel konnte jetzt nicht mit ihm über seine Probleme sprechen. Er musste nach seiner Mutter sehen.

»Ich kann meine Mutter nicht erreichen«, sagte er. »Ich will nach ihr sehen. Können wir später darüber sprechen?«

»Deine Mutter?«, fragte Ruben, als hätte er vergessen, dass sie noch existierte.

»Ja. Den Zwillingen geht es gut. Aber ich möchte sicher gehen, dass es auch ihr gut geht.«

Es herrschte kurz Stille am anderen Ende der Leitung. Dann sagte Ruben: »In Ordnung. Ich …«

Noch bevor er den Satz beendet hatte, legte Daniel auf und stürmte aus dem Büro. Was immer Ruben gerade auf dem Herzen hatte, es musste warten.

Daniel hatte ein ganz schlechtes Gefühl. Irgendetwas in ihm ließ ihn daran glauben, dass er zu spät kam. Dass er nicht mit Ruben hätte telefonieren dürfen.

Norma

Als eine Windböe das Haus umfasste, flackerte das Bild des Fernsehers. Norma wollte sich gerade einen weiteren Muffin in den Mund schieben, hielt dann aber inne. Sie wartete so lange, bis der Fernseher wieder funktionierte. Dann lehnte sie sich auf ihrer Couch zurück und kaute auf dem weichen Gebäck.

Sie hatte vor vielen Jahren, kurz nachdem sie Daniel geboren hatte, versucht abzunehmen. Der Arzt hatte ihr dringend empfohlen ein paar Kilos zu verlieren. Es schadete ihrer Gesundheit so ungesund zu essen. Außerdem machte ihr das Übergewicht Schwierigkeiten. Sie konnte keine fünf Minuten gehen, ohne außer Puste zu geraten. Ständig musste sie Pausen machen. Es war schwierig schöne Kleidung zu finden, wenn man fünf Kleidergrößen über dem Durchschnitt trug. Sie war kurzatmig. Außerdem sahen die Menschen sie an. Früher hatte sie es gestört. Heute hatte sie es akzeptiert. Aber die Blicke entgingen ihr auch nach all den Jahren nicht. Ihre Füße taten ihr schnell weh, da sie ein so schweres Gewicht tragen mussten.

Außerdem fragte sie sich, wann sie ihren ersten Herzinfarkt bekommen würde. Lange konnte es nicht mehr dauern.

Aber all das konnte ihr trotzdem nicht die Motivation geben, von den süßen Speisen ihre Finger zu lassen und sich mehr zu bewegen.

Sie hatte akzeptiert, dass sie übergewichtig war. Fettleibig würden andere Menschen dazu sagen.

Es war nun mal so. Es gehörte zu ihr. Vor allem seit Daniels Vater sie verlassen hatte. Die ersten Monate hatte sie noch erwartet, dass er zurück kam. Er war so liebenswürdig gewesen. Da konnte er sie doch nicht einfach allein lassen.

Aber er war nicht wieder gekommen und Norma in ein immer tieferes Loch gefallen. Sie hatte die Süßigkeiten und das fettige Essen gebraucht, um den Kummer zu betäuben, der ihr ständiger Begleiter war.

Sie hatte immer gesagt, dass Süßigkeiten besser als Alkohol waren. Das sah sie auch immer noch so.

Sie schob sich den zweiten Muffin in den Mund, während sie dem Nachmittagsprogramm zusah. Am liebsten wäre sie ja jetzt bei ihren Freundinnen und würde mit ihnen quatschen. Sie könnten den neusten Tratsch austauschen. Es gab bestimmt etwas, das sie wegen diesem Unwetter verpasste.

Erneut warf sie einen Blick auf das Telefon. Das hatte in den letzten fünf Minuten hundert Mal geklingelt. Vielleicht war es ein Notfall, aber Norma hatte keine Lust auf schlechte Nachrichten. Sie wollte viel lieber auf der Couch sitzen, Leckereien essen und es sich gutgehen lassen. Wenn sie schon in dem Haus gefangen war, wollte sie es genießen.

Trotzdem fragte sie sich, ob irgendetwas mit Daniel war. Er hatte heute Morgen sehr besorgt geklungen. Vielleicht war den Zwillingen etwas passiert.

Norma musterte nachdenklich das Telefon. Dann stützte sie sich mit einer Hand auf der Lehne des Sofas ab und schwang sich hoch. Dabei keuchte sie auf.

Sie ging zu ihrem Telefon herüber und griff nach dem Hörer. Fünf verpasste Anrufe. Alle von Daniel.

Sie rief ihn zurück und legte das Telefon an ihre fleischige Wange. Aufmerksam lauschte sie dem Freizeichen, bevor sie es aufgab. Vielleicht hatte sich sein Problem schon wieder erledigt. Sie sollte sich nicht immer so viele Sorgen um ihn machen. Er war schließlich ein erwachsener Mann. Aber sie konnte nicht anders.

Sie legte das Telefon wieder in die Station, als das Licht flackerte.

Norma sah nach oben an die Deckenlampe und verzog das Gesicht. Sie wollte auf keinen Fall im Dunkeln hier sitzen. Der Fernseher gab nur Rauschen von sich.

Sie seufzte und wuchtete sich wieder auf die Couch. Das Licht flackerte erneut und sie schaltete schnell den Fernseher aus. Wenn sie sich entscheiden müsste, was ihr lieber war, dann war es das Licht.

Aber das Ausschalten des Fernsehers brachte nichts, die Lampe über ihrem Kopf flackerte noch einmal kurz, dann gab sie ihren Geist auf. Völlig im Dunkeln saß sie nicht. Von draußen drang noch ein trübes Licht in Normas Wohnzimmer.

Sie lehnte sich auf ihrer Couch zurück und überlegte, was sie nun machen sollte. Lohnte es sich, jemanden wegen dem Strom anzurufen? Würde jemand zu ihr fahren? Unwahrscheinlich. Bestimmt fiel überall das Licht aus und draußen wurden noch schlimmere Katastrophen gemeldet.

Also blieb sie sitzen und verschränkte die Arme vor der Brust. Der Wind blies über ihr Haus und ließ die Bäume vor den Fenstern hin und her schwanken.

Norma sah dem Treiben draußen gelangweilt zu, als sie ein Geräusch hörte. Es war das Geräusch von zerberstendem Glas. Sie runzelte die Stirn und sah sich in dem kleinen Wohnzimmer um. Aber von hier war das Geräusch nicht gekommen. Sie biss sich auf die Unterlippe.

Hatte ein Ast ihr Fenster durchbrochen? Bei dem Sturm war das nicht unwahrscheinlich. Im Geiste stöhnte Norma genervt auf. Bis jemand heraus kam um das Fenster zu reparieren, würde der Sturm wahrscheinlich vorbei sein und sie längst erfroren.

Langsam hievte sie sich vom Sofa hoch und durchquerte das Wohnzimmer. Vielleicht hatte sie ja Glück und sie würde Daniel gleich erreichen können. Dann könnte er ihr helfen.

Sie öffnete die Wohnzimmertür und wurde von einem Schwall kühler Luft begrüßt. Dann fiel ihr Blick auf die Gestalt, die vor dem zerbrochenen Fenster stand. Norma schnappte nach Luft und stolperte zurück, als sie die Maske sah, die sich für immer in ihr Gedächtnis brennen sollte.

Freddie

Sie saß immer noch in dem Büro, als die Tür aufging und Ruben eintrat. Freddie blickte auf. Er trat, ohne sie zu grüßen an ihren Schreibtisch und baute sich vor ihr auf.

Er sah wütend aus. Das kam nicht oft vor. Normalerweise war Ruben gelangweilt. Manchmal war er auch etwas verärgert. Aber so wütend hatte sie ihn noch nie gesehen.

»Niko«, sagte er.

Er brauchte nicht mehr zu sagen, Freddie wusste, dass er von der Affäre erfahren hatte. Wie auch immer er an die Information gekommen war, das Geheimnis war raus. Sie blickte zu ihm hoch und wusste nicht, was sie sagen sollte.

»Wie lange geht das schon zwischen dir und diesem Kind?«

Freddie schluckte. Sie wollte nicht antworten. Sie wollte nicht zugeben, dass sie seit einem halben Jahr eine grausame Ehefrau und ein schrecklicher unmoralischer Mensch war.

»Wie lange das schon geht!«, rief Ruben.

Sie zuckte zusammen. Sie hatte ihn noch nie so schreien

gehört. Ruben gehörte zu den Menschen, die sich zurückzogen und warteten, bis ein Problem gelöst war. Er griff normalerweise nicht an.

Sie räusperte sich, weil sie fürchtete, ihre Stimme zu verlieren. »Seit ungefähr einem halben Jahr.«

Ruben trat einen Schritt zurück. »Seit einem halben Jahr. Seit einem halben Jahr, betrügst du mich mit Julias Neffen. Einem Minderjährigen. Weißt du eigentlich, wie ekelhaft das ist? Wie pervers? Wie …« Er schüttelte den Kopf. »Du hast mit mir das Bett geteilt, nachdem du diesen Jungen berührt hast.« Angestrengt kniff er die Augen zusammen, als würde in ihm ein Bild hochkommen, das er nicht sehen wollte.

»Es tut mir leid«, sagte Freddie, ohne zu wissen, ob sie das ernst meinte. In den letzten Monaten hatte sie sich oft gefragt, ob etwas falsch sein konnte, das sich so gut anfühlte.

»Weiß Julia davon?«, fragte er sie.

Freddie schüttelte den Kopf.

»Dann sollte sie das erfahren, findest du nicht? Dass du mit ihrem minderjährigen Neffen ins Bett gehst. Meinst du nicht, deine beste Freundin könnte das interessieren?«

Er ballte seine gewaltigen Hände zu Fäusten.

»Bitte, sag es ihr nicht, Ruben.«

»Warum sollte ich es ihr verheimlichen, hä? Du hast unsere Ehe zerstört. Du hast mich jedes Mal gedemütigt und auf unsere Liebe gespukt, wenn du mit ihm geschlafen hast.«

Freddie hätte ihn am liebsten gefragt, von welcher Liebe er sprach, denn sie spürte davon schon seit Jahren nichts mehr. Aber sie wollte ihn nicht weiter aufregen. Sie wollte ihm nicht dafür die Schuld geben, dass sie ihn betrog. Das war nämlich nicht seine Schuld.

Sie sah auf ihre Hände hinab. »Ich weiß, ich hätte schon vor langer Zeit unsere Ehe beenden müssen. Es war falsch von mir, dich zu hintergehen und zu betrügen. Das tut mir leid.« Zumindest jetzt war sie aufrichtig. Es tat ihr nicht leid, dass sie mit Niko geschlafen hatte. Es tat ihr nicht leid, dass sie eine so schöne Zeit mit ihm gehabt hatte. Es tat ihr nur leid, dass sie das alles getan hatte, während sie verheiratet gewesen war.

Als Ruben nichts sagte, hob sie ihren Blick. Er starrte sie fassungslos an. Er brauchte einen Moment, bis er sich gefangen hatte und seine Stimme erhob: »Soll das ein Witz sein? Du meinst, du hättest mich verlassen müssen?«

»Unsere Ehe ist doch schon lange nicht mehr das, was sie einmal war. Dass wir keine Kinder bekommen können, hat sie kaputt gemacht.«

Ruben schüttelte seinen Kopf.

»Wir haben nicht umeinander gekämpft. Wir …« Sie seufzte. »Das musst du doch auch gemerkt haben. Wir leben aneinander vorbei.«

»Wir sind verheiratet!«

Sie nickte. »Vielleicht ist es besser, wir sind es nicht mehr.«

»Du willst das alles aufgeben? Nur weil es dir im Moment Spaß macht so ein kleines Kind zu ficken? Du bist ekelhaft, Freddie. Du bist widerlich. Du bist pädophil.« Er spukte die Worte voller Verachtung aus.

Wahrscheinlich hatte Freddie nichts anderes verdient. Sie hatte die Beschimpfungen und den Ekel in Rubens Gesicht verdient. Sie hatte es verdient, dass er ihr mit seinen Worten Schmerz zufügte, aber die Worte verletzten sie nicht. Das zeigte wahrscheinlich mehr als alles andere, wie weit sie in ihrer Ehe gekommen waren. Ihr Ehemann war ihr nicht mehr wichtig genug, dass seine Meinung ihr noch etwas bedeutete, und sie war so überzeugt von ihrer Affäre, dass nicht mal wüste Beschimpfungen sie daran zweifeln ließen.

Als er jedes Schimpfwort auf sie abgefeuert hatte, das er kannte, stand er mit bebender Brust vor ihr. Seine Hände waren immer noch zu Fäusten geballt und sie sah es in seinem Kopf arbeiten. Er dachte nach. Seine Gedanken rasten.

Sie sah zu ihm auf und betrachtete ihren Ehemann dabei, wie er wahrscheinlich die letzten sechs Monate Revue passieren ließ. Freddie hielt ihren Mund und gab ihm die Zeit, zu verstehen, was nun passiert war. Er hatte nicht nur ihre Affäre mit einem Minderjährigen aufgedeckt, sondern auch von seiner Frau erfahren, dass sie ihre Beziehung beenden wollte.

Julia

Nach dem zweiten Kaffee konnte Julia nicht mehr still sitzen. Während sie in ihrem Wohnzimmer aufgeregt auf und ab lief, lauschte sie auf jedes Geräusch, das von draußen zu ihr durchdrang.

Es fiel ihr schwer Zuhause zu bleiben. Am liebsten wäre sie raus gestürmt und hätte das Arschloch gesucht, das ihre Schwester und ihren Neffen entführt und ihre Mutter belästigt hatte. Sie würde ihm zu gerne den Hals umdrehen.

Als ihr Handy klingelte, nahm sie es zuerst gar nicht wahr.

Doch nach zwanzig Sekunden konnte sie es einfach nicht mehr ausblenden. Sie lief zu ihrer Handtasche herüber und nahm das Handy heraus. Auf dem Display stand Viktors Name.

Sie nahm das Gespräch entgegen. »Ja?«

»Hey. Ich weiß, wer deine Familie entführt hat. Ich komme gerade von Jennys Kindergarten und bin auf dem Weg zu dir.«

»Ich weiß auch, wer sie entführt hat«, sagte Julia und blieb stehen. »Das ist für mich kein Geheimnis mehr.«

»Okay. Und was meinst du, sollen wir jetzt machen?«

»Na, ihn jagen. Ich will ihn finden und meine Familie zurückhaben. Ich rufe André an. Er wird bestimmt früher Feierabend machen und auf meine Mutter aufpassen können. Dann treffen wir uns bei Freddie im Supermarkt und besprechen, was zu tun ist.«

»Alles klar«, sagte Viktor entschieden.

Julia konnte den Tatendrang und die Wut in seiner Stimme hören und sie war froh, dass sie nicht allein war. Sie hatte ihre Freunde. Sie hatte Viktor. Sie hatte Kämpfer, die ihr beistanden. Nachdem sie aufgelegt hatte, wählte sie Andrés Nummer. Er ging nach nur zwei Sekunden ran.

»Hallo Schatz. Wie geht es dir?«

Sie lächelte, als sie seine vertraute Stimme hörte. »Ganz gut. Hör mal, könntest du vielleicht früher Schluss machen? Ich kann dir nicht erklären, worum es geht, aber du musst auf meine Mutter aufpassen.«

»Was? Warum? Was ist passiert? Geht es ihr nicht gut?« Julia musste sich wieder einmal eingestehen, dass André viel geduldiger war, wenn es um ihre Mutter ging. Er war schnell besorgt und würde wahrscheinlich alles für sie tun.

»Ich erkläre es dir später, ja? Aber es ist wichtig, dass du so schnell wie möglich her kommst und bei ihr bleibst.«

»Alles klar. Ich bin in fünfzehn Minuten da.«

»Super, danke.«

Sie legte auf und ließ ihr Handy in ihre Handtasche gleiten. Dann ging sie in das Schlafzimmer ihrer Mutter. Sie hatte den Kopf nach hinten geneigt. Die Augen waren geschlossen und der Mund geöffnet. Sie schnarchte leicht.

Lächelnd setzte Julia sich neben ihre Mutter und streichelte sanft ihre Wange. Sie war noch feucht von ihren Tränen.

Ruben

Ruben ging in seinem Zimmer auf und ab. Daniel saß auf seinem Schreibtischstuhl und beobachtete ihn dabei. Er wusste nicht, wie er es am besten sagen sollte. Ein flaues Gefühl hatte sich in seinem Magen ausgebreitet, das er nur von bevorstehenden Prüfungen kannte.

»Wir müssen ihn loswerden«, sagte er und sah Daniel ernst an. Dieser betrachtete ihn nur.

Ruben seufzte und blieb stehen. »Ich meine, nicht so loswerden. Ich will ihn nicht töten, in einzelne Teile zerstückeln und in Mülltonnen in der ganzen Stadt entsorgen. Ich will nur nicht, dass er noch in unserer Gruppe ist.«

Er sah Daniel ernst an. »Du hattest Recht. Oskar hat irgendetwas zu verheimlichen. Da stimmt etwas nicht mit ihm.«

»Wie kommt es, dass du plötzlich meiner Meinung bist? Vor einer Woche fandst du ihn noch ganz nett.«

Ruben würde Daniel bestimmt nicht erzählen, wobei Oskar ihn erwischt hatte. Daher hob er nur seine Schultern und sagte: »Ich habe das im Gefühl.«

Einer der anderen hätte ihn nicht verstanden. Er hätte seine Einwände mit einer Handbewegung abgeschmettert und ihn aufgefordert einen Gang runter zu schalten.

Aber Daniel nickte. Er war offensichtlich froh, dass er endlich jemanden gefunden hatte, der ihm glaubte und ihn unterstützte. »Okay. Dann hast du endlich das gleiche Gefühl, wie ich.« Ruben entspannte sich etwas. Er war froh, dass Daniel auf seiner Seite war und nicht noch mehr Fragen stellte.

»Wir müssen etwas unternehmen. Wir müssen ihn irgendwie

rausekeln.«

Daniel stand auf. »Das versuche ich schon. Ich habe ein Auge auf den Kerl. Ich will ihn dabei erwischen, wie er etwas tut, was die anderen ihm nicht verzeihen werden. Aber ich habe noch nichts gefunden.«

Ruben dachte nach. Jeder hatte seine Geheimnisse. Bei Ruben waren es die Gefühle wenn er ein Tier tötete. Auch Daniel hatte bestimmt ein Geheimnis, das nicht an die Öffentlichkeit dringen sollte. Und Oskar hatte erst recht eins. Er wirkte auf alle so perfekt. So freundlich und hilfsbereit. Aber stille Wasser waren tief.

»Dann such weiter. Irgendetwas muss es geben. Wir sollten herausfinden, warum er auf unsere Schule gekommen ist. Vielleicht gibt es da ein Geheimnis. Vielleicht ist irgendetwas in Leipzig passiert, was er uns nie gesagt hat.«

Daniel runzelte die Stirn. »Ich glaube, sie sind umgezogen, weil die Mutter hier einen besseren Job bekommen hat.«

Ruben hob die Schultern. »Das wissen wir nicht. Vielleicht sollten wir mit seinem Bruder sprechen. Jonas, oder wie er heißt. Der wird uns bestimmt einiges über Oskar erzählen.«

»Ich glaube aber nicht, dass er seinen Bruder in die Pfanne haut.«

Ruben betrachtete Daniel. »Ich dachte, du willst etwas finden, das wir gegen ihn verwenden können.«

Daniel nickte eilig. »Will ich ja auch.«

»Wenn du nicht mit Jonas sprechen möchtest, mache ich das.« Daniel zuckte mit den Schultern.

Ruben betrachtete seinen Freund nachdenklich. Er hoffte, dass er auf ihn zählen konnte. Er wollte eigentlich nicht allein nach Dreck wühlen. Vor allem nicht, weil Viktor, Freddie und

Julia Oskar mochten. Was passierte, wenn Oskar ihnen Rubens Geheimnis erzählte? Es würde nicht gut aussehen, wenn dann herauskommen würde, dass Ruben Oskar vertreiben wollte.

Er brauchte zumindest einen, der hinter ihm stand. Einen, auf den er zählen konnte, wenn alles schief ging. Er brauchte Daniel.

Viktor

Viktor fuhr sich mit der Hand durch die Haare. Er konnte sich einfach nicht auf Mathe konzentrieren. Nicht, wenn Oskar neben ihm saß. Er roch seinen Duft und sah seinen Fingern dabei zu, wie sie über die Seiten des Mathebuches strichen, wie sie Formeln auf einen Collageblock schrieben.

Er sah auf seine langen, dünnen Arme. Viktor schüttelte seinen Kopf und richtete seinen Blick wieder auf die Aufgaben.

Konzentrier dich, sagte er sich wieder und wieder. Sei nicht albern. Du bist dabei dich in Lia zu verlieben. Du stehst kurz davor, mit ihr zu schlafen. Du willst sie. Nicht Oskar.

Aber es änderte nichts daran, dass er jede Bewegung von Oskar wahrnahm. Es änderte nichts daran, dass er die Luft anhielt, wenn Oskar ihm näher kam und ihn unabsichtlich berührte. Ein Kribbeln ging durch seinen ganzen Körper und brachte seine Gedanken zum Durchdrehen. In seinem Kopf lief nichts mehr, wie es sollte.

Als Oskar sich zurücklehnte, wurde Viktor aus seinen Gedanken gerissen.

»Du bist unaufmerksam«, stellte er fest.

Viktor seufzte und verschränkte die Arme vor der Brust. »Sorry. Ich kann mich einfach nicht auf Mathe konzentrieren. Das ist so langweilig. Und so … unlogisch.«

Oskar lachte leise. »Es gibt nichts, das so logisch ist, wie Mathe.«

»Aber es will nicht in meinen Kopf rein.« Viktor schüttelte seinen Kopf.

»Wollen wir es ein andermal versuchen? Wir sind gleich ohnehin mit den anderen verabredet.«

Viktor zögerte. Er wollte noch nicht zu den anderen zurück. Er wollte Oskar nicht mit ihnen teilen. Er wollte weiterhin jede Sekunde genießen, in der er mit Oskar allein war.

Es fühlte sich falsch und zugleich richtig an.

»Nur noch diese Aufgabe, ja? Danach können wir uns dem Spaß widmen.«

Oskar lächelte. »Na gut. Wenn du das sagst.«

Viktor nickte zustimmend. Er beugte sich vor, um die Aufgabe zu betrachten. Er versuchte sich wirklich zu konzentrieren und für eine halbe Minute schaffte er es auch. Er merkte, dass Oskar wirklich gut erklären konnte. Ein paar Informationen drangen zu Viktor durch und er verstand die Aufgabe. Er konnte sie sogar lösen.

Doch dann stieß Oskar leicht mit seinem Knie gegen seines, bevor er sich wieder von ihm entfernte und Viktor war wieder weit weg mit seinen Gedanken.

Als sie die Mathe Unterlagen einpackten, war Viktor hin und her gerissen zwischen Erleichterung und Enttäuschung. Er hätte ewig so weiter neben Oskar sitzen können. Aber gleichzeitig war es auch sehr anstrengend sich nichts von dem Sturm der Gefühle in seinem Inneren anmerken zu lassen. Er musste sich ständig beherrschen und so weit Abstand von Oskar nehmen, dass er es nicht merkte.

Gleichzeitig fragte er sich aber, wie es sein würde, Oskar zu küssen. Er wollte nur einmal ihre Lippen aufeinander treffen lassen. Nur, um zu wissen, wie es sich anfühlte. Schließlich konnte es auch sein, dass er gar nichts empfand und sofort die ganze Magie in sich zusammen brach.

Sie zogen sich in dem engen Flur ihre Jacken an.

»Jonas?«, rief Oskar. »Ich bin bei Julia!«

Viktor warf ihm einen kurzen Blick zu. Hatte er seinem Bruder von Julia erzählt? War es schon so weit mit den beiden?

»Treib es nicht zu wild«, war die Antwort seines Bruders, der sich im Wohnzimmer aufhielt. Viktor konnte ihn nicht sehen.

Oskar grinste.

Viktor runzelte seine Stirn, als sie nach draußen traten. Die Angst kam schnell und unerwartet. Viktor hatte gar nicht darüber nachgedacht, dass die Möglichkeit Oskar zu küssen und ihm näher zu kommen, bald von Julia zerstört werden könnte. Der kleinen, pummeligen Julia, die so unerfahren mit Jungs war. Wenn Oskar sich in Julia verliebte, dann würde Viktor keine Chance mehr haben.

Oskar zog die Tür hinter sich zu. Viktor wurde hibbelig. Er wusste nicht, ob er Oskar noch einmal alleine sehen würde. Er fühlte sich zu ihm hingezogen und die Neugierde brodelte in seinem Inneren.

Er musste ihn küssen. Jetzt oder nie. Vielleicht würde sonst nie mehr die Möglichkeit bekommen.

Daniel

Daniel wunderte sich immer noch über die Sinneswandlung von Ruben. Er verstand nicht, warum dieser plötzlich so sehr darauf beharrte, dass sie Oskar vertreiben sollten. Klar, Daniel vertraute Oskar auch nicht und wusste nicht einmal einen

Grund für seine Gefühle, abgesehen von der Ähnlichkeit zu seinem Vater. Aber bei Ruben war es anders. Er hatte ihm vor wenigen Tagen noch vertraut. Er hatte ihn für einen netten Kerl gehalten. Konnte das so schnell vergehen? Einfach so? Ohne, dass etwas passiert war?

Daniel bog in die Straße zu Oskars Haus ein. Bevor sie sich bei Julia trafen, wollte er einen Blick in Oskars Zimmer werfen. Man wusste ja nie, was sich darin abspielte. Vielleicht war Oskar wie ein Priester angezogen und versuchte gerade einen Dämonen aus einer Katze zu holen.

Aber als er auf das Haus von Oskars Familie zusteuerte, bekam er etwas ganz anderes geboten.

Oskar stand vor seiner Haustür und küsste einen Kerl. Daniel wurde langsamer und blieb schließlich stehen. Schockiert lag sein Blick auf Oskar. Er war schwul? Die ganze Zeit über war Oskar schwul gewesen? Daniel musste zugeben, dass er ein wenig enttäuscht war.

Als Oskar und der Junge sich voneinander lösten, fiel Oskars Blick auf Daniel. Seine Augen weiteten und er trat einen Schritt zurück.

Als der andere Junge sich umdrehte, starrte Daniel entgeistert in Viktors Gesicht.

Einen Moment lang starrte Daniel ihn nur an, dann machte er einen Schritt vor und lief zu Viktor und Oskar herüber. Mit großen Schritten kam er den Beiden näher. Dabei fühlte es sich an, als würde eine unsichtbare Hand seinen Körper aufrichten. In seiner Brust schwoll etwas an. Oskar, der vorgab Gefallen an Julia zu haben, küsste einen ihrer besten Freunde. Das war genau das, was Daniel erahnt hatte. Oskar gab sich für etwas aus, das er nicht war. Er hatte ihnen allen und besonders Julia etwas vorgemacht.

Daniel fühlte sich gut, als er seinen Finger hob und auf Oskar zeigte. »Jetzt habe ich dich. Das wird dir niemand verzeihen.« Oskar trat überrascht einen Schritt zurück.

»Julia ist in dich verliebt«, sagte Daniel streng. »Du machst ihr schöne Augen und küsst dann Viktor? Wie kannst du nur?« Viktor legte eine Hand auf Daniels Arm und zog ihn vorsichtig zurück. »Nicht.«

»Das ist nicht in Ordnung«, sagte Daniel zu Viktor. »Er kann dich doch nicht einfach küssen. Findest du nicht, dass er dich vorher hätte fragen sollen, ob du Interesse hast? Ist das nicht so etwas wie Vergewaltigung?« Daniel hörte selbst, dass seine Worte sich lächerlich anhörten, aber er konnte einfach nicht aufhören. »Julia hat dir vertraut«, wandte er sich wieder an Oskar. »Und du hintergehst sie einfach so.« Er zeigte auf Viktor. »Mit ihm«, stieß er hervor. »Das ist ekelhaft.«

Daniel war hin und her gerissen, zwischen Entsetzen, dass Oskar Viktor einfach so geküsst hatte und Freude, dass er endlich gefunden hatte, wonach er so sehr gesucht hatte.

»So ist das doch gar nicht«, sagte Oskar.

»Ja« fügte Viktor hinzu. »Ich stehe nicht auf Kerle und es ist jetzt nicht so toll, dass er mich geküsst hat, aber das können wir doch ganz einfach vergessen.«

Oskar warf Viktor einen verwirrten Blick zu.

»Ich kann das nicht vergessen«, sagte Daniel entschlossen und entfernte sich dann von den beiden. »Nicht, wenn er Julia damit das Herz bricht.«

Das war genau das, was er gebraucht hatte, um Oskar aus der Gruppe zu befördern. Er hinterging Julia und küsste Viktor ohne sein Einverständnis. Das war gut. Das war besser, als er gedacht hatte, denn Daniel hatte einen Zeugen. Wenn Viktor bestätigte, dass Oskar über ihn hergefallen war, würden die anderen Daniel nur glauben schenken können.

»Daniel, warte!« Viktor war ihm dicht auf den Versen und auch Oskar konnte nicht weit sein. Daniel konnte sich nicht vorstellen, dass Oskar sich das Spektakel entgehen lassen würde.

»Ich werde ihn nicht in Schutz nehmen, Viktor. Gerade dir sollte doch daran gelegen sein, dass so etwas nicht wieder passiert.«

Daniel konnte immer noch nicht verstehen, wie Oskar auf die Idee hätte kommen können, dass Viktor auf ihn stand. Schließlich war nur zu deutlich, dass Viktor auf Mädchen stand. Er war ein Magnet für schöne Mädchen und seit er sich mit Lia traf, war es ohnehin mehr als eindeutig, dass er nicht homosexuell war.

»Ich finde nur nicht, dass du vorschnell handeln solltest«, versuchte Viktor ihm zu erklären. »Du könntest damit ... vieles kaputt machen.«

»Ja, das ist mein Ziel«, sagte Daniel, ohne langsamer zu werden. Er war auf dem direkten Weg zu Julia. Sie war sicherlich schon zu Hause.

»Ich habe ihm nie getraut«, fuhr Daniel fort. »Keiner hat mir geglaubt aber das ist jetzt der Beweis. Er ist hinterhältig und ...« Er warf einen Blick über seine Schulter. Oskar lief nur wenige Meter von ihnen entfernt hinter ihnen her. »Er ist schwul«, sagte er angeekelt.

Eigentlich hatte Daniel nichts gegen Homosexuelle. Leben und leben lassen. Aber die Vorstellung, dass er vielleicht auch ihn selbst hätte küssen können, war so eklig und so demütigend, dass ihm ganz schlecht wurde. Um die Vorstellung loszu-werden, schüttelte er den Kopf.

»Aber das ist doch nicht schlimm«, sagte Viktor. »Wenn ich ihm sage, dass ich nicht schwul bin, wird er mich sicherlich auch nicht mehr küssen. Das muss man nur einmal klären und dann ist das Thema gegessen.«

»Du vergisst dabei aber, dass Julia sich in ihn verliebt hat«, sagte Daniel und sah Viktor ernst an. »Unsere Julia. Sie wird verletzt werden.«

»Dann sag es ihr nicht«, schlug Viktor vor und warf seine Arme hoch.

Sie bogen in die nächste Straße ein. Bis zu Julias Haus waren es nur noch wenige Meter.

»Das kann ich nicht für mich behalten. Der Kerl hat nichts in unserer Gruppe zu suchen.« Er sah wieder zu Oskar, der blass geworden war.

Er lief ein paar Schritte, damit er auf gleicher Höhe mit Daniel ging.

»Bitte, sag es ihr nicht. Ich mag Julia.«

»Das hättest du dir überlegen müssen, bevor du Viktor geküsst hast.«

Oskar sah zu Viktor, als würde er von ihm Hilfe erwarten. Aber dieser sah stur geradeaus und sagte nichts mehr dazu.

Das war auch besser so. Viktor sollte Oskar nicht verteidigen. Das würde die Sache nicht besser machen.

Vor dem Haus wurde Daniel langsamer, was Oskar dazu nutzte, ihm noch einmal ins Gewissen zu reden.

»Bitte, Daniel. Ich werde euch auch in Ruhe lassen. Ich werde mich zurückziehen und nicht mehr zu euren Treffen kommen. Aber bitte sag Julia nicht, dass ich Viktor geküsst habe.«

»Ich habe dich gewarnt«, sagte Daniel, als er auf die Klingel drückte. »Aber du hast nicht auf mich gehört.« Ernst sah er Oskar an. »Jetzt musst du mit den Konsequenzen leben.«

Julia

Julia öffnete den Jungs die Tür und lächelte sie an. Sie hatte sich auf den Abend gefreut. Aber als sie nun ihre Gesichter sah, verging ihr das Lächeln.

»Was ist denn bei euch los?«, fragte sie skeptisch. »Ist jemand gestorben?«

»Sind Freddie und Ruben schon da? Wir müssen euch etwas erzählen«, sagte Daniel.

Viktor trat von einem Fuß auf den anderen. Oskar war blass und sah aus, als würde er gleich in Tränen ausbrechen. Nur Daniel wirkte gefasst. Normalerweise war Daniel nie derjenige, der die Gruppe führte. Er sprach nicht, wenn es andere für ihn tun konnten. Doch nun war es genau anders herum. Daniel ließ Oskar und Viktor hinter sich zurück, als er eintrat.

Julia ging ihm aus dem Weg. Er sah nicht so aus, als würde ihn noch irgendetwas aufhalten können. Das war nicht gut. Was immer hier vor sich ging, war nicht gut.

Sie folgte den Jungs in den Keller, wo sie sich auf die Sofas setzten. Julia blieb kurz unschlüssig stehen, setzte sich dann aber neben Viktor.

»Also, was ist denn jetzt?«, fragte sie, während sie zwischen Oskar und Daniel hin und her sah.

Daniel hatte Oskar nie wirklich gemocht. Vielleicht hatte es damit etwas zu tun.

»Ich bin heute auf dem Weg zu dir zufällig an Oskars Haus vorbei gegangen.«

Julia wusste genau, dass Oskars Haus nicht auf Daniels Weg lag. Das musste allen bewusst sein. Aber niemand sagte etwas dazu, deswegen schwieg auch sie.

»Ich bin da vorbei gegangen und habe zufällig gesehen, wie Oskar jemanden geküsst hat. Und zwar nicht irgendjemanden, sondern Viktor.«

Julia sah von Oskar zu Viktor und wieder zurück. Ein Scherz. Das war alles nur ein blöder Scherz. Sie atmete auf. »Mein Gott«, sagte sie erleichtert. »Ich wusste gar nicht, dass ihr so gut schauspielern könnt.« Lächelnd wartete sie darauf, dass die Jungs lachten und zugaben, sie an der Nase herum geführt zu haben. Aber das taten sie nicht.

Unsicher sah sie Daniel an. »Ist das dein ernst?«

Er nickte. »Scheinbar hat Oskar seine schwule Seite entdeckt und Viktor war ihm da ein gutes Opfer.«

Julia rutschte das Herz in die Hose. Sie sah Oskar an. »Stimmt das?«, fragte sie leise, weil sie fürchtete, ihre Stimme würde ihr versagen.

Oskar sah zu Viktor, als würde er auf etwas warten, dann richtete er seinen Blick aber wieder auf Julia.

Als er nicht reagierte, stiegen ihr Tränen in die Augen. »Du hast Viktor geküsst? Ich dachte …« Sie schluckte. Es widerstrebte ihr, so offen zu zeigen, wie verletzt sie war. Aber es fehlte ihr auch die Kraft, es zu verbergen.

»Ich dachte, du wärst in mich verliebt.«

Oskar rutschte auf seinem Platz nach vorne. »Das bin ich auch.«

»Aber warum küsst du dann Viktor? Was soll das?« Sie hörte selbst, wie weinerlich sie klang und hätte jetzt nur zu gerne Freddies Stärke.

»Es war ... also ich habe Viktor nicht richtig geküsst.«
Hilfesuchend sah er zu Viktor. Auch Julia richtete ihren Blick
auf Viktor. Aber dieser sah auf seine Hände hinab. Sonst hatte
er immer einen spöttischen Spruch auf den Lippen, aber nun
schwieg er.

»Ich habe es doch gesehen«, sagte Daniel. »Ich habe genau
gesehen, wie sich eure Lippen berührt haben.«

»Ja, aber ...« Oskar rang mit Worten.

Julia senkte ihren Blick. Über ihre Wange lief eine Träne. Sie
hatte diesen Kerl wirklich gemocht. Sie hatte seine offene und
freundliche Art in ihr Herz geschlossen. Und jetzt ... er brach
ihr Herz. Einfach so. Ohne, dass sie etwas dagegen tun konnte.
Julia hatte gedacht, endlich den Kerl gefunden zu haben, der sie
so nahm, wie sie war. Der ihre Macken und ihre Rundungen
akzeptierte. Der es wertschätzte, dass sie zwar nicht gut tanzen
oder flirten konnte, aber wunderbare Leckereien backen konnte
und ein großes Herz hatte.

Sie hatte sich in ihm getäuscht.

Sie hatte ihn völlig falsch eingeschätzt.

Julia rieb sich mit der Faust über die Stelle in der Brust, in der
ihr Herz weh tat. Sie hatte diesen Schmerz noch nie
empfunden. Aber nun fühlte es sich so an, als würde
irgendetwas in ihrer Brust fehlen. Als wäre ein Stück ihres
Herzens heraus gerissen worden.

Als die Tür zur Kellertreppe aufging, sah Julia auf. Freddie
und Ruben kamen hinunter.

»Da stehe ich fünf Minuten vor der Tür und klingele und von
euch Torfnasen kommt keiner auf die Idee uns mal
aufzumachen«, sagte Freddie lächelnd. »Annika war gar nicht
begeistert, dass sie extra runter kommen musste.«

Als sie Julias Tränen und die bedrückten Gesichter der Jungs sah, hielt sie mitten im Schritt inne und hob ihre Augenbrauen. »Was ist hier los?«

Julia schniefte und wischte sich eine Träne von der Wange.

»Oskar hat Viktor geküsst«, sagte Daniel, bevor es ein anderer tun konnte.

Dabei versuchte Julia den Triumpf in seiner Stimme zu überhören.

»Was?« Freddie sah zwischen Oskar, Viktor und Julia hin und her. Dann wendete sie sich an Oskar und ging einen Schritt auf ihn zu. »Wie doof kann man eigentlich sein? Küsst der Idiot den heterosexuellsten Mann unserer Klasse. Dann hätte ich es an deiner Stelle eher bei Daniel versucht.«

Daniel richtete sich auf. »Was?«

Freddie machte eine wegwerfende Handbewegung. Erst dann schien sie zu bemerken, wie ernst die Sache wirklich war. Sie sah zu Julia, in ihre verweinten Augen.

»Du Idiot!«, schrie Freddie plötzlich und schlug Oskar, ohne Vorwarnung, mit der flachen Hand auf die Wange. »Du beschissener Idiot!«

Oskar saß nur da, leicht zurück gelehnt. Er versuchte sich nicht zu verteidigen. Seine Wange lief rot an, aber er tat nichts, um sich vor Freddie zu schützen.

»Wie kann man nur so dämlich sein, so eine großartige Frau wie Julia so scheiße zu behandeln? Wie kann man nur so doof sein und ihre Gefühle aufs Spiel setzen? Vor allem für jemanden wie Viktor?«

Sie schüttelte den Kopf.

Oskar war ganz klein geworden und schien mit jeder Sekunde noch mehr zu schrumpfen.

»Ich denke, du solltest jetzt gehen«, sagte Ruben. Es war das erste, was er sagte. Seine Stimme klang überraschend fest und selbstsicher.

Geringschätzig sah er auf Oskar herunter. »Wenn du nicht willst, dass ich dir eine runterhaue, solltest du sofort aufspringen und so schnell rennen, wie dich deine Beine tragen können. Ich verspreche dir, ich werde fester zuschlagen, als Freddie.«

Julia saß nur da und konnte nicht fassen, was da gerade passierte. Sie hätte Oskar niemals für schwul gehalten. Und schon gar nicht für so gemein auch noch einen ihrer besten Freunde zu küssen. Oskar sah zu Julia. Er öffnete seinen Mund, um etwas zu sagen, aber Daniel ging dazwischen. »Du hast Ruben gehört. Hau ab.«

Oskar sah Daniel an, dann Julia. Er nickte leicht und erhob sich aus dem Sofa. Seine rote Wange hob sich stark von seinem sonst so blassen Gesicht ab.

Er wendete sich von ihnen ab und ging die Kellertreppe hoch. Julia hatte das Gefühl, als würde er ewig brauchen, bis er ganz verschwunden war.

Dann setzte Freddie sich neben sie und legte einen Arm um ihre Schultern. Sie drückte sie an sich. Julia versuchte Dankbarkeit zu empfinden, aber in ihrer Brust tobte nur Schmerz.

Annika

Annika betrachtete die schwere Frau, die seit ein paar Minuten mit ihnen im Raum angekettet war. Sie glaubte, sie irgendwoher zu kennen. So eine große Frau vergaß man nicht einfach.

Dennoch fiel es ihr schwer, sie zuzuordnen.

Das kleine Mädchen riss sie aus ihren Gedanken. Sie wimmerte leise. Annika bewegte sich vorsichtig in ihre Richtung, aber das Kind sah sie so verängstigt und traurig an, dass sie innehielt. Das Herz einer Mutter in ihrer Brust krampfte sich zusammen. Es war nicht richtig, dass ein kleines Mädchen, nicht älter als drei Jahre, solche Angst haben musste. Es war nicht richtig, dass sie gefesselt an Eisenketten hier in diesem kalten und modrigen Raum lag. Annika wusste immer noch nicht ihren Namen. Sie hatte schon mit allem möglichen gelockt, um ihn zu erfahren.

Annika konnte einfach nicht begreifen, warum sie mit diesen fremden Menschen hier eingesperrt war. Mit den fremden Menschen und Niko.

Dieser verhielt sich überraschend ruhig. Er saß gegen die Wand gelehnt am Boden und hielt seine Augen geschlossen, als würde er schlafen. Aber Annika bezweifelte, dass er in einer solchen Situation Schlaf finden würde.

»Es wird alles gut«, versicherte Annika dem Mädchen. »Ich passe auf dich auf, ja?«

Sie hatte dem Mädchen ihren Namen genannt, aber Annika wusste nicht, ob sie ihn überhaupt richtig wahr genommen hatte. Das Mädchen hatte nicht darauf reagiert.

Sie hatte ihre Beine angezogen und ihre Arme darum

geschlungen, als würde ihr nichts passieren können, wenn sie nur möglichst klein war.

»Lass sie, Mama«, sagte Niko.

Annika sah zu ihm herüber. Er hatte immer noch seine Augen geschlossen.

»Sie kennt dich nicht. Sie vertraut dir nicht.«

»Ich kann sie ja wohl schlecht einfach weinen lassen.«

Annika rutschte näher auf sie zu. Das Mädchen zuckte zusammen, aber wich nicht vor ihr zurück. Das war eben noch anders gewesen. Das war ein gutes Zeichen.

»Wie heißen denn dein Papa und deine Mama?«, fragte Annika vorsichtig.

Das Mädchen machte sich noch kleiner und sagte nichts. Sie weinte nur leise vor sich hin.

Annika biss sich auf die Unterlippe.

Sie dachte an den Mann, der sie alle her gebracht hatte. Seine kalten Augen hatten ihr einen Schauer über den Rücken gejagt. Sie dachte seit Stunden darüber nach, warum sie hier festgehalten wurden. Was sollte das? Für sie ergab das keinen Sinn.

»Viktor und Lia«, flüsterte das Mädchen neben ihr.

Annikas Kopf ruckte in ihre Richtung. Sie betrachtete das Kind. In ihrem Kopf arbeitete es. Dann ließ Annika ihren Blick über die dicke Frau schweifen und sie erkannte sie wieder.

Ruben

Ruben lief nach vorne gebeugt die Straße entlang. Der Sturm war noch stärker geworden, auch wenn er nicht geglaubt hatte, dass das möglich sei. Die Bäume schwankten unheilvoll. Kein Mensch war mehr auf der Straße. Die Rollläden waren herunter gelassen, die Mülltonnen reingeholt und die Autos in die Garagen gebracht.

Eigentlich war es falsch, dass er auf dem Weg nach Hause war. In wenigen Minuten würden sie sich bei Freddie treffen. Aber er wollte nicht in den Supermarkt gehen, seiner Frau gegenübertreten und vor allen eingestehen, dass seine Frau eine Affäre mit Julias Neffen hatte. Einem Kind.

Bei dem Gedanken daran schüttelte es ihn immer noch. Er war so wütend gewesen, so wütend. Und dann hatte sie sich von ihm getrennt. Ruben konnte immer noch nicht fassen, dass von einem Tag auf den anderen seine Ehe zu Ende war.

Natürlich war es vorher auch schon nicht besonders toll gewesen. Aber sie waren verheiratet. Wenn man heiratete, versprach man sich in guten wie in schlechten Zeiten zusammen zu halten und sich niemals zu trennen. Niemals.

Tja. Scheinbar hat Freddie eine andere Vorstellung von der Ehe, als ich, dachte Ruben verbittert.

Es knackte hinter ihm. Als Ruben sich umdrehte, schwankte der Baum am Straßenrand in seine Richtung. Er wog hin und her, wobei er jeden Moment zu brechen schien.

Schnell ging er ein paar Schritte weiter die Straße runter. Als er sich dann umdrehte, knackte der Baum noch lauter. Er ächzte und wehrte sich gegen den Sturm. Aber er musste sich geschlagen geben. Die oberen zwei Drittel des Baumes barsten. Langsam kippte der Baum auf ihn zu, kam ihm näher, als würde er nach ihm greifen.

Ruben riss die Augen auf und lief los. Irgendwann hörte er, wie der Baum auf dem Boden aufschlug und blieb stehen.

Als er sich umdrehte lag der Baum nur zwei Meter von ihm entfernt, halb auf dem Bürgersteig, halb auf der Straße. Die

Äste zitterten erschöpft im Wind. Aus einem umliegenden Haus hörte er schwach das Bellen eines Hundes.

Er sah sich um. Rubens Herz pochte immer noch wild in seiner Brust. Das Adrenalin fuhr durch seine Adern. Er fuhr sich mit der Hand durch die Haare, atmete tief ein und aus und setzte dann seinen Weg fort.

Er sollte wirklich so schnell wie möglich zu Hause ankommen. Das würde sicherlich nicht der einzige Baum bleiben, der umkippte.

Es war nicht mehr sicher auf den Straßen.

So schnell er konnte, während der Sturm an ihm riss, lief er nach Hause. Die Straßen entlang, die ihm so bekannt waren und die nun gespenstisch leer waren. Nur Müll und verdorrte Blätter kreuzten seinen Weg. Bei seinen Nachbarn war eine Reihe von Fahrrädern umgekippt.

Zu Hause angekommen schloss er die Tür auf und trat ein. Die Tür fiel hinter ihm krachend in den Rahmen.

Er betätigte den Lichtschalter neben der Tür, aber es tat sich nichts. Genervt klappte er den Schalter hoch und runter, ohne dass das Licht anging.

Von draußen kam nicht viel Licht herein. Der Himmel hatte sich verdunkelt und in einer Stunde würde es völlig dunkel werden.

Das war einer der Dinge, die er am Winter hasste: Die Dunkelheit. Sie war im Winter viel zu präsent.

Nun ging er den Flur entlang. Der Strom war schon oft ausgefallen. Doch dieses Mal fürchtete Ruben, dass das Problem nicht so einfach mit den Schaltern im Stromkasten behoben werden würde. Vielleicht war ein Baum auf eine der Oberleitungen gekracht und hatte die Stromzufuhr

235

unterbrochen.Er durchquerte den Flur, in dem er nur Umrisse von Gegenständen erkennen konnte. Er drängte den Gedanken beiseite, dass dieses Haus bald nicht mehr sein Zuhause sein würde und erreichte die Tür zur Kellertreppe.

Er drückte die Klinke herunter und öffnete die Tür.

Er blickte in ein schwarzes Loch hinab und schluckte. Da draußen lief ein Irrer herum und entführte ihre Familienmitglieder und hier herrschte absolute Dunkelheit. Das waren wirklich nicht die besten Bedingungen, um in den Keller zu gehen, aber es blieb ihm wohl nichts anderes übrig.

Er trat langsam auf die Treppe. Mit einer Hand hielt er sich am Geländer fest, während er die andere Hand zu einer Faust geballt hielt. Vorsichtig nahm er eine Stufe nach der anderen.

Als er fast unten angekommen war, fiel mit einem Krachen die Kellertür hinter ihm zu.

Dietrich

Dietrich zuckte zusammen. War das aus dem Haus gekommen? Er ließ die Mülltonne stehen und drehte sich langsam nach hinten um.

In dem Haus lebte er schon seit fünfundzwanzig Jahren. Zu der Zeit, als Ruben mit seinen Eltern in das Nachbarshaus gezogen waren, hatte er hier viel verändert. Er hatte eine Wand eingerissen und die Fassade gestrichen. Er hatte die Fliesen in seinem Badezimmer neu verfugt und sich ein Gemüsebeet angelegt.

Aber jetzt glaubte er das Haus nicht wieder zu erkennen. Es hatte sich an seinem Äußeren nicht viel verändert. Es war das Gefühl, das ihn ergriff, wenn er das Haus betrachtete. Als würde darin etwas Böses lauern. Es war nicht das heimelige

Zuhause, das er kannte.

Er ließ die Mülltonne, die er in seine Garage hatte bringen wollen, mitten auf der Einfahrt stehen und ging langsam auf die Haustür zu.

Alles in ihm sträubte sich dagegen, in das Haus zu gehen. Wäre Dietrich immer noch so abergläubig, wie vor einigen Jahren, hätte er das Haus niemals betreten. Aber nun zwang er sich dazu, weiter zu gehen.

Es war sein Haus. Da würde schon nichts Schreckliches auf ihn warten. Und doch stellten sich seine Nackenhaare auf, als er über die Schwelle trat. Im Flur flackerte das Licht. Natürlich, der Strom würde bestimmt nicht mehr lange halten. Nicht bei diesem Sturm.

Langsam schloss er hinter sich die Haustür. Er hatte das Gefühl, nicht alleine zu sein.

Er biss sich auf die Unterlippe und widerstand dem Drang zu fragen, ob jemand da sei. In Horrorfilmen war das immer der Anfang vom Ende.

Er warf einen Blick in seine winzige Küche und ging dann weiter ins Esszimmer. Die Räume waren leer. Also betrat er das Wohnzimmer. Auch hier war niemand.

Er blickte durch die Terrassentür nach draußen in seinen Garten. Dort bog sich der junge Apfelbaum unter dem Gewicht des Windes.

Dietrich drehte sich wieder um und verließ das Wohnzimmer. Hier unten war niemand. Er ging die Treppe hoch. Dabei hielt er sich im Geländer fest. Seine Glieder schmerzten leicht, als er die Stufen betrat.

Am liebsten hätte er sich in sein Bett gelegt und vergessen, dass er irgendetwas unheimliches gespürt hatte. Die Erkältung

machte ihn müde und jeder Schritt kostete enorme Anstrengung. Er glaubte doch nicht an Monster oder Dämonen.
Schon lange nicht mehr.

In der ersten Etage waren nicht viele Räume. Nur ein
Badezimmer, eine kleine Abstellkammer und sein großes
Schlafzimmer. Er sah sich jeden Raum an und vergewisserte
sich, dass er allein war.

Schließlich ließ er sich seufzend auf seinem Bett nieder.

»Du wirst alt«, murmelte er und fuhr sich mit beiden Händen
über das faltige Gesicht. »Es gibt keine Dämonen.« Am besten
wäre es wahrscheinlich wirklich, wenn er sich einfach ins Bett
legen würde. Die Mülltonnen vergaß er lieber, als jetzt noch
einmal in das schreckliche Unwetter hinaus zu gehen.

Er stand auf und zog sich seine Hose aus. Die Unterhose, die
er trug war ausgebeult und verwaschen. Genauso, wie das
Unterhemd, das er unter dem Pulli trug, den er neben die Hose
auf den Boden legte.

Schlafen. Das wäre jetzt schön.

Er setzte sich erneut auf das Bett, um seine Beine hoch zu
ziehen und sich hinzulegen. Aber bevor er dazu kam, griff eine
Hand nach seinem Fußknöchel. Dietrich schnappte nach Luft.

»Du hast nicht unter dem Bett nachgesehen«, sagte der
Dämon unter seinem Bett.

Freddie

Als das Telefon klingelte, zuckte Freddie zusammen. Sie hatte
gar nicht bemerkt, dass sie eingenickt war. Sie saß immer noch
auf ihrem Bürostuhl und versteckte sich vor der Außenwelt.

Seit Ruben sie allein gelassen hatte, hatte sie vor sich
hingestarrt und versucht zu begreifen, dass sie mit ihm Schluss

gemacht hatte. Vor ein paar Stunden hatte sie ja noch nicht einmal gewusst, dass sie ihn verlassen wollte. Sie hatte gar nicht darüber nachgedacht.

Aber die letzten Stunden waren so verrückt, so nervenaufreibend gewesen, dass sie sich einfach von ihm befreien musste. Sie hatte nicht anders gekonnt und jetzt war sie erschöpft, als wäre ihr eine Last von den Schultern genommen worden, die sie seit Monaten, wenn nicht sogar Jahren trug.

Sie griff nach dem Hörer und nahm das Gespräch an. »Ja?«

»Alles okay bei dir?«, fragte Nicole. Sie musste immer noch an der Kasse sitzen.

»Ja, wieso?«

»Du versteckst dich seit einer Ewigkeit im Büro«, sagte sie. »Versteh mich nicht falsch, ich habe nichts dagegen. Vor allem, weil hier überhaupt nichts los ist.«

»Nein, es ist nichts. Ich bin einfach nur müde.«

»Okay.« Nicole klang nicht überzeugt, sagte aber nichts weiter dazu. »Übrigens ist da ein schicker Polizist auf dem Weg zu dir. Ich hoffe, er ist ein Freund von dir und ist nicht beruflich hier.«

Freddie lächelte matt. »Ja, das ist ein alter Freund.«

Bei ihren Worten klopfte es an der Bürotür. »Ja!«, rief sie Viktor zu und sprach dann wieder in das Telefon. »Es müssten gleich noch ein paar Freunde von mir kommen. Schick sie einfach zu mir durch.«

»Ich könnte jetzt sagen, dass ich nicht deine Sekretärin bin, aber ich bin so nett und sage dir, dass ich das gerne mache.«

Freddie hörte Nicole kaum zu, da Viktor seinen Kopf in das Büro steckte. Er sah sich um, trat ein und schloss die Tür hinter sich.

»Okay. Danke«, sagte Freddie ins Telefon und beendete das

Gespräch.

»Hey«, sagte sie zu Viktor.

Dieser lächelte matt. »Hallo. Noch keiner da?« Er sah sich erneut in dem leeren Büro um.

Freddie schüttelte den Kopf. »Du bist der erste.«

Viktor nickte und kam näher. Dann setzte er sich auf den Bürostuhl, auf dem vor ein paar Minuten noch Ruben gesessen hatte.

»Wie geht es dir?«, fragte Freddie. Es war eigentlich eine doofe Frage. Wie sollte es schon einem Mann gehen, dessen Tochter entführt worden war? Aber Freddie musste sie einfach stellen.

»Ist schon okay«, sagte er und zuckte mit den Schultern. »Ich will sie einfach nur finden und dann … keine Ahnung. Den Mistkerl umbringen vielleicht.«

»Konzentrieren wir uns erst einmal darauf, dass wir sie finden«, sagte sie.

Die Tür wurde aufgerissen und Daniel kam in das Büro. Sein Gesicht war blass, das Hemd war aus seiner Anzughose gerutscht und er seine Augen waren ängstlich geweitet.

»Er hat meine Mutter«, sagte er außer Atem. Er sah von Freddie zu Viktor und wieder zurück. »Er hat meine Mutter entführt.«

Freddie stand auf und ging zu dem runden Tisch herüber, an dem sie manchmal ihre Pausen verbrachten. Sie schnappte sich einen Stuhl und schob ihn zu ihrem Schreibtisch herüber, damit Daniel sich setzen konnte.

»Ganz langsam«, sagte sie. »Erzähl uns, was passiert ist.«

Daniel ließ sich erschöpft auf dem Stuhl nieder, holte Luft und fing an zu erzählen.

Viktor

Viktor lehnte sich auf dem Stuhl zurück und verschränkte seine Arme vor der Brust. Daniel hatte berichtet, dass er seine Mutter nicht hatte erreichen können und dann zu ihr gefahren war. Dort hatte er Kampfspuren, aber nicht seine Mutter gefunden.

Viktor versuchte sich vorzustellen, wie man ihren schweren Körper durch das Haus und in ein Auto schleifte. Der Sturm musste sehr förderlich dafür sein. Wahrscheinlich ging nun kaum ein Mensch mehr nach draußen. Alle hatten ihre Häuser verbarrikadiert und achteten nicht mehr darauf, was in Nachbars Vorgarten geschah.

»Jenny, Annika, Niko und Norma«, sagte Viktor leise.

Freddie und Daniel sahen ihn an. Wahrscheinlich erwarteten sie von ihm eine Lösung, da er der Polizist in der Runde war.

»Obwohl ich mir Niko nicht ganz erklären kann, wissen wir, denke ich, alle, wer dahinter steckt.«

Bevor jemand etwas sagen konnte, betrat Julia das Büro.

»Entschuldigt die Verspätung«, sagte sie. »Ich musste noch auf André warten, damit er auf meine Mutter aufpassen kann.« Viktor nickte.

»Was habe ich verpasst?«, fragte Julia, während sie sich einen Stuhl heranzog. »Und.« Sie sah sich um. »Wo ist Ruben?«

Freddie rutschte auf ihrem Stuhl vor und zurück. Alle Augen waren auf sie gerichtet.

Sie räusperte sich. »Ich habe mich eben von ihm getrennt«, sagte sie ohne Umschweife.

Viktor starrte sie entsetzt an. Sie waren nie das perfekte Paar gewesen. Aber nachdem sie ein paar Monate zusammen gewesen waren, war niemand mehr davon ausgegangen, dass sie sich jemals trennen würden.

»Warum?«, fragte Julia leise.

Freddie sah ihnen alle in die Gesichter, als würde sie abschätzen, wie viel sie ihnen erzählen durfte.

»Er hat etwas herausgefunden«, sagte sie langsam und bedächtig.

Viktor merkte kaum, wie er sich nach vorne beugte.

»Ich habe eine Affäre«, sagte Freddie und bevor jemand etwas dazu sagen konnte, fügte sie hinzu: »Mit Niko. Deinem Neffen.« Sie sah Julia fest in die Augen.

Viktor lehnte sich langsam auf dem Stuhl zurück. »Na dann wissen wir ja jetzt, warum Jonas auch Niko entführt hat.«

Julia

Julia sah ihn, noch bevor er bei ihr angekommen war. Nur wenige Meter von ihr entfernt kam er auf sie zu. Schnell, als wüsste er, dass Julia sich umdrehen und davon laufen würde, sobald sie ihn bemerkte.

Sie wollte nicht mit Oskar sprechen. Die letzten Tage hatte sie in ihrem Bett verbracht und war nur aufgestanden, um zu essen und ins Badezimmer zu gehen. Ihrer Mutter hatte sie erzählt, dass sie Perioden-Schmerzen hatte, damit sie nicht zur Schule musste.

Aber Julia hatte das nicht ewig durchziehen können und so war sie heute wieder zur Schule gegangen. Irgendwie hatte sie geglaubt, dass er sich zu sehr schämte, um sie anzusprechen, aber da hatte sie sich wohl geirrt.

»Julia, warte!«, rief er und hastete hinter ihr her.

Sie warf einen Blick über ihre Schulter. »Lass mich in Ruhe, Oskar.«

Er hatte sie nun erreicht und lief neben ihr her. Sie schob sich zwischen den Schülern vorbei, die auf den Gängen unterwegs waren. Es dauerte nicht mehr lange, dann hatte sie ihr Klassenzimmer erreicht. Bisher hatte Freddie sie nicht aus den Augen gelassen und Oskar sich nicht getraut, zu ihr zu kommen, wenn Freddie dabei war. Aber Julia hatte gedacht, zur Toilette würde sie auch allein gehen können.

»Gib mir doch wenigstens eine Chance, es dir zu erklären. Bitte, Julia.«

»Du hast einen meiner besten Freunde geküsst. Ich glaube, da gibt es nichts mehr zu erklären.«

»Aber was ist …« Er zögerte. Sie warf ihm einen Blick zu, ohne den Schritt zu verlangsamen. »Was ist«, begann er wieder. »Wenn nicht ich ihn, sondern er mich geküsst hat? Und bevor ich etwas tun konnte, hat Daniel uns schon gesehen.«

Julia schnaubte. »Erstens ist Viktor der heterosexuellste Mensch, den ich kenne. Zweitens wärst du bestimmt nicht seine erste Wahl, wenn er doch auf Männer stehen würde. Und drittens – das ist das Wichtigste – er ist mein Freund.« Sie blieb abrupt stehen, um Oskar ernst ins Gesicht zu sehen. »Er würde mir einen solchen Schmerz nicht zufügen.«

»Und du denkst, ich würde das tun?«

Julia zögerte kurz. Bis vor wenigen Tagen hatte sie das nicht gedacht. »Offensichtlich.«

Mit den Worten wendete sie sich von ihm ab und lief weiter den Flur entlang. Oskar folgte ihr nicht, auch wenn sie damit gerechnet hatte.

Sie schüttelte ihren Kopf. Als würde Viktor ihn küssen. Das hätte er nicht getan. Sie konnte sich nicht mal ansatzweise vorstellen, dass Viktor einen Jungen freiwillig küsste. Das war völlig absurd. Und dennoch war da ein kleiner Teil in Julia, der sich möglicherweise wünschte, dass Viktor Oskar geküsst hatte und nicht andersrum. Das würde zwar bedeuten, dass Viktor, einer ihrer besten Freunde, sie hintergangen hatte, aber andererseits hieß das auch, dass sie sich doch nicht in Oskar geirrt hatte. Dass er wirklich ein so guter Kerl war, wie sie angenommen hatte.

Daniel

Daniel saß in dem Sessel seines Vaters. Er hatte am Anfang, als er sie verlassen hatte noch geglaubt, dass ein schwacher Duft seines After-Shaves an den Polstern hing, aber der war nun längst verflogen. Er saß da, seine Arme auf den Lehnen und starrte vor sich hin.

Immer wieder entstand vor seinem inneren Auge das Bild von Viktor und Oskar. Wie sie sich geküsst hatten. Er wurde es einfach nicht mehr los. Er wollte es loswerden. Unbedingt. Aber immer wenn er seine Augen schloss, sah er sie. Mittlerweile auch dann, wenn er seine Augen geöffnet hatte.

Als es an der Tür klingelte, wurde er aus seinen Gedanken gerissen. Er sah auf, zögerte kurz, ob er die Tür wirklich öffnen sollte, erhob sich dann aber.

Seine Mutter war noch nicht von der Arbeit zurück und seine Schwester hörte viel zu laut Musik, um die Türklingel zu bemerken.

Daniel schlürfte zur Haustür und zog sie auf.

Vor ihm stand Oskar.

Er war selbst überrascht davon, wie schnell er die Haustür wieder zuschlagen wollte, aber Oskar stellte seinen Fuß in den Türrahmen.

»Ich will nur reden«, sagte er mit ernstem Blick.

Daniel wollte nicht mit ihm sprechen. Er wollte ihn nie wieder sehen. Am liebsten auch nicht mehr in der Schule. Er wusste selbst, dass er einiges kaputt gemacht hatte. Nicht nur in Oskars Leben, sondern auch in Julias. Daniel mochte Julia. Dadurch, dass er den Kuss aufgedeckt hatte, hatte er Julia verletzt. Er hatte ihr bestürztes Gesicht nicht vergessen.

»Ich will aber nicht mit dir reden«, sagte Daniel.

»Ich weiß. Ich will nur wissen, ob du dir wirklich sicher bist, dass du gesehen hast, wie ich Viktor geküsst habe«

»Was?« Verwirrt trat Daniel einen Schritt zurück. »Bist du

bescheuert? Natürlich bin ich mir sicher. Was soll das?«

»Ich meine, kann es nicht auch sein, dass Viktor mich geküsst hat?«

Daniel verdrehte die Augen. »Ich gebe dir einen gut gemeinten Rat: Halt dich einfach von uns fern. Von Viktor, Ruben, Freddie, mir und besonders Julia. Wenn du das tust, wird dir nichts passieren. Versprochen. Aber wenn du weiter versuchst einen Keil zwischen uns zu treiben, dann wirst du richtig Ärger kriegen.«

»Ich will doch keinen Keil zwischen euch treiben«, sagte Oskar verzweifelt. »Ich will doch nur, dass ihr wisst, dass ich niemanden hintergangen habe. Weder Julia, noch Viktor. Ich bin ein guter Kerl. Ich würde niemals jemandem mutwillig wehtun.«

»Kann ja sein, dass du das nicht mutwillig gemacht hast, aber du hast es getan. Das können Viktor und ich bezeugen. Also verschwinde einfach.«

»Kannst du nicht wenigstens noch einmal in dich gehen und darüber nachdenken, ob du dir sicher bist, dass ich es war, der angefangen hat? Vielleicht erinnerst du dich in ein paar Tagen daran, dass Viktor auf mich zugekommen ist und ich ihn weggedrückt habe.«

»Vielleicht erinnere ich mich auch in ein paar Tagen daran, dass ich die Polizei gerufen habe, weil so ein Idiot nicht den Fuß von meiner Tür nehmen wollte.«

Oskar betrachtete Daniel einen Moment lang, als würde er überlegen, ob sich weitere Worte lohnen würden. Dann gab er auf und seufzte resigniert.

»Ich wäre dir wirklich sehr dankbar, wenn du noch einmal darüber nachdenken würdest«, sagte Oskar, bevor er sich umdrehte und das Grundstück verließ.

Langsam ging er die Straße hinunter. In leicht nach vorne gebeugter Haltung, als würde etwas Schweres ihn zu Boden ziehen wollen.

Viktor

Nachdenklich betrachtete Viktor die Zeitschriften und Bücher, die er auf seinem Bett verteilt hatte. Auf beinah jedem Cover war ein Mann zu sehen. Nackt oder zumindest halbnackt.

Er ließ seinen Blick über jedes Werk wandern, das er in den letzten Wochen in Händen gehalten hatte. Wenn er allein zu Hause war, hatte er viel Zeit mit den Heften verbracht.

Aber vielleicht wurde es jetzt Zeit, dass er sich von ihnen trennte. Sie hatten bis jetzt ja nur Schaden angerichtet. Niemals hätte er gedacht, dass so ein Schlamassel auf ihn zukommen würde, nur weil er Männer attraktiv fand.

Als Daniel ihn erwischt hatte, wie er Oskar küsste, wäre er am liebsten im Boden versunken. Er hätte alles dafür gegeben, damit er nicht miterleben musste, wie die Anderen erfuhren, dass er auf Jungs stand. Aber dann war das in eine völlig andere Richtung gegangen. Daniel hatte davon gesprochen, dass Oskar ihn geküsst hatte und nicht anders herum. Plötzlich veränderte sich die ganze Situation und Viktor merkte, dass er noch einmal davon gekommen war.

Vor allem, als sie davon sprachen, dass Oskar Julia verletzt hatte. Viktor hatte gar nicht darüber nachgedacht, dass die beiden so weit in ihrer Beziehung waren, dass es Julia verletzte, wenn Oskar jemand anderen küsste. Bei ihm selbst dauerte es sehr lange, bis er wirklich eifersüchtig wurde.

Aber Julia war verletzt. Das hatte er ihrem Gesicht ablesen

können. Zuerst hatte er noch überlegt, ob er das Missverständnis aufklären sollte. Aber dann wären sie sauer auf ihn, weil er Julia hintergangen hatte. Das konnte er nicht zu lassen. Oskar war noch nicht so lange in der Stadt und in ihrem Freundeskreis. Er hatte nicht so viel zu verlieren, wie Viktor. Viktor würde keine Freunde haben, die Geschichte würde sich in der Schule herum sprechen und Lia würde davon erfahren. Seine Eltern. Seine Großeltern. Er würde alles verlieren.

Das war falsch, natürlich. Er würde in die Hölle kommen. Nicht nur, weil er auf Männer stand. Nein, auch weil Oskar so sehr wegen ihm ausgeschlossen und gemieden würde.

Viktor starrte auf die Hefte hinab. Wenn er sie weiter aufbewahrte, dann würde sie vielleicht noch jemand finden. Seine Eltern, seine Freunde. Wer auch immer, das würde nicht gut enden.

Vor allem nicht, wenn einer seiner Freunde sie finden würde. Sie wüssten sofort, dass es nicht Oskar gewesen war, der ihn geküsst hatte.

Das würde alles kaputt machen.

Er fuhr sich mit beiden Händen durch die Haare. Die Hefte und Bücher mussten weg. Irgendwohin, wo sie niemand mit ihm verband. Also auf keinen Fall in den Hausmüll.

Vielleicht sollte er sie verbrennen. Er strich behutsam über eines der Bücher. Nein. Verbrennen kam nicht in Frage. Er würde sie vergraben. Ja, irgendwo musste er sie vergraben. Tief, damit niemand sie fand. Aber nicht so tief, dass er sie nicht wieder herausholen konnte.

Ruben

Ruben atmete tief ein und aus, dabei drang Freddies Duft in

seine Nase. Er drückte sie an sich und küsste sie auf die Schläfe. Sie blinzelte und öffnete ihre Augen.

»Guten Morgen«, sagte sie und schmiegte sich an ihn.

Sie hatten die erste Nacht gemeinsam verbracht. Ruben konnte immer noch nicht richtig glauben, dass er hier mit Freddie in seinem Bett lag. Wie oft hatte er sich das schon vorgestellt und gewünscht? Hundert Mal? Tausend Mal?

»Guten Morgen«, murmelte er und schloss wieder seine Augen. Er wollte nicht, dass der Tag begann und sie sich aus den Kissen und Decken schälen mussten.

»Weißt du was, ich glaube wir bleiben einfach heute im Bett«, schlug Freddie vor, als hätte sie seine Gedanken gelesen.
Ruben lächelte matt.

Sie drehte sich auf den Bauch und stützte sich mit ihren Ellbogen auf der Matratze ab. »Wieso nicht? Ich glaube, ich könnte mein ganzes Leben mit dir im Bett verbringen.«

Ruben lachte leise. »Wirklich?«

»Wirklich.« Sie legte sich wieder auf den Rücken und sah verträumt an seine Zimmerdecke. »Stell dir vor, wir liegen noch in zwanzig, dreißig oder vielleicht auch fünfzig Jahren so nebeneinander im Bett.«

Ruben konnte es sich nicht vorstellen. Also zuckte er mit den Schultern und richtete sich auf. »Sehr schön, aber ich muss trotzdem gleich los«, sagte er.

Sie sah zu ihm herüber. »Warum?«

»Ich muss noch für die Facharbeit in die Bibliothek gehen. Da gibt es irgendein Buch, das Herr Nords mir empfohlen hat.«

Seufzend setzte sie sich auf und rückte ihr T-Shirt zurecht. »Na gut. Aber ich werde dir nie vergessen, dass du mich aus dem Bett geworfen hast«, sagte sie mit einem vorwurfsvollen

Blick in seine Richtung. Dann stand sie auf und zog sich an.

Um ihr ein bisschen Zeit für sich zu lassen, stand er selbst auf und marschierte ins Badezimmer.

Eigentlich hatte Ruben keine Lust in die Bibliothek zu gehen. Oskars Bruder half dort aus, wenn er nicht in der Schule war. Bestimmt würde er heute auch da sein. Ob Oskar ihm wohl erzählt hatte, was passiert war? Hatte er Jonas vielleicht sogar erzählt, wobei er Ruben erwischt hatte?

Ruben schob sich die Zahnbürste in den Mund. Erzählten Brüder sich so etwas? Als Einzelkind konnte Ruben das nicht nachvollziehen.

Wahrscheinlich hatte er ordentlich auf die Tränendrüse gedrückt. Warum die Freundschaft zu ihnen abgebrochen war, hatte er Jonas bestimmt erklärt. Mit viel Tränen und Selbstmitleid. Aber Ruben konnte sich nicht vorstellen, dass er ihm von dem Vogel erzählt hatte. Er wollte es sich auch gar nicht vorstellen. Es war besser, wenn er davon ausging, dass Jonas davon nichts wusste. Dass niemand davon wusste und niemals wissen würde.

Ruben horchte in sich hinein, was er nun für Oskar empfand. Seit Oskar ihn im Hinterhof entdeckt hatte, hatte er sich nichts sehnlicher gewünscht, als dass Oskar verschwand. Er sollte aus ihrer Freundesgruppe und aus der Stadt verschwinden. Sich einfach in Luft auflösen.

Nun war sein Wunsch zumindest teilweise in Erfüllung gegangen und er empfand keinen Hass mehr für Oskar. Vielleicht bemitleidete er ihn, weil er sich in Viktor verliebt hatte, aber Hass war da nicht. Mitleid und Erleichterung, dass er nun nichts mehr von ihm befürchten musste.

Zumindest würde ihm nun niemand mehr glauben, wenn er

den Anderen erzählte, dass er einen Vogel getötet hatte. Er würde sich niemals dafür rechtfertigen müssen. Ab jetzt würde es genügen, wenn er die Tat abstritt.

Der Bus brauchte nicht lange bis zur Bibliothek. Obwohl die Sonne schien, war es kalt. Sein Atem stieg als kleine Wolke aus seinen Lippen empor. Er lief schnell die Steinstufen zu dem Haupteingang der Bibliothek hoch und drückte die schweren Türen auf. Im inneren wirkte die Bibliothek modern. Auf der linken Seite befand sich eine große Theke, an der Mitarbeiter an Computern saßen, um Bücher auszuleihen und Auskünfte zu geben. Er warf nur einen kurzen Blick zu ihnen, bevor er weiter ging. Jonas saß nicht an der Theke. Ruben ging langsam zwischen den Regalen entlang, bis in den hinteren Teil, wo die Arbeitstische standen.

Die Heizung lief auf Hochtouren und er öffnete seine Jacke, als ihm ein Schweißtropfen über den Rücken rann. Ruben warf einen Blick über seine Schulter, bevor er seine Jacke auszog und sie über einen Stuhl hing. Er ließ sich auf seinem Stuhl nieder. Es saß nur ein älterer Herr mit einer Zeitung und zwei Teenager, über Comics gebeugt, in Rubens Nähe. Die anderen Tische waren leer.

Ein Krachen ließ ihn zusammen fahren. Ruben sah sich nach der Ursache des Geräusches um und entdeckte eine Frau, die ihren Kinderwagen gegen eines der Regale gerammt hatte. Ein paar Bücher waren herausgefallen. Mit rotem Kopf sammelte sie diese wieder auf.

Ruben atmete auf. Er sollte sich nicht so anstellen. Selbst wenn Jonas hier wäre, Ruben hatte nichts zu befürchten. Klar, er würde wahrscheinlich nicht allzu positiv über ihn und seine Freunde denken, aber eigentlich war Oskar selber schuld, dass er aus der Gruppe geflogen war. Er hätte Viktor eben nicht küssen dürfen.

Und mich nicht dabei beobachten, wie ich einen Vogel töte, fügte er in Gedanken hinzu.

Als er Jonas dann aber an einem der Regale Bücher einstellen sah, zog sich alles in ihm zusammen. Der Kerl war merkwürdig. Er würde Oskar zum Verwechseln ähnlich sehen, wenn er nicht völlig anders gekleidet wäre. Er trug nur schwarze Kleidung und Ruben meinte sogar, erkennen zu können, dass seine Fingernägel schwarz lackiert waren.

Während Oskar ein sehr freundlicher und offener Mensch war, schien Jonas eher in sich gekehrt und ruhig zu sein.

Ruben betrachtete ihn nachdenklich. Er hätte sich niemals mit Jonas angefreundet. Er war wahrscheinlich einer von den Menschen, die sich immer missverstanden fühlten und allen anderen die Schuld für ihre soziale Inkompetenz gaben. Menschen wie Jonas begangen in der Schule Amok, weil sie gemobbt wurden. Menschen wie Jonas rasteten irgendwann aus und wurden gefährlich. Dann würde nichts mehr von dem freundlichen Jungen übrig sein, der deiner Großmutter in der Stadtbücherei ein Buch empfahl.

Ruben packte seine Sachen zusammen und verließ den Arbeitsplatz so leise wie möglich, um nicht entdeckt zu werden.

Freddie

»Du kannst das nicht absagen«, sagte Freddie, während sie sich im Spiegel betrachtete.

»Aber ich bin überhaupt nicht in der Stimmung dafür.«

»Fasnet ist aber unsere Tradition, Julia. Du kannst da nicht fehlen.« Sie ließ ihren Blick über das bunte Kostüm schweifen, das sie trug. Es war lang und locker. Es sah aus, als würde Freddie Lumpen tragen. Lumpen mit Glocken an den Handgelenken. Es fehlte nur noch die Maske. Dann sah sie perfekt aus.

»Ich wollte Oskar alles zeigen. Mit ihm ein Kostüm kaufen und so.«

»Na, sei doch froh, dass du das nicht mehr tun musst. Die Geschäfte werden jetzt überfüllt sein von Neulingen, die noch ein Kostüm brauchen.«

Julia seufzte.

»Bitte, Julia.« Freddie setzte sich auf ihr Bett. »Wir freuen uns doch schon seit einem halben Jahr darauf. Sag das jetzt nicht ab. Dadurch verdirbst du dir nur den Spaß.«

»Es ist aber schon nächste Woche. Bis dahin bin ich bestimmt immer noch so schlecht gelaunt, wie jetzt. Und was ist, wenn er auch dabei ist?«

Freddie schnaubte. »Mit wem sollte er schon dahin gehen? Freunde hat er keine mehr.«

»Vielleicht geht er allein dahin.«

Freddie strich über den rauen Stoff ihres Kostüms. »Jetzt reiß dich mal zusammen, Julia. Wir gehen da auf jeden Fall hin. In einer Woche kann sich viel verändern. Vielleicht geht es dir dann schon richtig gut.«

»Das glaube ich nicht.«

»Mir ist egal, was du glaubst«, sagte Freddie lächelnd. »Ich bin deine beste Freundin und als solche ist es meine Aufgabe, dafür zu sorgen, dass du nichts bereust. Normalerweise gehört dazu, dass ich dir einen Schnaps verweigere oder dich davon abhalte einen ungewaschenen Seemann zu küssen -«

»Wann musstest du mich denn davon schon mal abhalten?«

»Unterbrich mich nicht, wenn ich dir eine Standpauke halte.« Doch Freddie hörte aus Julias Worten das Lächeln heraus und meinte, schon fast an ihrem Ziel angekommen zu sein. »Jetzt ist es meine Aufgabe, dass du nicht dein Leben einschränkst, nur weil dieser Idiot auf Penisse steht. Du bist eine starke, unabhängige Frau, die sich nicht von einem Kerl das Leben versauen lässt.«

Julia lachte leise. »Ich glaube nicht, dass es mein Leben versaut, wenn ich nicht zu diesem Fest gehe.«

»Der Meinung bin ich aber schon. Stell dir mal vor, du lernst da den Mann deiner Träume kennen. Den Mann, den du in zehn Jahren heiraten wirst und der dir drei wundervolle Kinder schenken wird. Er wartet nur darauf, dich mit riesiger Nase und weit aufgerissenem Mund zu sehen. Natürlich meine ich damit deine Maske«, fügte sie hinzu.

Julia lachte leise.

»Heißt das, du kommst mit?« Freddie lächelte.

Sie seufzte. »Na gut. Aber nur, wenn du nicht die ganze Zeit bei Ruben hängst. Ich will nicht unter die Nase gerieben bekommen, dass ich gerade die Liebe meines Lebens verloren habe.«

Freddie schluckte das Lachen herunter, das in ihr aufstieg. Für sie hörte es sich immer noch sehr merkwürdig an, Julia das über Oskar sagen zu hören. Die Liebe ihres Lebens. Das war so endgültig und mit achtzehn Jahren ziemlich weit hergeholt.

»Ich verspreche dir, ich bleibe nur bei dir. Ich passe auf, dass dir nichts geschieht und, dass du so viel Spaß hast, wie noch nie an Fasnet.«

Julia

»Du hast was?« Julia starrte Freddie ungläubig an.

Sie versuchte sich vorzustellen, wie ihre beste Freundin ihren Neffen küsste. Aber es ging einfach nicht. Julia sah Freddie nur mit Ruben. Mit keinem anderen Mann. Und schon gar nicht mit einem sechzehn jährigen Jungen.

»Wie lange geht das schon?«, fragte sie, als Freddie nicht sofort antwortete.

»Seit ungefähr einem halben Jahr. Ich habe ihn auf seinem Geburtstag kennen gelernt. Weißt du noch?«

Julia erinnerte sich. Für sie war es ganz natürlich gewesen, dass Freddie mit Niko gesprochen hatte. Schließlich kannte Freddie seine Mutter auch schon seit über zwanzig Jahren.

»Ich fasse es nicht«, sagte Julia leise und schüttelte den Kopf. »Er ist doch noch fast ein Kind. Er könnte vom Alter her dein Sohn sein.«

Über Freddies Gesicht zog sich ein Schmerz, der sofort wieder verschwand. Julia registrierte das, konnte jetzt aber nicht darauf eingehen. Sie wusste, dass Freddie gerne ein Kind gehabt hätte. »Es tut mir leid, dass ich es dir nicht gesagt habe«, sagte Freddie und richtete sich auf ihrem Stuhl auf. »Aber Niko ist kein Kind mehr. Und es macht uns beiden sehr viel Spaß.«

»Klar ist er kein Kind mehr«, warf Viktor ein. »Du hast ihn zum Mann gemacht.« Ein Lächeln huschte über seine Lippen.

Julia ignorierte seinen Versuch die Stimmung aufzulockern.

»Aber wie konntest du so lange alle belügen? Deinen Mann, mich, Annika. Stell dir vor, sie erfährt, dass du eine Affäre mit ihrem Sohn hast.« Julia schüttelte den Kopf. Sie konnte sich gut vorstellen, dass für Annika eine Welt zusammen brechen würde. Sie sah Niko immer noch als ihren Schützling an, einen kleinen Jungen, der seine Mutter brauchte, wenn es ihm schlecht ging.

Viktor ließ sich stöhnend auf seinem Stuhl zurück sinken. »Oh, ich bin so doof. Du bist das Mädchen, mit der er was hat«, sagte er und lachte dann. »Deswegen war es ihm so unangenehm, als ich ihn getroffen habe. Er wollte nicht, dass eure Affäre ans Licht kommt.« Dann wurde er plötzlich ernst und starrte Freddie mit großen Augen an. »Ruben war in seinem Zimmer und hat sich dort umgesehen. Ich wollte, dass er nach etwas sucht, das uns verraten könnte, warum Annika und Niko entführt wurden.«

Freddie nickte. »Er hat es herausgefunden.«

»Entschuldige.«

Sie machte eine wegwerfende Handbewegung. »Es ist besser, dass es jetzt raus ist.«

»Können wir wieder zu dem wirklich Wichtigen kommen?«, fragte Daniel unruhig.

»Ja. Natürlich.« Viktor nickte geschäftig.

Eigentlich wäre es Julia lieber, wenn sie noch eine Weile über Freddies Romanze mit einem Kind sprechen würden, aber sie wusste, dass es jetzt wichtigeres gab. Über Freddie konnte sie sich später ärgern.

»Bist du dir sicher, dass es Jonas ist?«, fragte Julia und beugte sich vor.

Viktor zuckte mit den Schultern. »Wer sonst? Im Kindergarten haben sie gesagt, dass der Kerl, der meine Tochter abgeholt hat, groß war, dunkle Haare und helle Augen hatte. Und eine krumme Nase. Da fällt mir nur Jonas ein.«

»Und Oskar«, murmelte Julia.

Viktor verzog sein Gesicht. »Natürlich. Und Oskar.«

»Ich denke, den können wir mit Sicherheit ausschließen«, murmelte Daniel.

Die anderen nickten.

»Aber was will er von Annika, Norma, Niko und Jenny? Wozu hat er sie entführt?«, fragte Julia.

»Was ich ja noch interessanter finde ist, warum er niemanden von Ruben entführt hat«, sagte Daniel.

Freddie zuckte mit den Schultern. »Vielleicht hat er das ja schon. Entweder hat Ruben es noch nicht bemerkt, oder er hat es uns nicht gesagt.«

»Ich sollte ihn mal anrufen.« Viktor kramte aus seiner Jacke sein Handy hervor. »Er muss sich zusammen reißen und her kommen. Es geht hier um unsere Familien.«

Julia lehnte sich zurück. Ruben konnte ganz schön stur sein. Sie glaubte nicht, dass er mit Viktor sprechen würde. Nach ein paar Sekunden steckte er sein Handy wieder zurück. »Kein Empfang«, murmelte er bloß.

»Der Sturm wird immer schlimmer«, sagte Julia. Sie war froh, dass sie es überhaupt hierher geschafft hatte.

»Ich versuche es einfach später nochmal«, sagte Viktor und verschränkte seine Arme vor der Brust. »Wo könnte er sie gefangen halten? Wir können doch nicht einfach die ganze Stadt durchsuchen.«

»Wir wissen ja nicht einmal, ob er sie in der Stadt gefangen hält«, warf Daniel ein. »Vielleicht hat er sie auch schon längst weit weg gebracht.«

Freddie schüttelte den Kopf. »Das glaube ich nicht. Er hat vier Menschen an einem Tag entführt. Das erfordert Zeit. Dafür muss er sie irgendwo in die Nähe bringen.«

»Aber ich verstehe immer noch nicht, warum er das macht«, sagte Julia. »Will er sich an uns rächen? Macht ihm das Spaß? Worauf will er hinaus? Wenn er sie entführt, will er dann auch Lösegeld?« Sie richtete ihren Blick auf Viktor. »Müsstest du das nicht beantworten können?«

Er lachte leise auf. »Ich habe noch nie eine Entführung behandelt. Dafür würde ich jemanden rufen lassen.«

Sie runzelte die Stirn. »Aber wir müssen ja irgendwo anfangen zu suchen.«

»Und wenn er auf uns zukommt? Vielleicht fordert er ja irgendetwas von uns.« Freddie sah auf ihre Füße hinab. »Ich weiß ja nicht, was, aber irgendeinen Grund muss es ja geben, warum er sie nicht direkt umbringt.«

Julia zuckte zusammen.

»Vielleicht hat er sie schon längst umgebracht. Er könnte ihre Leichen einfach verschleppt haben«, sagte Daniel nachdenklich. »Und wir denken, sie sind nur entführt worden.«

Viktor schüttelte den Kopf. »Nein. Das wäre viel zu viel Aufwand. Hätte er sie schon getötet, hätten wir sie gefunden.«

Julia biss sich auf die Unterlippe. »Aber es bringt auch nichts, wenn wir hier länger rumsitzen. Können wir nicht einfach anfangen zu suchen?«

»Und wo?«, fragte Freddie.

Julia hob die Schultern.

Viktor räusperte sich. »Es muss ja irgendein Ort sein, wo sie niemand hört, wenn sie schreien. Aber das ist bei diesem Sturm auch nicht schwer. Der Wind bläst so laut, dass er andere Geräusche übertönt. Es muss aber auch ein Ort sein, an dem Jonas ungestört ist. Außerdem sollte er dort ungehindert Menschen hinein schleppen können, ohne, dass es auffällt.

Vielleicht hat er selbst eine Bindung zu diesem Ort.«

»Was ist mit seinem alten Elternhaus?«, fragte Julia.

Freddie schüttelte den Kopf. »Ist schon längst vermietet. Da wohnen jetzt andere Leute drin.«

»Die Schule«, schlug Daniel leise vor.

Viktor runzelte die Stirn. »Die Schule wäre eine Möglichkeit. Da ist bestimmt jetzt alles leer. Aber lange kann er sie da nicht verstecken. Spätestens am Montag fallen da wieder Schüler und Lehrer ein.«

Es herrschte einen Moment lang Stille. Alle hingen ihren Gedanken nach und versuchten einen Ort zu finden, der eine besondere Bedeutung für Jonas haben könnte. Es war nicht einfach. Sie hatten ihn nicht gut gekannt. Er war schließlich nicht einmal in ihrer Klasse gewesen.

»Wo wir schon bei der Schule sind, würde mir auch die Sporthalle einfallen«, sagte Julia vorsichtig.

Die Sporthalle, die direkt an das Schulgebäude grenzte, war beinah genau siebzehn Jahre alt. Ihr wurde bei dem Gedanken an den Bau direkt mulmig.

Viktor wechselte einen Blick mit Daniel.

Ohne auf Julias Worte einzugehen, sagte Freddie: »Was ist mit der Kirche? Hat er nicht Satan angebetet?«

»Dann würde er wohl kaum in die Kirche gehen. Das ist genau das Gegenteil.«

Julia hörte den anderen schon nicht mehr zu. Auch wenn sie es nicht wahr haben wollten, sie konnten nicht ignorieren, dass Jonas eine Beziehung zu der Sporthalle hatte. Sie hätte am liebsten auch vergessen, was damals dort geschehen war, aber wenn sie ihre Familien finden wollten, durften sie nicht den einfachsten und angenehmsten Weg gehen. Sie mussten dem

Grund des Problems auf den Zahn fühlen.

Niko

Niko warf seiner Mutter einen Blick zu. Er konnte deutlich sehen, wie es in ihrem Kopf arbeitete. Seit das Mädchen den Namen ihrer Eltern genannt hatte, saß Annika schon so da und starrte angestrengt vor sich hin.

Niko sah zu dem Mädchen herüber. Er hatte sie noch nie gesehen. Aber da Annika die Namen kannte, ging er davon aus, dass der Vater das Mädchens der Polizist Viktor war. Aber weiter konnte er seine Gedanken trotzdem nicht ausbauen. Er verstand immer noch nicht, warum sie hier gefangen gehalten wurden und wer der Kerl war, der sie hier hergebracht hatte.

»Ich verstehe das nicht«, murmelte Annika und schüttelte ihren Kopf.

Niko sah sie an und wartete darauf, dass sie ihren Blick heben und ihn an ihren Gedanken teilhaben ließ. Aber sie sah weiter auf den Boden und schüttelte leicht den Kopf. Die Stirn hatte sie in Falten gelegt.

»Was ist denn?«, fragte er ungeduldig.

»Du verstehst das nicht«, war alles, was sie dazu sagte.

Er spürte Wut in sich aufkommen. »Erzähl mir doch, was in deinem Kopf vor sich geht. Vielleicht verstehe ich es ja doch.«

»Nein. Mach dir da keine Gedanken drum«, sagte Annika und warf ihm einen sanften Blick zu.

Niko hätte sie am liebsten geschüttelt. Er hasste es, wenn sie ihn behandelte, als sei er ein Kind. Er fühlte sich dann dumm und klein.

»Versuch es einfach«, sagte er noch einmal. Dieses Mal lauter.

Bevor seine Mutter noch etwas entgegnen konnte, wurde die

Tür aufgestoßen und der Fremde mit der Maske kam wieder herein. Dieses Mal hatte er einen alten Mann dabei. Er war nicht ganz bewusstlos, sondern taumelte neben dem Maskierten durch den Raum. Sein Blick ging ins Leere und sein Mund stand offen. Niko folgte ihm mit den Augen, wie er zu Boden geworfen und dort an die letzte Kette gefesselt wurde.

»Was wollen Sie?«, fragte er und räusperte sich, als er merkte, dass seine Stimme schwankte. »Wir haben Ihnen doch nichts getan. Ich kenne Sie ja nicht einmal.«

Der Fremde drehte sich um und sah zu Niko herab. Langsam ging er auf ihn zu. Den Kopf neigte er zur Seite. Niko wendete sein Gesicht nicht von der scheußlichen Maske ab.

»Du kennst mich nicht. Das stimmt. Aber eure Liebsten kennen mich. Und sie haben mir etwas angetan.«

»Was denn?«, fragte Niko und drückte sich mit dem Rücken gegen die Wand hinter sich. Der Fremde kam immer näher und blieb dann kurz vor ihm stehen.

Niko hörte die Kette seiner Mutter rasseln, sah aber nicht zu ihr herüber. Auch der Fremde ignorierte das Geräusch.

»Sie haben mir etwas genommen«, sagte er.

»Was? Was haben sie Ihnen genommen?«, rief Niko schnell, aber der Fremde drehte sich schon um und verließ langsam den Raum.

Enttäuscht lehnte Niko sich zurück. Hier gefesselt zu sein war schon schlimm genug, aber nicht zu wissen, warum war noch viel schlimmer.

»Du bist die kleine Annika, oder?«, fragte die dicke Frau da plötzlich.

Sie hatte geschwiegen, seit sie aufgewacht war. Nun lag ihr Blick nachdenklich auf Nikos Mutter.

Überrascht, dass sie sie kannte, sah er sie an.

Annika nickte. »Und du bist Daniels Mutter.«

Die Frau nickte. »Norma.«

Annika deutete mit einem Kopfnicken zu dem Mädchen. »Das ist Viktors Tochter.«

Norma sah zu dem Mädchen und betrachtete es unverwandt. »Julia, Daniel, Viktor.«

Annika nickte.

Niko verstand immer noch kein Wort.

Jonas

Ungeduldig trat Jonas von einem Fuß auf den Anderen. Sein kalter Blick ruhte auf den dunklen Fenstern, hinter denen Ruben verschwunden war. Er wartete darauf, dass er heraus kam. Dass er sich mit den Anderen treffen würde. Aber das tat er nicht. Viel zu lange war er schon in diesem Haus verschwunden und es rührte sich nichts mehr. Das Licht in den umliegenden Häusern war ausgeschaltet und Jonas konnte wohl davon ausgehen, dass der Strom ausgefallen war.

Er packte den Umschlag in seiner Jackentasche und umschloss ihn mit seinen behandschuhten Fingern. Spannung durchzuckte seinen ganzen Körper.

Wieso kam er denn nicht raus? Was machte der fette Idiot dort so lange? Hatte er nun endlich herausgefunden, dass seine Frau eine Affäre hatte und traute sich nun nicht mehr vor die Tür, weil er Angst hatte, sein Gesicht zu verlieren? Oder hatte er sich mit einem Handy auf das Sofa gelegt, um die Fußballergebnisse zu checken? Ließ ihn das alles kalt?

Jonas war zu ungeduldig. Zu wütend, dass es nicht wie nach seinem Plan lief. Dass Ruben sein eigenes Ding durchzog. Er hatte nicht viel Zeit, wollte gleich wieder zu seinen Gefangenen. Aber davor musste er noch etwas erledigen.

Er warf einen Blick über seine Schulter, bemerkte, dass die Straße leer war und lief auf Rubens Haus zu. Dabei umklammerte er den Umschlag in seiner Tasche immer fester.

Das hier war sein Tag, sie mussten nach seinen Regeln spielen. Er kam vor der Haustür an und zog den Umschlag aus seiner Jackentasche.

Viktor

Zu viert saßen sie in dem Streifenwagen. Das Funkgerät, mit dem die Zentrale ihn erreichen konnte, hatte Viktor schon lange ausgeschaltet. Er wusste, dass er deswegen tierischen Ärger kriegen würde. Auch dafür, dass er Jennys Verschwinden nicht gemeldet hatte. Aber das war ihm jetzt egal. Er wollte sie nur finden.

Er startete den Motor und fuhr los. Konnte der Sturm noch schlimmer wüten? Er wusste es nicht. Aber es war beängstigend. Die Mülltonnen, die noch niemand reingeholt hatte, lagen überall verstreut. Die Bäume schwankten bedrohlich im Wind und einige ihrer Äste lagen schon auf dem Boden. Dachziegel fielen herunter und zersprangen auf Fußwegen. Abgesehen von ihnen war nur ein einziges Auto unterwegs.

Sonst war niemand auf den Straßen. Abgesehen vom Radio, in dem Warnungen in Dauerschleife liefen, war es still im Auto. Sie hingen ihren Gedanken nach. Wahrscheinlich überlegte jeder, wo sein Familienmitglied sein könnte.

»Könntest du bitte versuchen, Ruben noch einmal zu erreichen?«, fragte Viktor und warf Daniel im Rückspiegel einen

Blick zu.

Dieser zuckte bei dem Klang seiner Stimme zusammen, nickte dann aber und kramte sein Handy heraus. Normalerweise hätte er Freddie danach gefragt und es war nun merkwürdig sie von Ruben auszuschließen.

Sie waren schon seit siebzehn Jahren ein Paar. Da war es schwierig sich vorzustellen, dass Ruben und Freddie nicht mehr zusammen waren. Normalerweise hätte Viktor sich darüber mehr Gedanken gemacht, dass Freddie mit einem Minderjährigen schlief. Aber heute waren andere Dinge wichtiger. Nach ein paar Sekunden sah Viktor im Rückspiegel, wie Daniel sein Handy zurück in die Innentasche seines Jacketts packte. »Kein Empfang.«

Viktor schüttelte verärgert den Kopf. »Das gefällt mir nicht«, sagte er. »Wir wissen immer noch nicht, wen Jonas sich von Ruben geschnappt hat.«

»Wem steht er denn besonders nah?«, fragte Julia, die neben Viktor auf dem Beifahrersitz saß.

Freddie zuckte mit den Schultern. »Ich weiß es nicht. Als erstes würde mir Daniel einfallen. Aber sonst hat er nicht viele Freunde.«

Daniel nickte, ohne etwas dazu zu sagen.

»Gut. Dann sitzt aber die Person, die ihm am nächsten steht in diesem Wagen. Was ist mit seiner Familie?«

Freddie lächelte müde. »Die Mutter ist tot und der Vater lebt am anderen Ende von Deutschland. So weit wie möglich von Ruben entfernt.«

»Sie verstehen sich nicht gut?«, fragte Viktor.

Freddie schüttelte den Kopf.

Er fuhr an einer Katze vorbei, die von einem großen Ast

zerquetscht worden war und richtete seinen Blick wieder streng auf die Straße. Sie kamen nicht schnell voran. Er musste langsam fahren. Mittlerweile dämmerte es auch schon und es würde nicht mehr lange dauern, da würde die Stadt im Dunkeln liegen. Der Wind zog und zerrte an seinem Auto.

»Er muss doch irgendjemanden haben, der ihm wichtig ist«, beharrte er. Zwar hatte Viktor schon seit langem keinen richtigen Kontakt mehr zu Ruben gehabt, aber dass er so völlig einsam auf der Welt dastand, fand er doch ziemlich traurig. »Einer der zwei Personen, die ihm nah stehen, hat ihn betrogen. Dann ...« Weiter kam Viktor nicht, denn plötzlich viel ein Baum krachend nur wenige Meter von ihnen entfernt auf die Straße. Der Sturm hatte ihn völlig entwurzelt.

Viktor stieg auf die Bremse. Als der Wagen abrupt hielt und seine Insassen nach vorne gedrückt wurden, war er froh, dass er nur so langsam gefahren war. Sonst wären sie wahrscheinlich direkt in den Baum gekracht.

»Scheiße«, sagte er, als er im Scheinwerferlicht sehen konnte, dass der Baum die ganze Straße blockierte.

Daniel

Daniel rieb sich das Brustbein, wo der Sicherheitsgurt ihn zurück gehalten hatte.

Julia stöhnte auf. »Na toll. Hier können wir nicht weiter«, sagte sie.

Daniel sah zwischen den beiden vorderen Sitzen hindurch und bemerkte auch, dass der Baum quer über der Straße lag.

»Lasst uns zu Fuß gehen«, sagte Freddie und löste neben ihm schon den Gurt. »Es ist ja nicht mehr weit.«

»Ich weiß nicht, ob das so schlau ist. Wenn der nächste Baum uns trifft, sollten wir lieber im Auto sitzen«, warf Daniel ein.

»Das Auto würde uns bestimmt nicht schützen können«, sagte Viktor und schnallte sich auch ab.

Daniel hätte am liebsten die Augen verdreht. Wenn Freddie und Viktor dafür waren, zu Fuß zu gehen, dann wurde das auch so gemacht. Da konnte Daniel sagen und tun was er wollte. Es war wieder wie vor siebzehn Jahren.

Sie stiegen aus und Daniel schlang seinen Mantel enger um seinen Körper. Er bereute, dass er nicht doch eine dicke Winterjacke angezogen hatte. Aber Daniel wollte vor seinen Kunden immer so seriös wie möglich auftreten. Da kam ein Wollmantel über dem Anzug einfach besser rüber.

Sie gingen auf den Baum zu, dessen Äste sich immer noch im Wind bewegten. Daniel hätte gerne noch einmal versucht, Ruben anzurufen.

Nun hatte er ein schlechtes Gewissen, weil Ruben nur noch ihn hatte. Er fühlte sich für ihn verantwortlich, obwohl Ruben grundsätzlich nicht sehr hilfsbedürftig war.

Sie gingen zu den Wurzeln herüber, um an diesem Ende den Baum zu umrunden. Er hatte in einem Vorgarten gestanden. Die Bewohner sahen mit großen Augen aus dem Fenster. Wahrscheinlich waren sie heilfroh, dass der Baum nicht auf ihr Haus gefallen war.

Daniel stemmte sich gegen den Wind, als sie die Straße entlang gingen. Freddie hatte Recht. Es war nicht mehr sehr weit. Er konnte die Schule schon sehen.

Die Schule von Nikolas.

Wahrscheinlich sollte Daniel nicht über Freddie urteilen. Seine eigenen sexuellen Vorlieben waren schlimmer, als auf einen Sechzehnjährigen zu stehen. Trotzdem verurteilte er sie dafür.

Allein schon, weil sie ihren Mann betrogen hatte. Nicht nur einmal. Sondern über Monate hinweg.

Wenn sie in der Schule waren, würde er es noch einmal bei Ruben versuchen. Er hatte heute mit ihm telefonieren wollen, aber Daniel hatte ihn weggedrückt, weil er selbst zu große Angst um seine Mutter gehabt hatte. Nun hatte er ein schlechtes Gewissen.

»Wenn wir hier sind, sollten wir auch bei der Sporthalle vorbei gehen«, schlug Julia vor. Sie musste ihnen zurufen, damit ihre Stimme bei dem starken Wind zu hören war.

Daniel spürte erneut das Unbehagen, als sie von der Sporthalle sprach. Eigentlich wollte er nie wieder diesen Teil der Schule betreten. Es war schon in der Schulzeit schwierig gewesen, normalen Sportunterricht zu haben, nachdem, was dort passiert war.

»Können wir dann ja spontan entscheiden, nachdem wir die Schule durchsucht haben«, rief Viktor, dem es wohl genauso ging, wie Daniel.

Sie erreichten die Eingangstüren der Schule und Daniel war froh, dass sie nicht abgeschlossen waren. Viktor zog die Tür auf und sie traten alle in den Flur.

Als die Tür hinter ihnen zuschlug, wurde es mit einem Mal ruhiger um sie herum. Das Heulen des Sturms war nur ein leises Hintergrundgeräusch.

Sonst war es völlig still.

Freddie

Freddie lachte laut, als sie Julia in ihrem Kostüm sah. »Wieso schminkst du dich denn?«, fragte sie und ging zu ihr herüber.

Julia saß an ihrem Schreibtisch und hatte in der einen Hand einen Handspiegel, in der Anderen Mascara.

Sie sah auf, als Freddie näher kam. »Warum sollte ich mich nicht schminken?«, fragte sie unschuldig.

Freddie griff nach der grässlichen Holzmaske, die auf Julias Bett lag. »Weil du die hier trägst.«

Sie selber trug schon ihre Robe und hatte in ihrer Tasche die Maske verstaut. Sie war ungeschminkt.

Julia legte den Spiegel auf ihren Schreibtisch. »Aber ich werde beim Trinken die Maske ausziehen. Dann wäre es ganz schön, wenn die Leute merken, dass ich keine gruselige Maske mehr trage.«

Freddie lachte erneut. »Stell dich nicht so an«, sagte sie amüsiert und nahm ihr die Mascara ab. »Du siehst auch ungeschminkt wunderschön aus.«

Julia griff nach der Mascara. »Jetzt habe ich schon ein Auge geschminkt, lass mich nur eben das andere auch noch schminken.«

Freddie seufzte und ließ sich auf dem Bett fallen. Sie überschlug ihre Beine und sah Julia zu, wie sie sich fertig machte.

»Wie geht es dir?«, fragte sie plötzlich sehr ernst. In der Schule hatte sie nicht oft die Gelegenheit zu einem Gespräch gehabt. Nun wollte sie aber doch noch einmal über die Narbe sprechen, die Oskar auf Julias Herz hinterlassen hatte.

Julia drehte sich auf ihrem Stuhl zu Freddie um und lächelte müde. »Es geht schon. Wenn ich mich mit anderen Sachen ablenke, ist es in Ordnung.«

Freddie nickte.

»Wenn es dich beruhigt: Ich glaube nicht, dass er heute kommen wird.«

Julia sah auf ihre Hände hinab. »Ich hoffe es. Ich muss die ganze Zeit daran denken, dass wir den heutigen Tag gemeinsam verbracht hätten. Vielleicht sogar als Paar.«

Freddie stand auf und ging zu Julia herüber. Sie nahm ihr Gesicht in beide Hände und drückte ihr einen Kuss auf die Stirn.

»Ich bin heute deine Partnerin und für alles zu haben.« Sie zwinkerte Julia zu, schaffte es aber nicht, ihr das gewünschte Lächeln auf die Lippen zu zaubern.

Die letzten Tage war die Wut auf Oskar nur noch gestiegen. Jedes Mal, wenn Freddie merkte, wie traurig Julia über Oskars Kuss mit Viktor war, brodelte etwas in ihrem Inneren. Sie bekam dann den dringenden Wunsch ihm eine zu scheuern.

Auch jetzt kam dieses Gefühl wieder hoch. Sie sah ihre beste Freundin nicht gerne so traurig und könnte den Kerl umbringen, der ihr das angetan hatte.

»Trink heute einfach so viel bis du vergisst, dass Oskar überhaupt existiert«, gab Freddie Julia den unüberlegten Rat.

Diese nickte leicht. »Das habe ich mir auch schon überlegt. Was für ein weiser Ratschlag.«

Freddie lächelte. »Manchmal muss das sein.«

Als es an der Tür klingelte, sah sie auf. »Die Jungs sind da«, sagte sie und ließ Julia allein, damit sie sich fangen konnte, bevor sie zu den Anderen runter ging.

Im Flur warteten Ruben und Daniel. Sie trugen beide ihre Masken und Roben.

»Ihr seht ja wunderschön aus«, begrüßte sie die beiden. Sie wusste nur, welcher von beiden wer war, weil sie die Kostüme schon von letztem Jahr kannte.

Sie nahm Ruben die Maske ab und gab ihm einen Kuss.

Auch Daniel nahm seine Maske ab. »Wo ist Julia?«, fragte er.

Freddie warf einen Blick auf die Treppe. »Sie kommt gleich. Macht sich noch hübsch.«

Annika kam aus der Küche. In der Hand hielt sie eine Schüssel voll Trauben. »In den Dingern kann sie doch gar nicht hübsch aussehen«, murrte sie und deutete mit einem Kopfnicken auf Rubens Maske, die Freddie in der Hand hielt.

»Julia sieht in allem hübsch aus«, verteidigte Freddie sie. Sie hatte manchmal das Gefühl, dass Julia sich neben ihrer großen Schwester klein und unbedeutend fühlte. Daher versuchte Freddie sie selbst dann zu verteidigen, wenn sie gar nicht da war.

Annika trat einen Schritt auf Freddie zu und senkte ihre Stimme. »Was ist eigentlich mit ihr los? Ihr geht es in letzter Zeit nicht so gut.«

Freddie sah einen Ausdruck von Sorge auf Annikas Gesicht, den sie nicht von ihr kannte.

Sie warf noch einen Blick auf die Treppe, um sicher zu gehen, dass Julia nicht herunter kam und sagte dann mit ebenso gesenkter Stimme: »Liebeskummer. Sprich sie aber bitte nicht darauf an.«

Annika nickte und betrachtete Freddie nachdenklich. »Pass auf sie auf, ja?«

Freddie lächelte sanft. Es war schön zu merken, dass auch

Annika Julia wichtig war. »Ich lasse sie nicht aus den Augen.«

Annika warf Ruben und Daniel noch einen Blick zu, dann lief sie die Treppe nach oben und verschwand.

Ruben

Ruben betrachtete Freddie. Sie hielt ein Glas Bier in der Hand. Die Maske hatte sie auf den Kopf geschoben, um besser trinken zu können. In der Kneipe war es laut und voll.

Immer wieder wurde er von Menschen angerempelt, die sich an der Theke ein Bier bestellen wollten.

Freddie hatte einen Arm um Julia gelegt. Diese wankte schon beträchtlich. Dabei hatte der Umzug noch gar nicht begonnen. Sie würde noch ein paar Stunden aushalten müssen.

Scheinbar nahm Freddie Annikas Bitte, auf Julia aufzupassen, nicht allzu ernst.

Er selbst nippte an seinem Bier. Er betrank sich nicht gerne. Zumindest nicht, wenn er das Gefühl hatte, aufmerksam sein zu müssen. Nicht wegen Julia, sondern wegen Oskar.

Er hatte nicht vergessen, dass Oskar ihn mit dem Vogel gesehen hatte. Noch konnte Ruben nicht sicher sein, dass er es nicht herum erzählte. Natürlich würden seine Freunde Oskar nicht glauben. Aber was war mit den Menschen, die Oskar immer noch für einen netten Kerl hielten? Sie würden zumindest darüber nachdenken, ob Ruben das zuzutrauen war. Und dann war es nicht gut, negativ aufzufallen.

Er ließ seinen Blick über die Menge in der Kneipe schweifen.

»Wen suchst du?«, fragte Viktor.

»Oskar«, sagte er, ohne Viktor anzusehen. »Ich will nicht, dass er her kommt und Julia noch weiter runter zieht.«

Nun sah auch Viktor sich um. »Ich glaube nicht, dass er sich her traut. Mit wem auch?«

Ruben zuckte mit den Schultern. Ja, mit wem auch.

»Kommst du kurz mit raus?«, fragte Freddie. Sie hatte Julia an Daniel übergeben, der sie gequält musterte.

»Klar«, sagte er und bahnte sich mit seiner Freundin einen Weg nach draußen. Ständig wurden sie von Narren angerempelt und ihm wehte der Gestank von Bier und Schweiß in die Nase.

Draußen angekommen, blähte sich sein Gewand unter ihm auf. Der Wind war aufgefrischt, während sie in der Kneipe gewesen waren. Auf dem Weg hier her hatten die Bäume auch schon beträchtlich geschwankt und sie hatten sich gegen den Wind stemmen müssen, um vorwärts zu kommen, aber jetzt war es noch schlimmer geworden.

Trotzdem standen die Menschen auf der Straße, lachten, tranken und unterhielten sich. Sie warteten auf den Fasnet Zug, der bald kommen müsste.

»Uff«, sagte Freddie und holte tief Luft. »Bei der Hitze da drinnen, kann man ja kaum atmen.«

Ruben nickte. Erneut ließ er seinen Blick über die Menge schweifen. Hier draußen hatten viele ihre Masken auf und es war nicht zu erkennen, wer sich dahinter verbarg.

»Ich glaube, ich bestelle Julia gleich mal ein Wasser«, sagte Freddie.

Ruben achtete nicht auf sie, aber ihr schien das nichts auszumachen. »Nur ein Wasser. Danach kann sie ja gleich weiter trinken. Ich glaube, der Alkohol tut ihr heute ausnahmsweise mal gut.«

Ruben warf ihr einen kurzen Blick zu und nickte. »Wasser ist gut«, bestätigte er.

Ein Kerl mit Maske rempelte ihn an. Das Holzgesicht kam Ruben unangenehm nah. Er sah in die Augen des Narren und wich einen Schritt zurück. Die Nase war so lang, dass sie sich fast in seine Wange gebohrt hätte.

Dann lachte der Maskierte und verschwand in der Menge.

Es hätte Oskar sein können. Wahrscheinlich war er es nicht, aber hier konnte hinter jeder Maske Oskar stecken.

Ruben fühlte sich mit jeder Sekunde, die verstrich unwohler.

»Okay«, sagte Freddie schließlich. »Genug Luft geschnappt. Ich muss wieder rein.«

Er achtete nicht auf sie. Sein Blick war auf den Hinterkopf von einem Mann ohne Maske geheftet. Das Haar war sehr dunkel. Die Person war groß und schlank. Man konnte der Robe deutlich ansehen, dass sie neu war.

Ruben kniff seine Augen zusammen und versuchte den Mann zu beschwören, sich umzudrehen, damit er sein Gesicht sehen konnte. War das Oskar? Von hinten könnte es passen. Aber er musste sein Gesicht sehen, um sicher zu sein.

»Kommst du?«, fragte Freddie ein paar Schritte von ihm entfernt.

Er warf ihr einen Blick zu. »Ja, gleich«, sagte er. Dann sah Ruben wieder zu dem Mann herüber, den er für Oskar hielt.

Er hatte sich umgedreht und die Maske wieder aufgesetzt. Eine Fratze starrte Ruben ein paar Meter entfernt an. Er zuckte zusammen und trat einen Schritt zurück. »Das ist Oskar«, sagte er zu Freddie und war sich völlig sicher, dass er sich hinter der Maske versteckte.

Sie trat näher und folgte seinem Blick. »Das ist nicht Oskar«, sagte sie. »Er würde niemals hier auftauchen.«

»Doch. Ich bin mir sicher«, sagte Ruben und machte einen Schritt auf die Person zu. Aber diese wendete sich von ihnen ab und ging in die entgegen gesetzte Richtung.

»Komm mit«, sagte er zu Freddie. Sie hielt ihn aber am Arm fest und zog ihn zurück.

»Komm, wir gehen wieder rein. Das war nicht Oskar.«

Er blickte dem Jungen nach, der in der Menge verschwand. Natürlich konnte er sich nicht zu hundert Prozent sicher sein, weil er maskiert gewesen war. Aber Ruben hatte trotzdem das Gefühl, dass es Oskar gewesen war.

Julia

Julia verzog ihr Gesicht, als der Schnaps ihr den Hals hinunter lief und sich warm in ihrem Inneren ausbreitete.

Viktor lachte, als er das sah. »Du bist so hartes Zeug einfach nicht gewohnt«, rief er.

Julia nickte lachend. Das war sie tatsächlich nicht. Aber nun fühlte sich alles leichter an. All ihre Probleme wogen nun weniger.

Oskar war weit weg und sie konnte sich auf ihre Freunde konzentrieren. Freunde, die ihr halfen über die Sache hinweg zu kommen. Sie musste nicht die ganze Zeit daran denken, dass sie unvorteilhaft aussah oder dass alle Kerle Freddie ansahen, während sie selbst unterging.

Das war ihr alles egal.

»Es tut mir übrigens sehr leid, dass dein Freund mich attraktiv findet«, murmelte Viktor. Auch ihm sah man an, dass er betrunken war.

Julia lächelte matt. »Schon okay. Du bist ja auch ein attraktiver Kerl.«

Viktors Augen weiteten sich kurz. Dann begann er zu lachen. Er schüttelte seinen Kopf, als er sagte: »Das hast du noch nie zu mir gesagt.«

»Wirklich nicht?«, fragte Julia und lachte nun ebenfalls. »Aber du weißt es doch auch, ohne, dass ich es dir sage.«

Viktor zuckte mit den Schultern. »Wahrscheinlich.«

Julia nippte an ihrem Bier und lächelte. Sie hatte die anderen lange nicht mehr gesehen. Ihr Blick schweifte durch die Kneipe. Freddie und Ruben standen einige Meter von ihnen entfern und knutschten. Die anderen Kneipenbesucher versuchten an ihnen vorbei zu greifen, um an die Theke zu gelangen.

»Wo ist denn Daniel?«, fragte Julia Viktor und warf ihm einen Blick zu.

Dieser sah tief in sein Bierglas, aber bei ihrer Frage hob er den Blick. Nun sah auch er sich suchend an.

»Der ist bestimmt auf Toilette gegangen«, sagte er.

Als ihr Blick über die Menschen in der Kneipe glitt, blieb er an einer Person hängen. Es war ein Narr, der seine Maske trug. In dieser Kneipe hatten fast alle Menschen ihre Masken abgezogen. Es trank und unterhielt sich besser ohne Maske. Außerdem war der Zug vorbei. Schon seit einer Stunde.

Sie runzelte die Stirn und versuchte klar zu denken. Aber ihr Kopf war vom Alkohol benebelt.

Julia räusperte sich.

»Sieht der Kerl mich an?«, fragte sie und deutete auf den Maskierten.

Viktor schwankte leicht, als er sich zu der Person umdrehte.

»Ich glaube, schon«, sagte er. »Soll ich mal zu ihm rüber gehen?«

Julia schüttelte den Kopf. »Nein, lass mich nicht allein.«

Er sah sie an. »Du brauchst doch keine Angst zu haben. Der will dich nur kennen lernen.« Viktor wendete dem Mann den Rücken zu und bestellte noch zwei Bier bei dem Barkeeper.

Sie konnte ihren Blick aber nicht von ihm abwenden. Wenn er

sie kennen lernen wollte, würde er doch seine Maske abnehmen und zu ihr kommen, oder?

»Kannst du diese Runde bezahlen? Ich muss mal auf Toilette.«

Julia nickte abwesend.

»Vielleicht finde ich Daniel unterwegs.«

»Beeil dich«, sagte Julia.

Viktor schien den Narren einige Meter von ihm entfernt schon wieder völlig vergessen zu haben. Er bahnte sich seinen Weg durch die Menschenmenge und war bald schon nicht mehr zu sehen.

Der Fremde stand immer noch auf seinem Platz, sah in ihre Richtung und bewegte sich nicht.

Sie drehte ihm den Rücken zu. Aus den Augen, aus dem Sinn, dachte sie. Dabei spürte sie seinen Blick deutlich in ihrem Nacken, wo sich eine Gänsehaut ausbreitete. Doch was sollte schon geschehen? Schließlich war die Kneipe voller Menschen.

Julia klammerte sich an ihr Bier. Sie konzentrierte sich darauf, nicht zu schwanken. Vielleicht hätte sie doch nicht so viel trinken sollen.

Sie versuchte den Barkeeper auf sich aufmerksam zu machen. Doch er war so beschäftigt, dass er kein Auge für sie hatte. Er zapfte ein Bier nach dem Anderen und nahm alle Bestellungen entgegen, abgesehen von ihrem Wasser. Sie beugte sich nach vorne, um dem Barkeeper zuzuwinken, als sie eine Hand auf ihrer Schulter spürte und zurück gezogen wurde.

Daniel

Daniel fuhr sich mit einer Hand durch das kurze Haar, als er in die Kneipe trat. Er fühlte sich immer noch elend. An seiner Schläfe lief ein Schweißtropfen entlang und Schwindel überkam ihn, als er in die stickige Kneipe trat.

Kurz verschaffte er sich einen Überblick. An der Bar standen immer noch Freddie und Ruben. Sie hatten es geschafft, ihre Lippen voneinander zu lösen und unterhielten sich.

Einige Meter weiter erwartete er Viktor und Julia. Aber die zwei Gläser, die auf dem Tresen standen, waren herrenlos. Er bahnte sich einen Weg durch die Menschen und sah sich um, als er an dem Platz stand, an dem eigentlich seine Freunde sein sollten.

Als er sich einmal um seine Achse drehte, sah er Viktor, der von den Toiletten kam. Er erblickte Daniel und grinste breit.

»Hey. Wir haben uns schon gefragt, wo du bist.«

»Und wo ist Julia?«, fragte Daniel und sah sich erneut um.

Viktor runzelte die Stirn. Nachdenklich ließ er seinen Blick über die Menschen schweifen. »Keine Ahnung. Ich habe sie eigentlich hier zurückgelassen.«

In Daniel breitete sich ein ungutes Gefühl aus.

»Vielleicht sollte Freddie mal auf der Toilette nachsehen.« Wahrscheinlich war Julia schlauer als Daniel. Er war nach draußen gegangen, um frische Luft zu schnappen. Diese frische Luft hatte seinem Magen aber nicht gut getan und so hatte er sich auf dem Bürgersteig übergeben. Julia war sicherlich so umsichtig, direkt zur Toilette zu gehen.

Aber Viktor schüttelte den Kopf. »Da ist eine ewig lange Schlange. Wäre sie nach mir auf Toilette gegangen, hätte sie dort noch gestanden.«

Daniel nickte.

»Lass uns mal Freddie und Ruben fragen. Vielleicht hat sie sich von ihnen verabschiedet.«

Sie schoben sich an den fremden Körpern vorbei, bis sie bei

Ruben und Freddie angekommen waren.

»Wisst ihr, wo Julia ist?«, fragte Viktor.

Sofort hob Freddie ihren Kopf. Sie erinnerte an ein Erdmännchen, als sie sich lang machte, um über die Menschen hinweg zu blicken. »Nein. Ich dachte, sie wäre bei dir.«

Aber Viktor schüttelte den Kopf. »Ich war gerade auf Toilette. Dann war sie weg.«

Daniel hätte sich gerne verabschiedet. Er wäre gerne nach Hause gegangen, hätte sich vielleicht noch einmal in seiner Toilette übergeben und dann ins Bett gegangen. Aber jetzt, wo Julia vermisst wurde, konnte er das nicht.

»Da war so ein Kerl«, sagte Viktor. »Julia fand ihn etwas komisch, weil er sie angestarrt hat.«

»Wie sah er aus?«, fragte Freddie.

Viktor räusperte sich. Alle Aufmerksamkeit war auf ihn gerichtet. »Das weiß ich nicht. Er trug eine Maske. Ich habe ihr gesagt, dass er sie wahrscheinlich nur kennen lernen möchte.«

»Er trug eine Maske?«, fragte Ruben und beugte sich vor. »Das war Oskar.«

»Was?« Freddie sah ihn an. »Woher willst du das denn wissen?«

Ruben blickte kurz zu Daniel. »Ich habe heute auch schon einen gesehen, der merkwürdig war. Ich dachte, es sei Oskar. Von hinten sah er wie er aus, aber er hatte eine Maske auf, als ich ihn von vorne gesehen habe. Das war bestimmt der Kerl, der Julia nervös gemacht hat.«

Viktor zuckte mit den Schultern.

Daniel fragte sich, ob er der einzige war, der fand, dass das ganz schön an den Haaren herbei gezogen war. Aber er sagte nichts. Wahrscheinlich hätten sie ohnehin nicht auf ihn gehört.

»Dann sollten wir besser nach ihr suchen«, sagte Freddie, wobei sie schon einen Kerl bei Seite schob, um auf den Ausgang zuzusteuern.

Viktor

Viktor hatte gar kein gutes Gefühl, als sie durch die Kneipe gingen. Sie kamen nur langsam voran und wurden ständig aufgehalten, weil jemand ihren Weg kreuzte.

Er hätte besser auf sie achtgeben müssen. Schließlich hatte sie ihm gesagt, dass er sie nicht allein lassen sollte. Sie hatte es gesagt, er hatte es trotzdem gemacht und nun war sie verschwunden.

Das war nicht gut. Gar nicht gut.

Draußen war es schon dunkel. Um diese Jahreszeit ging das so schnell, dass er jetzt völlig verwirrt vor der Kneipe stand und sich fragte, wie viel Uhr es eigentlich war.

Der Wind wehte ihm entgegen und ließ ihn frösteln. Unter der Robe des Narren hatte er nur einen dünnen Pullover an. Er hatte sich darauf verlassen, dass der Alkohol ihn wärmen würde.

Auch vor der Kneipe war noch viel los. Die Menschen tanzten zu der Musik, die aus den Boxen dröhnte und aus einigen Metern Entfernung war Geschrei zu hören.

Sofort blickte Viktor auf. Aber es waren nur betrunkene Mädchen, die sich vor Kerlen erschreckt hatten. Nun lachten sie und ließen sich in ihre Arme fallen.

»Lasst uns hier lang gehen«, sagte Freddie und führte sie links die Straße entlang.

Viktor sah in jedes Gesicht und auf jedes Kostüm. Manche Menschen trugen ihre Masken. Aber es waren die wenigsten.

Nun fragte er sich, ob wirklich Oskar unter der Holzmaske gesteckt hatte. In der Kneipe war er gar nicht auf die Idee gekommen, dass das Oskar gewesen sein könnte. Aber Viktor hoffte, dass er es war. Besser er, der sich bei Julia entschuldigen wollte als ein Perverser, der sie nun in einer Ecke vergewaltigte. Anders als die Anderen hasste er Oskar nicht. Aber Viktor war auch der einzige, der wusste, dass Oskar ihn nicht geküsst hatte. Obwohl er ein schlechtes Gewissen hatte, weil Oskar wegen ihm gemieden wurde, konnte er das Missverständnis nicht aufklären.

Nun schwankte er leicht, als er vom Wind ergriffen und zur Seite gezogen wurde.

»Scheiße, was ist das für ein Wetter?«, murmelte er.

Als Freddies Handy klingelte, blieben sie stehen.

Hastig zog sie es aus den Tiefen ihres Kostüms heraus. Sie runzelte kurz die Stirn als sie sah, wer anrief und nahm ab. Viktor trat von einem Fuß auf den anderen. Er versuchte aus ihrem Gesicht zu lesen, was der Gesprächspartner sagte, aber Freddie verzog keine Miene.

Sie nickte nur. Alles was sie sagte war: »Hm.«, »Okay.«, »Warum?« und »Ich kümmere mich darum.«.

Dann legte sie auf und Viktor trat einen Schritt nach vorne.

»Das war Annika. Jemand hat wohl bei ihnen zu Hause angerufen, weil Julia sich mit einem Kerl auf dem Schulgelände herum treibt. Sie hat sich für ihre Mutter ausgegeben und meinte, Julias Schwester würde sie abholen kommen.«

»Sie ist mit einem Kerl auf dem Schulgelände?«, fragte Viktor.

Freddie nickte. »Annika hat nicht verstört, nur genervt und verärgert gewirkt. Ich glaube, Julia ist in guter Verfassung.«

»Das will ich schwer für den Kerl hoffen, der bei ihr ist«, sagte

280

Viktor und setzte sich in Bewegung.

Die Schule war nur zwei Minuten zu Fuß entfernt.

»Wo genau in der Schule sind sie denn?«, fragte Daniel hinter Viktor.

»Bei der Sporthalle.«

Ruben

Als es an der Tür klingelte, zuckte Ruben zusammen. Er stand im Wohnzimmer, eine Hand an der Wand abgestützt, in der anderen hielt er einen Bilderrahmen, in dem sein Hochzeitsfoto steckte. Freddie sah lächelnd zu ihm auf und er grinste stolz in die Kamera.

Er fühlte sich ertappt. Normalerweise würde er nicht in alten Erinnerungen schwelgen. Eigentlich hatte er das auch gar nicht vorgehabt. Eigentlich hatte er die Fotos wegräumen wollen.

Nachdem er das Licht angemacht hatte, konnte er nicht einfach so herum sitzen und nichts tun. Obwohl der Strom wieder funktionierte, bekam er kein Bild im Fernseher. Daher hatte er angefangen aufzuräumen und dann wegzuräumen.

Nun wünschte er sich, er hätte es noch nicht getan. Das Herz in seiner Brust war ihm schwer. Er bekam also entweder gleich einen Herzinfarkt oder hatte Liebeskummer. Liebeskummer war so absurd, dass er sich wirklich kurz überlegte, wie die Anzeichen eines Herzinfarkts waren.

Langsam legte er das Bild auf die Kommode, über der es an der Wand gehangen hatte. Ruben schlurfte durch das Wohnzimmer. Er konnte sich nicht vorstellen, wer bei ihm klingelte. Wahrscheinlich war es ein Nachbar, der Hilfe brauchte, weil der Sturm etwas an seinem Haus zerstört hatte. Darauf konnte Ruben jetzt wirklich verzichten.

Aber als er die Haustür öffnete und in die trübe Dunkelheit auf die Straße sah, war da kein Nachbar. Es stand niemand vor seiner Tür.

Skeptisch beugte er sich vor, um nach links und rechts zu

sehen. Vielleicht hatte er sich zu viel Zeit gelassen, um die Tür zu öffnen. Aber eine Minute konnte man ja wohl warten.

Mit gerunzelter Stirn trat er einen Schritt zurück. Der Wind wehte kalt ins Haus. Jetzt, wo die Sonne nicht mal mehr zu erahnen war, war es noch kälter geworden. Sofort bildete sich auf seinen Armen und in seinem Nacken eine Gänsehaut. Er fröstelte, als er die Tür zu drücken wollte.

Aber bevor sie zufallen konnte, hielt er inne. Sein Blick war auf die Fußmatte vor der Tür gefallen. Dort lag ein kleiner Umschlag. Der war noch nicht da gewesen, als er nach Hause gekommen war.

Noch einmal sah er nach oben und suchte die Straße nach einer Person ab, die den Umschlag bei ihm abgegeben haben könnte. Aber durch die Dunkelheit war nichts zu erkennen.

Er bückte sich und hob den Umschlag auf. Es stand nichts drauf. Ruben schloss die Tür und lehnte sich gegen das schwere Holz.

Nachdenklich wendete er den Umschlag. Er musste für ihn sein. Er lag schließlich vor seiner eigenen Haustür.

Er riss das Kuvert auf und griff nach dem Inhalt, um ihn heraus zu ziehen. Ganz oben lag ein gefalteter Zettel. Er öffnete das DIN-A4 Blatt und las was darauf stand.

Rette sie

Mehr stand da nicht. Ruben drehte es, um auch auf der Rückseite nachzusehen, dann faltete er das Blatt wieder zusammen und sah sich an, was sonst noch in dem Umschlag war. Es waren Polaroid Fotos. Schon seit vielen Jahren hatte er keine Polaroid Fotos mehr geschossen. Aber das ging ihm nur kurz durch den Kopf. Dann erkannte er die Personen, die einzeln abgelichtet worden waren.

Jenny.

Niko.

Norma.

Annika.

Sein Herz zog sich zusammen, als er Dietrich sah. Er saß auf dem Boden, sah den Fotographen nicht an, sondern drehte seinen Kopf weg. Seine Füße waren an einer langen und dicken Eisenkette befestigt. Um ihn herum war sonst nicht viel zu sehen. Zu schlecht war die Qualität des Fotos.

Ruben schluckte. Er sah sich die anderen Fotos nun genauer an. Sie waren alle ähnlich. Nur Jenny sah in die Kamera. Angstvoll und mit geweiteten Augen.

Ruben betrachtete lange den Ausdruck in ihren Augen. Dann setzte er sich auf den Boden, lehnte sich mit dem Rücken gegen die Haustür und atmete zitternd ein und aus.

Jetzt hatte er wohl alle. Einen Schatz von Viktor, Freddie, Daniel, Julia und ihm. Dietrich. Einer der Freunde, die er schon sein ganzes Leben lang hatte. Obwohl der Altersunterschied so groß war, hatte er immer das Gefühl gehabt, mit Dietrich über alles sprechen zu können. Er hatte sich bei ihm nie schlecht gefühlt. Egal, was er ihm gebeichtet hatte.

Ruben starrte noch eine Weile auf die Fotos und den Brief, den er bekommen hatte. Er sollte sie retten. Der Entführer wollte, dass Ruben sie rettete. Warum ausgerechnet er? Hatten die Anderen einen solchen Brief vielleicht auch bekommen?

Oder war der Brief gar nicht für ihn, sondern für Freddie bestimmt gewesen?

Er legte den Zettel und die Fotos auf den Boden vor sich und fuhr sich mit beiden Händen über das Gesicht. An wen auch immer diese Nachricht ging, der Entführer wollte, dass die Personen gerettet wurden.

Hieß das nicht, dass er das jetzt auch machen sollte? Das war doch schließlich ein gutes Zeichen, wenn der Entführer wollte, dass sie gefunden wurden. Dann hatte er nicht vor, zum Mörder zu werden.

Er steckte die Fotos und den Brief wieder in den Umschlag zurück und erhob sich vom Boden. Wenn sie gefunden werden sollten, würde er sie wohl finden müssen.

Er ging zu der Garderobe herüber und zog sich Schuhe und Jacke an. Dass er sie nicht alleine finden würde, war für Ruben klar. Er brauchte die Hilfe von Julia, Daniel und Viktor.

Er steckte den Umschlag in seine Jackentasche und griff nach seinem Handy. Freddie würde er nicht anrufen, aber Daniel. Er wählte seine Nummer und ging auf die Haustür zu, während er auf das Freizeichen lauschte. Dann wurde die Verbindung abgebrochen.

Er seufzte und steckte das Handy wieder zurück in seine Jackentasche. Als er die Tür öffnete und nach draußen trat, kam ihm ein schwall kalter Luft entgegen und er zog die Jacke zu.

Wenn er keinen Empfang hatte, musste er wohl zu Freddies Supermarkt. Da hatten sie sich alle treffen wollen und Ruben konnte nur hoffen, dass sie noch immer da sein würden.

Freddie

Freddie zog den Schal enger um ihren Hals. Sie drückte ihn nach oben, damit er auch ihr Kinn bedeckte. Obwohl sie vor dem Wind geschützt waren, war ihr kalt, als sie mit den anderen durch die Flure der Schule ging.

Entweder war die Schule miserabel isoliert oder es war die Angst, die sie zittern ließ. Sie waren nun schon seit mindestens fünfzehn Minuten im Gebäude und hatten noch nichts gefunden.

»Hier sind sie nicht«, sagte Julia zum widerholten mal. »Wir sollten wirklich in der Sporthalle nachsehen.«

Freddie wollte dort nicht nachsehen und sie war kurz davor Julia eine Ohrfeige zu verpassen, wenn sie nicht damit aufhören würde.

»Wenn sie nicht in der Schule sind, sind sie auch nicht in der Sporthalle«, murmelte Daniel leise, aber laut genug, dass alle ihn hören konnten.

Er warf einen nervösen Blick auf sein Handy. Das tat er auch nicht zum ersten Mal. Wahrscheinlich erwartete er, dass Ruben sich bei ihm meldete.

Freddie fragte sich immer noch, wer von Ruben entführt worden war. Konnte es vielleicht sein, dass er selber entführt wurde?

»Okay«, sagte Viktor nun, nachdem er in den letzten Klassenraum gesehen hatte. »Das bringt nichts. Ich glaube nun auch nicht mehr, dass sie hier irgendwo festgehalten werden.«

»Ich sage es zum letzten Mal: Lasst uns in die Sporthalle gehen.«

»Wann hörst du endlich auf damit?«, fragte Freddie gereizt.

Julia schien nicht allzu überrascht über den bissigen Ton ihrer besten Freundin zu sein.

»Wenn ihr nicht mitkommt, gehe ich allein.«

Freddie verschränkte ihre Arme vor der Brust. Sie war der festen Überzeugung, dass sie auch nicht in der Sporthalle sein würden. Aber auch wenn sie den leisesten Zweifel gehabt hätte, wäre sie wahrscheinlich nicht mit dorthin gegangen. Sie wollte nicht an den Ort gehen, an dem vor siebzehn Jahren die Katastrophe geschehen war.

Julia sah einem nach dem anderen in die Augen. Keiner regte sich. Also nickte sie langsam.

»Verstehe«, sagte sie. »Tolle Freunde seid ihr mir. Falls ich nicht mehr wieder komme, könnt ihr euch um meine Mutter kümmern.«

Mit den Worten drehte sie sich um und marschierte davon. Freddie bekam sofort ein schlechtes Gewissen. Sie wollte zwar auf keinen Fall in die Halle zurück, aber Julia alleine gehen zu lassen, kam ihr auch nicht richtig vor.

»Vielleicht …«

»Nein. Ich gehe da nicht noch einmal hin«, sagte Daniel entschieden. »Ich habe es mir geschworen. Und ich meine, du hättest auch sehr glücklich am Ende unserer Schulzeit ausgesehen. Nicht, weil du nicht mehr zur Schule musstest, sondern weil du nicht mehr zur Sporthalle musstest.«

Daniel hatte ja recht. Sie war wirklich froh gewesen, als sie aus der Schule entlassen worden war und eine Ausbildung angefangen hatte.

Viktor trat von einem Fuß auf den anderen. Auch er schien sich nicht sehr wohl mit der Situation zu fühlen.

Daniel seufzte. »Wollt ihr doch gehen?«

»Ich will sie nur nicht alleine gehen lassen«, sagte Viktor und sprach damit aus, was Freddie dachte.

Sie hatte wieder das Gefühl achtzehn Jahre alt zu sein. Es war die alte Dynamik in der Gruppe.

»Wartet ab. In zehn Minuten ist sie wieder hier und verkündet uns, dass niemand in der Halle ist.«

Freddie verschränkte ihre Arme vor der Brust. Vielleicht hatte Daniel recht. Vielleicht machte sie sich umsonst Gedanken. Jonas musste schließlich bei Niko und den Anderen sein. Da konnte er nicht gleichzeitig in der Sporthalle herumhängen, um denjenigen, der dort nach ihnen suchte zu erschrecken. Außer er versteckte sie wirklich dort. Dann lief Julia jetzt genau auf ihn zu.

Julia

Julia hatte eben noch ihre Sorge verdrängt. Sie hatte ihre Angst nicht zeigen wollen. Aber jetzt schlich sie sich an. Während sie über den Schotterplatz ging, der zwischen der Schule und der Sporthalle lag.

Hier hatte sie früher oft mit den Anderen herumgegangen. Sie hatte ihre erste Zigarette in der Pause geraucht und das erste Mal gespürt, wie es war, ausgegrenzt zu werden.

Sie sah zu der Sporthalle herüber. Das Gebäude sah noch genauso aus, wie vor siebzehn Jahren.

Die Fassade war weiß gestrichen, die linke Wand war verglast und neben der Eingangstür standen zwei Bänke, auf denen sie manchmal gesessen hatten, wenn sie darauf gewartet hatten, dass der Sportlehrer kam und sie einließ.

Beim näher kommen bemerkte Julia aber, dass die Bänke ausgetauscht worden waren.

Sie schluckte, als sie vor der Eingangstür stehen blieb. Die Schule war offen gewesen, aber sie würde es wundern, wenn die Sporthalle nicht abgeschlossen war.

Sie warf einen Blick über ihre Schulter. Wie gerne hätte sie jetzt Freddie oder Viktor dabei. Sogar Daniel könnte ihr ein bisschen Trost spenden.

Aber in der Dunkelheit hinter ihr konnte sie niemanden erkennen.

Sie legte ihre Hand an die Klinke und drückte sie herunter. In ihr zog sich alles zusammen, als die Tür nachgab und nach außen aufschwang.

Warum war sie offen? Wenn niemand in der Sporthalle war, warum war sie dann offen?

Sie räusperte sich, als sie nach innen trat. Dabei hallte das Geräusch laut wider, als hätte sie geschrien. Hinter ihr schwang die Tür zu.

Der Wind war auch im Inneren zu hören. Er sauste über das schmale Dach. Sie sah nach draußen. Dadurch, dass sie das Licht nicht ausgemacht hatte, konnte man noch erkennen, was sich draußen tat.

Sie beschloss, es dabei zu belassen. Sie wollte nicht, wie auf einer Bühne herumlaufen, während sich hier vielleicht Jonas versteckte.

Langsam ging sie den Gang entlang, von dem die Umkleidekabinen abzweigten.

Sie versuchte sich vorzustellen, dass Jonas hinter der Maske gesteckt hatte. Aber es funktionierte nicht. Sie hatte kein Bild von ihm vor Augen. Damals hatte sie kaum etwas mit ihm zu tun gehabt und sie wusste nicht, ob sie ihn heute Morgen erkannt hätte, wenn er die Maske nicht getragen hätte.

Wahrscheinlich nicht.

Sie öffnete die Tür zur ersten Umkleidekabine. Kein Licht fiel hinein und so blieb ihr nichts anderes übrig, als mit der Hand an der Wand entlang zu tasten, bis sie den Lichtschalter berührte.

Zuerst sah sie nichts, als das Licht sie blendete. Sie kniff die

Augen zu und widerstand dem Drang, zurückzutreten. Aber dann gewöhnten sich ihre Augen langsam an die Helligkeit. Sie trat ein.

An der Wand und mitten im Raum standen Garderoben aus Holz. Ein vergessener Turnbeutel hing an einem Hacken.

Sie ging durch den Raum und bog links ab, wo sich die Duschen befanden. Sie konnte sich nicht daran erinnern, dass jemals jemand nach dem Sport hier geduscht hätte. Auch jetzt war dort niemand zu sehen.

Sie schüttelte den Kopf.

Wenn Annika und Niko hier gefangen gehalten werden würden, würde sie sie doch hören.

Sie verließ die Umkleidekabine wieder. Hinter ihr schlug die Tür zu den Umkleiden zu. Julia zuckte zusammen und wirbelte herum. Der Hall war noch Sekunden nach dem Knall zu hören. Dann lauschte sie in die nachfolgende Stille hinein. Okay. Wenn Jonas hier war, hätte er sie jetzt spätestens gehört.

Sie ging zu der nächsten Umkleide herüber und trat ein. Dieses Mal gewöhnten sich ihre Augen schneller an das Licht.

Aber auch dieser Raum war leer.

Sie durchquerte ihn. In dem Gang gab es auch noch zwei weitere Umkleidekabinen, aber um die würde Julia sich später kümmern.

Jetzt wollte sie erst einmal in die Halle.

Sie öffnete die zweite Tür. Die Sporthalle war kleiner, als sie sie in Erinnerung hatte. Auch hier gab es große Fenster, durch die sie in die Dunkelheit von draußen sehen konnte. Aber sie reichten nicht bis zum Boden.

Sie sah sich in dem dunklen Raum um. Hier wollte sie kein Licht machen, weil sie von draußen nicht gesehen werden wollte.

Wieder fragte sie sich, warum die Sporthalle offen war, wenn ohnehin keiner drin war. War Jonas vielleicht hier gewesen, hatte seine Gefangenen aber dann wo anders hin gebracht?

Nachdenklich ließ sie ihren Blick durch die Halle schweifen. Dann hielt sie inne und trat einen Schritt zurück. Die Fenster der Halle zeigten auf den angrenzenden Park. Nach einigen Metern Wiese ragten Bäume in die Höhe. Zwischen diesen Bäumen konnte Julia nun jemanden gehen sehen.

Er blieb stehen und sie hatte Angst, dass er sie sehen würde. Sie bewegte sich nicht. Sie fürchtete, dass er sogar das Heben und Senken ihrer Brust beim Atmen sah.

Die Person, wer immer das auch war, schaute direkt zu der Sporthalle. Julia war sich ziemlich sicher, dass es weder Freddie, noch Viktor, geschweige denn Daniel waren. Sie hätten sich der Sporthalle nicht von hinten genähert, sondern wären von vorne gekommen, den gleichen Weg wie sie.

Sie starrte auf die Person und wartete, dass sie sich bewegte. Ihr Gesicht lag im Schatten. Daher konnte sie nicht erkennen, wer da nur wenige Meter von ihr entfernt an den Bäumen stand.

Sie regte sich nicht, hoffte nur, dass das eine unschuldige, unbeteiligte Person war, die gleich wieder gehen würde.

Viktor

Viktor seufzte. »Na gut. Ich glaube zwar immer noch, dass sie nur sehr gründlich sucht, aber wenn du willst, können wir nach ihr gucken.«

Freddie nickte, ohne etwas zu sagen.

Viktor machte sich nicht solche Sorgen wie sie. Er hatte das

Gefühl, dass alle anderen Angst vor der Sporthalle hatten. Es war, als würde das Gebäude und nicht die Erinnerung an das Erlebnis vor siebzehn Jahren, sie quälen.

Daniel sagte nichts, als sie über den Schulhof gingen. Er sah in seinem schwarzen Anzug gespenstisch aus. Seine weiße Haut stand im krassen Kontrast zu dem dunklen Jackett.

Freddie ging schnell. Viktor würde es nicht wundern, wenn sie gleich los rennen würde.

»Warte doch«, sagte er und beschleunigte seinen Schritt. Daniel ging einige Meter hinter ihnen.

»Ihr wird schon nichts passiert sein.«

»Was ist, wenn das eine Falle ist?«, fragte sie, ohne den Blick von dem Fußballplatz zu nehmen, der vor der Sporthalle lag. »Was ist, wenn Jonas dort ist und auf uns wartet?«

»Um was zu tun?«

Freddie warf ihm als Antwort nur einen bösen Blick zu. Viktor lachte spöttisch auf, obwohl er gar nicht in der Stimmung zum Lachen war. »Er ist kein Mörder, Freddie.«

»Das habe ich vor siebzehn Jahren auch über uns gedacht.« Viktor verstummte. Er sah sich immer noch nicht als Mörder und hätte nicht gedacht, dass sie das tat. Das irgendjemand das tat.

Sie kamen bei der Sporthalle an. Sie lag völlig dunkel vor ihnen.

»Bist du sicher, dass sie her gekommen ist?«, fragte Viktor. »Es sieht ziemlich dunkel aus.«

»Natürlich bin ich sicher«, zischte Freddie und öffnete die Tür.

Viktor trat einen Schritt zurück, statt nach vorne. Freddies Nerven waren zum Reißen gespannt. Sie könnte jeden Moment durchdrehen. Vielleicht sollte er irgendetwas tun, um das zu verhindern. Aber selbst wenn er gewusst hätte, was er tun sollte, dafür hatten sie keine Zeit.

»Leute«, sagte Daniel leise hinter ihnen.

Freddie und er drehten sich zu ihm um. Er stand zwei Meter von ihnen entfernt, den Kopf in den Nacken gelegt und sah nach oben.

Viktor trat zu ihm herüber und blickte ebenfalls zu dem Dach der Sporthalle.

Über ihnen standen zwei Gestalten. Sie hatten sie wohl noch nicht bemerkt, denn sie standen völlig stumm nebeneinander. Es war nicht zu erkennen, wer dort oben war. Aber Viktor konnte es sich denken.

»Los«, zischte er und lief zu der Eingangstür der Sporthalle. Er wusste genau, wie er auf das Dach kam. Das hatte er auch vor siebzehn Jahren schon gewusst.

Daniel

Daniel spürte es in seinem Bauch kribbeln. Aber es kribbelte nicht vor Freude oder Glück. Es waren die schlechten Erwartungen.

Er lief mit ihnen den langen Gang entlang, bis sie in einen zweiten Flur gelangten. Dort gab es eine Treppe, die für jeden Schüler tabu war. Eigentlich für jeden Menschen, abgesehen von dem Hausmeister.

Diese Eisentreppe liefen sie nun nach oben, bis sie auf einem Plateau ankamen, von der eine Eisentür abging. Ohne zu zögern, riss Viktor die Tür auf und hievte sich auf das Dach. Nach ihm zog Freddie sich hoch, danach war Daniel selbst an der Reihe.

Er richtete sich auf und versuchte etwas in der Dunkelheit zu erkennen.

Das waren nicht Julia und Jonas, die da standen. Es waren Julia und Ruben. Sie hatten sich mittlerweile von dem Rand des Daches zurück gezogen und unterhielten sich nur wenige Meter von ihnen entfernt.

Als Freddie, Viktor und Daniel auf das Dach gestürmt kamen, sahen sie auf, erschrocken wie zwei Rehe im Licht von Autoscheinwerfern. Erst, als sie ihre Freunde erkannten, entspannten sich ihre Gesichtszüge wieder.

»Was machst du denn hier?«, fragte Freddie.

Sie klang feindselig und Daniel hätte sie am liebsten vom Dach geschubst. Aber Ruben ließ sich davon nicht beirren. Er trat mit Julia zu ihnen herüber und reichte Viktor einen Umschlag.

»Die lagen vor meiner Haustür.«

Viktor blätterte die Fotos durch. Daniel konnte erst erkennen, was sich darauf befand, als er näher kam.

»Ich bin zuerst zu Freddies Supermarkt gegangen, aber Nicole meinte, dass ihr schon lange weg seid. Also habe ich mir gedacht, dass ihr bestimmt diesen Ort aufsucht.« Er sah sich um und Daniel konnte deutlich sehen, wie unbehaglich er sich fühlte.

»Jonas hält sie nicht hier gefangen«, sagte Julia leise.

»Nein.« Viktor reichte die Fotos wieder Ruben. »Aber ich weiß, wo sie sind.«

Ruben zog seine Augenbrauen zusammen. »Was?«

»Ich erkenne es auf den Fotos wieder.«

Daniel, der das Bild von seiner Mutter auf dem kalten Boden, an den Ketten gefesselt, nicht mehr los wurde, wartete auf Erleichterung. Erleichterung, dass das Versteckspiel bald vorbei sein würde.

Er wartete und wartete. Aber selbst als sie das Dach verließen, kam die Erleichterung nicht. Die Angst hatte ihn immer noch fest in ihrer Gewalt.

Julia

Julia verschränkte ihre Arme vor der Brust. Auf dem Dach der Sporthalle war es schrecklich kalt. Der Wind riss an ihrem Kostüm und sie fürchtete jeden Moment vom Dach geweht zu werden. Aber hier konnte man zumindest atmen. Tief ein und aus, um die Wirkung des Alkohols zu verringern. Einen klaren Kopf zu bekommen.

»Ich wollte doch nur mit dir reden«, beharrte Oskar.

Sie warf ihm einen Blick zu. »Mir ist kalt, wir wurden gerade vom Hausmeister erwischt und auch wenn er dich durch deine Eltern kennt und uns allein gelassen hat, macht es die Sache nicht besser.«

»Julia, du bedeutest mir viel«, sagte er und trat einen Schritt vor. Auch er trug ein Narrenkostüm. Die Maske hatte er schon lange abgenommen und hielt sie in einer Hand. Man sah ihr vom Nahem deutlich an, wie neu sie war.

»Du hättest Viktor nicht küssen dürfen.« Sie zögerte, löste dann ihre Arme aus der Verschränkung und als sie weiter sprach, klang ihre Stimme weicher. »Du hast mir auch viel bedeutet. Du bedeutest mir immer noch viel. Aber es tut so weh, mir vorzustellen, wie du Viktor küsst. Und was dabei in deinem Kopf vor sich gegangen ist. Dass du mich völlig vergessen konntest.«

Er öffnete seinen Mund, um etwas zu sagen, aber Julia hob eine Hand. »Ich weiß, wir waren nie ein Paar. Aber dennoch fühlt es sich scheiße an.«

Oskar schüttelte den Kopf. »Ich habe bei dem Kuss an dich gedacht. Aber ich hätte Viktor nicht einmal geküsst, wenn es dich nicht geben würde. Er hat mich geküsst. Das musst du mir glauben.«

»Wie soll ich das?«, fragte Julia und hob ihre Schultern. »Ich kenne Viktor schon seit acht Jahren. Wir sind seit fünf Jahren eng befreundet. Dich kenne ich seit einem halben Jahr und erst vor ein paar Wochen sind wir uns näher gekommen.«

Oskar sah auf seine Füße hinab und nickte.

In dem Moment wurde die Tür zum Dach aufgerissen und Julia hörte Schritte hinter sich. Sie drehte sich um und trat verwundert einen Schritt zurück, als sie ihre Schwester erkannte. Diese sah sich auf dem Dach um. »Deine tollen Freunde sind wohl noch nicht da«, sagte sie zu Julia. Dann erblickte sie Oskar und blieb abrupt stehen.

»Annika, das ist Oskar. Oskar, das ist meine Schwester Annika.«

Er nickte ihr zu, sie ignorierte ihn und ging dann die letzten Schritte bis zu Julia.

»Komm, lass uns nach Hause gehen«, sagte sie nicht unfreundlich.

»Du hast meine Freunde angerufen? Dann warte ich hier auf sie.« Julia sah zu der Tür herüber, durch die Annika eben auf das Dach gelangt war.

Annika seufzte. »Komm mit. Wir können ihnen auch sagen, dass wir schon nach Hause gegangen sind. Es ist kalt und windig. Ich will einfach nur wieder ins Warme.«

»Warum bist du überhaupt her gekommen?«, fragte Julia gereizt.

»Ich habe mir Sorgen gemacht«, sagte Annika ernst. »Du machst solch einen Scheiß normalerweise nicht.« Sie machte eine ausladende Geste, die das ganze Dach umfasste.

297

Julia zögerte. »Ich hätte ja nicht wissen können, dass man uns erwischt und dich anruft.«

Annika zuckte mit den Schultern. »Jetzt weißt du es ja. Also mach es nicht noch einmal.«

Als die Tür ein weiteres Mal geöffnet wurde und Viktor, Freddie, Ruben und Daniel nach oben kletterten, trat Oskar einen Schritt zurück.

Ruben

Ruben seufzte, als er Julia erblickte. Nicht nur, weil er nach den Treppen hier hoch kaum noch Luft bekam. Er musste, zu seiner Überraschung, feststellen, dass er erleichtert war, Julia unbeschädigt zu erblicken.

Sie stand zwischen Oskar und Annika und wirkte durchgefroren, aber sonst schien ihr nichts zu fehlen.

»Was soll der Scheiß?«, rief Freddie, während sie auf die kleine Gruppe zulief. Es war nicht schwer zu erkennen, zu wem sie sprach.

Oskar wich noch einen Schritt zurück.

Ruben lief Freddie hinterher und bekam sie in letzter Sekunde noch am Unterarm zu fassen. Sanft aber bestimmt zog er sie zurück.

»Willst du Julia vergewaltigen oder was?«

Annika sah zwischen Oskar und Freddie hin und her. »Bitte was?«

»Freddie übertreibt«, sagte Daniel, der sich sichtlich unwohl fühlte.

Ruben zog sie noch ein Stück näher an sich heran und ließ sie danach nicht los. Er spürte deutlich den Puls an ihrem Handgelenk pochen.

»Lass sie einfach in Ruhe. Sie lässt sich nicht noch einmal von dir verarschen. Also gib es auf.«

»Kann mir mal jemand sagen, was hier los ist?«, fragte Annika mit erhobener Stimme, aber keiner beachtete sie.

Irgendetwas in Oskar veränderte sich. Er streckte seine Brust raus, hob seinen Blick und ein trotziger Ausdruck legte sich auf sein Gesicht.

Annika trat auf Julia zu. Sie schien die einzige zu sein, die nichts von Oskars Veränderung mitbekam. »Lass uns jetzt nach Hause gehen.«

Sie warf einen kurzen Blick auf Freddie, bevor sie sich wieder an ihre Schwester wendete. »Sonst gehe ich allein.«

Julia zögerte, sichtlich hin und her gerissen. Aber dann schüttelte sie entschieden den Kopf. »Geh du allein. Ich komme in einer halben Stunde nach.«

Annika sah Julia an, wartete darauf, dass sie es sich noch einmal anders überlegte, aber als Julia nichts hinzufügte, nickte sie und entfernte sich von ihnen.

»Du solltest mit ihr gehen«, sagte Viktor leise zu Oskar und deutete mit dem Kopf auf Annika, die sie nun die Leiter nach unten steigen hörten.

»Wisst ihr was? Das tue ich nicht«, sagte Oskar. »Ihr behandelt mich alle wie Dreck, dabei habe ich euch nichts getan.«

»Das würden Julia und Viktor wohl anders sehen«, erwiderte Freddie.

Oskar warf ihr einen vernichtenden Blick zu. Plötzlich wünschte Ruben sich, dass er mit Annika nach unten gegangen wäre.

»Ihr bezeichnet euch als Freunde, dabei wisst ihr überhaupt nichts über den anderen«, sagte Oskar. »Ihr kennt euch doch kaum. Warum haltet ihr dann so fest zusammen?«

Ruben ließ Freddies Arm los. Ihm wurde ganz kalt und das lag nicht daran, dass es nur knapp über Null Grad warm war oder der Sturm hier auf dem Dach besonders stark wütete.

Oskar sah Freddie fest in die Augen. »Oder wissen die anderen alle, dass du in Viktor verliebt bist?«, fragte er.

Ruben starrte Freddie an. Er hätte jetzt mit einem anderen Geständnis gerechnet, einem anderen Geheimnis, das aufgedeckt wurde.

»Nicht?«, fragte Oskar, als niemand antwortete.

Julia starrte ihn aus großen Augen an, Viktor war unnatürlich blass geworden und Daniel sah aus, als würde er jeden Moment wegrennen.

»Und was ist mit dem großartigen Viktor?«, fragte Oskar, wobei seine Stimme ganz anders als sonst klang. Von Freundlichkeit war nichts mehr zu hören, stattdessen nur Spott. »Du hast deinen Freunden offensichtlich nichts davon gesagt, dass du eventuell bisexuell bist. Für mich ist das ja nicht so ein großes Problem, wie für deine Freunde, aber du hättest mich schon fragen können, bevor du mich küsst.«

Viktor schüttelte den Kopf. »Du solltest besser deinen Mund halten«, sagte er und trat einen Schritt auf Oskar zu.

Aber dieser ignorierte ihn. »Und du, Daniel? Wissen deine Freunde, dass du in Gärten schleichst und fremde Menschen beobachtest? Hast du vielleicht schon einmal deine Nachbarn beim Sex beobachtet? Oder einen von deinen Freunden?«

Ruben warf einen Blick auf Daniel, der nun seine Augen zu kleinen Schlitzen geformt hatte.

»Aber vergessen wir dich nicht«, sagte Oskar und wirbelte zu Ruben herum. »Von allen Geheimnissen, ist deines wohl am

Schlimmsten.«

Bevor Ruben etwas sagen konnte, trat Freddie vor. Sie schlug Oskar blitz schnell mit der flachen Hand ins Gesicht. Es ging so schnell, dass es weder Oskar noch sonst jemand hätte verhindern können.

Er starrte sie verblüfft an.

»Du hältst jetzt besser deine Klappe.«

Als wäre Freddies Ausbruch ein Zeichen gewesen, traten Viktor und Ruben nach vorne. Noch hatte Oskar Rubens Geheimnis nicht erzählt. Wenn es sich verhindern ließ, würde Ruben alles dafür geben.

Viktor

»Und wenn nicht? Ihr könnt es doch gar nicht ertragen, dass eure Freunde eure Geheimnisse erfahren!«, rief Oskar aus. »Sind Freunde nicht dafür da? Dafür da, dass sie immer zu einem stehen, egal was man tut und egal wie man sich fühlt.«

Während Viktor einen weiteren Schritt nach vorne trat, sah er, wie Julia sich zurück zog. Vielleicht hatte Oskar sich in jemanden verwandelt, den sogar Julia abstoßend fand. Viktor könnte es ihr nicht verübeln.

»Aber was weiß ich schon über Freundschaft?«, fragte Oskar. Erst da merkte er, dass Viktor und Ruben ihm näher gekommen waren. Er verstummte und sah zwischen den Beiden hin und her.

»Offensichtlich weißt du sehr wenig«, sagte Viktor.

Am liebsten hätte er laut aufgelacht, als er die Sorge in Oskars Gesicht sah. Er schien erst jetzt zu bemerken, dass er fünf zu eins unterlegen war.

Aber für Oskar war es ohnehin zu spät. Er wurde nicht müde,

zu erzählen, dass Viktor ihn geküsst hatte. Wenn Freddie, Ruben, Daniel und Julia ihm nicht glauben würden, würde er es vielleicht irgendwann anderen Menschen erzählen. Menschen, die ihn nicht so gut kannten und Oskar vielleicht sogar glauben würden. Lia würde es erfahren. Das liebe Mädchen, das er so gerne hatte und mit dem er so viel Spaß hatte. Das Mädchen, zu dem er sich auch sexuell hingezogen fühlte.

»Bleibt, wo ihr seid«, sagte Oskar nun plötzlich mit zitternder Stimme.

Ruben trat noch einen Schritt auf ihn zu. Offensichtlich alles andere als abgeschreckt von Oskars Angst.

Oskar wich noch einen Schritt zurück und näherte sich damit dem Rand des Daches. Auch Viktor ging noch weiter auf ihn zu.

»Du hättest einfach deine Klappe halten sollen. Haben wir dich nicht genug gewarnt?«

»Wir alle?«, fügte Daniel hinzu, der einige Meter von Viktor entfernt war.

»Ihr werdet mich nicht mundtot machen können«, sagte Oskar und warf Julia einen Blick zu.

Viktor ließ ihn nicht aus den Augen. Julia stand in seinem Rücken. Genauso wie Freddie und Daniel.

»Du hättest einfach deine Klappe halten sollen«, sagte Ruben ernst.

Oskar warf ihm einen Blick zu. Viktor wusste nicht warum, aber es wirkte, als hätte Oskar mehr Angst vor Ruben, als vor ihm. Dabei war Viktor größer und stärker.

Als müsste er Oskar beweisen, dass er auch zu fürchten war, trat er einen großen Schritt nach vorne. Bevor Oskar noch einen Schritt nach hinten machen konnte, packte er seinen

Oberarm.

»Wäre ich bei der Mafia, würde ich dir einen Pferdekopf ins Bett legen. Aber dann würdest du ja herum erzählen, dass ich mich in dein Bett geschlichen habe«, sagte Viktor.

Er stellte sich vor, wie alle erfahren würden, dass er auf Männer stand. Nicht nur seine Freunde, auch seine Familie, die ganze Schule und die Nachbarschaft. Lia. Sie würden außerdem alle erfahren, dass er Oskar beschuldigt hatte, ihn geküsst zu haben. Er wäre bestenfalls eine Lachnummer und schlimmstenfalls ein Verräter.

Oskar kniff seine Lippen zusammen.

Ruben kam Oskar so nah, dass selbst Viktor sich vor ihm gefürchtet hätte. Er hielt Oskar fest am Arm, als Ruben ihm in die Rippen boxte. Sofort wich jegliche Farbe aus Oskars Gesicht. Er klappte nach vorne und wurde nur von Viktors Hand gehalten.

Viktor warf Ruben einen Blick zu und als er die Wut auf seinem Gesicht sah, fragte er sich, was Oskar gegen ihn in der Hand hatte. Oskar war kurz davor gewesen, es ihnen zu sagen. Nun würde Viktor es wohl nie erfahren.

Er ließ ihn los und trat einen Schritt zurück. Dankbar für den Platz, trat Oskar nach vorne und entfernte sich so ein Stück von dem Rand des Daches.

Doch Ruben schien damit nicht einverstanden zu sein. Er gab Oskar einen kräftigen Stoß auf die Brust, so dass dieser schwankte. Mit vor Angst verzerrtem Gesicht ruderte Oskar mit seinen Armen in der Luft, um das Gleichgewicht wieder zu finden. Doch es nützte nichts. Er stürzte und rutschte mit seinem Bein über den Rand des Daches. In letzter Sekunde konnte er sich noch an der Kante festhalten, bevor er nach unten stürzte. Verzweifelt versuchte er sich hoch zu ziehen, aber Oskar hatte keine Muskeln. Außerdem zog der Wind fest an seiner Robe, die sich aufblähte, wie ein Heißluftballon.

Viktor machte einen Schritt nach vorne. Er sah Oskar in die Augen. Sie waren voller Angst und Verzweiflung.

Man konnte ihm nicht ansehen, wie viel Macht er durch sein Wissen hatte. Er könnte sein Leben zerstören und nichts wäre mehr wie es war.

Viktor ballte seine Hände zu Fäusten. Er würde nicht zu lassen, dass Oskar alles kaputt machte. Irgendein Kerl, der vor einem Jahr nicht mal in seinem Leben gewesen war.

Er trat einen Schritt vor und trat fest auf Oskars Finger, die sich verzweifelt an dem Dach festklammerten.

Oskar verzog das Gesicht vor Schmerz. Zwei Finger hatten sich von dem Dach gelöst. Viktor konnte ihm ansehen, wie die Kraft aus seinen Armen wich. Ruben machte einen Schritt auf Oskar zu. Viktor wusste nicht, ob er das tat, um Oskar zu helfen oder ihm den letzten Tritt zu verpassen. Aber er wartete gar nicht ab, bis er das heraus fand. Er hob seinen Fuß und ließ ihn fest auf Oskars Finger nieder treten.

Oskar gab eine Mischung aus einem Schrei und einem Stöhnen von sich, dann ließ er das Dach los.

Erst als Oskar fiel und auf dem Boden auftraf, kam Viktor der Gedanke, dass das Dach viel zu niedrig war, um Oskar zu töten. Scheiße, dachte er. Wir hätten auf ein höheres Dach klettern sollen. Und Jahre später schämte er sich noch für diesen Gedanken.

Freddie

Freddie zuckte zusammen, als Viktor ihm ein zweites Mal auf

die Finger trat, als hätte jemand sie geschlagen. Wenige Sekunden zuvor hatte sie sich bei dem Wunsch erwischt, er würde genau das tun, damit sie Oskar endlich los wurden. Nun bereute sie den Gedanken.

Sie hörte Oskars Körper unten ankommen und dann war es still. Sie wartete darauf, dass er unten schrie oder zumindest weinte. Er musste doch Schmerzen haben.

Der Sturz aus sechs Meter Tiefe war sicherlich nicht tödlich, aber es musste schrecklich weh tun.

Langsam machte sie einen Schritt vor. Im gleichen Moment traten Viktor und Ruben an den Rand des Daches. Sie sahen nach unten.

Freddie wartete darauf, dass sie irgendetwas sagten, dass sie loslaufen würden, um einen Krankenwagen zu holen. Irgendetwas.

Aber sie bewegten sich nicht, sagten nichts, sahen nur nach unten.

Nun kamen auch Julia und Daniel in Bewegung. Sie liefen ebenfalls zum Rand des Daches und sahen hinunter. Julia schrie auf und stolperte zurück. Daniel hielt sie fest, damit sie nicht umfiel.

Langsam kam Freddie näher. Sie trat neben Ruben und wagte einen Blick in die Tiefe. Es sah von oben tiefer aus als von unten. Direkt unter ihnen befanden sich die Steinbänke. Darüber lag Oskar. Seine Gelenke waren unnatürlich in alle Richtungen gestreckt. Sein Blick war nach oben gerichtet. Seine Augen starrten ihnen allen entgegen.

Es war offensichtlich, dass er tot war. Genickbruch, würde man später sagen. Ausgerutscht und leider genau auf der Bank unter ihm gestürzt, die ihm das Leben nahm.

Freddie wendete den Blick von Oskar ab. Sie trat zurück, weil sie fürchtete, von dem starken Wind nach unten, direkt neben Oskar, gestoßen zu werden.

Sie wusste nicht woher die Trauer kam, aber plötzlich füllten ihre Augen sich mit Tränen. Sie blinzelte sie angestrengt weg, wollte nicht, dass einer der anderen sie bemerkte.

Julia schluchzte neben ihr. Daniels Hand lag an ihrer Schulter. Unsicher, was er tun sollte, tätschelte er sie. Ruben und Viktor standen immer noch am Rand und sahen hinunter. Freddie ging zu Julia herüber, nahm behutsam Daniels Hand von ihrer Schulter und nahm sie in den Arm.

»Was haben wir nur gemacht?«, fragte sie schluchzend an Freddies Schulter. »Was haben wir nur gemacht?«

Freddie hatte darauf keine Antwort, die sie sich auszusprechen traute. Sie hatten einen Jungen umgebracht. Sie alle waren schuld an seinem Tod.

»Wir müssen hier weg«, sagte Viktor.

Freddie löste sich langsam aus der Umarmung mit Julia und sah ihn an. Er war schrecklich blass und in seinen Augen lag etwas, das sie noch nicht von ihm kannte. Sie konnte es nicht zuordnen.

»Weg? Und was ist mit Oskar?«, fragte Daniel neben ihr.

»Der wird morgen vom Hausmeister gefunden werden«, sagte Viktor.

»Das können wir nicht machen«, sagte Freddie. »Der Hausmeister hat Oskar mit Julia gesehen. Was wird er wohl glauben, wenn er ihn morgen tot da liegen sieht?«

Viktor fuhr sich nervös mit der Hand durch das Haar.

»Wir sollten das melden«, sagte Daniel unsicher. Es war ihm deutlich anzusehen, dass er von seinem eigenen Vorschlag nicht viel hielt.

»Wir kommen alle ins Gefängnis«, stieß Viktor aus. »Wollt ihr das?«

Darauf gab keiner eine Antwort.

Julia fing wieder an zu weinen und Freddie legte ihr einen Arm um die Schultern. Sie fühlte sich selbst ganz taub. Als wäre das alles keine Realität, sondern nur ein Albtraum. Wenn sie doch nur daraus aufwachen würde.

»Irgendetwas müssen wir aber machen«, sagte Ruben.

»Vielleicht denkt auch niemand, dass Julia Oskar umgebracht hat. Wenn Annika bezeugt, dass sie sie mit nach Hause genommen hat.« Freddie warf einen Blick auf ihre Freundin. »Meinst du, Annika würde eine Falschaussage machen?«

Julia schüttelte den Kopf und wischte über die feuchten Augen. »Nein. Niemals.«

»Aber was bleibt uns anderes übrig?«, fragte Viktor.

Freddie dachte nach. Es musste doch irgendeine Möglichkeit geben, heil aus dieser Sache heraus zu kommen. Daniels Vorschlag war der Vernünftigste. Einfach den Vorfall melden und hoffen, dass ihnen nichts geschah. Aber Viktor hatte Oskar auf die Finger getreten. Das würde ein Rechtsmediziner sicherlich feststellen. Sonst hätte es immer noch ein Unfall sein können, aber durch das Treten auf Oskars Finger war es Mord. Oder? Und sie waren alle dabei gewesen. Sie hatten ihn nicht aufgehalten. Also was blieb ihnen anderes übrig?

Sie mussten hier weg. Viktor hatte Recht. Sie würden sonst alle ins Gefängnis kommen.

»Lasst uns zu Julia fahren«, sagte Freddie. »Wir werden Annika einfach überzeugen müssen.«

»Wir sollten es der Polizei melden«, sagte Julia leise und warf

Daniel einen Blick zu. »Wir sollten das Richtige tun. Das hat Oskar verdient.«

»Was?« Ruben trat einen Schritt vor. »Hast du etwa vergessen, was hier vor ein paar Sekunden noch abgelaufen ist?«

Julia schüttelte den Kopf. »Nein. Aber er ist tot.« Sie sah Ruben eindringlich an. »Tot. Er liegt da mit verrenkten Gliedern und starrt mit vorwurfsvollem Blick zu uns hoch. Da ist es mir völlig egal, wen er geküsst hat.«

Ruben machte noch einen Schritt vor und bevor es zu einem richtigen Streit kommen konnte, stellte Freddie sich zwischen Julia und Ruben. »Lasst uns jetzt einfach von hier verschwinden, ja? Wir fahren alle zu Annika.«

Daniel

Annikas Augen weiteten sich, als sie Ruben, Freddie, Viktor, Julia und Daniel vor der Haustür stehen sah.

»Was ist denn mit euch passiert?«, fragte sie, als sie die erschöpften Gesichter sah.

Daniel konnte es ihr nicht verübeln. Sie sahen schrecklich aus. Julia konnte nicht aufhören zu weinen und Viktor hatte immer noch diesen verstörten Ausdruck im Gesicht.

»Können wir rein kommen?«, fragte Freddie.

Annika warf einen Blick über ihre Schulter. »Klar.« Sie ließ sie ein und nachdem sie sich alle im Wohnzimmer versammelt hatten, betrachtete Annika sie nachdenklich.

»Okay. Dann … ähm … wünsche ich euch noch viel Spaß. Ich bin in meinem Zimmer.«

Sie drehte sich gerade um, um das Wohnzimmer zu verlassen, als Julia leise sagte: »Warte.«

Annika hielt inne und betrachtete ihre Schwester skeptisch.

Sie hatte wirklich keine sehr liebevolle Seite an sich. Jede andere Schwester hätte Julia nun in die Arme genommen. Sie musste schließlich sehen, dass Julia weinte.

»Kannst du bitte die Tür schließen?«, fragte Freddie.

Annika ging zu der Wohnzimmertür herüber und schloss sie. »Ich habe jemanden oben, der auf mich wartet. Dauert es etwas länger?«, fragte sie.

Julia nickte.

Annika seufzte. »Okay. Wartet.« Sie öffnete die Wohnzimmertür wieder und schlüpfte nach draußen. Daniel hörte sie die Treppe nach oben laufen und eine Tür zuschlagen. Einige Sekunden lang passierte gar nichts. Es war völlig still in dem Haus. Nur Julias Schniefen war zu hören.

Dann kamen zwei Personen die Treppe herunter gelaufen. Es dauerte einen Moment, dann wurde die Haustür zugeschlagen und Annika kam wieder ins Wohnzimmer.

Sie setzte sich auf den einzigen freien Platz, auf den Sessel, neben dem ein Stapel von Zeitschriften lag.

»Okay. Was ist los?«

Als Julia nichts sagte, ergriff Freddie das Wort: »Wir haben ein Problem«, sagte sie mit fester Stimme. »Du hast wahrscheinlich noch mitbekommen, dass wir Streit mit Oskar hatten.«

Annika zögerte, nickte dann aber.

»Der ist noch schlimmer geworden, als du weg warst«, fuhr Freddie fort. »Es gab einen Unfall. Oskar ist das Dach herunter gestürzt.«

Annika zog scharf ihre Luft ein. »Scheiße«, sagte sie leise. »Wie geht es ihm?«

Freddie sah zu Boden. Und schwieg.

Annika sah verwirrt zu Julia und Viktor, dann wieder zu

Freddie. »Wie geht es ihm?«, fragte sie nun etwas lauter.

»Er ist tot«, brach es aus Julia heraus. »Er ist auf einer der Sitzbänke gefallen und hat sich so wahrscheinlich das Genick gebrochen.«

Annika starrte sie stumm an.

»Es war wirklich ein Unfall«, versicherte Julia ihr. Hätte sie Annika die Wahrheit gesagt, hätte sie wahrscheinlich direkt die Polizei gerufen. Daher war Daniel ihr für diese kleine Lüge dankbar. »Aber der Hausmeister hat mich mit ihm oben gesehen. Es wäre daher gut, wenn … du mir ein Alibi geben könntest.«

»Was?«

»Könntest du der Polizei sagen, wenn sie Oskars … Leiche entdecken, dass du mich nach Hause gebracht hast?«

Annika starrte sie an.

Daniel hielt die Luft an, während er auf eine Antwort wartete. Es vergingen Sekunden, in denen niemand etwas sagte.

»Will ich wissen, was genau passiert ist?«, fragte Annika schließlich bedächtig.

Julia schüttelte den Kopf.

»Okay«, sagte Annika. »Dann werde ich sagen, du bist mit mir nach Hause gekommen.«

»Wer war das gerade, den du weggeschickt hast?«, fragte Viktor. Es war das erste, was er hier sagte.

Annika warf ihm einen Blick zu. »Mein Freund. Und er wird nichts sagen. Er weiß ja auch gar nichts.«

Viktor sah nicht überzeugt aus, aber Annika war anzusehen, dass sie keine Kompromisse einging.

»Du belügst also für mich die Polizei?«, fragte Julia leise.

Annika nickte. »Ja.«

»Du bist dir sicher?«

»Ja. Ich habe dich abgeholt und bin mit dir nach Hause gegangen. Als wir das Dach verlassen haben, war Oskar allein und am Leben.« Annika klang entschlossen.

Sie hatten sich alle in ihr getäuscht. Sie stand hinter ihrer Schwester. Es war klar, dass sie niemals Daniel oder einen der anderen beschützt hatte, aber Julia war ihre Schwester und sie liebte sie wohl doch mehr, als sie gedacht hatten.

Ruben

Ruben versuchte nicht zu Freddie herüber zu sehen. Aber es war eng in dem Wagen. Zu fünft in einem Auto zu sitzen hatte vielleicht im Kindesalter gut funktioniert.

Daniel hatte sich neben Viktor auf den Beifahrersitz gesetzt, bevor Ruben ihm zuvor hatte kommen können. Nun saß Ruben neben Julia, die in der Mitte Platz genommen hatte. Ein Fehler, wie er fand. Sie hatte die breitesten Hüften von ihnen und ihr Oberschenkel berührte Rubens. Aber Freddie hatte ihr sofort Platz gemacht, bevor sie selbst in den Wagen gestiegen war.

»Das hier ist keine Schnitzeljagd«, beschwerte Freddie sich. »Erzähl uns endlich, wo sie sind.«

Viktor warf ihr einen Blick über den Rückspiegel zu. »Ich sage doch, ihr wisst nicht, wo es ist. Ich werde es euch zeigen.«

»Ich habe da mal eine Idee: Erkläre uns, wo es ist und wir werden sehen, ob wir den Ort kennen.«

Ruben sah aus dem Fenster. Draußen bogen sich die Bäume gefährlich tief und der Wind zog und zerrte an ihnen. Er war ebenfalls der Meinung, dass Viktor ihnen einfach sagen sollte, wo Jonas ihre Familien und Freunde versteckt hielt, aber er konnte Freddies Stimme nicht mehr ertragen und wollte ihr schon gar nicht zustimmen. Am liebsten hätte er sich die Ohren zu gehalten und laut gesungen, wenn sie sprach.

Viktor seufzte resigniert. »Es ist ein Gebäude nicht weit von hier. Aber es liegt außerhalb der Stadt. Im Industriegebiet. Es ist eine leer stehende Fabrik und eigentlich baufällig.«

Ruben nahm seinen Blick von der stürmischen Landschaft

und sah Viktor an. »Woher weißt du, dass sie da sind?«

»Ich wurde heute morgen wegen Vandalismus in das Gebäude gerufen. Da war natürlich nichts. Aber ich habe mich umgesehen. Auf den Fotos sah es sehr danach aus, als würden sie in einem der oberen Räume festgehalten werden.«

Ruben sah wieder aus dem Fenster. Ob es wirklich so einfach war? Konnte es nicht irgendwo noch eine Falle geben? Er fühlte sich bei dem Gedanken, dass sie direkt auf den Täter zufuhren, nicht wohl.

»Außerdem«, sagte Viktor und räusperte sich. »Habe ich einen maskierten Mann dort gesehen.«

»Was?« Freddie beugte sich nach vorne. »Warum hast du das nicht schon längst gesagt?«

Ruben sah ihn von der Seite an. Selbst von hier konnte er erkennen, dass Viktor sich unwohl fühlte.

»Ich dachte, er hätte mir einfach nur Angst eingejagt. Wie hätte ich wissen können, dass er dort Jenny und die Anderen festhält? Als ich dort war, war von ihnen ja noch niemand entführt.«

»Ich …« Ruben sah zu Julia, die ebenfalls nervös wirkte. »Ich habe den Maskierten auch gesehen.«

»Bin ich der einzige, der ihn nicht gesehen hat?«, fragte Ruben fassungslos.

»Ich habe ihn auch nicht gesehen«, sagte Daniel von vorne.

»Ich auch nicht«, murmelte Freddie leise, als würde sie sich schämen, mit Ruben zu kommunizieren.

»Wo war er bei dir?«, fragte Viktor.

»Vor der Bäckerei. Ich weiß nicht, ob er auch rein gekommen ist, ich habe mich im hinteren Teil versteckt.«

Freddie nickte. »Hätte ich auch so gemacht.«

»Da wollte uns wohl jemand einen Schrecken einjagen«, sagte Viktor.

»Und ihr seid nicht auf die Idee gekommen, uns davon zu erzählen?«, fragte Ruben nachdenklich.

Viktor hob seine Schultern. »Nichts gegen euch, aber ihr seid nicht unbedingt die Personen, denen ich all meine Geheimnisse anvertraue. So dicke wie damals, sind wir jetzt schon lange nicht mehr befreundet.«

Das brauchte Viktor ihnen nicht zu sagen. Freddie war noch mit Julia befreundet, Ruben hatte noch Kontakt zu Daniel, aber zu Viktor hatten sie alle den Kontakt verloren.

Vielleicht lag es daran, dass Viktor Oskar auf die Finger getreten war. Vielleicht lag es daran, dass Ruben ihm nicht verzeihen konnte, dass sie in dieses Schlamassel geraten waren. Aber zumindest konnte Ruben sich einreden, dass er Oskar hoch geholfen hätte, wenn Viktor ihm nicht den letzten Tritt gegeben hätte.

Julia

Als Viktor den Streifenwagen von der Landstraße herunter und auf einen breiten Weg lenkte, musste Julia feststellen, dass Viktor recht gehabt hatte, sie war noch nie hier gewesen.

Links und rechts von ihnen waren große Gebäude, vor denen Schilder mit den Namen der Unternehmen standen. Aber keiner der Namen sagte ihr etwas. Viktor fuhr den Wagen langsam an den Gebäuden vorbei. Die Arbeiter waren wohl schon nach Hause gegangen. Man sah nämlich weder Menschen, noch Autos zwischen den Gebäuden.

Hier war der Wind ein bisschen schwacher. Aber kaum hatte er die Gebäude hinter sich gelassen, riss der Sturm wieder an dem Auto und hätte sie beinah von der Straße gedrängt. Viktor lenkte hastig nach rechts und hielt das Lenkrad fest umklammert.

Schließlich fuhren sie auf ein Gebäude zu, das abseits von den anderen stand. Es sah alt aus. Heruntergekommen. Es hätte bei diesem Sturm auch in sich zusammen fallen können.

Viktor fuhr immer langsamer, bis er schließlich hielt. Keiner bewegte sich.

»Warum hält er sie hier gefangen?«, fragte Daniel.

Julia beugte sich nach vorne und legte ihre Hände auf den Sitzen vor ihr ab, um sich das Gebäude genauer ansehen zu können.

Keiner beantwortete Daniels Frage. Sie wussten es einfach nicht. Keiner von ihnen schien eine nähere Verbindung zu diesem Haus zu haben.

»Lasst es uns herausfinden«, sagte Viktor und war der erste, der die Autotür öffnete. Sofort fuhr ein kalter Wind in das beheizte Auto.

Julia wartete, bis Freddie ausgestiegen war, dann folgte sie ihr. Sofort blähte der Wind ihren Mantel auf und sie schlang ihn sich eng um den Körper. Was für ein grausames Wetter. Sie betrachtete nachdenklich das Haus.

»Vielleicht hat er sie nur her gebracht, weil es hier besonders abgeschieden ist«, mutmaßte Julia. Sie sprach zu sich und dachte, keiner hätte sie gehört, bis Viktor »Vielleicht« sagte.

Aber an diesem einen Wort konnte sie hören, dass er anderer Meinung war. Sie gingen langsam auf das Gebäude zu. So langsam, dass nicht viel gefehlt hätte und sie wären stehen geblieben. Keiner von ihnen wollte in das Gebäude gehen. Sie hatten alle Angst davor, was sie im inneren erwartete.

»Hast du eine Taschenlampe dabei?«, fragte Ruben Viktor.

Dieser griff an seinen Gürtel und zog einen langen schwarzen Stab hervor. Es sah eher nach einem Schlagstock, als nach einer Taschenlampe aus. Aber Viktor nickte.

Hinter ihnen leuchteten noch die Laternen der alten Fabriken, aber je näher sie dem Gebäude kamen, desto düsterer wurde es. Das waren wirklich nicht die besten Bedingungen.

Julia wäre am liebsten zurück zu dem Wagen gerannt und hätte den anderen die Suche überlassen. Aber dann dachte sie an Annika und Niko. Sie waren wahrscheinlich in dem Gebäude. Von einem Irren entführt. Sie konnte nicht zurück bleiben. Sie musste ihrer Familie beistehen. Sie musste ihnen helfen und sie nach Hause bringen.

Annika hatte schon genug für sie getan. Jetzt musste Julia auch etwas für sie tun. Auch wenn sich die feinen Härchen in ihrem Nacken aufstellten, als sie vor der Eingangstür ankamen.

»Wir bleiben zusammen«, zischte Freddie und warf ihnen allen einen strengen Blick zu. »Das hier ist kein Horrorfilm, wo sich alle trennen und dann einer nach dem anderen abgeschlachtet wird.«

Julia nickte. Ihr war das nur recht. Sie hatte es lieber, wenn sie von den Anderen umzingelt war und beschützt wurde.

Sie kamen vor der offenen Eingangstür an. Einen Moment lang starrten sie nur in endlose Schwärze des Gebäudes, dann knipste Viktor seine Taschenlampe an und erhellte zumindest einen Teil des Foyers.

Nacheinander traten sie ein. Ihre Schritte hallten viel zu laut auf den Steinplatten wider. Julia biss ihre Zähne aufeinander. Sie ging die letzten Schritte auf Zehenspitzen.

Langsam leuchtete Viktor über das Geröll, das auf dem Boden

316

lag. Es war immer nur der helle Lichtkegel der Taschenlampe zu sehen. Darum herum war es schwarz.

Julia trat einen Schritt nach vorne, bis sie nur noch wenige Zentimeter von Ruben entfernt war. Sie brauchte die Gewissheit, dass sie hier nicht alleine war. Die Taschenlampe erhellte leider viel zu wenig, als dass sie all ihre Freunde sehen konnte.

»Weißt du, in welchem Raum die Fotos gemacht wurden?«, fragte Freddie leise.

Julia riss ihre Augen auf, um in der Dunkelheit, durch die der Schein der Lampe nicht drang, so viel wie möglich erkennen zu können. Hier könnte nur wenige Zentimeter von ihnen entfernt jemand stehen. Er könnte sie hören und durch die Taschenlampe auch sehen.

In ihren Beinen kribbelte es und sie war versucht los zu rennen. Wahrscheinlich hätte sie das auch gemacht, wenn in diesem Moment nicht die Eingangstür zugeknallt wäre und das letzte Licht, das von draußen drang, verschluckte.

Viktor

Viktor zuckte zusammen, wodurch das Licht, das die Taschenlampe spendete, zuckte und verrutschte. Er biss sich verärgert auf die Unterlippe. Es war nur eine zufallende Tür gewesen. Nichts, worüber er sich hätte Sorgen machen müssen. Es war alles gut. Zumindest so gut, wie es sein konnte, wenn man im Dunkeln in ein verlassenes Gebäude schlich, um seine Tochter von einem Wahnsinnigen zu befreien.

Er suchte den Boden mit der Taschenlampe ab. Irgendwo musste der Fuß der Treppe sein. Die Treppe war weiter weg, als er in Erinnerung hatte. Ohne ein Wort zu sagen, ging er auf sie zu. Er hörte an den Schritten der Anderen, dass sie ihm folgten.

Keiner wagte es mehr, zu reden. Er hatte sogar das Gefühl, dass sie leiser atmeten. Er hatte ihnen nicht gesagt, dass er den Maskierten hier unten hätte kriegen können, wenn er nicht gestürzt wäre. Oder wenn er umgekehrt wäre, als er auf dem Rückweg eine Bewegung in der Tür des Gebäudes gesehen hatte. Sie würden ihn wahrscheinlich alle hassen.

Wäre Jenny dann nicht entführt worden? Hätte er es verhindern können?

Ein Geräusch ließ ihn innehalten. Er blieb auf der ersten Stufe stehen und sah nach oben.

»Was war das?«, flüsterte Ruben.

»Keine Ahnung.« Viktor leuchtete mit der Lampe die Treppe hoch und schwenkte das Licht über das Geländer.

Dann ging er weiter. Er konnte nicht schnell gehen, weil er noch genau wusste, wie tückisch die Steinstufen waren. An manchen Stellen waren sie so bröselig wie trockener Marmorkuchen.

Hinter ihnen hörte er etwas rutschen und keuchen. Schnell schwenkte er die Taschenlampe um und sah, dass Daniel sich an Ruben festhielt. Er hatte die Stufe erwischt, bei der er selbst ausgerutscht war.

Aber der Lichtkegel seiner Taschenlampe strahlte nicht nur auf Ruben und Daniel. Im Hintergrund nahm er noch etwas Helles war. Er trat eine Stufe nach unten und kniff seine Augen zusammen.

Die Anderen drehten sich in die Richtung, in die Viktor so angestrengt sah und sogen die Luft ein, als sie erkannten, was es war.

Die weiße Stelle war nur sehr klein. Darum herum konnte er Dunkelheit erkennen. Aber bald wurde ihm bewusst, dass die weiße Stelle eine Decke war, vielleicht ein Spannbetttuch. Das darum herum war dunkelrot und er hätte kein Polizist sein müssen, um erkennen zu können, dass es Blut war.

Er zwängte sich an den anderen vorbei und stolperte die Stufen herunter. Nun war er lauter und unvorsichtiger. Es war ihm egal. Das Tuch lag neben der Eingangstür, durch die sie gekommen waren. Es war ungefaltet dort abgelegt worden. Die weiße Stelle schien zwischen dem Blut hervor zu leuchten. Der Rest war getränkt von der roten Flüssigkeit.

Viktor kniete sich davor und griff nach der freien Stelle. Vorsichtig hob er das Tuch an. Es war sehr schwer. Als er mit einem Finger über das Blut strich, bemerkte er, dass es noch nicht trocken war. Er leuchtete auf seinen Finger, auf dem nun ein roter Abdruck zu sehen war.

Hinter ihm hörte er einen Schritt, dann wirbelte er herum und strahlte seine Freunde an, die von ihm unbemerkt näher gekommen waren. Sein Herz raste und seine Adern füllten sich mit Adrenalin.

Am liebsten hätte er diese schwere Taschenlampe genommen und ihnen allen fest über den Kopf gezogen. Er wäre gerne durch dieses Gebäude gerannt und hätte alles klein gehauen, bis nichts mehr übrig war.

Das hier könnte Jennys Blut sein. Das Blut seines kleinen Mädchens.

»Wir wissen nicht, von wem es ist«, sagte Ruben, als hätte er Viktors Gedanken gelesen. »Wir wissen es nicht.«

»Lasst uns hoch gehen. Vielleicht ist es auch Tierblut«, sagte Freddie, ohne große Überzeugung.

Viktor trat an ihnen vorbei, wollte nichts mehr hören. Mittlerweile kamen ihm Freddie, Julia, Daniel und Ruben lästig vor. Er wollte nur noch sein kleines Mädchen finden, sie in den Arm nehmen und von diesem schrecklichen Ort bringen. Er wollte mit ihr nach Hause gehen oder zu Lia. Er würde sein ganzes Erspartes nehmen und mit den Beiden in den Urlaub fliegen. An irgendeinen schönen Ort, um sie dort mit gutem Essen und viel Sonne zu verwöhnen.

Hauptsache er konnte sein Mädchen wieder in die Arme schließen.

Schnellen Schrittes ging er die Stufen nach oben. Dabei trat er auf Geröll und Glasscheiben. Er hörte hinter sich die Anderen, die vorsichtiger waren als er und wünschte sich, sie würden ganz zurück bleiben.

Er kam oben an, als sie nicht einmal die Hälfte der Treppe bestiegen hatten und leuchtete mit seiner Taschenlampe über den Boden. Hier sah es genauso aus, wie heute Morgen. Dann richtete er den Schein der Lampe auf einer der Türen, hinter denen er Jenny vermutete.

Freddie

Am liebsten hätte Freddie laut gerufen, damit Viktor mit der Lampe langsamer machte. Sie konnte nicht mehr erkennen, wohin sie trat, aber sie hatte genug gesehen, um zu wissen, dass sie vorsichtig sein musste. Dieser Treppe war nicht zu trauen.

Sie versuchte all ihre Gedanken woanders hinzulenken, nur nicht zurück zu dem Tuch, das blutgetränkt war. Freddie wollte sich nicht vorstellen, dass sie an Nikos Tod Schuld sein sollte.

Als sie die Treppe hinter sich ließ, bemerkte sie Viktor, der auf einer der Türen zuging. Sie war geschlossen, so wie alle Türen und sie fürchtete sich vor dem, was sie verbargen.

Hinter Ruben lief sie Viktor nach. In ihrem Rücken hörte sie

Julia keuchen. Sie weinte leise, seit sie das Tuch gefunden hatten. Freddie konnte es ihr nicht verdenken. Sie hatte schließlich zwei Verwandte hier oben. Für sie musste es am schlimmsten sein. Neben Viktor. Niemand sollte eine solche Angst um sein eigenes Kind haben müssen.

Viktor öffnete die Tür, als Freddie hinter ihn trat. Dahinter lag ein dunkler Raum. Es war völlig still und Freddie dachte schon, sie hätten den falschen Raum erwischt.

Aber dann leuchtete Viktor hinein.

Genauso wie im restlichen Haus, lag hier Dreck auf dem Boden. Doch das war es nicht, was ihre Aufmerksamkeit fesselte. Es war das blasse Gesicht, auf das der Schein von Viktors Lampe leuchtete.

Es war ein Mann, den Freddie noch nie gesehen hatte. Er war schon älter. Sein Gesicht war voller Falten und das Haar war dreckig grau. Er blinzelte angestrengt in das Licht, drehte seinen Kopf weg und versuchte dann erneut zu ihnen zu sehen.

Freddie wartete darauf, Erleichterung in seinem Blick zu erkennen. Schließlich waren sie jetzt hier, um ihn zu befreien. Aber er schien nicht froh zu sein, dass Rettung gekommen war. Viktor nahm das Licht von seinem Gesicht und leuchtete auf die Ketten, an die der Mann gefesselt war.

Sie hörte neben sich Schritte und sah wie Ruben auf den Mann zu ging. Aber Viktor hob eine Hand und bedeutete ihm, nicht weiter zu gehen. Verwirrt blieb Ruben stehen, bewegte sich nicht, als würde er auf einer Sprengkapsel stehen.

Freddie sah wieder zu dem Mann. Das musste Rubens Gefangener sein. Klar. Wer sonst?

Rubens Freund, den sie noch nie gesehen hatte. Oder hatte sie ihn schon einmal gesehen, ohne ihn richtig wahrzunehmen?

Viktor leuchtete weiter. Ein paar Meter neben dem Mann lag eine riesige Frau. Freddie erkannte Norma, Daniels Mutter in ihr. Auch sie blinzelte in das Licht, sagte aber nichts.

Freddie wäre am liebsten zu ihr gerannt und hätte sie geschüttelt, damit sie ein Zeichen von sich gab. Sie wurden festgehalten und freuten sich nicht über ihre Rettung. Was war nur los? Und wo war Niko?

Auch Daniel machte einen Schritt auf seine gefangene Mutter zu, hielt dann aber inne, bevor Viktor ihn aufhalten konnte. Der Lichtpegel glitt weiter über den Boden. Als er niemanden erfasste, schwenkte Viktor das Licht noch weiter nach links und traf einen Fuß. Er wanderte das Bein hoch und zeigte schließlich Niko, der nicht in das Licht blinzelte.

Er hatte seinen Kopf zur Seite gedreht. Wahrscheinlich hatte er schon damit gerechnet, dass gleich eine Taschenlampe auf ihn gerichtet wurde und hatte sich gewappnet. Aber auch er sagte kein Wort.

Freddie hatte gar keine Chance erleichtert zu sein, dass er unversehrt war. Irgendetwas stimmte hier nicht. Sie fühlte sich wie in einem Albtraum. Einem surrealen Albtraum. Von Gefahr umgeben, ohne zu wissen, wo die Gefahr war.

Das Licht erfasste Annika. Sie saß an einer Wand gelehnt und hob eine Hand, um sich vor dem Licht zu schützen.

Julia wimmerte leise, als sie erkannte, dass ihre Schwester lebte.

Viktor trat einen Schritt nach vorne und leuchtete den Boden weiter ab. Es war nichts zu sehen.

»Jenny«, hörte sie ihn leise, verzweifelt, flüstern.

Der Schein leuchtete auf Dreck, bis er Ketten erfasste. Viktor trat noch einen Schritt vor und Freddie tat es ihm gleich. Er glitt mit dem Lichtkegel über den Boden, bis er auf etwas stieß. Es sah aus wie ein Knäuel aus Decken. Roten Decken. Viktor zog die Luft ein und machte noch zwei Schritte vor, um zu dem zu gelangen, was Freddie für einen zugedeckten kleinen Körper hielt.

Julia

Julia starrte auf den gefrorenen Boden. Auf dem Friedhof bewegte sich kein Blatt. Alles war ruhig. Alles war still. Nichts war von dem Sturm zu sehen, der in ihrem Inneren tobte.

Sie bemühte sich, nicht zu Jonas herüber zu sehen. Er stand neben seiner Mutter. Sie weinte und er hatte eine Hand auf ihren Oberarm gelegt. Es sollte vielleicht eine tröstende Geste sein, aber es wirkte viel mehr lenkend und bestimmend.

Es waren schrecklich wenige Menschen zu Oskars Beerdigung gekommen. Neben Julia stand Freddie mit unbewegter Miene. Neben ihnen gab es noch zwei weitere Jugendliche. Außerdem trauerte eine Hand voll Menschen um ihn, die Julia für seine Verwandtschaft hielt.

Es war ernüchternd. Oskar war ein so freundlicher, netter und offener Mensch gewesen. Ein besserer Mensch als Julia. Wenn so wenige zu seiner Beerdigung kamen, wie viele würden dann zu ihrer eigenen Beerdigung kommen?

Nachdem Oskar in die Erde gelassen wurde, stellten sich die Gäste an, um Blumen auf das Grab zu werfen und danach der Familie ihr Beileid auszusprechen.

Julia sah der kurzen Schlange zu, wie sie noch kürzer wurde und rührte sich nicht vom Fleck. Da unten war Oskar. Der Oskar, den sie geliebt hatte. Der Oskar, mit dem sie sich eine Zukunft gewünscht hatte. Dabei hatte sie nicht einmal die Chance bekommen, ihm zu sagen, wie wichtig er ihr war. Sie hatte ihn niemals küssen können. Niemals so umarmen, wie sie wollte. Hingebungsvoll und hemmungslos.

»Gehen wir?«, fragte Freddie leise und berührte Julia am

Ellbogen.

Diese zögerte, wollte noch nicht weg gehen. Ihn hier nicht allein zurücklassen. Allein, in dem kalten Grab.

Aber dann nickte Julia. Es standen nur noch zwei Menschen in der Schlange und sie wollte nicht zurück bleiben, wenn niemand mehr übrig war, der Oskar betrauerte.

Sie wandte dem Grab ihren Rücken zu und ging mit Freddie über den Kiesweg. Sie waren mit dem Bus gekommen und würden mit ihm auch wieder fahren müssen. Still, ohne zu reden oder zu lachen.

»He.«

Überrascht blieb Julia stehen und drehte sich um. Jonas kam auf sie zu gelaufen. Er trug einen dunklen Anzug, wodurch seine dunklen Haare und seine blasse Haut noch mehr zur Geltung kam.

»Du bist Julia, oder?«, sagte er emotionslos.

Diese nickte und schluckte.

»Du bist die Letzte, die ihn lebend gesehen hat«, stellte er fest. Wieder nickte sie.

»Du hast ihn umgebracht.« Die Worte kamen so plötzlich und wurden mit einer solchen Wucht auf sie abgeschmettert, dass Julia zurück stolperte.

Freddie machte augenblicklich einen Schritt nach vorne. »Was soll das?«, fragte sie. »Sie hat ihn nicht umgebracht.«

Jonas warf ihr nur einen Blick zu. Dann richteten sich seine hellen Augen wieder auf Julia. »Ein Alibi von seiner eigenen Schwester zu bekommen ist so, als hätte man kein Alibi«, fuhr er unbeirrt fort. »Du hast ihn umgebracht. Ich weiß zwar nicht, wieso, aber das werde ich noch herausfinden.«

»Ich habe ihn nicht umgebracht«, flüsterte Julia. Zu mehr war sie einfach nicht im Stande.

»Das hast du. Leugne es so oft du willst, es bringt nichts. Die Polizei glaubt dir, aber ich nicht. Ich kenne Oskar. Ich weiß, was ihn die letzten Wochen beschäftigt hat. Und du standest da ganz oben auf der Liste. Du hast ihm den Kopf verdreht. Er war verliebt in dich. Und dann stürzt er, kurz nachdem er mit dir auf einem Dach gesehen wurde, in den Tod.«

Julia starrte Jonas an. Ihr wurde langsam klar, dass Oskar ihm nicht gesagt hatte, dass er Streit mit ihnen gehabt hatte. Er hatte es für sich behalten und einmal mehr wurde Julia bewiesen, dass Oskar ein guter Kerl war. Ein anständiger Kerl. Ein Kerl, der nicht über die Menschen her zog, die ihn schlecht behandelten. Und sie hatten ihn getötet.

Daniel

Viktor grenzte sich zuerst von ihnen ab. Daniel saß mit den anderen in der Mensa und aß das pappige Essen. Julia hatte kurz von der Beerdigung berichtet. Dabei hatte es Daniel gar nicht interessiert.

Er wollte nichts mehr über Oskar wissen. Er wollte einfach vergessen, dass er je existiert hatte. Wahrscheinlich würde er das glauben, wenn er ihn nur lange genug leugnete.

Daniel sah zu Viktor herüber und betrachtete ihn. Er hatte sich sein Tablett genommen, nicht gegrüßt, sich nicht zu ihnen gesetzt und hatte an einem anderen Tisch Platz genommen. Er saß nicht besonders weit weg, aber auf Daniel wirkte es, als wäre er Meilen entfernt.

Neben ihm saß Lia und ihre Freundin. Sie schienen beide nicht einmal ansatzweise zu ahnen, was ihnen vor drei Wochen passiert war.

»Seit wann isst er denn nicht mehr mit uns?«, fragte Julia nachdenklich. Sie hatte ihren Blick auf Viktor gerichtet. In ihrer Stimme schwang keinerlei Bedauern mit.

Ob sie froh war, dass er nicht mehr an ihrem Tisch saß? War sie froh, weil er Oskar auf die Finger getreten hatte? Würde sie auch froh sein, wenn Ruben nicht mehr an ihrem Tisch sitzen würde? Weil er Oskar geschubst hatte? Würde sie froh sein, wenn Daniel sich wegsetzen würde, weil er das unschöne Geheimnis ans Licht gebracht hatte, das alles zerstört hatte?

»Ich habe mir so etwas schon gedacht«, sagte Freddie. »Er war in letzter Zeit nie richtig bei uns. Also mit seinen Gedanken.«

Julia nickte nur. Für sie schien das Thema erledigt zu sein.

Daniel sah wieder zu Viktor herüber. Wie viele Jahre waren sie jetzt befreundet? Sieben? Acht? Und dann wurden nur dreißig Worte verschwendet, um darüber zu sprechen, dass man jetzt nicht mehr befreundet war.

Daniel stand auf, nahm sein Tablett und verließ den Tisch. Nicht, weil er nicht mehr mit ihnen befreundet sein wollte. Es lag daran, dass er nicht ertragen konnte, dass man über ihn nicht einmal zehn Wörter verschwenden würde, wenn er sie verlassen würde.

Als er aus der Mensa trat und von einem eisigen Wind erfasst wurde, stolperte er fast gegen Jonas. Julia hatte ihnen nicht erzählt, was Jonas zu ihr gesagt hatte und so konnte Daniel nicht ahnen, was auf ihn zu kam.

Er murmelte nur eine Entschuldigung und versuchte an Jonas vorbei zu gehen. Dabei stellte er sich ihm in den Weg und Daniel trat zurück. Verwundert sah er Jonas an.

»Was?«, fragte er.

»Du solltest der Polizei sagen, was du weißt«, sagte Jonas ernst.

Daniel trat noch einen Schritt zurück. »Was?«

»Wenn du weißt, dass Julia Oskar umgebracht hast, solltest du damit zur Polizei gehen.«

»Julia hat Oskar nicht umgebracht«, sagte Daniel und drängte sich an Jonas vorbei.

Dieser stellte sich ihm wieder in den Weg. Wäre Daniel nur ein bisschen mehr wie Viktor gewesen, hätte er ihn wahrscheinlich zur Seite gestoßen. Aber so schob er Jonas nur kraftlos von sich weg.

»Aber du weißt, wer es war«, sagte Jonas.

Daniel ignorierte ihn, drängte sich an ihm vorbei und lief schnellen Schrittes über den Schulhof. Nur weg von dem Jungen, der seinen Bruder betrauerte und versuchte, seinen Tod aufzuklären. Nur weg von der Erinnerung daran, dass Oskar einmal gelebt hatte.

Viktor

Drei Wochen später hörte Viktor beim Abendessen von seinem Vater, dass Jonas und seine Eltern weggezogen waren. Sie hielt nichts mehr in der Stadt, in der ihr Sohn ums Leben gekommen war.

Viktor hatte sein Essen nicht mehr anrühren können. Er war hoch in sein Zimmer gegangen und hatte sich auf sein Bett geschmissen. Dort lag er nun, starrte an die Zimmerdecke und versuchte zu verarbeiten, was eigentlich nicht zu verarbeiten war.

Er war Schuld an dem Tod eines Menschen.

Immer und immer wieder dachte er darüber nach, wie es gelaufen wäre, wenn er einfach Oskars Hände genommen und ihn auf das Dach zurück gezogen hätte. Wenn er ihm nicht auf die Finger getreten wäre. Dann wäre Oskar nun am Leben. Vielleicht würde jeder wissen, dass Viktor ihn geküsst hatte. Vielleicht hätten sich Julia, Daniel, Freddie und Ruben von ihm abgewandt. Aber zumindest wäre Oskar noch am Leben. Jonas und seine Eltern hätten nicht wegziehen müssen. Viktor hätte sich nicht von seinen Freunden trennen müssen.

Er fuhr sich mit beiden Händen über sein Gesicht und kämpfte gegen die Tränen an. Er hätte Lia verloren. In den letzten Wochen war sie ihm noch mehr ans Herz gewachsen. Sie war ein freundlicher, ehrlicher und intelligenter Mensch. Aber er hätte sie hergegeben, wenn doch nur Oskar wieder leben würde.

Er biss sich auf die Unterlippe. Er durfte nicht weinen. Nicht wie eine Memme. Nicht wie ein Mädchen. Nicht wie eine Schwuchtel.

Diese blöden Zeitschriften. Diese blöden Bücher. Wenn er doch nur nie die Pornohefte seiner Eltern gefunden hätte. Wäre das nicht passiert, würde Oskar vielleicht noch leben.

Er legte sich auf die Seite und machte sich klein. Er fühlte sich klein. Schutzlos.

Er ging jeden Tag der letzten Wochen durch und fragte sich, wann alles so schrecklich geworden war. Was hätte er verändern müssen, damit es nicht zu diesem Endergebnis kam? Was hätte er tun sollen? Aber eigentlich war es egal, was er änderte. Alles hätte zu einem anderen Ergebnis geführt.

Er wünschte sich so sehr, dass er die Chance bekam, etwas zu ändern, dass er fast wahnsinnig bei dem Gedanken wurde, dass nichts mehr zu ändern war.

Oskar war tot.

Er würde nicht mehr wieder in die Schule kommen. Er würde

Viktor nicht die Chance geben, ihm zu verzeihen, dass er ihn geküsst hatte, dass er alle gegen ihn aufgebracht hatte. Oskar würde ihm nicht verzeihen. Genauso wenig wie Viktor sich selbst verzeihen würde.

Ruben

Viktor stieß einen gequälten Laut aus. Es war eine Mischung aus einem Würgen und Wimmern. Dann stolperte er nach vorne, auf das Bündel zu.

Es war wirklich klein. So klein, dass Ruben sich fragte, ob das wirklich Viktors Tochter sein konnte. War sie noch so jung? Aber noch bevor Viktor bei seiner vermeintlichen Tochter ankommen konnte, zuckte die Taschenlampe weiter und leuchtete die Gestalt an, die an der gegenüberliegenden Wand lehnte.

Sofort blieb Viktor stehen, hob die Lampe erneut und leuchtete Jonas direkt in sein Gesicht. Er trug die Maske nicht mehr, aber er hielt sie in seiner Hand und Ruben konnte sich nur zu gut vorstellen, was für eine Angst er Julia damit eingejagt hatte.

Viktor ballte seine Hände zu Fäusten. »Du verdammtes Schwein!«, schrie er und machte einen Satz nach vorne.

Doch Jonas, der im Gegensatz zu den Gefangenen, nicht vor dem plötzlichen Licht blinzelte, hob seine Hand und richtete eine Pistole auf Viktor.

Dieser hatte scheinbar noch gar nicht daran gedacht, seine eigene Waffe zu ziehen. Sie hing unbenutzt an seinem Gürtel.

»Keine plötzlichen Bewegungen«, sagte Jonas gelassen. »Du legst deine Waffe jetzt langsam auf den Boden. So wie ihr es bei der Polizei gerne seht.«

Ohne seinen Blick von Jonas zu lassen, schnallte Viktor die Waffe ab und legte sie behutsam auf den Boden.

Jonas nickte zufrieden.

331

»Was hast du mit meiner Tochter gemacht?«, fragte Viktor und Ruben hörte seinen ganzen Schmerz in der Frage mitschwingen. Jonas Blick zuckte zu dem blutigen Bündel auf dem Boden. Dann sah er wieder Viktor an. »Du warst es, der Oskar getötet hat. Deswegen musste deine Gefangene als erstes sterben.«

Viktor schluchzte auf und krümmte sich zusammen.

Ruben hatte ihn noch nie weinen gesehen. Auch jetzt konnte er nur erkennen, wie seine Schultern zuckten und er leise keuchte.

Er selbst konnte nur daran denken, dass Jonas gesagt hatte, Jenny war als erstes gestorben. Das bedeutete, dass andere folgen würden.

»Woher weißt du, was passiert ist?«, fragte Ruben.

Jonas sah ihn ernst an. Viktors Taschenlampe war die einzige Lichtquelle. Aber sie tat einen guten Job. Jonas wurde angestrahlt, der restliche Raum befand sich im Dunkeln.

»Jemand von euch hat sich verplappert«, sagte er und sein Blick zuckte in Annikas Richtung. Nur kurz und Ruben wusste nicht, ob es den anderen auffiel. Dann war sein Blick wieder auf Ruben gerichtet. »Ich will gar keine Namen nennen. Das ist unnötig. Ich habe es erfahren. Vor einem halben Jahr. Danach hat sich mein Leben völlig verändert.« Er ließ seinen Blick über Freddie und Julia schweifen, dann sah er wieder Ruben an. »Wisst ihr eigentlich, wie lange ich mich gefragt habe, wie es passiert ist? Jahrelang bin ich jedes Gespräch mit Oskar durchgegangen, um zu erfahren, welchen Grund ihr hattet, ihn umzubringen. Ihr könnt euch gar nicht vorstellen, wie sehr es einen quälen kann, nicht zu wissen, weshalb einem der liebste Mensch im Leben genommen wurde. Ihr könnt euch nicht vorstellen, wie es ist Tag und Nacht an nichts anderes zu denken. Jedes Buch über Psychologie und Täterprofile zu lesen, nur um heraus zu finden, was euch dazu gebracht hat, meinen Bruder zu töten. Ein Mensch, der nie etwas falsches getan hat. Ein Mensch, der einfach nur gut war. Ich konnte es nicht verstehen und das hat mich fast wahnsinnig gemacht. Ebenso wie die Vorstellung, dass ihr einfach eure Leben lebt, ohne Konsequenzen zu ziehen. Ihr habt die Schule abgeschlossen, studiert oder Ausbildungen gemacht, euch verliebt, geheiratet und Familien gegründet. Ihr habt Filme geguckt und Spaziergänge gemacht. Ihr habt einen Euro in der Hand gehalten, mitbekommen wie eine Frau Kanzlerin wurde, ihr habt gesehen, wie Deutschland 2014 Fußball Weltmeister wurde und die gleichgeschlechtliche Ehe erlaubte. Das alles hat Oskar nicht erleben dürfen.«

Stille.

Ihre Blicke waren auf Jonas gerichtet

Er deutete mit seiner Pistole in Julias Richtung. »Ich dachte ja immer, sie hätte es getan.«

Julia trat neben Ruben einen Schritt zurück. Er konnte ihren Angstschweiß riechen.

»Ich weiß«, sagte Jonas. »Du warst es nicht.« Dann zeigte er mit seiner Pistole auf Ruben und in ihm zogen sich seine Eingeweide zusammen. »Du warst es. Und er.«

Für Viktor hatte er nur einen flüchtigen Blick übrig. Er stand vorn über gebeugt vor Ruben und wurde nur noch leicht von leisen Schluchzern geschüttelt.

»Und jetzt willst du sie alle töten?«, fragte Ruben. Die Vorstellung, dass Dietrich nun seine letzten Sekunden erlebte, war beunruhigend. Er hatte keine Angst oder fühlte sich schuldig. Es war ein merkwürdiges Gefühl mit jemandem in einem Raum zu sein, der schon bald nicht mehr leben würde.

»Ich denke schon«, sagte Jonas langsam, als müsste er darüber noch nachdenken. »Zumindest ein paar.«

Ruben versuchte Dietrich in der Dunkelheit auszumachen. Aber er konnte ihn nicht erkennen. Ob er wohl schon länger wusste, dass er bald sterben würde?

Die Gefangenen waren so ruhig, als hätten sie sich schon mit ihrem Schicksal abgefunden und glaubten nicht, dass es sich noch lohnen würde, zu kämpfen.

»Sie haben damit aber nichts zu tun«, sagte Julia plötzlich. »Wir sind es doch, die Oskar umgebracht haben.«

»Ja natürlich. Aber wie sehr würde es euch quälen, wenn ich euch umbrächte?«, fragte Jonas und machte einen Schritt nach vorne. »Ich will, dass ihr leidet, so wie ich es getan habe. Und zu meinem Glück sind noch ein paar dreckige Geheimnisse heraus gekommen.« Er sah zu Freddie und in Ruben stieg Wut hervor. »Ach, wusstet ihr, dass Viktor tatsächlich Oskar geküsst hat? Und nicht anders herum?« Jonas kratzte sich mit der Pistole an der Schläfe und lächelte vergnügt.

Rubens Blick zuckte zu Viktor. Er bewegte sich nicht, starrte nur auf den Boden, die Schultern nach vorne gezogen.

»Ja, ich habe seine Pornoheftchen gefunden. Alles Schwulen-pornos.« Jonas zuckte mit den Schultern. Seine hellen Augen blitzten im Licht der Taschenlampe.

»Freddie hat was mit dem kleinen Nikolas, das wissen wohl inzwischen alle. Julia hasst ihr Mutter. Gefühllos, aber nicht weiter tragisch.« Jonas ließ seinen Blick über alle Anwesenden schweifen. »Ich will ja gar nicht aussprechen, was Daniel so alles in seinem Bestattungsinstitut anstellt. Also ich würde keinen Angehörigen mehr zu ihm bringen.« Er gluckste leise. »Aber was dein Geheimnis ist, habe ich noch nicht heraus gefunden«, sagte Jonas an Ruben gewandt.

Ein Schauer der Erleichterung erfasste ihn. Sein Geheimnis würde niemals herauskommen. Egal, was geschah. Es war sicher.

»Willst du es uns nicht sagen?«

Als Ruben stumm blieb, trat Jonas einen Schritt vor. Er neigte seinen Kopf zur Seite und wartete ab. Aber er würde lange darauf warten müssen. Er würde es nicht erzählen.

Doch Jonas trat an Annika. Von ihr war nicht sehr viel zu erkennen. Ein dunkler Schatten und ein Schimmer blasser Haut. Jonas legte die Mündung seiner Pistole an Annikas Schläfe.

»Willst du es mir wirklich nicht sagen?«, fragte er.

Ruben biss sich auf die Unterlippe.

»Er hat Vergnügen daran, Tiere zu quälen und zu töten«, kam es von der anderen Seite. Sie lag im Dunkeln, aber natürlich wusste Ruben, dass es Dietrich war, der sein Geheimnis Preis gegeben hatte. Er hatte die Worte ausgespuckt, wie einen großen Käfer.

Jonas hob seine Augenbrauen an. Er sah überrascht aus. »Tatsächlich? Wie so ein Psychopath? Hast du auch ins Bett gemacht, als du ein Kind warst? Hast du schon einmal ein Feuer gelegt?«

Ruben presste seine Zähne aufeinander. Er sagte nichts dazu. Was immer auch kommen würde, es konnte nicht mehr schlimmer werden. Dietrich, sein bester Freund. Der einzige Mensch, dem er jemals so sehr vertraut hatte, dass er mit ihm über seine dunkle Seite gesprochen hatte, hatte ihn verraten.

Plötzlich gellte ein Schuss durch das heruntergekommene Gebäude. Darauf folgte zwei Sekunden Stille und dann

Geschrei.

Freddie

Freddie griff instinktiv nach Julias Hand. Doch sie war nicht mehr da, wo sie sie erwartet hatte. Sie war schon nach vorne gestürmt. Freddie konnte nicht viel sehen. Viktor hatte sich seit er seine Waffe auf den Boden gelegt hatte, nicht mehr bewegt und die Taschenlampe leuchtete an die Wand, auf keinen bestimmten Punkt.

Sie lief Julia hinterher und ergriff ihren Arm, als sie sich über die Leiche ihrer Schwester beugen wollte. Entschlossen zog Freddie sie zurück. Julia schrie, hörte gar nicht mehr auf zu schreien. Sie schrie den Namen ihrer Schwester, sie weinte und flehte Gott an. Irgendwann hörte sie auf, sich gegen Freddies Griff zu wehren und Freddie konnte sie in die Arme schließen.

Fest hielt sie ihre Freundin umklammert, während sie an ihrer Schulter weinte.

Nun hatte sie die Gelegenheit sich die Szene genauer anzusehen. Dort, wo Annika gesessen hatte, war nur noch ein schwarzer Fleck. Sie war noch weiter aus dem Lichtkegel heraus gerutscht. Aber da bewegte sich etwas bei ihr. Erst bei genauerem hinsehen konnte Freddie erkennen, dass Niko bei ihr lag. Er hielt sie in seinem Arm und küsste ihr blutverschmiertes Gesicht. Leise hörte sie ihn schluchzen.

»Was soll das?«, rief Freddie verzweifelt.

»Ich habe doch gesagt, dass sie sterben werden«, sagte Jonas verblüfft, als hätten sie damit rechnen sollen. »Julia ist natürlich auch Schuld an dem Tod. Fast genauso sehr wie Ruben und Viktor. Also musste auch ihre Schwester sterben. Ich kann genau nach empfinden, wie sie sich im Moment fühlt. Ich habe genau das gleiche durchgemacht.«

»Dein Bruder wurde nicht von einem kranken Wichser vor deinen Augen erschossen. Annika hat dir nie etwas getan.«

»Natürlich hat sie das. Sie hat Julia gedeckt. Hätte sie das nicht getan, wüsste ich schon lange, was damals passiert ist.«

Dazu fiel Freddie nichts mehr ein.

Verzweifelt klammerte Julia sich an Freddie. Sie war schwer und stützte ihr ganzes Gewicht auf ihr ab. Freddie hielt sie umklammert und traute sich nicht, sich zu bewegen, aus Angst, ihre Freundin könnte jeden Moment ihren Verstand verlieren.

»Was willst du von uns?«, fragte Ruben leise.

Freddie konnte ihn nicht einmal ansehen, so sehr ekelte sie sich vor ihm. Vor dem, was seine Hände gemacht hatten. Die Hände, die auch sie berührt und gestreichelt hatten.

»Ihr sollt für das büßen, was ihr meinem Bruder und meiner Familie angetan habt.«

»Und deswegen sollten wir herkommen?«, fragte Freddie.

»Ich habe doch die Nachricht bekommen, dass ich sie retten soll«, sagte Ruben. »Wie kann ich sie retten?«

Jonas winkte ab. »Ach das. Du solltest nur nicht in deinem Haus sitzen und nichts tun. Ihr seid meine Spielfiguren, ich will mit euch spielen.« Plötzlich wurde sein Blick aufmerksam. Er huschte über sie hinweg und Jonas trat zur Seite. Sofort richtete er seine Waffe auf einen Punkt hinter Freddie.

Sie drehte sich um, um zu erkennen, wohin er deutete. Sie hatte Daniel völlig vergessen. Er saß über seiner Mutter gebeugt und hielt sie im Arm. Sie hatte ihr Gesicht an seinem Hals vergraben und bewegte sich nicht. Freddie konnte von ihrer Position aus sehen, dass sie ihre Augen geschlossen hielt. Daniel streichelte sanft ihren gewaltigen Oberarm.

»Hey!«, rief Jonas. »Aufstehen!«

Doch bevor sich jemand bewegen konnte, wurde es völlig dunkel und ein weiterer Schuss löste sich.

Viktor

Viktor lauschte, hörte aber nichts. Keinen Körper, der zu Boden fiel. Nur Schritte und Geraschel.

Am liebsten hätte er noch einmal abgedrückt. Aber er wusste nicht, wo Jonas jetzt war. Bestimmt hatte er sich von seinem Standpunkt entfernt. Er hatte nicht weit von Niko und Dietrich gestanden und so wollte er es nicht riskieren, noch einmal in die Dunkelheit zu schießen.

Er hätte vor Wut schreien können. Er hatte nur diesen einen Versuch gehabt und den hatte er verspielt. Dabei war die Ausgangssituation so gut gewesen. Jonas hatte ihn gar nicht mehr beachtet. Er hatte auch nicht gewollt, dass Viktor die Pistole von sich weg schob. Sie hatte direkt neben seinen Füßen gelegen. Jonas war völlig abgelenkt von Daniel gewesen, der zu seiner Mutter geflüchtet war, wie ein kleines Kind. Viktor hatte nur die Taschenlampe ausmachen und im gleichen Moment auf die Stelle, auf der Jonas gestanden hatte, schießen müssen. Aber er hatte es vergeigt.

Viktor blieb nichts anders übrig, als die Taschenlampe wieder anzumachen. Der Schein beleuchtete den Punkt, an dem Jonas eben noch gestanden hatte. Nun war er weg.

Er wirbelte herum und leuchtete durch den großen Raum. Er sah die erschrockenen Gesichter von Julia, Freddie, Ruben, Daniel, Norma und Dietrich. Niko hielt immer noch seine tote Mutter im Arm. Jenny lag unter dem Tuch begraben. Von Jonas war keine Spur zu sehen.

»Er ist weg«, sagte Freddie leise. Ihre Stimme bebte.

Viktor ignorierte sie und ging zu seiner Tochter herüber. Sein Arm fühlte sich schwer wie Blei an, als er das Tuch anhob und sah, was darunter lag. Sein kleines Mädchen starrte ihn an. Die Angst, das Entsetzen und die Verzweiflung waren noch immer in ihrem Blick zu erkennen. Sie konnte nicht begriffen haben, was passierte und doch hatte sie Angst empfunden. Sie musste nach ihm gerufen haben, gehofft haben, dass er sie nach Hause brachte. Sie war doch noch so klein gewesen. Sein hilfloses, kleines Mädchen, das noch zur Schule gehen, die Welt bereisen, sich verlieben und ein langes Leben führen sollte. Er biss sich auf die Unterlippe und ließ das Tuch wieder sinken. Er spürte die Trauer tief in seiner Brust. Sie hatte sein Herz fest umschlossen. Viktor versuchte die Trauer zu fassen zu bekommen, sie zu verwandeln. In Wut. Mit Wut konnte er umgehen. Mit Wut in seinem Herzen, konnte er Jonas umbringen und sich dafür rächen, dass er Jennys Leben genommen hatte.

»Lasst uns von hier verschwinden.« Ruben trat einen Schritt auf die Tür zu. »Lasst uns die Polizei rufen und verschwinden.«

Viktor erinnerte ihn nicht daran, dass er die Polizei war. Und er würde auch ganz bestimmt nicht verschwinden. Dieses Schwein hatte seine Tochter umgebracht. Seine kleine, wehrlose Tochter. Er würde nicht eher ruhen, bis er ihn umgebracht hatte.

Norma erhob sich schnaufend. Die Ketten rasselten, an denen sie gefesselt war.

Daniel hob sie an und betrachtete das Schloss. »Hat einer von euch einen Dietrich?«

»Ausnahmsweise nicht«, murrte Ruben.

Viktor trat vor. »Ich habe auch keinen. Aber ich werde euch den Schlüssel holen.«

Eine grimmige Entschlossenheit hatte ihn gepackt. Wo immer Jonas war, er konnte noch nicht weit sein. Er würde ihn einholen.

Er ging auf die Tür zu.

»Ich komme mit dir«, sagte Niko plötzlich. Seine Stimme war rau. Ungewohnt rau. Als wäre er in den letzten zehn Minuten um vierzig Jahre gealtert.

»Was habt ihr vor?«, fragte Julia leise.

»Ich will mich an ihm rächen«, sagte Viktor. »Und nicht eher ruhen, bis ich ihm eine Kugel zwischen die Augen gejagt habe.« An Niko gewandt sagte er: »Du kannst nicht gehen, du bist gefesselt.«

Als hätte Niko das vergessen, sah er auf die Ketten an seinem Fußgelenk hinab. Resigniert ließ er seine Schultern sinken.

Viktor hatte keine Lust noch mehr Zeit zu verschwenden. Jonas musste noch hier irgendwo sein. Viktor war sich sicher. Er würde nicht gehen, ohne sein Spiel zu Ende zu spielen.

Er drehte sich um, nahm das Licht, das die Taschenlampe spendete mit und verließ den großen Raum, in dem die anderen stumm zurück blieben. Es überraschte ihn nicht, dass sie ihn allein gehen ließen. Und es war ihm auch egal. Sie hatten keine Waffe, sie konnten ihn nicht unterstützen, würden ihm nur im Weg sein.

Er sah sich um, leuchtete dabei zuerst in die eine, dann in die andere Richtung. Schließlich entschied er sich dafür, nach rechts zu gehen, von der Treppe weg. Als er heute Vormittag hier gewesen war, hatte er sich nur flüchtig umgesehen. Da war es düster gewesen, aber nicht so dunkel, wie jetzt.

Ohne Taschenlampe wäre er völlig aufgeschmissen gewesen. Aber Jonas hatte kein Licht und kam offensichtlich auch so zurecht. Nun fragte Viktor sich, wie lange er schon hier war, wie viel Zeit er gehabt hatte, sich dieses Gebäude rauszusuchen und kennen zu lernen.

Der Nachteil daran, dass er eine Taschenlampe hatte, war, dass Jonas ihn deutlich sehen konnte. Während er sich in den Schatten versteckte, würde er Viktor schon von weitem erkennen.

Aber Viktor brachte es nicht über sich, die Taschenlampe auszuschalten. Er erreichte den nächsten Raum. Die Tür stand offen und drinnen erwartete ihn nur Dunkelheit. Er leuchtete hinein und zielte mit seiner Waffe auf die Stelle, die von dem Licht seiner Taschenlampe erhellt wurde.

Der Schein fiel auf eine Matratze, die unter einem mit Brettern vernagelten Fenster lag. Er trat langsam näher.

Bei der Matratze waren eine Decke und ein Rucksack. Er konnte sich nicht daran erinnern, dieses Lager gesehen zu haben, als er heute Vormittag hier gewesen war. Er bückte sich und griff in den Rucksack. Er musste Jonas gehören. Abgesehen von ein bisschen Wäsche, bekam er einen Stapel Fotos zu fassen. Er holte ihn heraus und leuchtete mit der Taschenlampe darauf.

Jonas und Oskar grinsten breit in die Kamera. Sie standen vor dem Gebäude, in dem sie sich nun befanden. Auf dem nächsten Bild war nur Oskar zu erkennen, der aus einem der kaputten Fenster im Erdgeschoss stieg. Auf dem nächsten Foto war Jonas zu sehen. Er hielt ein Metallrohr wie einen Baseball-schläger in der Hand. Stolz grinste er in die Kamera.

So blätterte Viktor die Fotos durch und blieb an einem Bild hängen, auf dem Oskar abgebildet war. Er sah nicht in die Kamera. Er lag auf einer Wiese, hatte die Hände hinter dem Kopf verschränkt und die Augen geschlossen. Die Sonne schien ihm in das Gesicht und er genoss offensichtlich die Wärme, die sie spendete. Bis gerade hatte er es nicht gewusst, aber Jonas und Oskar mussten viele Monate hier verbracht haben. Es waren nicht nur Fotos dabei, die im Sommer aufgenommen worden waren, sondern auch im Herbst und im Winter. Das hier war ihr Rückzugsort gewesen. Ein Ort, an dem sie viel Zeit und viele schöne Momente verbracht hatten.

Julia

Julia lauschte in die Stille, versuchte zu hören, was da vor sich ging, aber es blieb still. Sie war hin und her gerissen zwischen dem Wunsch, Viktor alles regeln zu lassen und ihrem Freund beizustehen. Sie hatten sich nicht trennen wollen. Sie hatten das gemeinsam durchziehen wollen, aber jetzt war Viktor allein und sie warteten darauf, dass er mit Jonas fertig wurde. Das war nicht fair.

Ein Schuss ließ Julia zusammen zucken. Freddie, an der sie sich in der Dunkelheit festgehalten hatte, erstarrte. Der Knall hallte immer noch nach. Julia konnte nichts anderes hören und wusste nicht, ob Viktor geschossen hatte oder getroffen war. Es wurde Zeit, sich zusammen zu reißen. Jonas hatte nicht nur Viktors Tochter, sondern auch Julias Schwester umgebracht. Sie war genauso darin verwickelt, wie er.

Sie löste sich von Freddie und ging auf die Tür zu. Die Anderen blieben, wie erstarrt an ihren Plätzen. Auf dem Flur wendete sie sich nach rechts. Sie hatte Viktor in diese Richtung gehen sehen, aber von dort kam auch der Schein einer Taschenlampe.

Sie folgte dem Licht, das aus einem der Räume drang. Sie hörte jemanden keuchen und stöhnen.

Bitte, dachte sie. Lass es nicht Viktor sein. Sie wusste nicht, was sie tun sollte, wenn sie nun Jonas in die Arme lief. Sie hatte keine Waffe, nichts womit sie sich verteidigen könnte und er war heute schon zum Mörder geworden.

Hinter sich hörte sie Schritte, aber sie blickte sich nicht um. Sie lief auf die Tür zu, konnte dort einen Schatten sehen und dann wurde erneut geschossen. Der Schatten bewegte sich, stolperte, lief weiter, fiel hin und blieb liegen. Direkt vor ihren Füßen. Erschrocken trat Julia einen Schritt zurück und stieß mit jemanden zusammen. Freddie, wie sich heraus stellte, als diese fluchte, weil Julia ihr auf den Fuß getreten war.

Da packte die Person zu ihren Füßen, sie am Fußgelenk und zog daran.

Julia stieß einen Schrei aus und wollte sich befreien. Sie wusste nicht, wer da auf dem Boden lag, fürchtete aber, dass es Jonas war. Sie trat nach ihm, erwischte ihn an der Schulter, verlor dann aber den Halt, als er an ihrem Bein zog.

Sie wäre hingefallen, wenn Freddie sie nicht gepackt hätte.

Da erschien ein Schatten an der Zimmertür und verdunkelte die Szene, so dass Julia gar nichts mehr erkenne konnte.

Unter ihr stöhnte jemand und zog noch stärker an ihrem Bein. »Hilfe!«, rief sie, während sie versuchte, die Hand abzuschütteln. Da drehte die Person auf dem Boden sich und riss Julia mit sich. Sie schlug unsanft auf dem Steinboden auf. Kurz blieb ihr die Luft weg, dann schnappte sie wie ein Fisch auf dem trockenen und ihre Lungen füllten sich wieder mit Sauerstoff.

»Nicht bewegen«, hörte sie die Person rufen, die sie fest im Griff hielt.

Jonas drückte Julia etwas Schweres gegen die Schläfe. Niemand bewegte sich und es herrschte Stille.

Dann trat die Person an der Tür zur Seite und Licht fiel in den Flur.

Julia nahm den starken Geruch nach Schweiß wahr, als Jonas sich bewegte. Sie wurde noch enger an ihn gedrückt.

Sie sah zu Viktor, der seine Waffe auf Jonas gezielt hielt.

»Lass sie los, oder ich schwöre, ich ballere dir deinen scheiß Kopf weg«, zischte Viktor.

Jonas zog Julia noch enger an sich. Der strenge Geruch stieg ihr erneut in die Nase und sie drückte sich so weit es ging, von ihm weg. Es dauerte einen Moment, bis ihr klar wurde, dass sie seine Geisel war.

»Wenn du mich nicht triffst und sofort tötest, wird sie sterben«, sagte Jonas. »Also hoffe ich, dass du gut bist.«

Sie verzog das Gesicht, als sie seinen warmen Atem auf ihrer Wange spürte. »Drück ab«, sagte sie mit überraschend fester Stimme. »Wenn du ihn nicht beim ersten Mal treffen wirst, triffst du beim zweiten Mal«, versicherte sie Viktor.

In diesem Moment war es ihr egal, ob Jonas sie tötete oder nicht. Er hatte ihre Schwester umgebracht. Den Menschen, den Julia so gut kannte, wie sonst niemanden. Den Menschen, der sie in der größten Not beschützt hatte. Dafür musste Jonas bestraft werden. Auch wenn sie das nicht überleben würde.

Viktor zögerte, hielt die Waffe auf Jonas gerichtet, drückte aber nicht ab.

»Leg deine Waffe beiseite«, sagte Jonas. »Oder ich erschieße sie.« Er zuckte und sie bemerkte, dass es ein lautloses Lachen sein musste.

Julia sah zu Viktor auf. Sie hörte Jonas' Atem laut an ihrem Ohr, wartete darauf, dass Viktor eine Entscheidung traf. Ungeduldig und mit wild pochendem Herzen.

Die Waffe in seiner Hand zuckte, bevor er sich langsam bückte und auf den Boden vor sich legte.

Die Erleichterung über Viktors Entscheidung überkam Julia unerwartet. Sie würde leben. Viktor hatte sich dafür entschieden, sie am Leben und Jonas laufen zu lassen.

»Jetzt schieb die Waffe zu mir rüber. Ich lerne ja aus meinen Fehlern.«

Viktor kickte seine Pistole zu Jonas herüber. Der zog an Julia, als er sich zu der Waffe vor beugte. Er ließ Julia los und nahm in die freie Hand die Waffe. Dabei zielte er mit seiner eigenen Pistole immer noch auf ihren Kopf.

Sie wagte nicht, sich zu bewegen.

»Aufstehen«, sagte Jonas.

Viktor trat auf ihn zu, aber Jonas richtete seine zweite Waffe sofort auf ihn. »Du bleibst wo du bist.« Er sah Julia an. »Und du stehst auf. Ich sage das nicht noch ein zweites Mal.«

Jonas

Freddie, Julia und Viktor gingen vor ihm den Gang entlang. Er hatte die beiden Waffen auf ihre Rücken gerichtet. In einer Hand hielt er zusätzlich seine Taschenlampe.

In seinem Inneren tobten die Gedanken.

Das ganze verlief nicht nach Plan. Er sollte die Macht und die Kontrolle über die Situation haben. Aber er hatte nicht damit gerechnet, dass Viktor sich zur Wehr setzen würde. Hatte er die Liebe, die er für seine Tochter empfunden hatte unterschätzt?

Oder war es Viktors kaltblütiges Selbst, mit dem er nicht gerechnet hatte?

Er ließ seine Augen nicht von ihnen ab. Der Plan war gewesen, die Angehörigen der Freunde vor ihren Augen zu ermorden. Einem nach den anderen. Und dann abhauen. Jonas war es egal gewesen, wie weit er kommen würde. Er hatte herausgefunden, wie Oskar gestorben war. Er würde an den Beschuldigten Rache üben. Der Rest war ihm egal.

Aber nun führte er Julia, Freddie und Viktor zurück und gar nichts war wie es sein sollte. Viktor würde ihn nicht einfach gehen lassen, wenn Jonas fertig war. Er würde kein trauriges Frack sein, wie Jonas es sich vorgestellt hatte.

»Da rein«, sagte er, als sie in dem Raum angekommen waren, in dem seine Gefangenen waren.

Sie folgten seinem Befehl, blieben dann aber abrupt stehen. Julia sog ihre Luft ein. Viktor gab ein undefinierbares Geräusch von sich.

Jonas trat vor, bohrte Viktor die eine Waffe in den Rücken. Mit der anderen Hand leuchtete er in den Raum. Aber abgesehen von Annika und Jenny war der Raum leer.

Seine Gefangenen waren geflohen.

10.08.2017

Jonas

Als Jonas aus dem Auto stieg, legte sich eine Gänsehaut über seine Arme. Das Thermometer in seinem Wagen zeigte eine Außentemperatur von gerade einmal zwanzig Grad an, aber durch den Wind, der über das flache Land wehte, fühlte es sich an, wie fünfzehn Grad.

Als er zwei Wochen Urlaub in einem Hotel an der Ostsee gebucht hatte, hatte er sich das irgendwie anders vorgestellt. Er hatte sich warme Temperaturen, lange Spaziergänge am Strand und vielleicht etwas Sonnenbräune gewünscht.

Er konnte froh sein, dass er nicht nur T-Shirts eingepackt hatte. Er ging zu seinem Kofferraum und zog die Reisetasche heraus, die er sich extra für diesen Anlass gekauft hatte.

Normalerweise verreiste er nicht. Er blieb gerne in seinen eigenen vier Wänden, weil es das war, was er kannte. Er brauchte sich nicht auf neue Umstände einzustellen und musste mit so wenigen Menschen wie möglich zu tun haben.

Auch wenn er in dieser Hinsicht seit seiner Kindheit besser geworden war. Er hatte sich immer wieder an ungewohnte Situationen heran gewagt und war nach und nach selbstsicherer geworden.

Nun ging er auf das Hotel zu, in dem er ein Doppelzimmer reserviert hatte. Es hatte nur zwei Stockwerke und sah eher aus wie ein großes Einfamilienhaus, als ein Hotel. Er hatte sich für diese Unterkunft entschieden, weil der Internetauftritt den Eindruck erweckt hatte, er würde hier nur wenige von diesen üblichen nervigen Touristen treffen, die laut und rücksichtslos waren. Ältere Pärchen, die zum Wandern her kamen oder

347

Einzelgänger, die sich von ihrem anstrengenden Job Freizeit schaffen wollten. Als er in den kleinen Eingangsbereich trat, wurde seine Vermutung bestätigt. Ein Angestellter erklärte gerade einem Rentner den Weg zu dem nächsten Leuchtturm.

Jonas checkte ein und verschwand dann in seinem Zimmer. Es war ordentlich und sauber. Jonas verstaute seine Kleidung im Schrank und die Toilettenartikel im Badezimmer.

Dort hielt er einen Moment lang inne und betrachtete sich in dem großen Spiegel über dem Waschbecken.

Er war knapp einsneunzig. Die dunklen Haare trug er kurz. Da er in den letzten Wochen, trotz des guten Wetters zu Hause wenig Sonne abbekommen hatte, war seine Haut blass. Sein Gesicht wirkte sogar etwas krank. Die Kleidung, die er trug, hing an seinem Körper herab, der sie nicht ganz ausfüllte.

Ein strenger Zug lag um seinen Mund.

Er dachte an die Zeit zurück, als er schwarze Kleidung getragen und Metall Musik gehört hatte. Das waren Zeiten, in denen er glücklich gewesen war. Das waren Zeiten, in denen er seine Freizeit mit seinem Bruder verbracht hatte.

Vor allem nach dem Umzug in die neue Stadt hatte er sich an Oskar geklammert. Er war die einzige Person, die ihm so etwas wie Sicherheit geben konnten.

Seine Eltern verstanden nicht, warum Jonas nicht gerne raus ging, keine richtigen Freunde oder Hobbys hatte und lieber für sich blieb.

Sie hatten ihn immer wieder zu Aktivititäten gedrängt, die gut für ihn waren, bei denen er sich aber immer unwohl gefühlt hatte. Das hatte Oskar nicht gemacht. Er hatte Jonas akzeptiert so wie er war.

Doch jetzt war Oskar schon lange tot und Jonas hatte nie

wieder jemanden finden können, dem er so vertraute, auf den er sich so verlassen konnte.

Seine Mutter sagte ihm, dass es daran lag, dass er niemanden an sich heran ließ. Aber sie gab Jonas gerne die Schuld für alles und so maß er ihren Worten nicht viel Gewicht zu.

Oskar war eben etwas besonderes gewesen.

Aus Trauer um Oskars Tod hatte sich Wut entwickelt. Wut, dass ihm der einzige Mensch auf dieser Welt genommen worden war, der ihm etwas bedeutete. Er konnte nicht verstehen, warum es geschehen war.

Wäre es ein Autounfall oder eine Krankheit gewesen, hätte Jonas vielleicht irgendwann damit abschließen können.

Aber er konnte sich die Umstände nicht erklären und so nagte die Ungewissheit an ihm und ließ ihn nie richtig zur Ruhe kommen.

Annika

Annika sah auf ihre Armbanduhr. Es war schon zehn vor elf. Lange würde es kein Frühstück mehr geben. Ungeduldig überschlug sie ihre Beine.

Sie saß schon seit einer Stunde im Speisesaal. Zuerst hatte sie noch auf ihren Mann und ihren Sohn gewartet. Irgendwann hatte ihr Bauch so laut geknurrt, dass sie sich Frühstück geholt hatte. Mittlerweile hatte sie aufgegessen und zwei Tassen Kaffee getrunken.

Ihre Familie war immer noch nicht da. Niko hatte in seinem Zimmer im Bett gelegen und gesagt, er würde nachkommen. Manuel war zwar schon aufgestanden, aber hatte sich noch im Bad fertig gemacht.

So lange konnte es ja wohl nicht dauern, sich zu rasieren und die Zähne zu putzen.

Sie seufzte. Soviel also zu einem Familienurlaub. Wenn sie Pech hatte, bekam sie hier so wenig von ihren Jungs mit, wie zu Hause. Sie stand auf und verließ den Speisesaal. Vielleicht war irgendetwas passiert, weswegen sie aufgehalten worden waren. Annika glaubte zwar nicht daran, aber sie hoffte, dass es irgendeinen Grund gab, weshalb sie das Frühstück hatte allein zu sich nehmen müssen.

Sie öffnete mit ihrer Karte die Zimmertür und trat ein.

»Manuel? Wo bleibst du denn? Ich warte doch auf euch.«

Annika ging an dem Badezimmer vorbei und betrat den Raum, in dem sie mit ihrem Mann die nächste Woche verbringen würde.

Er saß am Schreibtisch vor seinem Laptop und sah nicht einmal auf, als sie zu ihm stieß.

Natürlich. Er arbeitete.

Annika stemmte ungeduldig ihre Hände in die Hüften.

»Kannst du deine Arbeit nicht mal für einen Tag sein lassen? Du bist im Urlaub, falls du es noch nicht bemerkt hast.« Sie spürte, wie die gleiche Verzweiflung wie zu Hause in ihr auf stieg.

Die Arbeit war immer wichtiger als sie. Sie konnte sich nicht daran erinnern, wann sie das letzte Mal mit ihm Essen gegangen war. Wann sie das letzte Mal wirklich entspannt und in Ruhe Zeit gemeinsam verbracht hatten.

»Ich komme gleich runter. Ich muss nur noch diese E-Mail abschicken«, sagte Manuel, ohne den Blick von seinem Bild-schirm zu lösen.

Sie starrte ihn an, wartete darauf, dass er sie ansah und bemerkte, wie wütend sie war. Aber er löste sich keine Sekunde von dem Laptop.

»Wo ist Niko?«, fragte sie schließlich gereizt, als sie merkte, dass sie nicht die gewünschte Aufmerksamkeit von ihrem Mann bekam.

»Weiß ich nicht.« Er tippte in seinen Laptop.

Annika verbiss sich eine Bemerkung. Sie hatte schon so viele Stunden damit verbracht, ihm zu erklären, wie blöd sie es fand, dass er so wenig Zeit für sie hatte, weil er ständig arbeitete. Aber er verstand das Problem nicht und sie würde jetzt sicher nicht noch eines von diesen frustrierenden Gesprächen führen. Stattdessen ging sie zu der Verbindungstür, durch die sie in Nikos Zimmer gelangte.

Sie klopfte nicht an, sondern riss einfach die Tür auf. Niko lag auf dem ungemachten Bett und starrte auf sein Handy.

Annika stöhnte.

»Das kann doch nicht wahr sein. Bist du schon mal auf die Idee gekommen, mit deiner Mutter zu frühstücken?«, fragte sie genervt.

Niko warf ihr einen Blick zu. »Ich habe keinen Hunger.«

Niko hatte sich schon heftig dagegen gewehrt, als sie einen Familienurlaub vorgeschlagen hatte. Er sei sechzehn und kein Kind mehr. Er wolle lieber mit seinen Kumpels Urlaub machen. Aber Annika war einfach nichts mehr eingefallen. Irgendetwas musste sie doch tun, um ihre Familien vor dem auseinander brechen zu bewahren.

Niko, der sich fast vollständig von seinen Eltern gelöst hatte und Manuel, der nur noch arbeitete.

Annika war verärgert, traurig und enttäuscht. So hatte sie sich ihr Leben im Allgemeinen und diesen Urlaub im Speziellen nicht vorgestellt.

Jonas

Jonas atmete die Meeresluft ein und schloss für einen Moment die Augen. Er spürte, wie sich sein Körper entspannte und seine Gedanken klarer wurden.

Eben war er im Zimmer aufgeregt hin und her gelaufen. Sein Herzschlag hatte sich beschleunigt und seine Handflächen waren schweißnass gewesen.

Seine Gedanken hatten sich mal wieder im Kreis gedreht. In der Mitte hatte Oskar gestanden. Oskar, von dem er immer noch nicht wusste, wie er gestorben war. Vom Dach der Sporthalle gefallen und ungünstig auf der Bank gelandet, sodass sein Genick gebrochen war.

Was für ein Schwachsinn.

Er hatte nach draußen gehen müssen, bevor sein Gedankenkarussell immer wilder und verrückter wurde.

Es tat gut, an der frischen Luft zu sein. Das hatte er schon oft beobachtet und seit ein paar Monaten nutzte er die frische Luft, um klar im Kopf zu werden, wenn sein Gedankenkarussell die Kontrolle über ihn übernahm.

Er öffnete seine Augen wieder und ging los. Der Strand war fast leer. Der Himmel war Wolkenverhangen und es war zu kalt, um schwimmen zu gehen. Jonas war ganz froh, dass er zu den wenigen Menschen am Strand gehörte. So konnte er durchatmen und zur Ruhe kommen.

Wobei er auch nichts dagegen hätte, eine Runde schwimmen zu gehen. Er mochte Ausdauersport. Sich bewegen, bis die Muskeln schmerzten. Spüren, dass man lebte und da war.

Er senkte seinen Blick und betrachtete seine Schuhe, die Abdrücke auf dem Sand hinterließen. Er war dunkel und fest.

Jonas warf einen Blick nach hinten und sah kurz seine Abdrücke, bevor er sich wieder nach vorne wandte.

Sein Blick fiel auf eine Frau, die einige Meter von ihm entfernt am Wasser stand. Sie trug eine leichte Windjacke, in dessen Taschen sie ihre Hände vergraben hatte. Sie sah auf das Meer hinaus und ihr blondes Haar tanzte um ihr Gesicht.

Als Jonas auf sie zu ging, bekam er das Gefühl, sie irgendwoher zu kennen. Sie kam ihm bekannt vor. Als wäre sie eine Schauspielerin, die er schon oft im Fernsehen gesehen hatte, aber im realen Leben so anders aussah, dass er sie nicht zuordnen konnte.

Beim näher kommen, verstärkte sich dieses Gefühl. Er wurde langsamer, betrachtete eingehend ihr Profil. Woher kannte er sie?

Jonas wusste, dass es ihn den ganzen Tag quälen würde, wenn er die Antwort auf die Frage nicht fand. Sie würde ihm nicht mehr aus dem Kopf gehen und er würde eine Person nach der anderen durchgehen, die er kannte, um sie zu finden.

Er biss sich auf die Unterlippe. Bald würde er an ihr vorbei gehen. Nur noch wenige Schritte. Er wurde immer langsamer, bis er sich schließlich ein Herz fasste und neben ihr stehen blieb.

Er folgte ihrem Blick und sah auf das Meer hinaus. Sie schien auf nichts bestimmtes zu sehen. Einfach nur in die Ferne, wo sich das Meer am Horizont verlor.

»Schön, nicht wahr?« Die Frau wendete den Blick vom Meer ab und sah Jonas an.

Er lächelte. »Ja.« Er durchkämmte seinen Kopf nach Worten, die er sagen konnte. Aber er hatte die Situation nicht unter Kontrolle. Er fühlte sich, als würde er mitten auf dem Meer schwimmen und nach einem Rettungsring greifen, der immer wieder von einer Welle weggespült wurde.

»Sind Sie auch im Hotel Meerblick?«, fragte die Frau.

Jonas räusperte sich. »Ja. Ich bin gestern angekommen.«

Sie nickte. »Meine Familie und ich auch.«

Er warf einen Blick zu den Dünen hinter ihnen. »Wo sind sie?«

»Ach.« Die Frau seufzte und sah wieder auf das Meer hinaus. »Sie sind in ihren Zimmern. Eigentlich sollte das ein Familienurlaub werden, aber sie hängen lieber vor ihren Bildschirmen. Sind Sie mit Familie hier?«

»Nein. Ich bin allein hier.« Jonas spürte, wie er sich entspannte. Die Frau war es wohl gewöhnt sich zu unterhalten und führte das Gespräch. Er musste gar nicht viel tun.

»Also ähnlich wie ich«, sagte die Frau und lächelte. »Ich bin übrigens Annika.« Sie streckte ihm ihre Hand entgegen. An dem Ringfinger trug sie einen Ehering.

Jonas sah auf ihre Hand hinab. Eine Erinnerung zuckte durch seinen Kopf. Annika. Als Kind hatte sie Annika Schröder geheißen, mittlerweile hatte sie wahrscheinlich einen anderen Nachnamen. Sie hatte eine Schwester namens Julia Schröder. Annika war in seinem Jahrgang gewesen, aber so weit von ihm entfernt, wie es nur zwei Menschen sein konnten. Sie hatten ganz andere Leben geführt.

Er riss sich zusammen und versuchte sich seine Aufregung nicht anmerken zu lassen.

»Jonas«, sagte er und schüttelte ihre Hand.

Sie nickte und lächelte, schien nicht zu bemerken, wen sie hier vor sich hatte.

Jonas spürte, wie sein Puls in die Höhe schoss und seine Gedanken sich überschlugen. Aber dieses Mal wehrte er sich nicht dagegen. Dieses Mal ließ er sie zu. Sollten sie ihm doch Möglichkeiten nennen, wie er dieses Zusammentreffen optimal nutzen konnte.

Schließlich stand die Schwester der Mörderin seines Bruders vor ihm.

Annika

Sie hatte sich damit abgefunden, dass sie diesen Urlaub wohl allein verbringen würde. Natürlich war sie zuerst frustriert und sauer gewesen. Aber nachdem sie einen klärenden Spaziergang am Strand gemacht hatte, hatte sie beschlossen, das Beste aus dieser Situation zu machen. Schließlich brachte es nichts, sich wegen ihren Jungs aufzuregen. Sie wollte sich den Urlaub nicht kaputt machen lassen.

Daher verspürte sie nicht allzu viel Ärger, als Manuell und Niko sofort nach dem Abendessen auf ihren Zimmern verschwanden.

Annika hatte sich vorsorglich ein Buch in ihre Tasche gepackt. Sie hatte seit vielen Jahren nicht mehr in Ruhe ein Buch gelesen, weil sie immer sofort ein schlechtes Gewissen bekommen hatte. Es gab immer etwas zu erledigen und als Hausfrau und Mutter hatte man nie richtig Feierabend.

Doch das hier war ihr wohl verdienter Urlaub und den wollte sie mit einem Buch verbringen.

Sie setzte sich auf einen Hocker an der Bar und legte den Wälzer *Ein wenig Leben* von Hanya Yanagihara vor sich. Sie hatte schon so viel Gutes über dieses Buch gehört, dass sie sich nun selbst davon überzeugen wollte.

Sie bestellte sich ein Glas Rotwein und schlug die erste Seite auf.

355

Nach einer Stunde und eineinhalb Gläsern Rotwein hatte sie die ersten sechzig Seiten verschlungen. Sie sah auf, merkte dass es an der Bar voller geworden war und lächelte.

Wie lange war es her, dass sie sich so in etwas verloren hatte, dass sie gar nichts mehr um sich herum wahr genommen hatte?

»Das muss ein gutes Buch sein«, hörte sie eine Stimme neben sich.

Annika sah zu dem Mann herüber, der neben ihr saß. Sie hatte gar nicht bemerkt, dass der Barhocker neben ihrem besetzt war. »Es ist ein gutes Buch«, sagte sie und lächelte Jonas an.

»Worum geht es?«

Sie zögerte. »Das ist eine gute Frage. Es soll um Freundschaft, Traumata und … einfach das Leben gehen. Ich bin noch nicht sehr weit.«

»Das hört sich allumfassend an.«

Ihr fielen wie heute Nachmittag seine blauen Augen auf. Sie stachen hervor und waren so hell, dass sie überlegt hatte, ob es sich um Kontaktlinsen handelte.

»Darf ich Sie dann überhaupt stören?«, fragte er.

Sie schob das Buch ein Stück von sich entfernt. »Natürlich. Nichts geht über echte Kommunkation.«

Er hob sein Bierglas an und prostete ihr zu. »Dann auf echte Kommunikation.«

Jonas

Echte Kommunikation schien Annika wirklich wichtig zu sein. Seit sie ihr drittes Weinglas geleert hatte, sprudelten die Worte nur so aus ihr heraus.

Während sie ihm immer mehr aus ihrem Leben erzählte, wurde Jonas immer selbstsicherer. Er war erst bei seinem zweiten Bier und trank langsam und bedächtig.

Sie schien offensichtlich keinen Alkohol gewöhnt zu sein. Sonst hätte sie ihm als wildfremden Mann sicherlich nicht so viel aus ihrem Leben erzählt. Er schämte sich ja schon selbst für sie.

Gerade war sie bei ihrem Lieblingsthema: Wie sehr die Arbeit als Hausfrau und Mutter unterschätzt wurde. Sie zählte die Jobs an ihren Fingern ab, die sie erledigen musste.

»Ich bin Taxifahrerin, Köchin, Bäckerin, Putzfrau, Therapeutin und Sekretärin. All diese Personen kriegen Geld für das, was sie tun. Sie werden in der Gesellschaft anerkannt, weil sie einen ehrenwerten Job haben. Und ich? Ich als Hausfrau und Mutter kriege nur ein müdes Lächeln, wenn ich erzähle, was ich mache.« Sie schüttelte den Kopf und nippte an ihrem Wein. »Meine Schwester zum Beispiel. Sie hat nur einen einzigen Job. Sie ist Bäckerin. Um ehrlich zu sein, glaube ich nicht, dass sie wirklich backt, sie verkauft nur Brötchen. Aber sie tut so, als würde sie am offenen Herzen operieren, während ich nichts mache.« Sie schüttelte den Kopf.

Jonas beugte sich vor. Julia. Das war die Richtung, in die er gehen wollte.

»Ist sie schon immer so gewesen?«, fragte Jonas, bevor Annika das Thema „Schwester" fallen lassen konnte.

Annika hob die Schultern. »Nein, eigentlich nicht. Als wir in die Schule gegangen sind, stand ich über ihr, weil sie jünger ist. Ich habe ihr sogar manchmal bei den Hausaufgaben helfen können. Ich bin gut in der Schule gewesen.«

»Und dann?«

Sie hob die Schultern. »Dann bin ich früh schwanger geworden.«

Jonas verdrehte innerlich die Augen. Ihn interessierte doch nicht, was mit Annika passiert war. »Und Julia?«

Doch Annika schien seine Frage gar nicht gehört zu haben. »Ich mochte meine Schwester mal sehr gerne. Es gab eine Zeit, da hätte ich alles für sie getan.« Ihr Blick schweifte ab und blieb in der Ferne hängen.

»Sogar einen Mord begehen?« Noch während er sprach, merkte er, dass er zu weit gegangen war. Er lachte unsicher, um die Aussage herunter zu spielen.

Annika lächelte. »Ja. Ich hätte sogar einen Mord für sie begangen. Das habe ich ja quasi auch.« Sie sah Jonas an und lachte. »Sie müssten Ihr Gesicht sehen. Nein, ich habe natürlich niemanden umgebracht.« Sie sah in ihr Weinglas hinab und strich mit Daumen und Zeigefinger über das Glas. »Ich glaube, ich bin angetrunken«, sagte sie leise.

»Wissen Sie, was das Schöne an Bekanntschaften ist, wie unsere? Wir werden uns nie wieder sehen. Ich kann Ihnen erzählen, dass ich mit zehn Jahren das letzte Mal in die Hose gemacht habe und es ist egal, weil wir in einer Woche wieder Fremde sein werden.«

Annika lachte glucksend und hielt sich eine Hand vor den Mund. »Ja, da haben Sie wahrscheinlich recht.« Sie wurde ernst und seufzte schwer. »Es gibt Geheimnisse, die in einem brennen, die einfach frei gelassen werden möchten. Natürlich habe ich mit meiner Schwester ausgiebig darüber gesprochen. Es ist nämlich eigentlich ihr Geheimnis. Aber irgendwann wollte sie es auch vergessen. Ungefähr zu dem Zeitpunkt, als ich mit jemand unbeteiligtem darüber sprechen wollte.«

»Ich glaube, so jemanden haben Sie hier gefunden.« Jonas spürte wie seine Haut anfing zu prickeln. Er war kurz davor zu erfahren, was mit Oskar passiert war.

Fast fünfzehn Jahre hatte er darauf gewartet und jetzt lag die Wahrheit direkt vor ihm.

»Es gab da einen Jungen namens Oskar in Julias Klasse.«

Und so begann Annika die Geschichte von Jonas Bruder zu erzählen, der sich in das falsche Mädchen verliebte. Er erfuhr wie viele Gedanken Julia sich im Nachhinein noch gemacht hatte. Wie sie Daniels Reaktion auf Oskar analysiert hatte. Sie hatte sich gefragt, warum Viktor so heftig auf dem Dach reagiert hatte und war zu dem Schluss gekommen, dass Viktor Oskar einfach geküsst haben *musste*. Annika erzählte die ganze Geschichte und Jonas erfuhr endlich was in der Nacht auf dem Dach passiert war. Doch die Ruhe, die er erwartet hatte, stellte sich nicht ein. Es gab keinen Frieden und er konnte nicht mit der Situation abschließen.

Noch in der selben Nacht schusterte er sich einen Plan zusammen. Einen Plan, wie er sich rächen könnte. Er beschloss, nach dem Urlaub nicht sein normales Leben weiter zu leben. Er wollte die Freunde dafür büßen lassen, was passiert war und so begann er am nächsten Tag mit den Vorbereitungen.

Daniel

Daniels Herz schlug ihm bis zum Hals. Er konnte kaum sehen, wohin er lief. Die Lichtkegel der Straßenlaternen waren noch zu weit weg, als, dass er viel davon hätte erkennen können. Neben sich hörte er den schweren Atem seiner Mutter, die Schwierigkeiten hatte, mit ihnen Schritt zu halten.

Kaum hatten Freddie und Julia den Raum verlassen, hatte Ruben eine Büroklammer in seiner Hosentasche gefunden. Sie sei von den Fotos, die Jonas ihm von ihren Angehörigen geschickt hatte. Sie hatten in wenigen Sekunden die Fesseln der Gefangenen öffnen können. Aber es hatte länger gedauert, Niko davon zu überzeugen, seine Mutter und seine Tante zurück zu lassen. Er hatte sogar den Frauen folgen wollen.

Doch Dietrich hatte ihm eingeredet, dass sie nur eine Chance hatten zu fliehen und die durften sie nicht verstreichen lassen. Wenn sie die Polizei rufen wollten, mussten sie frei sein.

Also hatten sie sich durch die Dunkelheit des Gebäudes geschlichen. Sie hatten Jonas mit Viktor reden gehört. Daniel hatte jede Sekunde damit gerechnet, dass ein Schuss fallen und jemand von ihnen zusammen brechen würde.

Doch sie hatten es nach draußen geschafft.

Sie waren sich alle einig, dass sie den übrigen nicht auch noch das Polizeiauto nehmen konnten. Außerdem hätten Daniel, Norma, Dietrich, Ruben und Niko niemals in das Auto gepasst. Norma hätte zwei Sitze eingenommen.

Es gab nur einen Weg, der zurück in die Stadt und zu einem Ort führte, an dem sie Empfang bekommen konnten.

Daniel war schrecklich kalt. Der Wind pfiff in seinen Ohren

und die Kälte kroch durch seine Kleidung, um sich an seiner Haut fest zu setzen.

»Daniel«, keuchte Norma hinter ihm. »Daniel, ich kann nicht mehr. Lass uns eine Pause machen.«

Er blieb stehen und drehte sich zu der Fabrik um. Sie waren noch viel zu nah. Wenn sie Pech hatten, konnte man mit einer Taschenlampe in ihre Richtung leuchten und ihre Umrisse erkennen.

»Das geht nicht, Mama. Wir müssen weiter.«

Sie hatte wirklich eine ganz schreckliche Kondition. Schon auf der Treppe hatte sie so laut geschnauft, dass Daniel befürchtet hatte, Jonas würde sie hören.

Er sah zu den anderen, die weiter gingen. Ruben hielt sein Handy in der Hand und prüfte ununterbrochen den Empfang. Daniel konnte nur hoffen, dass sein Körper das Licht des Handys vor der Fabrik in ihrem Rücken abschirmte.

Freddie

Obwohl sie Jonas so deutlich in ihrem Rücken spürte, als würde er sie berühren, trat sie einen Schritt vor. Abgesehen von Annika und Jenny war der Raum leer.

Wohin waren die Gefangenen verschwunden? Hatten sie sie wirklich hier in dieser Hölle zurück gelassen? Hatten sie doch Schlüssel oder einen Dietrich gehabt?

Es fühlte sich an, als wäre sie verraten worden.

Sie hätten ihnen helfen können. Doch stattdessen waren sie gegangen und hatten Julia, Viktor und sie in diesem Albtraum zurück gelassen.

Ihr eigener Mann. Und ihr Liebhaber.

Sie waren beide verschwunden.

Wahrscheinlich sollte das die Strafe für ihr Verhalten sein.

»Rein da«, sagte Jonas.

Freddie warf ihm einen Blick zu. Er musste noch viel wütender sein als sie. Aber das einzige Anzeichen dafür war sein mahlender Kiefer und der starre Blick.

»Freddie. Du fesselst Julia und Viktor. Bei einer einzigen falschen Bewegung ballere ich dir dein verfluchtes Hirn weg.«

Sie zuckte zusammen. Er war wütender als sie. Bei einem falschen Wort oder einer falschen Geste würde Jonas wahrscheinlich ausrasten und Freddie hatte nicht vor, einen Ausbruch zu riskieren.

Sie fesselte Julia und Viktor, die sich ebenfalls brav verhielten, an den Ketten, an denen Norma und Dietrich gefesselt gewesen waren. Weit weg von Annika. Freddie konnte sich nicht einmal ansatzweise vorstellen, wie Julia sich in diesem Moment fühlen musste.

Jonas ging mit der Taschenlampe zwischen den Ketten entlang, drehte ihnen aber nie den Rücken zu. Er suchte irgendetwas auf dem Boden, schien aber nichts zu finden. Ein Werkzeug, mit dem die Gefangenen sich hatten befreien können?

Er leuchtete Freddie mit der Taschenlampe direkt ins Gesicht. »Du kommst mit mir.«

»Was hast du vor?«, fragte Viktor. Seine sonstige draufgängerische Art war nicht mehr zu hören.

»Ich suche Dietrich, Norma und Niko. Euch wird nichts passieren. Wie gesagt: Ihr seid nicht mein Ziel. Aber ich werde sie nicht einfach davon kommen lassen.«

Ruben

Bei einem Blick über seine Schulter musste er feststellen, dass er Daniel und Norma nicht mehr sah. Seine Schritte wurden langsamer. In einigen Metern würden die ersten Straßenlaternen auftauchen. Dann nicht mehr lange und die Fabriken taten sich links und rechts von der Landstraße auf. Irgendwo dort musste es Empfang geben. Ruben konnte sich nicht vorstellen, dass die Mitarbeiter ohne Netz zurecht kamen.

Aber um dahin zu kommen, mussten sie sich noch einige Meter gegen den Sturm drücken.

»Weiter, Ruben«, sagte Dietrich zwei Meter vor ihm.

»Daniel und Norma …« Doch Ruben brauchte sich nicht weiter von Dietrich überreden lassen. Daniel und Norma blieben zurück. Es war ihre Entscheidung.

Ruben hatte Norma keuchen gehört und sich nicht gewundert, dass sie ihren schweren Körper nicht gegen den Sturm und so schnell wie Niko, Dietrich und er über die Straße hieven konnte.

Also folgte er Dietrich und Niko.

Da waren sie nur noch zu dritt, dachte er verbittert.

Er war allein mit dem Mann, der ihn verraten hatte und mit dem Jungen, der seine Frau gefickt hatte. Wenn er es sich aussuchen könnte, würde er sich nicht mit ihnen durchschlagen. Aber Ruben konnte es sich nicht aussuchen.

Sie mussten weiter. Irgendwo hinter ihm war Jonas und er würde sie nicht einfach so laufen lassen. Um das zu wissen, brauchte er kein Gedankenleser zu sein.

Er hatte Niko, der sehr schweigsam geworden war und sich zielstrebig durch die Dunkelheit arbeitete und Dietrich bald eingeholt. Zu dritt marschierten sie über die Straße. Immer wieder warf er einen Blick auf sein Handy. Dietrich besaß kein

Handy und Nikos Handy war ihm von Jonas abgenommen worden, bevor er zu sich gekommen war.

Doch das kleine Kreuz bei den Balken zeigte ihm, dass er hier immer noch keine Polizei anrufen konnte. Er war nur froh, dass er noch genug Akku hatte.

Sie kamen dem ersten Gebäude näher. Die Fenster waren dunkel. Kein Auto stand auf dem Parkplatz zwischen der Straße und dem Gebäude. Hier würde Jonas wahrscheinlich als erstes suchen, weil es die erste Fabrik war.

Aber Ruben wusste nicht, woher er die Kraft nehmen sollte, bis zum nächsten Gebäude weiter zu gehen. Der kalte Wind, der sie umfing, ließ ihn zittern. Er war erschöpft und würde alles dafür geben einen Moment lang aus dem Sturm heraus zu kommen.

Niko steuerte den Parkplatz an und Dietrich und Ruben folgten ihm. Er warf einen Blick über seine Schulter. Das alte Fabrikgebäude war in der Dunkelheit nicht zu erkennen.

Aber in der Ferne konnte Ruben Lichter erkennen. Seine Schritte wurden langsamer. Er spürte, wie sein Herz einen Schlag aussetzte, bevor es doppelt so schnell weiter raste.

Das konnten keine Taschenlampen sein. Dafür waren die Lichter zu hell und zu gleichmäßig.

Es waren die Lichter von Scheinwerfern. Jonas musste bei dem Streifenwagen angekommen sein. Sie ruckelten leicht und schienen dann langsam aber beständig größer zu werden.

Ruben drehte sich zu der Fabrik um, auf die Dietrich und Niko zu gingen. »Los! Rein da. Er kommt.«

Ruben rannte los, von der Panik so in Beschlag genommen, dass er nicht merkte, dass er hier Empfang hatte.

Daniel

Daniel betrachtete seine Mutter. Sie hockte auf einem Knie und hielt eine Hand an seine Brust gepresst, als würde sie sicher gehen wollen, dass ihr Herz noch schlug. Von Ruben, Dietrich und Niko war schon lange nichts mehr zu sehen. Langsam wurde er unruhig. Sie mussten so schnell wie möglich in Sicherheit kommen, doch seine Mutter sah nicht so aus, als würde sie bald irgendwohin gehen.

Er sah sich um. Sie waren hier auf offener Straße. Rechts und links lagen Felder. Man konnte nicht weit sehen, aber mit einer Taschenlampe sähe das schon wieder ganz anders aus.

Vor ihnen schwebten die Lichter von Straßenlaternen in der Dunkelheit. Daniel spürte durch den kalten Wind seine Hände nicht mehr. Sie waren eiskalt und als er sie bewegte, um sie aufzuwärmen, schmerzten sie.

»Wir müssen jetzt weiter, Mama«, sagte er, aber seine Worte wurden vom Wind davon getragen.

Sie bewegte ihre Lippen, sprach aber so leise, dass er sie nicht verstand.

Er beugte sich zu ihr vor und griff nach ihrem gewaltigen Oberarm, um ihr auf zu helfen. »Komm, Mama. Wir müssen weiter gehen«, rief er ihr ins Ohr.

Sie schüttelte den Kopf. »Ich kann nicht mehr Daniel.«

»Du musst. Jonas kann jeden Moment hier ankommen.«

Er sah über seine Schulter und erstarrte.

Da waren Scheinwerfer, die auf ihn zu kamen. Sie waren noch so weit weg, dass sie Norma und Daniel nicht erfassten. Aber das würde sich bald ändern.

»Scheiße«, zischte er und zerrte an Normas Oberarm. »Los! Er kommt. Aufstehen! Los, Mama. Bitte!«

Kurz zuckte der Gedanke durch seinen Kopf, dass er sie zurück lassen würde, wenn sie jetzt nicht aufstand. Aber der Gedanke war genauso schnell wieder verschwunden, wie er gekommen war.

Ihre Augen weiteten sich, als sie die Scheinwerfer ebenfalls sah.

»Oh, Daniel.« Sie stemmte sich auf seinen Arm, um auf zu stehen. Er biss seine Zähne zusammen und half ihr hoch.

Sie schwankte leicht, als sie auf die Beine kam und keuchte laut. Er warf noch einen Blick über seine Schulter. Der Wagen kam näher. Nicht mehr lange und die Scheinwerfer würden sie erfassen. Verzweifelt sah er sich um, suchte nach einem Versteck an diesem flachen Land. Die Fabriken waren viel zu weit weg. Seine Mutter würde es nicht bis dahin schaffen, bevor Jonas sie erreicht hatte.

Sein Blick fiel auf den schmalen Graben, der sich an der Seite der Landstraße entlang schlängelte. Es war sehr nah an der Straße und mit einer Taschenlampe könnte man sie vielleicht finden. Aber das war der einzige Ort, an dem sie sich verstecken könnten.

»Los, Mama. Wir müssen da runter.« Er zog sie mit sich von der Straße.

Nach einem Blick nach hinten, stellte er fest, dass der Wagen sehr langsam fuhr. Wahrscheinlich wollte Jonas keinen seiner Gefangenen in der Dunkelheit übersehen.

Er rutschte auf der feuchten Erde den Hang hinunter. Sie mussten nur kurz ungesehen sein. Bis Jonas vorbei gefahren war. Dann würden sie zumindest vorübergehend in Sicherheit sein.

Seine Mutter kam neben ihm an. Er zog sie mit sich herunter

366

und legte sich in den Graben.

»Beschmier dein Gesicht mit Erde, Mama. Dann ist es nicht so hell«, rief er ihr zu, während er beide Hände mit kaltem Matsch füllte und sie sich über Wangen und Stirn schmierte.

Nun war er froh, dass er einen dunklen Anzug trug, der ihm half unsichtbar zu bleiben. Die Scheinwerfer tauchten in seinem Blickwinkel auf. Sie beschienen die Straße vor ihnen. Er zog seine Mutter runter, bis sie flach in der Grube lagen. Er spürte die Kälte aus dem Boden in seine Glieder kriechen. Sein Gesicht brannte vor Kälte und der Matsch lief von seiner Stirn hinunter, gefährlich nah an seinem Auge entlang.

Daniel hielt die Luft an, während er darauf wartete, dass der Wagen sie passierte.

Freddie

Freddie rieb sich die Gelenke, an denen die Handschellen ihr ins Fleisch schnitten. Jonas hatte Viktors Handschellen so eng geschlossen, dass es weh tat, aber Freddie hatte nicht gewagt zu protestieren.

Jonas hatte sie neben sich in Viktors Streifenwagen gesetzt und war los gefahren, um Dietrich, Niko und Norma zu suchen. In einer Hand hielt er immer noch die Schusswaffe. Freddie konnte nur hoffen, dass sie weit weg gelaufen waren, vielleicht sogar Hilfe gerufen hatten.

Sie sah aus dem Fenster. Viel konnte sie nicht erkennen. Die Dunkelheit an den Seiten setzte schon nach zwei Metern ein. Da halfen auch die Scheinwerfer nichts.

Unruhig ließ sie ihren Blick durch die Dunkelheit schweifen. Von Jonas war nur sein Atem zu hören. Immer wieder änderte er die Position seiner Hände auf dem Lenkrad oder setzte sich um.

Langsam rollte er die Landstraße entlang, sah von einer Seite zur anderen. Wie ein aufmerksamer Hund, der nach seiner Beute Ausschau hielt. Er sah gerade aus dem linken Fenster, als Freddie eine Bewegung an der rechten Seite wahrnahm.

Sie traute sich nicht, zu aufmerksam rüber zu sehen. Aber aus dem Augenwinkel versuchte sie diese Bewegung aufzufangen. Hatte sie da einen Menschen gesehen, der sich neben der Landstraße auf den Boden geworfen hatte? Ohne sich vor zu beugen, versuchte sie so gut wie möglich erkennen zu können, was da zu ihrer rechten geschah. Sie sah nicht viel mehr als Dunkelheit und ein paar Schatten.

Neben ihr wendete Jonas seinen Blick nach rechts und nahm den Fuß von dem Gaspedal.

Langsam rollten sie aus, fuhren immer langsamer.

Und da erkannte Freddie die Personen. Sie konnte nicht genau sagen, wie viele es waren. Es hätten zwei oder drei Personen sein können. Aber sie konnte die Umrisse von einem Kopf und einem gekrümmten Rücken erkennen.

Sie traute sich nicht, zu Jonas zu sehen, um heraus zu finden, ob er sie ebenfalls erkannte. Fuhr er deswegen langsamer?

Schließlich drehte Freddie doch ganz langsam den Kopf. Sie ließ ihren Blick über die Straße gleiten, als würde sie dort nach jemandem Ausschau halten und dann sah sie Jonas an.

Ihr Atem stockte.

Dann wurde ihr klar, dass er seinen Blick wieder auf die linke Seite geheftet hatte.

Sie stieß leise die Luft wieder aus und wenige Sekunden später hatten sie die Personen auch schon passiert.

Jonas richtete sich auf, als sie die ersten Straßenlaternen

passierten. Hier ragten die Fabrikgebäude in der Dunkelheit auf, die noch genutzt wurden. Jonas fuhr immer langsamer, bis er auf den Parkplatz des ersten Fabrikgebäudes zu fuhr und dort hielt.

»Sie sind hier. Ich wette, sie sind hier«, murmelte er, während er die Autotür öffnete.

Ruben

Ruben hielt den Atem an und lauschte auf die Geräusche um sie herum. Doch bis auf das Toben des Windes war nicht viel zu hören.

Niko, Dietrich und er hatten hinter dem Gebäude eine Nische gefunden, vor der ein kleiner Bus stand. Sie hatten sich an die Hauswand gepresst und warteten nun darauf, dass die Polizei, die Ruben gerufen hatte, herfinden würde.

Er sah auf das Feld hinaus, das sich in der Dunkelheit verlor und wartete auf Martinshorn und Blaulicht.

Wahrscheinlich würde die Polizei nicht mit drei Streifenwagen und einem SWAT-Team kommen, wie er es sich vorstellte. Diese Vorstellung stammte von den amerikanischen Krimiserien, die ständig im Fernsehen liefen und sicherlich fern jeglicher Realität waren.

Aber er konnte eine solche Mannschaft an Rettern gut gebrauchen. Sie sollten alle herkommen, damit dieser Albtraum ein Ende fand.

Er hörte Dietrichs Zähne klappern. Hätte er nicht Angst, dass Jonas direkt um die Ecke war, hätte er ihn wahrscheinlich angeschnauzt, dass er im wahrsten Sinne des Wortes die Zähne zusammen beißen sollte. Es war ein schrecklich nervtötendes Geräusch.

Niko hatte seine Augen geschlossen und wiegte sich leicht vor und zurück. Er sah nun mehr denn je wie ein kleines Kind aus und nicht wie ein junger Mann, der Rubens Frau gevögelt hatte. Ein Gedanke, den er weit weg schob. Das war wirklich nicht der richtige Moment, um über so etwas nachzudenken.

Plötzlich wurde die Stille durch ein lautes Geräusch durchrissen. Es war lautes *Wooooop* und Ruben konnte zuerst nichts damit anfangen. Dann erklang es aber erneut und schließlich war der ganze Ton des Martinhorns zu hören. Durchdringend, nervtötend und laut, als würde der Streifenwagen, nur einen Meter von Ruben entfernt stehen.

Niko riss sofort seine Augen auf. Er starrte auf das dunkle Feld hinaus.

Dietrich seufzte und richtete sich auf.

Aber Ruben legte eine Hand auf seine Schulter, um ihn davon abzuhalten aus ihrem Versteck zu kommen. Sie hatten den Streifenwagen vor der alten Fabrik zurück gelassen. Jonas konnte damit her gefahren sein.

»Was?«, zischte Dietrich ungeduldig.

»Jonas hat auch einen Streifenwagen.«

Dietrich und Niko sahen Ruben an. Keiner sagte etwas. Alle lauschten auf das Martinshorn.

Warteten.

»Und wenn es die Polizei ist?«, fragte Dietrich.

Ruben hob die Schultern.

»Wir müssen nachsehen. Sonst hocken wir hier in zwei Stunden noch.«

Ruben dachte darüber nach, wie die Polizei sich sonst noch ausweisen könnte. Mit Lautsprechern? Mit Hunden, die nach ihrer Fährte suchten?

Er hatte keine Ahnung.

Wahrscheinlich hatte Dietrich recht. Ihnen blieb nichts anderes übrig, als nach zu sehen.

»Bleibt ihr hier. Ich sehe nach.«

So wenig Ruben auch Lust hatte, aus ihrem Versteck zu kriechen, konnte er diese Aufgabe schlecht einem alten Mann oder einem Kind übergeben. Zumal Niko ihm gerade schrecklich jung und Dietrich uralt vorkam.

Dietrich nickte.

Auch Niko wiedersprach nicht.

Ja, du kleiner Pisser. Dir ist es nur recht, wenn der Mann deiner Geliebten dem Bösen in die Falle läuft.

Doch auch diesen Gedanken schob er weg.

Mach jetzt nichts Unüberlegtes, dachte Ruben. Er musste sich konzentrieren, wenn er Jonas nicht direkt in die Arme laufen wollte.

Er nickte den Beiden zu und ging los.

Vorsichtig schlich er sich an der Wand entlang. Das Martinshorn kam von der anderen Seite der Fabrik. Er ging über den asphaltierten Bereich des Hofes und schlich an dunklen Fenstern vorbei. Seine Schuhe zertraten aufgerauchte Zigarettenstummel.

Nach ein paar Metern konnte er das Blaulicht erkennen, das durch die dunkle Nacht zuckte.

Wusste Jonas, wie das funktionierte?

Es wäre dumm davon auszugehen, dass nur ein Polizist mit den Maschinerien eines Streifenwagens zurecht kam. Zumal Jonas Viktor dabei haben könnte, der ihm half, Ruben in die Falle zu locken.

Bitte, dachte Ruben angestrengt. Bitte, lass es die richtige

Polizei sein, die uns zur Rettung kommt.

Er kam an der Ecke an. Wenn er daran vorbei ging, würde die Person vorne ihn erkennen. Die Scheinwerfer des Wagens, der auf der anderen Seite stand, leuchteten einen Teil seines Weges an.

Ruben hielt inne. Eine Hand hatte er auf der rauen Wand des Gebäudes abgelegt. Er atmete ein und aus, versuchte sich zu entspannen. In seinem Kopf schrien seine Gedanken, dass er kurz davor war einen riesigen Fehler zu begehen.

Und doch war da auch ein kleiner Teil in ihm, wahrscheinlich die Hoffnung, dass dort die Guten waren. Dass sie auf ihn warteten, um ihn aus dieser Situation zu befreien.

Er zwang seine Beine nach vorne. Zuerst den einen Fuß, dann den nächsten. Die Spitze seines dreckigen Turnschuhs trat in den Lichtschein. Dann stand sein ganzer Körper im Licht. Er versuchte etwas erkennen zu können, doch die Scheinwerfer blendeten ihn.

Er machte das Fahrzeug aus, von dem das Blaulicht ausging. Davor standen zwei Personen. Sie waren nur schwarze Umrisse, aber trotzdem konnte Ruben erkennen, dass der einen Person eine Pistole gegen die Schläfe gehalten wurde.

Freddie

Freddie sog die Luft ein, als sie Ruben erkannte. Er kam hinter dem Gebäude hervor. Als sie einen Schritt nach vorne treten wollte, um Ruben zu warnen, drückte Jonas die Mündung noch fester an ihre Schläfe.

»Keine Bewegung«, sagte er gerade so laut, dass sie ihn trotz des Martinhorns hören konnte.

Sie hatte ihre mit Handschellen gefesselten Hände vor die

Brust gehoben. Eine Schutzreaktion, die so nutzlos war, wie Mückenspray, wenn man von einer Wespe angegriffen wurde.

Jonas ging mit ihr ein paar Schritte zurück. Sie spürte, wie sich sein Griff lockerte, als er in den Wagen fasste, um das Martinshorn auszuschalten. Plötzliche Stille legte sich über sie.

»Wo sind die anderen beiden?«, rief Jonas Ruben zu.

Dieser ging langsam auf sie zu. »Sie sind in die Stadt gelaufen.«

»Quatsch«, stieß Jonas so schnell hervor, als hätte er mit einer solchen Antwort gerechnet. »Wo sind sie?«

»Wie gesagt. Sie sind in die Stadt gelaufen. Sie wollten sich hier nicht verstecken, weil sie wussten, dass du kommst.«

Freddie sah ihren Ehemann an und fragte sich, ob sie ihm glauben sollte. Es wäre wirklich schlauer gewesen, hier nicht anzuhalten und einfach weiter zu laufen. Ihr Mann war nicht besonders intelligent und ihm war es zuzutrauen, dass er lieber die gefährlichere Lösung der sicheren vorzog. Aber andererseits war er nie jemand gewesen, der sein Ding machte. Er lief gerne mit anderen mit.

Wären die Anderen weiter gegangen, wäre er ihnen gefolgt.

»Führ mich zu Dietrich und Niko oder ich bringe deine Frau um.«

Freddie hielt die Luft an. Sie bezweifelte nicht, dass er seinen Worten Taten folgen lassen würde.

Doch Ruben bewegte sich nicht. »Sie sind nicht hier.«

»Verarsch mich nicht!«, rief Jonas aufgebracht. Sie spürte, wie er neben ihr immer wütender wurde. »Ich mache keine Witze. Ich erschieße Freddie hier vor deinen Augen, wenn du mir nicht sagst, wo sie sich verstecken.«

Freddie starrte Ruben entgeistert an. Merkte er denn nicht, wie ernst es Jonas war? Wollte er wirklich ihr Leben riskieren?

373

Er hob nur seine Schultern.

»Ruben!«, rief sie. »Er wird mich umbringen!« Sie hörte selbst wie verzweifelt sie klang. Aber was konnte man auch anderes erwarten?

Jonas seufzte. Sie rechnete schon damit im nächsten Moment einen Schuss zu hören. Doch dann nahm der Druck an ihrer Schläfe plötzlich ab und er zielte mit der Waffe auf Ruben.

»Ich hätte dich ja wirklich nicht für so herzlos gehalten, aber da habe ich dich wohl unterschätzt«, sagte Jonas. »Wie armselig kann man eigentlich sein, Ruben?«

Eine Pause entstand, aber Ruben antwortete nicht und so fuhr Jonas fort: »Also gut. Jetzt kannst du entscheiden, ob dir dein Leben oder das von Niko und Dietrich wichtiger ist.«

Ruben zögerte. Freddie konnte den Zweifel in seinen Augen sehen. Wahrscheinlich konnte Jonas es genauso erkennen.

Ruben trat einen Schritt zurück. Er hatte sich für sein eigenes Leben entschieden.

Langsam drehte er sich um, als würde er Jonas nicht den Rücken kehren wollen. Jonas an ihrer Seite entspannte sich und trat einen Schritt vor.

So nah vor seinem Ziel wurde er unvorsichtig. Er lockerte den Griff um Freddies Arm. Noch bevor sie sich dem Risiko bewusst werden konnte, reagierte sie.

Freddie riss ihre Arme hoch und legte ihre gefesselten Hände über seinen Kopf, bis sie mit der Kette der Handschellen an seine Kehle drückte.

Sie drückte so heftig die Kette gegen seinen Hals, dass Jonas stöhnend zurück taumelte. Die Hand mit der Waffe ließ er sinken und schließlich fiel sie ihm aus der Hand, als sie ihm die Luft zum Atmen nahm.

Er wedelte mit seinen Händen nach ihr, doch Freddie ließ sich nicht erwischen. Dann griffen seine Finger nach ihren Händen, die zu Fäusten geballt waren. Er fuhr mit seinen kurzen Fingernägeln an ihrer Haut entlang und hinterließ lange Strieme, aber das war Freddie egal. Sie war eine Frau, sie hielt viele Schmerzen aus. Vor allem von einem Mann, der sie eben fast erschossen hätte.

Sie überlegte schon, wie lange sie so stehen sollte, um Jonas in Schach zu halten und ob sie es über sich bringen könnte, ihn zu töten, als sie bemerkte, dass das Blaulicht, dass durch die Dunkelheit zuckte nicht nur von einem Streifenwagen herrührte.

Sie drehte ihren Kopf nach rechts und konnte zwei Autos erkennen, die auf sie zu fuhren.

Daniel

Daniel betrachtete seine Mutter. Sie lag in ihrem riesigen Bett und schlief. Schon seit einer halben Stunde saß er neben ihr und sah sie an. Er konnte sie einfach nicht länger als fünfzehn Minuten unbeobachtet lassen.

Seit dem zweiten Februar schlief sie fast ununterbrochen. Er wäre auch gerne eingeschlafen, konnte aber nicht seine Augen schließen, ohne seine Mutter völlig hilflos und verängstigt in dem Graben zu sehen.

Als sein Telefon im Wohnzimmer klingelte, zögerte er, betrachtete ihr müdes, aufgedunsenes Gesicht. Schließlich stand er doch auf und verließ das Schlafzimmer, um in seiner Jackentasche nach dem Handy zu suchen.

Er setzte sich auf einen Stuhl in der Küche und nahm das Gespräch entgegen.

»Ja«, sagte er leise, um seine Mutter nicht zu wecken.

»Wo bist du?«, fragte Ruben.

»Bei meiner Mutter.«

»Aha.«

Anders als Julia, Freddie, Viktor und ihn schien Ruben das Geschehene wenig mitzunehmen.

»Willst du rüber kommen?«

Daniel dachte an das Motel Zimmer, das Ruben sich genommen hatte. Die Möbel waren unpersönlich und die Bettdecke fleckig.

»Nein. Ich bleibe bei meiner Mutter«, sagte er und wartete.

Wartete darauf, dass Ruben irgendwelche Worte sagte, die Daniel davon überzeugen konnten, dass er kein gefühlskaltes

Monster war. Aber er hatte erfahren, dass Ruben aus Spaß Tiere quälte. Als die Polizei Norma und Daniel gefunden hatte, waren Ruben, Freddie, Dietrich und Niko schon auf dem Weg ins Krankenhaus gewesen. Daniel und seine Mutter waren nach gekommen. Ruben hatte kein einziges Mal gefragt, wie es ihnen ging, ob mit Norma alles in Ordnung sei.

Er konnte ihn nicht mehr als das sehen, was er vor ein paar Tagen noch gewesen war. Sein Freund. Er musste immer wieder daran denken, wie er Oskar geschubst hatte. Wie er ihn ans Messer hatte liefern wollen und Daniel sich gewundert hatte, woher seine plötzliche Wut auf Oskar gekommen war. Oskar hatte Rubens Geheimnis gewusst.

Daniel beendete das Gespräch, bevor Ruben ihm noch einen weiteren Grund geben konnte, ihn zu hassen.

Freddie

Freddie starrte Niko an.

»Was?«, fragte sie und hörte, wie ihre Stimme zitterte.

»Ich will dich nicht mehr sehen«, sagte er mit fester Stimme.

»Warum?«

»Warum?«, fragte er und schüttelte seinen Kopf. »Wegen dem, was du getan hast, ist meine Mutter getötet worden.«

Sie blinzelte. Als sie sich in die Küche des Hauses gesetzt hatten, in dem sie sich völlig einsam und verlassen fühlte, hatte sie gewusst, dass es kein gutes Gespräch werden würde.

»Aber das war doch nicht meine Absicht«, sagte sie und legte ihre Hand auf seine. Doch er zog sie zurück.

»Du bist mitschuldig«, sagte er.

Sie konnte in seinen Augen erkennen, dass eine Diskussion Zeitverschwendung war. Dennoch beugte sie sich vor und sah ihn eindringlich an.

»Ich kann dir helfen, darüber hinweg zu kommen«, sagte sie mit sanfter Stimme. »Ich bin für dich da.«

»Ich brauche dich aber nicht«, sagte er. »Ich habe Julia. Sie ist für mich da.«

In Freddie kam Verbitterung auf. Julia. Sie hatte seit dem Abend nicht mehr mit ihr gesprochen. Ihre ehemals beste Freundin mied sie.

Als könnte er ihre Gedanken lesen, sagte Niko: »Julia hält es auch für besser, wenn ich mich von dir fern halte.«

Dass Julia genauso in der Geschichte steckte, wie Freddie, brachte sie nicht über die Lippen. Sie wollte ihm nicht noch mehr Grund geben, sie zu hassen. Vielleicht würde er ja irgendwann zu ihr finden.

»Wenn du mich doch brauchst«, sagte sie leise. »Dann bin ich immer für dich da.«

Er nickte hölzern. »Komm bitte nicht zu ihrer Beerdigung. Ich will dich dort nicht sehen.«

Es versetzte ihr einen Stich, aber sie ließ es sich nicht anmerken. Sie nickte nur. Er brauchte einen Sündenbock. Irgendjemanden, an dem er seine Wut auslassen konnte, damit er die Trauer um den Verlust seiner Mutter nicht zulassen musste.

Er räusperte sich und stand auf. Nachdenklich betrachtete er sie, sah auf sie hinab. Freddie fühlte sich klein und unbedeutend.

Ohne ein weiteres Wort zu sagen, drehte er sich um und verließ die Küche. Freddie blieb sitzen und hörte irgendwann, wie die Haustür zuschlug und sie wusste, sie war alleine.

Sie hatte ihre beste Freundin, ihren Mann und ihren Geliebten verloren. Sie konnte mit Viktor nicht mehr sprechen. Er war bei der Polizei, vielleicht sogar schon im Gefängnis, um für das gerade zu stehen, was er getan hatte. Freddie erwartete, dass sie selber auch noch das ein oder andere Verhör hinter sich bringen musste.

Seit die Polizei ihr Jonas abgenommen und festgenommen hatte, starb etwas in ihr. Sie war erschöpft, das Leben satt und wusste nicht, wie sie in die Normalität zurückkehren sollte.

Viktor

Viktor starrte auf seine Hände hinab. Er saß schon seit Stunden auf einer Pritsche in Untersuchungshaft und versuchte nicht darüber nach zu denken, was gerade passierte.

Nachdem die Polizei Julia und ihn von den Ketten befreit hatte, waren sie zur Untersuchung ins Krankenhaus gebracht worden. Obwohl ihnen körperlich nichts fehlte, wollten die Ärzte sie untersuchen. Es war lästig, aber Viktor wehrte sich nicht dagegen.

So hatte er zumindest Zeit sich zu überlegen, was er sagen sollte, wenn er verhört wurde. Dass er seinen Job los war, war klar. Daran gab es nichts mehr zu rütteln. Aber sie würden natürlich auch fragen, weshalb Jonas gehandelt hatte, wie er gehandelt hatte.

Viktor kam zu dem Schluss, dass es das Beste wäre, die Wahrheit zu sagen. Der Polizei von den Geschehnissen vor siebzehn Jahren zu erzählen. Es hatte einen ganzen Tag gedauert, bis er fertig war.

Seitdem saß er in Untersuchungshaft. Ein Polizist im Gefängnis. Er konnte sich ungefähr vorstellen, wie es werden würde, wenn er verurteilt wurde.

In Gefängnissen gab es eine Hierarchie. Polizistenmörder standen oben. Polizisten teilten sich mit Kinderschändern die unteren Plätze. Aber das war gar nicht das, an das er dachte, als er seine Hände musterte. Es war die Nachricht, die er eben bekommen hatte. Lia hatte sich das Leben genommen. Sie hatte ihrer Schwester eine E-Mail geschrieben, in der sie sich für den Suizid entschuldigte, aber sie könne nach Jennys Tod nicht weiter machen.

Viktor schloss seine Augen.

Er war an dem Tod von drei Personen Schuld. Das würde er niemals vergessen. Was immer auch im Gefängnis mit ihm geschehen würde, er hatte es verdient.

Ruben

Ruben war nicht einmal überrascht, als er von Lias Selbstmord erfuhr. Er saß vor dem Fernseher und sah die Nachrichten. Aus dem schäbigen Badezimmer in seinem Rücken drang der Geruch von dem Geschäft, das er eben verrichtet hatte, zu ihm herüber. Die Jogginghose hatte schon einmal bessere Zeiten erlebt und das Hemd, das er trug, war ausgefranst.

Er sah seit Tagen nur noch die Nachrichten. Nun wurde von der Mutter des Mädchens berichtet, das am 02.02.2018 ermordet worden war. Sie hatte sich umgebracht, erhängt. Und sie hatte ihrer Schwester einen Abschiedsbrief hinterlassen. Ruben wunderte sich, dass die Journalisten den Inhalt erfahren hatten.

Sie war mit dem Tod ihrer Tochter nicht zurecht gekommen. Es war wenig überraschend, dass sie sich deswegen umgebracht hatte und Ruben schaltete den nächsten Sender ein.

Er wollte keine schlechten Nachrichten mehr hören. Er war umgeben von schlechten Nachrichten und Trostlosigkeit. Freddie hatte ihn rausgeschmissen und ehe er sich versehen hatte, hatte sie die Schlösser austauschen lassen.

Daniel und Dietrich wollten nichts mehr von ihm wissen. Oder waren zu sehr mit sich selbst beschäftigt, um Ruben in ihr Leben zu lassen.

Er fand keine Kraft und keine Motivation für die Arbeit und so blieb er in dem Motelzimmer sitzen, sah fern und hoffte, dass sein Leben bald eine Wendung nehmen würde.

In Filmen war es doch so, dass der Hauptfigur immer etwas Positives geschah, nachdem etwas ganz schreckliches passiert war. Er musste nur warten, dachte Ruben. Dann würde ihm dieses Positive schon passieren. Nur warten. Dann würde sich alles zum Guten wenden.

Vielleicht würde er dann vergessen, dass Oskar, Annika und Jenny tot waren. Vielleicht würde er vergessen, dass Lia sich umgebracht hatte und niemand mehr etwas mit ihm zu tun haben wollte. Vielleicht würde er vergessen, dass nun alle von seinem Geheimnis wussten. Irgendwann würde es schon wieder besser werden, dachte er. Er musste nur geduldig sein und warten.

Julia

Schon seit Tagen war ihr kalt. Julia konnte sich so dick anziehen, wie sie wollte. Aber sie hörte nicht auf zu zittern.

Das Zittern wurde stärker, wenn ihr jemand näher kam. Mit André hatte sie Schluss gemacht und ihn vor die Tür gesetzt. Sie hatte einfach niemanden mehr bei sich haben können. Sie hatte sich schlecht gefühlt, wollte nur noch alleine sein. Freddie wollte sie nicht mehr sehen und ihre Mutter hatte sie in ein Pflegeheim verbannt.

Einzig mit Niko konnte sie Zeit verbringen. Sie hielten immer Abstand zu einander, umarmten sich nicht. Sie sprachen nicht mal viel miteinander. Aber sie wusste, dass er sie brauchte und so hatte sie ihm erlaubt, bei ihr zu sein. In ihrem Haus zu leben, bis er wieder bereit dazu war, zu seinem Vater zu gehen.

Sie glaubte, dass er Julia brauchte, weil sie dabei gewesen war, als seine Mutter erschossen worden war.

Nun stand Julia aber nicht an Annikas Grab. Sie war noch nicht beerdigt worden. Julia stand an Oskars Grab. Efeu hatte sich auf ihm ausgebreitet und der Grabstein war vergilbt und nass vom Regen. Sie betrachtete die Schrift und die Daten. Er war so jung gestorben. Er war nur wenig älter als Niko gewesen. Sie schüttelte leicht den Kopf und spürte, wie eine Träne sich den Weg über ihre Wange bahnte.

Was war damals nur passiert? Wie hatte es so weit kommen können? Wie hatte sie zulassen können, dass das alles geschehen war?

Sie hatte den Jungen geliebt. Sie hatte sich gewünscht, ihr ganzes Leben mit ihm zu verbringen. Sie hielt ihn für den besten Menschen, der ihr jemals begegnet war.

Und dann hatte Viktor ihn geküsst. Nicht anders herum. Oskar hatte sich nichts zu Schulden kommen lassen und trotzdem war ihnen alles entglitten. Es war alles außer Kontrolle geraten und ehe sie etwas hätte tun können, war es zu spät gewesen.

Und jetzt, siebzehn Jahre später, spürte sie wieder diese Verzweiflung von damals. Diesen starken Wunsch, etwas zu ändern. Irgendwie die Zeit zurück drehen zu können und etwas ändern zu können. Und wie damals, konnte sie nichts ändern. Menschen waren tot und das ließ sich nicht mehr rückgängig machen. So sehr sie sich das auch wünschte.

Es war geschehen. Es war vorbei.

Nachwort

Sollte Ihnen Maskenjagd gefallen haben, würde ich mich sehr über eine Bewertung auf der Produktseite meines Buches bei Amazon freuen. Es hilft nicht nur mir, sondern auch anderen Interessierten das Buch einzuschätzen und erleichtert die Kaufentscheidung.

Gerne können Sie mir auch auf Facebook oder Instagram schreiben oder mir eine E-Mail (ahannahagen@web.de) schicken.

Danksagung

Ich danke Eileen Sinnhöfer, Franziska Schenker und Sabrine Göttsching, die als erste *Maskenjagd* gelesen haben und ohne deren Einwürfe und Kritik es nicht das Buch geworden wäre, das es jetzt ist. Ganz besonders möchte ich Sandy Mercier danken, die in den letzten Wochen immer ein offenes Ohr für mich hatte, großartige Ratschläge gegeben und mir Mut zugesprochen hat.

Außerdem danke ich meiner Mutter, die mit viel Geduld und Hingabe mein Buch Korrektur gelesen hat. Julia Grün, meine Rettung in letzter Sekunde, verdient auch ein ganz großes Dankeschön.

Mein Dank gilt auch Laura Newman, die ein fantastisches Cover entworfen und damit meinen Thriller eingekleidet hat.

Ich danke ebenfalls meiner Familie und Freunden für die endlose Unterstützung.

Außerdem danke ich meinem Partner Sebastian Hunder, der sich mit mir über jedes gekaufte Buch und jede positive Rezension freut und mich aufbaut, wenn es mal nicht so läuft, wie ich es gerne hätte.

Hanna Hagen
Siebengebirgsstr. 53
53229 Bonn

Herstellung und Verlag: BoD – Books on Demand,
Norderstedt.
ISBN: 9783752857252